KB265222

내 안의
망가지지 않은

내 안의 망가지지 않은

펴 낸 날 | 2009년 11월 6일 초판 1쇄

지 은 이 | 시라이시 가즈후미
옮 긴 이 | 양윤옥
펴 낸 이 | 이태권
펴 낸 곳 | (주)태일소담
　　　　　서울시 성북구 성북동 178-2 (우)136-020
　　　　　전화 | 745-8566~7　팩스 | 747-3238
　　　　　e-mail | sodam@dreamsodam.co.kr
　　　　　등록번호 | 제2-42호(1979년 11월 14일)
　　　　　홈페이지 | www.dreamsodam.co.kr

ISBN 978-89-7381-543-2 03830

● 책 가격은 뒤표지에 있습니다.
● 잘못된 책은 구입하신 곳에서 교환해드립니다.

내 안의
망가지지 않은

KAZUFUMI
SHIRAISHI

시라이시 가즈후미 지음 | 양윤옥 옮김

소담출판사

1

11월 10일 금요일, 나와 에리코는 교토에 갔다.

한낮부터 몹시 추운 날씨였다. 저녁 6시에 출발하는 고속철도를 타려고 도쿄 역 신칸센 홈에서 에리코를 기다리는 짧은 시간 동안에도 몸이 꽁꽁 얼어붙을 정도였다.

그날은 내 스물아홉 번째 생일이었다.

하지만 이 짧은 여행이 내 이십대의 마지막 날을 둘이서 함께 보내기 위한 이벤트는 아니었다. 우리 둘의 휴가가 마침 그 주에 동시에 맞춰졌고, 그게 우연히 생일과 겹친 것뿐이다.

교토 역에 도착한 건 오후 8시 14분.

거기서 택시로 이동하여 가와라초의 고풍스러운 호텔에 체크인한 뒤, 거리의 야경이 한눈에 들어오는 전망 좋은 레스토랑에서 우리는 첫 여행을 기념하며 건배했다.

몹시 안타까운 이야기지만, 에리코에게 나는 진즉부터 스물아홉 살이었다. 지난여름에 값비싼 여름 스웨터를 생일 선물로 받았기 때문에 이제 새삼 생일을 축하해달라고 할 수가 없었다.

어쩌다가 일이 그렇게 우습게 되었는가 하면, 오래전부터 나에겐 말끝에 사소한 거짓말을 하는 버릇이 있었기 때문이다.

에리코와 사귀기 시작했을 무렵, 흔히 있는 일이지만 서로의 별자리에 대한 이야기를 하게 되었다. 그때 우발적으로 에리코의 별자리와 상성이 좋은 여름 별자리를 내 생일이라고 말해버린 것인데, 언젠가 다시 그런 이야기가 나오면 그 참에 원래대로 돌려놓을 생각이었다. 하지만 의외로 그런 작은 거짓말 하나도 사실이 아니라는 걸 알면 이상한 방향으로 심각하게 고민하는 사람도 많은 법이라, 어쩌다 보니 지금껏 사실을 밝히지 못한 채 여기까지 와버렸다.

게다가 이번 여행은 처음부터 내 작은 악의의 산물이기도 했다.

여행은 모조리 내가 계획했고, 차 안에서의 검표도 내가 해버렸기 때문에 에리코는 역에 도착할 때까지 목적지를 알지 못했다. 그래서 교토역에 내릴 때 그녀는 잠깐 당황하는 눈치였다. 찬찬히 관찰했기 때문에 보통 때라면 결코 알지 못했을 그런 희미하고 찰나적인 표정이나 몸짓의 변화까지 나는 놓치지 않았다.

호텔에서 식사를 하면서,

"오늘은 어디를 돌아다녀볼까?"

라고 내가 에리코에게 물었다.

"교토, 잘 알아?"

"아니, 전혀. 그러니까 자기한테 다 맡길게."

여기서도 에리코는 잠깐 시선을 피하려고 했다.

"그래? 그렇다면 내일은 내가 교토를 멋지게 안내해주지. 단풍도 지금 한창 예쁠 때야. 교토라면 내가 학생 때 자주 놀러 왔던 곳이거든."

"그랬어? 그런 얘기는 처음 듣는데?"

"그런가?"

아르바이트로 허덕허덕 살아가던 대학 시절에 내가 교토 같은 곳에 놀러 왔을 리 없다.

"실은 에리코가 더 잘 알 거라고 생각했어."

"왜?"

"촬영하러 자주 왔을 거다 싶어서."

"그렇지도 않아. 어쩌다 한두 번 와본 정도고, 일 때문에 올 때는 대개 당일치기라서 제대로 구경도 못해."

"하긴 그렇겠다."

나는 고개를 끄덕였다.

하지만 에리코는 얼마 전까지 빈번하게 교토에 들락거렸을 터였다. 2년 전에 헤어진 연인이 교토에 살고 있었으니까.

에리코의 옛 연인은 잘나가는 그래픽 디자이너로, 최근 몇 년 동안 교토예술대학에 강사로 재직하면서 다양한 매체에 작품을 발표하고 있었다. 후야마치 근처의 낡은 옛날 집 한 채를 통째로 빌려 아틀리에로 쓰면서 우아한 예술 생활을 만끽하고 있는 것이다. 간간이 잡지나 텔레비전에 나와 교토 생활의 깊은 맛이 어쩌고저쩌고 떠들어대는 통에, 나와 비슷한 나이에 벌써 뚱뚱하게 살이 오르고 턱수염까지 기른 그 잘나빠진 용모와 분위기가 좋건 싫건 자주 눈에 띄었다.

그렇다고 내가 딱히 그를 싫어하는 건 아니었다. 대화를 해본 적도 없을 뿐만 아니라 직접 얼굴 한 번 본 적 없는 사람을 좋아하고 말고 할 턱이 없다. 단지 그런 남자와 3년 남짓 연애 관계를 유지해온 에리코를 보면서 '이 여자, 정상이 아니구나' 라고 내심 생각했다.

에리코는 아직 우리가 같이 자기 전에 내 질문에 대한 대답으로,

"이전 사람하고는 일 년 전에 헤어졌어. 3년 가까이 사귀었는데."

라고 말했다.

"그 옛 남자는 뭐하는 사람이었는데?"

"옛 남자라는 말, 하지 마. 내가 싫어하는 단어야. 게다가 이제는 생각하고 싶지도 않아."

물론 나는 더 이상 시시콜콜 캐묻지 않았고, 그 뒤로 그녀의 옛 남자에 대해서는 한 번도 물어본 일이 없었다.

하지만 본인에게 묻지 않았다고 해서 헤어진 남자에 대해 내가 특별한 흥미를 가지지 않았다는 둥의 말을 어떻게 할 수 있을까. 아니, 오히려 그렇게 깨끗이 물러섰기 때문에 더더욱, 3년이나 이어진 그 두 사람의 관계에 대해 내가 분명 집요한 관심을 기울이고 있을 거라고 그녀는

내심 짐작했어야 옳지 않을까.

에리코와 나는 비슷한 업계에서 일하고 있다. 내 직업상 그 남자를 알아내는 것쯤 식은 죽 먹기라는 건 그녀도 잘 알고 있을 텐데 말이다. 게다가 우리의 첫 여행지로 일부러 교토를 선택하고, 거의 악질적이라고 할 앙갚음을 하고 있으니 그녀가 그걸 모를 리 없다.

맛있다는 표정으로 요리를 입에 넣으며 에리코는 전혀 눈치 채지 못한 척하고 있었다. 하지만 그녀는 이미 눈치를 챘다고, 나는 충분히 생각한 끝에 이렇게 짐작했다.

아마 지금 속으로는 식은땀을 흘리고 있을 것이고, 내일 아침이면 이런 나를 그녀는 분명 불쌍하게 여겨줄 것이다.

에리코는 그렇게 착한 여자였다.

다음 날 아침, 우리는 교토 구경 따위는 하지 않았다.

호텔 근처의 렌터카 숍에서 차를 빌려 우리는 시가 현의 히코네로 향했다.

교토 시가지를 빠져나와 야마시나 근처까지 왔을 때 에리코가,

"어쩐지 교토에서 자꾸 벗어나는 거 같은데?"

라고 의아하다는 듯이 말했다.

"응, 마음이 바뀌었어. 교토는 관두고 히코네 성이나 보러 가자."

"왜?"

"왜 그런가 하면, 네가 감상적으로 나오면 내가 좀 곤란할 것 같아서."

갓길에 차를 세우고 나는 조수석의 에리코를 향해 고개를 돌렸다.

"게다가 에리코도 옛 남자를 덜컥 마주치거나 하면 거북하겠지?"

그녀는 잠시 침묵하더니 내 얼굴을 빤히 바라보며 입을 열었다.

"그런 걸 거라고 짐작은 했지만, 역시나 일부러 교토에 온 거였구나?"

에리코는 그렇게 말하고 작은 한숨을 내쉬었다.

"하지만 괜히 복잡하게 머리를 쓰셨다고 할까, 왜 굳이 이런 짓까지 하는지 나는 이유를 모르겠어."

나는 거기서 갑자기 클랙슨을 울렸다.

에리코가 깜짝 놀란 얼굴로 나를 쳐다보았다.

"네가 옛 남자 이야기를 솔직하게 안 해줬기 때문이야. 그래서 내가 이미 다 알고 있다는 사실을 전해야겠다고 생각한 것뿐이야."

"뭘 혼자서 화를 내고 그래?"

에리코가 이상하다는 듯이 웃었다.

"그런 남자, 이제는 아무렇게도 생각 안 해. 덜컥 마주쳐도 아무렇지 않아. 생각해보면 정말 시시해빠진 남자였어. 그런 사람하고 사귀느라 소중한 시간을 허비했다니, 두고두고 생각해도 내가 진짜 바보였어."

나는 핸들에서 손을 떼고 에리코 쪽으로 몸을 기울였다. 에리코가 나를 안고 머리를 가만히 쓰다듬어주었다.

"지나간 사람에게 신경을 쓰다니, 의미 없다고 생각 안 해? 나는 나오토가 지금까지 누구하고 사귀었는지, 그런 건 요만큼도 관심 없어."

나는 몸을 일으켜 에리코를 다시 한 번 바라보았다.

"나는 그렇지 않아. 누군가에게 진심으로 관심이 있다면 그 사람의 과거까지 모두 알고 싶은 게 당연한 거 아닐까? 에리코가 만일 내 지나간 여자관계에 관심이 없다면 그건 내게 관심이 없다는 말이나 똑같다고 생각하는데?"

에리코가 자기에게 안기라고 손짓을 해서 나는 다시 그녀에게 몸을 맡겼다.

"알았네, 알았어."

그리고 다시 웃으면서 말했다.

"하지만 내가 아무리 물어봐도 자기는 그런 거 절대로 말해주지 않을 거지?"

"그야 당연하지."

"그럼 대체 어떻게 해야 돼?"

그 대목에서 나는 다시금 몸을 일으켰다.

"네 마음대로 조사해보면 돼."

"자기처럼?"

"그래."

"그런 짓을 해서 뭐하려고? 조사해서 나오토한테 보고하거나 추궁하면 되는 건가? 그러면 자기는 좋겠어?"

"뭘 하느냐 마느냐 하는 문제가 아니야. 그렇게 조사해본다는 행위 자체가 중요한 거지."

"하지만 방법이 없잖아? 자기 집에 한 번도 데려가준 적이 없으면서."

대충 넘어가려는 듯한 말이었지만, 이번에는 내가 한숨을 내쉴 차례였다.

"자기, 정말 귀찮은 사람이다. 하지만 나는 나와 사귀는 나오토를 보는 것만으로도 자기에 대해서는 충분히 알았다고 생각해. 나는 그런 나 자신의 눈을 믿기로 결심했으니까."

그야말로 에리코다운 말투로 딱 잘라 선언한 것이다.

비와코 대교를 건너 점심 전에 히코네에 도착했다. 어제와는 다르게 햇살은 따스하고 불어오는 바람도 부드러웠다. 히코네 시청 주차장에 차를 세워놓고 호국사 옆의 붉은 기둥 문을 지나 안쪽 연못 길을 따라 성 안으로 들어갔다. 성곽 내의 단풍나무며 은행나무는 완전히 물이 들었다. 다몬 성루 바로 앞에서 왼쪽으로 굽어들어, 우선 우모레기노야로 향했다. 이곳은 이이(井伊) 가문의 열넷째 아들로 태어난 나오스케(1815~1860, 에도 막부 시대에 오우미히코네 번의 제13대 번주. 14남이자 서자로 태어나 학문과 다도, 시와 음악에만 전념하는 청년기를 보냈으나, 형이자 12대 번주 이이 나오아키의 양자가 되어 제13대 번주에 올랐다. 개국론을 주장하고, 대대적으로 번정을 개혁하는 등 명군으로 불렸다―옮긴이)가 17세 때부터 32세까지 불우한 15년을 보낸 저택으로, 후나하시 세이이치(1904~1976)의 소설 『꽃의 생애』의 주요 무대가 된 장소이기도 했다.

'이이 나오스케의 학습당'이라는 큼직한 간판이 걸린 바깥문을 들어서자 산뜻한 단층 구조의 건축물이 이어졌다. 서너 명의 관광객이 건물을 돌며 창호지문을 활짝 열어둔 실내를 대나무 울타리 너머로 들여다볼 뿐, 주변은 고요했다.

"역시 이이 나오스케가 살던 곳이라 그런지 으리으리하다."

감탄 섞인 에리코의 말에,

"이 정도면 당시로서는 겨우 중간급 번사의 집이야."

라고 내가 웃으며 대꾸했다.

나오스케가 거처하던 방에는 그의 등신대 패널이 서 있고, 에리코는 거기에 붙은 설명서를 그야말로 열심히 읽고 있었다. 이이 나오스케를 둘러싼 일미수호 통상조약, 대 옥사(번정을 개혁하기 위해 대대적으로 반대파를 처벌한 사건—옮긴이), 사쿠라다몬 밖의 변(번정 개혁에 반발한 번사에 의해 나오스케가 암살당한 사건—옮긴이) 등등. 그런 것에 별로 관심도 없을 텐데 왜 저러나, 하고 생각하면서 나는 그녀의 모습을 등 뒤에서 바라보았다.

"『꽃의 생애』라는 책 읽어본 적 있어?"

갑자기 뒤를 돌아보며 에리코가 물었다.

"있지."

나는 대답했다.

"정말 뭐든 다 읽었구나."

"뭐, 그렇지도 않아."

"어떤 이야기야?"

"글쎄, 별로 인상적이지는 않았는데. 주인공은 나오스케라기보다 그의 측근이면서 번정 개혁을 지휘했던 나가노 슈젠이라는 사람이었어.
그 두 사람과 무라야마라는 절세미인이 얽히는, 말하자면 삼각관계 소
설이었을걸?”
　“우와~”
　나는 『꽃의 생애』에서 마음에 들었던 구절이 생각나서 외워보았다.

　　　옛말에도 세상 사람의 마음을 어지럽히는 것은 색욕이라 하지 않았습
　　　니까. 구메(久米)의 선인(나라 현의 사찰 구메사의 개조로, 하늘을 나는 신
　　　통력을 가졌으나 구메 강가에서 빨래하는 젊은 여인의 하얀 정강이에 홀려
　　　신통력을 잃고 땅에 떨어진 뒤 그 여자를 아내로 삼았다는 이야기가 전해온
　　　다―옮긴이)이 빨래하는 여인의 하얀 정강이를 보고 신통력을 잃었다
　　　하고, 여자의 머리채로 짠 그물에는 큼직한 코끼리가 잡히고, 또한 여
　　　인네가 신던 나막신으로 만든 피리에는 가을 사슴도 얼른 다가온다고
　　　하지요. 여자야말로 마물(魔物)입니다. 웬만해서는 마음을 풀어서는
　　　아니 됩니다.

　에리코가 어이없다는 표정으로 나를 바라보았다.
　“그나저나 자기 머릿속은 어떻게 생겼을까? 나, 늘 궁금하더라.”
　“이건 무라야마라는 여자 때문에 방황하는 나가노 슈젠을 차마 볼 수
없어서 교토 여숙의 주인이 충고를 해주는 장면이야. 한마디로, 에리코
같은 여자의 머리채라면 고래라도 낚을 수 있고, 신고 있는 그 구두를

양손에 들고 딱딱 치면 판다라도 우르르 몰려올 거라는 얘기야."

기억의 라이브러리에서 억지로 데이터를 끌어내느라 나는 머릿속이 마모된 듯한 느낌이었지만, 오랜만에 그 구절을 곱씹어보면서 실로 정곡을 찌르는 말이라고 새삼 감동했다.

―여자야말로 마물이요, 색욕만큼 남자의 마음을 어지럽히는 것은 없나니.

몇 해 전에 매리너스로 이적한 이치로가 오릭스에 몸담고 있던 시절 사귀었던 애인과 다투고 난 뒤, 결국 섹스 장면을 잡지에 폭로해버렸을 때 그의 애인이 한 말에 따르면, 이치로는 참으로 적절하게도 이렇게 중얼거렸다고 한다.

"남자는 성욕만은 억제할 수가 없어."

정확한 배트 컨트롤을 자랑하는 천재도 하반신의 배트만은 마음대로 할 수 없는 모양이라고, 나는 그 기사를 읽으며 절절히 감동했었다. 하지만 역시나 아름다운 여자라는 건 무시무시한 존재다, 지금 이렇게 내 눈앞에 서 있는 에리코도 분명 그렇다고 생각했다.

그러고 보니 이번 월요일에 어느 작가를 함께 담당한 모 출판사 상무와 술을 마셨는데, 그가 이렇게 말했다.

"나는 매일 아침 마스터베이션을 하지 않으면 회사에 나올 수가 없어. 벌써 몇 년째 그렇다니까."

그러면 성인 비디오라도 감상하면서 그걸 하시느냐고 내가 물었더니,

"뭐, 가끔은. 하지만 대개는 아침에 눈을 떠 침대 안에서 이래저래 망상하면서 해."

라고 했다.

상무라고는 하지만 아직 서른여덟 살밖에 안 된 사람이다. 앞으로 열 살을 더 먹은 뒤 나도 그래야 하는 건가, 하고 생각하니 적잖이 지긋지긋해져왔다. 무라카미 하루키의 『노르웨이의 숲』에도 주인공이 데이트하기 전에 마스터베이션을 한다는 이야기가 나오지만, 나 역시 에리코와 함께 자지 못한 날 밤, 그리고 도모미나 오니시 부인도 만나지 못한 날에는 곧잘 마스터베이션을 했다.

그나저나 결혼한 남자들은 아내 몰래 그런 짓을 하기도 무척 번거로울 텐데 대체 어떻게들 할까, 이따금 나는 궁금했다. 아내 쪽도 그렇다. 노상 집에 있는 부인이라면 적당히 집 안에서 해결하거나, 때에 따라서는 주부 매춘이나 요즘 한창 유행하는 소개 사이트 등을 통해 퇴색해버린 결혼 생활에 대한 불만을 해소하려고 안달할지도 모른다는 생각이 들었다.

지난주에 원고를 받으러 나갔다가 우라와 역 앞에서 택시를 탔는데, 오십대 운전기사가 쉴 새 없이 휴대전화 문자를 체크하고 있어서 왜 그러느냐고 물어봤더니,

"유부녀 둘인데, 둘 다 이십대야. 한 명은 스물넷, 또 한 명은 스물여섯. 젊은 남자는 아무래도 위험하고 겁난다면서 나이 먹은 나를 만나주더라니까."

라고 자랑했다.

"하지만 소개 사이트라고 해봤자 별로 쓸 만한 여자는 없을 텐데요?"

"그야 그렇지. 이 두 여자도 몇십 명을 건넌 끝에 겨우 성사된 거야."

내 물음에 운전기사는 약간 들뜬 목소리로 그렇게 대답했었다.

히코네 성의 천수각은 오쿠마 시게노부가 성을 폐하고 철거하기 직전에 시찰을 나왔다가, 그 위용을 안타깝게 여겨 일부러 메이지 천황에게 진언하여 남겨놓게 했다는 이야기가 있을 만큼 훌륭한 건축물이었다. 하지만 이 천수각은 교고쿠 다카쓰구(에도 시대 초기의 다이묘—옮긴이)의 거점이던 오츠 성을 옮겨 지은 것이고, 그렇게 보자면 이곳의 덴빙 성루도 원래는 도요토미 히데요시 쪽의 나가하마 성루였다고 한다.

가슴을 찌를 것 같은 급경사의 계단을 지나, 3층 3계단의 천수각 꼭대기에 올라 눈 아래 펼쳐진 북서쪽의 비와코를 바라보며 내가 그런 이야기를 해주었더니,

"옛날에도 그렇게 리사이클을 했었구나."

라고 에리코가 말했다.

"그야 그렇지. 성의 축조는 막대한 비용이 드는 대사업이거든. 전쟁 때마다 불에 타기도 했지만, 타고 남은 건축 재료나 돌담 같은 건 반드시 다시 이용했어. 그러지 않고서는 돈도 시간도 너무 많이 들거든."

"전국의 번주들도 경제관념은 분명하게 갖고 있었다는 거네?"

"당연하지. 그이들, 요즘 사람들보다 훨씬 더 반듯하게 살았으니까."

"하지만 걸핏하면 전쟁만 했잖아?"

"그만큼 그들은 죽음이라는 걸 잘 알고 있었던 거지. 죽음을 알지 못하고서는 인간이란 철저하게 살아갈 수 없거든."

"그럼, 자기는 죽음을 알아?"

"아니. 나는 그저 태어나지 않는 게 더 좋았다고 생각하면서 살 뿐이지."

"또 엉뚱한 소리 한다."

에리코는 내 손을 잡고 나란히 서서 푸르른 경치를 바라보았다. 온화한 호수에는 잔물결 하나 없었다. 잠시 침묵한 뒤에 에리코가 입을 열었다.

"태어나지 않는 게 더 나았다는, 그런 소리 하면 안 돼. 그런 말을 하면 틀림없이 벌 받을 거야. 조금 더 살고 싶어도 살지 못하는 사람들이 얼마나 많은데."

그 말에 나는 문득 어머니를 떠올렸다.

그 사람도 조금 더 살 수 있기를 기원하면서 오늘 이 시간, 이 순간을 병원 침대에서 보내고 있을까.

"그런 사람은 대체 언제까지 살아야 이제 그만 충분하다고 생각할까……."

딱히 에리코에게 던진 말도 아니면서, 나는 작은 소리로 중얼거렸다.

"그런 사람이라니?"

에리코가 되물었다.

"조금 더 살고 싶어도 살지 못한다는 사람들 말이야."

나는 희끔희끔 빛을 반사하는 호수에서 눈을 떼지 않은 채 에리코의 손을 꼭 잡았다.

"누군가 조금 더 살기를 간절히 원한다면 내 목숨을 내줘도 상관없다는 그런 마음이 들어. 하지만 그렇게 해서 내 한정적인 목숨을 그 사람에게 준다고 해도, 몇십 년 뒤에는 또다시 좀 더 살고 싶어도 살지 못하는 시간이 찾아와. 그러면 그 사람은 또다시 조금 더 살고 싶다고 할 거 같은데?"

"하지만 이제 곧 죽는다는 선고를 받은 사람들은 모두, 앞으로 일 년만이라도 더 살고 싶다고 생각하지 않겠어?"

"그럼 그 일 년이 지나면 죽어도 좋다는 얘기?"

"심정적으로는 그럴 거야. 그러면 자신의 죽음을 받아들일 준비를 할 수 있잖아?"

"그럴까?"

잠시 생각해보았다. 죽음에 준비 같은 게 있을까? 준비라고 한다면 살아가는 것 자체가 모두 다 죽음을 위한 준비 아닌가.

그래서 내가 말했다.

"나는 그렇게는 안 될 거라고 생각해. 공연히 일 년 더 살고 나면 다들 필사적으로 더 살려고 할 것이고, 막상 죽을 때는 그저 일 년 전보다 확실하게 체념해버렸다는 것밖에 없을 거야."

"그렇지. 그 체념이라는 게 몹시 중요한 거야."

에리코가 틈을 놓치지 않고 대꾸했다.

하지만 나는 그렇게 생각하지 않았다. 체념한다는 게 중요한 것일 리도 없거니와 그리 대단한 것일 리도 없다. 체념이란 어차피 한순간의 각오에 지나지 않는 것이므로. 게다가 체념하는 게 '몹시 중요한' 것이라고 한다면, '태어나지 않는 게 더 나았다' 라는 건 어째서 '벌 받을' 일이란 말인가.

에리코가 하는 말은 얼핏 듣기에는 그럴싸하고 당연하게 들리지만, 조금만 더 세세하게 검토해보면 항상 그런 식으로 논리성이 떨어진다고 나는 생각했다.

우리는 히코네 프린스호텔에서 늦은 점심을 먹은 뒤, 자동차로 아즈치에 나가 아즈치 성터를 견학했다. 최근에 열성적인 발굴조사와 연구에 의해 아즈치 성의 전모가 컴퓨터 그래픽으로 재현되면서 준공 당시의 장대한 스케일과 황금 칠을 한 천수각 등이 화제가 되었다. 하지만 실제로 성터에 와보니 나지막한 언덕에 돌담 몇 군데만 남아 있는 초라한 풍정이었다. 물론 그 영역의 흔적을 더듬어보는 것만으로도 이 성곽이 완전히 급이 다른 엄청난 규모라는 건 충분히 짐작할 수 있었다. 산꼭대기 천수각 자리를 향해 한없이 이어진 계단을 오르면서 에리코가 투덜거렸다.

"그나저나 이 계단은 왜 이렇게 폭이 넓지? 이러면 올라가기가 힘들잖아. 보폭에 맞춰서 좀 좁게 만들었으면 좋았을 텐데."

"이건 말이 올라갈 수 있도록 일부러 폭을 넓게 잡은 거야. 게다가 적이 공격해왔을 때 우리 쪽 병사가 창을 겨누고 두 다리를 버틸 수 있을 정도의 폭이 필요했거든."

"어머, 그런 거였어?"

항상 그렇듯이 에리코는 쉴 새 없이 감탄하고 있었다.

천수각 터에 도착했을 때는 햇살이 급작스럽게 가라앉고 차가운 바람이 불기 시작했다. 둘 다 땀을 흠뻑 흘려서 그 땀이 냉기를 몰고 왔다. 잽싸게 언덕을 내려와, 에리코가 하자는 대로 다시 교토로 돌아왔다. 본의 아니게 늦은 저녁식사를 하게 되었지만, 그녀가 안내해준 가모가와 강가의 요정은 음식 맛도 좋고 계산도 그녀가 했기 때문에 나는 몹시 흐뭇했다.

"미리 말해두겠는데, 이곳은 자기가 괜히 지레짐작하는 그런 집이 아니야."

요정 문을 들어설 때 에리코가 묻지도 않은 말을 했다.

"아, 미안해. 내가 괜히 미운소리를 해서."

내가 사과하자 에리코는 입술을 깨물며 얄밉다는 표정을 지었다.

식사를 마치고 이번에는 내가, 간사이 지방에 내려올 때마다 들르곤 하던 기온의 술집으로 에리코를 안내했다. 그 술집 여주인은 내가 담당하는 한 젊은 작가의 아버지의 둘째부인으로, 왜 그런지 언제 찾아가도 나를 반갑게 맞아주었다. 통통한 고양이처럼 동글동글한 몸매에 새로 꺼낸 비누처럼 반들거리는 흰 피부가, 내가 맡은 작가와 꼭 닮아서 나는 내심 그가 이 여주인의 친아들일 거라고 짐작하고 있었다.

그날 밤도 여주인은 우리 두 사람을 크게 환영해주었다. 그녀에게 에

리코를 소개하자,

"어머나, 참말로 미인이네. 우리 마쓰바라 씨, 잘 부탁해요."
라고 몇 번씩이나 당부했다. 내가 본격적으로 술을 마시기 시작하자 여주인은 카운터 한쪽으로 에리코를 불러내더니 한참이나 둘이서 숙덕숙덕 이야기를 나누었다.

어제 묵었던 호텔로 가는 택시 안에서 에리코가 이런 말을 했다.

"자기는 항상 까다로운 얼굴을 하고 있지만, 사실은 심하게 외로움을 타고 혼자는 못 살 사람이라고 그 술집 아주머니가 그러던데? 자기 같은 사람은 의외로 어디에도 갈 데가 없는 법이라나?"

그 말을 듣고 보니, 한참 전에 그 술집에서 나 혼자 진탕 취해 2층 방에서 하룻밤 신세를 진 일이 생각났다. 여주인의 뇌리에는 아마도 그때의 내 한심스러운 몰골이 낙인처럼 찍혀 있을 것이다. 어쩌면 그녀의 무릎에 엎어져 외로워 죽겠다고 징징거리는 추태를 보였는지도 모른다. 하지만 그런 일은 대충 장난삼아 해보는 짓으로, 나는 여러 술집에서 한 번씩은 그런 짓을 했었다. 그건 개가 자기 영역의 전봇대에 오줌을 갈기고 다니는 것과 똑같은, 한낱 어리석은 습성에 지나지 않았다.

여주인의 오지랖 넓은 성격에도 이제 적잖이 환멸이 느껴진다고 내심 생각했지만, 왠지 기분이 좋아 보이는 에리코에게 그런 느낌은 물론 내색하지 않았다.

2

교토에서 돌아오자, 에리코와는 한동안 만나지 않는 게 좋을 것 같은 생각이 들었다.

그녀와는 섹스도 어지간히 많이 해서 신체 친화력이 기묘하게 높아진 상태였고, 주말을 이용한 짧은 여행이라고는 해도 아침부터 밤까지 계속 함께 보냈다는 경험은 앞으로 이어질 그녀와 나의 관계에 뭔가 긴요한 의미를 부여할 가능성이 컸다. 에리코에게 내 존재는 보다 확실한 것이 되었을 테고, 내게도 에리코는 한층 또렷한 존재가 되었다.

그것은 결코 불쾌한 일이 아니었다. 하지만 나로서는 이쯤에서 에리코와의 접촉을 당분간 중단하는 쪽을 선택하고 싶었다. 그렇게 해서 다시 한 번 에리코를 아직 잘 모르는 사람으로 해두고 싶었다. 대부분의 인간관계를 유지하기 위해서는 우선 상대를 이해하려고 애쓰고, 그 다음에는 충분히 이해하지 않은 상태로 남겨두는 게 중요하다고 나는 생각한다. 한 번 읽은 책은 다시 읽고 싶지 않고, 억지로 읽게 되면 따분하고 싫증이 난다. 타인과의 사귐도 그것과 비슷하다.

오래전에, 사귀던 여자에게 그런 말을 했더니 그녀는 이렇게 말했다.

"인간은 책 같은 게 아니고, 몇 번을 다시 읽어도 재미있는 책도 있어. 그래도 인간을 굳이 책에 비유한다면 그건 끝이 없는 길고 긴 이야기책이라고 생각해."

그녀는 또 이렇게도 말했다.

"원래 인간이라는 책에는 판독 불가능한 문자며 암호 같은 게 수없이 많아서 아무리 많이 읽어도 완벽하게는 이해할 수 없는 거야. 기왕 비유할 거라면, 인간이란 저마다 수십 만 종류의 소리가 뒤엉킨 음악 같은 거라고 생각해. 들을 때마다 매번 인상이 바뀌는, 아마도 그건 정말 복잡한 음악일 거야."

그때도 나는 며칠 동안 그녀가 한 말을 이해하려고 진지하게 노력해보았다. 하지만 나로서는 몇 번을 다시 읽어도 재미있는 책이라는 건 없다는 생각이 들었다. 더구나 끝이 없는 이야기 따위는 더더욱 그렇다. 하물며 인간을 음악에 비유하다니, 대충 그럴싸하게 둘러대는 데도 정도라는 게 있는데 말이다.

그리고 나는 마침내 이렇게 생각했다.

만일 몇 번이고 똑같은 책을 읽고 싶다면, 읽은 내용은 죄다 잊어버리는 수밖에 없는 거라고.

나는 에리코의 몸을 알았다. 옛 남자에 대해서도 알았다. 그 외의 일도 상당히 많이 알게 되었다.

그렇다면 이제는 좀 잊어버리도록 해야지.

그래서 다음 날부터는 술을 마시며 밤 시간을 보냈다.

첫날은 같은 회사 직원들과 어울려 신주쿠에서 밤새 술을 마시고 그 길로 출근했지만, 좋지도 싫지도 않은 자들과 함께 어울리는 건 지독히 따분하고 귀찮은 일이었다. 그래서 둘째 날부터는 나 혼자 몇 군데 단골 술집에 얼굴을 내밀었다. 대체로 새벽 3시쯤까지 술을 마시다가 집으로 돌아왔다.

그 사이에 에리코에게서 몇 차례나 전화가 왔지만 나는 한 번도 받지 않았다.

닷새째 날 아침, 맹렬한 치통 때문에 잠이 깼다.

반년쯤 전에 치료하다 만 오른쪽 사랑니가 밤마다 마셔댄 술 때문에 곪을 대로 곪아버린 모양이었다. 옆머리를 쇠망치로 두드리는 듯한 통증은 그럭저럭 견뎌볼 만한 정도가 아니었다. 나는 수도 없이 예약을 어겼던 치과로 뛰어갔다. 아니나 다를까, 중증이라는 진단을 받았고 결국 이를 뽑아야 했다.

그날 밤에도 술을 마시러 나갔다. 이를 뽑고 한 시간쯤 지나자 출혈은 멎었고, 치과에서 받아 온 3회분의 약을 한꺼번에 먹어버렸더니 눈 깜짝할 사이에 통증도 사라졌다. 점심식사는 사양했고, 그 대신 저녁나절에 어느 수필가를 꼬드겨 야나기바시 쪽으로 초밥을 먹으러 갔다. 그 초밥 집에서 일본주를 세 잔쯤 마셨지만 아무렇지도 않았다.

9시쯤에 수필가와는 헤어졌고, 그로부터 한 시간 뒤에는 내 아파트가 있는 모리시타 역 옆의 술집 '뉴소울'의 문을 두드렸다.

손님의 모습은 보이지 않고 도모미 혼자서 잔을 닦고 있었다.

카운터에 일곱 개의 스툴이 늘어서 있고, 좁고 기다란 가게 안쪽에 디근자 모양의 갈색 소파와 네모난 테이블이 딱 한 세트만 놓인 조그만 주점이다.

나는 료고쿠 역 쪽에 있는 잡화점에서 가게 앞에 늘어놓은 '따먹자

햄타로' 봉제인형 하나를 사들고 갔다.

벌써 한 달째 얼굴을 보여주지 않았더니, 도모미는 나를 보고서도 별반 표정이 바뀌는 일 없이 "어라라" 하고 중얼거렸다.

나는 도모미 정면에 있는 스툴에 앉아 봉제인형을 카운터에 올려놓으며 물었다.

"다쿠야, 잠들었어?"

도모미는 말없이 미즈와리를 만들어 잔을 내 앞에 놓아주더니 그제야 입을 열었다.

"요즘 밤늦게까지 잠을 안 자는 통에 정말 힘들어."

그리고 카운터 오른편 안쪽에 있는 어둡고 급한 계단에 대고 큰 소리로 불렀다.

"다쿠야, 형 왔다~"

"머리 염색했네?"

묘하게 불그레하고 푸석푸석한 도모미의 머리칼을 나는 그제야 알아보았다.

"좀 이상하지?"

"아니, 그렇지 않아."

급하게 계단을 뛰어내려오는 다쿠야의 발소리가 났다. 그제야 도모미가 내 얼굴을 똑바로 바라보며 얼굴에 웃음을 지었다.

햄타로를 건네줬더니 파자마 차림의 다쿠야가 아주 좋아했다. 노상 감기에 걸리는 병약한 아이였다. 올해 벌써 다섯 살이 되는데도 여전히 한 달에 한 번씩은 꼭 열이 났다. 몸집도 다른 또래 아이들보다 훨씬 야리야리하고 안색도 창백했다. 제 엄마를 닮아 눈만 커서 더욱더 병약한 인상을 풍겼다.

그때 손님이 들어왔다. 손님이 오면 2층으로 돌아가야 해서 다쿠야는 약이 오른 얼굴로 그 남자 쪽을 흘끔 노려봤지만, 도모미가 턱짓으로 어서 가라고 재촉하자 순순히 봉제인형을 안고 계단을 올라갔다. 이마에 주름이 많고 축 늘어진 갈색 양복을 입은 오십대 손님으로, 이곳에서 이따금 본 적이 있는 사람이었다.

도모미가 그 사람의 술병을 꺼내 진한 미즈와리를 만드는 동안, 나는 카운터 앞으로 몸을 내밀고 작은 소리로 물었다.

"저기, 모레 일요일에 디즈니랜드 안 갈래?"

남자 앞에 잔을 내려놓더니 도모미는 내 빈 술잔을 바꿔주었다.

"지난번에 우에노 동물원에서 하루 종일 지겨워 죽겠다는 얼굴을 했던 건 누구시더라?"

"그날은 진짜 추웠거든. 그러지 말고 가자. 언론사용 공짜 표도 받았어. 어트랙션은 마음대로 탈 수 있고, 식사권도 딸려 나온 티켓이야. 옆에 디즈니 시도 생겼고 익스피어리도 있으니까 쇼핑도 즐길 수 있고 말이지."

나는 항상 그렇듯이 마구 밀어붙였다.

"가만 생각해보니까 우리 한 번도 디즈니랜드에 가본 적이 없어. 다쿠야도 많이 커서 이제는 여러 가지 기구를 탈 수 있고. 마침 좋은 기회잖아? 다쿠야도 아주 좋아할 거야."

"그건 그러네."

도모미는 생각해보는 척했다.

"모레, 아침 10시에 자동차로 데리러 올게."

"그렇게 갑자기 가자고 보채면 어떡해. 나도 이래저래……."

"됐어, 데리러 올게. 그때 상황 봐서 못 가겠으면 안 가도 괜찮아."

그리고는 마구 술을 마셨다. 단골 남자 손님은 30분쯤 있다가 돌아가고, 그 뒤를 이어 대여섯 명이 자리를 바꾸듯이 들어와 노래방 기계로 신나게 두세 곡씩 부르고 물러갔다.

다시 손님이 끊기고 한참 지난 뒤였다. 내 이가 다시 격렬하게 통증을 일으킨 것은.

도모미는 내가 아파서 쩔쩔매는 모습을 보고 무슨 장난이라도 치는 줄 안 모양이었다. 그러다가 신음 소리가 가게 안에 울릴 즈음에야 겨우 진심으로 걱정해주었다. 내가 끙끙거리며 오늘 아침 일을 띄엄띄엄 말했더니, 이번에는 어째 이리 무모하냐고 나를 나무랐다.

하지만 그때는 이미 입에서 숏구치듯이 피가 나와 검은 비닐을 씌운 카운터에 작은 핏덩어리가 몇 개나 고였다. 얼마나 피가 나는지, 나 자신도 깜짝 놀랄 정도였다.

도모미는 당황해서 내 등 뒤로 돌아가 상의를 벗기고 넥타이를 풀더니 큼직한 타월을 목에 둘러주었다. 그리고 갑자기 2층으로 올라가 뭔가를 들고 내려왔다. 트와이닝 홍차 상자였다. 도모미는 홍차 티백 두

개를 꺼내 포장지를 뜯고 끝에 달려 있는 실로 한 묶음을 만들어 내 눈앞에 들이대며 그걸 물고 있으라고 했다.

"홍차에는 지혈 성분이 있어. 아프더라도 꽉 깨물고 있어."

내가 타월 귀퉁이로 입가를 막은 채 떨떠름한 얼굴로 있으려니 물에 살짝 적신 티백을 억지로 입 안에 쑤셔 넣었다.

하지만 사랑니가 빠진 구멍에 티백을 대고 죽을 둥 살 둥 꽉 물고 있었더니 턱이 갈가리 찢기는 듯한 통증이 더욱더 심해졌다. 나는 결국 카운터에 매달려 징징 우는 소리를 냈다. 정말로 눈에 눈물이 고였다.

홍차와 뒤섞인 피가 불쾌한 냄새를 풍기는 즙이 되어 입 안에 번져서 구역질이 났다. 숨을 쉴 수가 없었다. 취기까지 올라와 몸속의 열이 살갗까지 밀려드는데, 털구멍이라는 털구멍은 죄다 막혀서 어떻게도 발산할 수 없는 듯한 느낌이었다. 망막에 부연 안개가 끼어 눈앞의 것이 하나도 보이지 않았다.

도모미가 다시 2층에 올라간 뒤 내 머리 바로 위쯤에서 통통거리는 거친 발소리가 들려왔다. 5분쯤 지나서 도모미가 내려오더니 가게 문을 닫기 시작했다. 일곱 개의 스툴을 질질 끌 때 나는 콘크리트와의 마찰음이 통증으로 날카로워진 신경을 거스르는 것 같아 화가 났다.

나는 부축을 받으며 2층 도모미의 방으로 올라가 깔아놓은 이불 위에 눕혀졌다.

"홍차 때문에 통증이 더 심해졌어."

어깨를 빌려 계단을 올라가는 동안에도, 이불에 웅크리고 누운 뒤에도 나는 그렇게 도모미에게 툴툴거렸다.

"탈지면, 탈지면!"

내 재촉에 도모미는 경대에서 화장용 솜 상자를 가져와 몇 장인가를 겹쳐 건네주었다. 그것이 금세 빨갛게 물들어 베갯머리 방바닥에 흩어지고 눈 깜짝할 사이에 솜 상자는 빈 통이 되었다.

"다 떨어졌어."

솜 대신 티슈페이퍼를 내밀었을 때, 나는 그 서투른 조치를 도저히 참을 수가 없었다.

"탈지면쯤은 미리 사다놔야지. 다쿠야가 어디 다치기라도 하면 어쩌려고 그래? 이제 됐으니까, 그냥 놔둬."

도모미는 티슈 상자를 내 옆에 내려놓더니 아무 말도 하지 않고 저만큼 떨어져 앉았다.

한참 지나서 그녀는 얼음물이 든 대야와 적신 수건을 들고 돌아왔다. 차가운 수건이 뺨에 닿자 통증이 얼마간 사라지는 것 같았다. 그와 함께 취기가 두 배의 속도로 꺼져가면서, 나는 잠에 떨어지기 직전 같은 신비한 안도감을 느꼈다.

수건을 몇 차례 갈아주었을 즈음에 통증은 거의 사라졌지만, 나는 여전히 타성에 따라 신음을 흘렸다. 출혈은 멈추지 않고 계속되었지만, 문득 머릿속에 '아아, 세상이 다시 문을 여는구나' 라는 진부한 대사가 떠올라서 너무 과장스럽고 바보 같다고 생각했다. 어떻든 뭔가 머리를 굴려볼 힘이 돌아온 것이다.

몸을 구부린 자세로 졸음 속에 빠져드는가 싶을 때, 곁에 내내 있는 줄로만 알았던 도모미가 없다는 것을 깨달았다. 당황한 나는 고개를 쳐들고 주위를 둘러보았다.

네 평짜리 방 한구석에 도모미는 마치 사죄하는 사람처럼 고개를 숙인 채 앉아 있었다. 우는 건가, 하고 생각했는데 아무래도 무릎 앞에서 뭔가 열심히 손을 놀리는 것 같았다.

불그죽죽한 머리는 천박스러워서 도무지 어울리지 않았고, 고개까지 푹 숙이고 있어서 서른 살에 접어든 여자의 화장 밑 주름살까지 여지없이 드러내는구나, 하고 나는 생뚱맞은 생각을 했다.

도모미는 나보다 다섯 살이나 많았다. 여윈 목덜미가 푸르스름해서, 옆방에서 잠든 다쿠야의 얼굴이 저절로 떠올랐다.

한참이나 그러고 있어서 대체 뭘 하는 건가, 자꾸 신경이 쓰여 나는 타월로 뺨을 누른 채 몸을 일으켜 무릎걸음으로 그녀 쪽으로 다가갔다.

검은 치맛자락에 조그만 상자가 얹혀 있었다. 생리용품 상자였다. 나는 도모미의 손 안에서 가느다랗고 하얀 것을 발견했다. 도모미는 매니큐어를 바른 손톱 끝으로 그 단단한 생리용품의 솜을 일일이 풀어내고 있었다.

내 시선을 깨닫고 그녀가 천천히 고개를 들었다.

"조금만 더 참아. 이제 조금만 더하면 탈지면 대신 쓸 수 있어."

진지한 눈빛으로 도모미는 그렇게 말했다.

3

다음 날 아침, 나는 치과에 가기 위해 일찌감치 일어났다.

통증은 완전히 가라앉았지만, 다음 날이 일요일이라는 게 영 불안했다. 다시 전날 밤 같은 고통을 겪는다면 그건 절망이다. 정말로 절망이라고 생각했다. 어떻게든 대량의 진통제를 준비할 필요가 있었다.

옆에서 자는 도모미를 깨우지 않으려고 살금살금 잠자리에서 빠져나와 바지를 꿰입고, 탁자 위에 있던 가구점 광고지 뒷면에 볼펜으로 몇 마디 적어두기로 했다. 베개에 피를 묻혀서 미안해, 어젯밤에 간호해줘서 고마워, 라고 쓰고 있는데 잠이 깬 도모미가 갑자기 등 뒤에서 말을 건네는 바람에 화들짝 놀랐다.

나를 바라보는 베개 위 도모미의 얼굴은 화장기가 전혀 없었다. 간밤 그 난리 속에서 어느 겨를에 화장을 지웠는지 신기한 생각이 들었다.

힘없는 커다란 눈 속에 피곤이 탁하게 고여 있는 모습이 커튼 너머 엷은 빛을 받아 또렷이 보였다. 하지만 그 얼굴은 몹시 매력적이기도 했다. 자잘한 주름이 두드러지고 맨살이 낱낱이 드러난 윤기 없는 얼굴에는 강한 리얼리티가 있었다. 또렷한 눈썹과 높은 콧날, 그리고 그 단정함을 무너뜨리는 두툼한 입술이 피곤한 기색과 잘 어우러졌다. 저절로 에리코와 오니시 부인의 얼굴이 머릿속에 떠오르면서 도모미에게는 그녀들과는 다른 특별한 아름다움이 있다고 생각했다.

눈이 마주치자,

"인형 선물, 고마워."

라고 도모미가 말했다.

"그래. 내일 10시에 데리러 올게."

"응."

내 말에 도모미가 마치 소녀처럼 고개를 끄덕였다.

나는 상의 안쪽 호주머니에서 지갑을 꺼내 만 엔짜리 지폐 세 장을 뽑아 광고지 위에 올려놓았다. 만 엔 지폐에 그려진 후쿠자와 유키치의 얼굴 위에 볼펜을 얹어놓고 도모미에게 슬쩍 손을 흔들어준 다음, 발소리를 죽여 계단을 내려왔다.

내가 사는 집은 모리시타 역에서 몬젠나카초 쪽으로 15분쯤 들어간 곳에 있다. 스미다가와 강으로 흘러드는 오나기가와 강 위의 다카바시 다리를 건너 한참 더 걸어가야 하지만, 기요스미 정원 근처 절이 많은 동네여서 작은 빌딩이며 상점이 들어선 지역이다. 뉴소울은 모리시타 역에서는 반대편인 료고쿠 쪽에 있었기 때문에 그대로 걸어가면 30분은 족히 걸린다. 그래서 평소에는 택시를 이용했지만, 그날 아침에는 다니던 치과가 다카바시 다리 옆이라 어쩔 수 없이 걸어가기로 했다.

치료를 받고 약을 타서 다시 집으로 걸어 돌아왔다.

'나기사 연립주택'이라는 낡은 콘크리트 3층 건물이다. 작은 도랑 옆에 있는 집인데, '나기사(汀, 큰 강가나 호숫가, 바닷가의 뜻—옮긴이)'라는 이름이 약간 묘한 느낌을 준다. 하지만 그저 집주인의 손녀딸 이름에서 따온 것일 뿐 그리 깊은 뜻이 있는 건 아닌 모양이었다. 아무튼 각 층마다 세 가구씩, 모두 합해 아홉 집이 똑같이 방 두 개에 거실과 부엌이 딸린 조그만 연립주택이었다.

일 년 내내 어둠침침한 계단을 올라가 복도 가장 안쪽에 있는 내 집 대문 손잡이를 돌렸다. 잠그지 않은 현관문을 열면서 문득, 그러고 보니 요즘 라이타도 호노카도 한참이나 얼굴을 안 보여주는구나, 하고 생각했다.

신을 벗고 집 안으로 들어갔다. 5일분의 진통제와 소염제로 빵빵해진 약봉지를 부엌 식탁에 내려놓고, 우선 주전자부터 불에 올려 커피 마실 준비를 하고 냉장고를 열었다. 맥주 말고 먹을 거라고는 하나도 없다는 것을 확인하고, 부엌과 이어진 세 평짜리 방 문을 열었다.

커튼을 친 어두운 방 안을 둘러보았지만 열흘쯤 전에 호노카가 왔다 간 뒤로 환기를 위해 한 차례 들어왔던 때와 달라진 게 없었다. 확인차 벽장을 열고 이불이 놓인 모양새를 살펴보았지만, 호노카는 언제라도 얌전하게 개켜놓고 가기 때문에 그 뒤로 이불을 썼는지 어떤지는 분명하지 않았다. 하지만 시트며 베갯잇이 별로 구겨지지 않은 걸 보면 몇 번씩 꺼내고 다시 넣고 한 것 같지는 않았다. 역시 호노카는 그 뒤로 한 번도 이곳에 오지 않은 모양이다.

라이타가 묵고 갈 때는 부엌과 복도를 끼고 따로 떨어진 네 평짜리 방에서 나와 함께 자기로 했기 때문에, 그가 요즘 들어 통 얼굴을 내밀지 않았다는 건 틀림없었다.

라이타야 어찌 됐건 호노카는 요즘 어떻게 지내는 걸까, 적잖이 마음에 걸렸다.

이 집에 마음대로 드나들게 해준 지 반년쯤 되었지만, 지금까지 일주일에 한두 번은 꼭 찾아와 묵어가곤 했다. 이렇게 오랫동안 발길을 하지 않은 건 처음이었다. 어딘가에 좀 더 편리한 잠자리를 마련했을 수도 있지만, 호노카에겐 도저히 그럴 만한 재주가 없을 것 같았다.

등 뒤에서 주전자가 요란하게 울어대는 바람에 호노카의 일은 머리에서 몰아내고 부엌으로 돌아왔다.

혼자 걱정해봤자 연락을 취할 방법이 있는 것도 아니고, 어떻게 손을 써볼 수가 없었다. 라이타도 그렇고 호노카도 그렇고 딱히 깊이 있는 교류를 하는 건 아니었다.

커피를 엷게 타서 2인용 소파 테이블에 앉았다. 멍하니 베란다 창 너머의 경치를 바라보고 있으려니 느닷없이 양복 호주머니 속의 휴대전화가 울렸다. 꺼내어 액정 화면을 보았다. 에리코의 이름과 휴대전화 번호가 떠 있었다. 잠깐 망설였지만, 버튼을 누르고 휴대전화를 귀에 댔다. 에리코의 목소리가 들려왔다. 그 소리를 들으며 손목시계를 보니 바늘이 9시 20분을 가리키고 있었다.

일주일 동안 어떻게 지냈느냐고 에리코가 걱정스런 목소리로 물었다. 말투로 봐서는 아무렇지도 않은 척하고 있지만, 아무리 연락해도 전화를 받지 않는 나한테 화가 나 있는 게 느껴졌다. 하지만 나는 오랜만에 듣는 그런 목소리의 에리코가 사랑스러웠다. 일주일 내내 술만 마셨다, 사랑니를 뽑았다, 라는 말과 함께 방금 전까지 치과에 누워 있었노라고 말했다.

"별로 힘들진 않았어."

"밥은 잘 먹어?"

"응, 잘 먹어."

"이제 아프지는 않아?"

"안 아파. 그리고 약도 잔뜩 타 왔어."

"그랬구나……."

"그보다 무슨 급한 일이라도 있어?"

"왜?"

"몇 번이나 전화한 것 같아서."

여기서 에리코가 한순간 숨을 삼키는 듯했다.

"근데 왜 전화를 받지도 않고 걸어주지도 않았어?"

"미안해. 어쩐지 받고 싶지 않았어. 밤에는 일찌감치 술에 취해 있었고."

나는 집에 전화를 놓지 않았다.

"급한 볼일이었으면 어쩌려고 그랬어?"

"그런 일이었어?"

에리코는 아무 대답도 하지 않았다.

"그런 때는 회사로 걸면 돼. 부재중이라도 회사에는 메모를 남길 수 있잖아."

전화기 너머에서 에리코의 작은 한숨 소리가 들려왔다.

"아휴, 정말 못 말려. 최소한 회사에 PC라도 놓으면 좀 좋아? 자기 회사에 직접 전화하는 건 좀 그렇단 말이야."

나는 작년 4월의 인사이동으로 2년 동안 근무하던 월간지 편집부에서 출판부로 옮겼고, 그 뒤로 컴퓨터는 일절 사용하지 않았다. 다달이 교정할 게 있고, 마감일에 집중적으로 원고가 들어오는 잡지 편집부에서는 메일로 원고를 주고받는 것이 보통이지만, 지금처럼 일 년 동안 많아야 열 권 남짓한 단행본을 교정하면 되는 경우에는 메일을 이용할 필요가 없다.

"내가 메일을 싫어한다는 건 한참 전에 말했을 텐데?"

"그건 그래."

에리코는 내 말에 맞장구를 치더니 이렇게 덧붙였다.

"처음부터 전화를 냉큼 받아줬으면 나도 자꾸 전화하지 않았을 거고, 자기도 그러는 게 좋았잖아?"

"이론적으로 보자면 그렇지. 하지만 지난번 여행에서 돌아온 뒤로 에리코와는 조금 거리를 두고 싶었어."

나는 솔직히 말했다. 그러자 에리코가 킥킥 웃는 소리를 냈다.

"그게 뭐야? 또 엉뚱한 소리를 하네."

"그런가?"

"당연하지. 내가 싫어진 거야?"

"그런 건 아니고."

"근데 왜 그런 말을 해?"

"나는 그냥 서로 신선한 관계를 유지하는 게 필요하다고 생각했을 뿐이야."

에리코가 다시 웃는 바람에 내가 물었다.

"왜 웃어?"

"아니, 연인 사이에 자주 만나지 않아야 신선한 관계가 유지되다니, 그게 말이 돼?"

"그런가?"

"물론이지. 누군가를 좋아할 때, 늘 신선한 마음을 유지하려면 그만큼 서로를 이해하고 상대방의 새로운 면을 발견해야 하는 거지. 참된 신선함은 두 사람이 사귀는 동안 자연스럽게 생겨나는 거잖아? 좋아하는 게임이나 책을 즐기는 것과는 다르단 말이야. 사람과 사람의 관계는 되도록 함께하는 시간을 많이 가지면서 점점 변화하고, 그 변화가 신선함으로 이어지는 거야. 자꾸 거리를 두면 그런 관계는 그냥 풍화할 뿐이지."

"흐음!"

나는 에리코의 말에 감동했다. 하지만 그게 맞는 말이라고 생각한 건 아니었다.

"어라, 꽤 감동하신 모양이네? 웬일이래?"

에리코는 유쾌한 모양이었다.

"응, 제법 그럴싸한 소리를 한다 싶어서."

"그러면 다음부터는 내 전화 잘 받아."

"그렇게 할게."

"좋아, 좋아."

그러고 나서 잠시 에리코의 지난 일주일에 대한 이야기를 들었다.

에리코는 패션업계에서 상당히 유명한 중견 홍보회사에서 잡지 부문 담당 플래너로 일하고 있었다. 예술대학 학생 시절부터 스타일리스트로 일을 해서, 처음에는 일류 의류회사가 경영하는 잡지사에 들어가 패션 잡지의 스타일리스트 겸 편집자로 일했다. 그러다가 그 잡지가 모회사의 경영난으로 2년 전에 프랑스의 신문 및 출판 복합기업에 매수되는 바람에 지금의 회사로 옮겼다. 하지만 현재 다니는 회사와는 1년씩 계약을 맺고 있을 뿐, 프리랜서 스타일리스트 일도 동시에 하는 모양이었다. 우리 쪽 출판사의 여성지 편집부에서 하는 말로는 에리코가 그 업계에서 대단한 카리스마를 가진 존재라고 하는데, 나는 패션업계에 대해서는 전혀 아는 것도 없고 관심도 없어서 그런 이야기를 들어도 별다른 느낌을 갖지 못했다.

에리코는 현지 촬영을 위해 초시반도의 이누보자키 등대까지 나갔는데 갑자기 비를 만나 촬영이 무산된 일이며, 무슨 일이 생길 때마다 자신에게 고민 상담을 해오는 모 여자 탤런트가 새로 사귄 남자와 트러블이 생겨 자포자기한 심정으로 한밤중에 술에 취해서 집까지 찾아오는 바람에 밤새도록 우는소리를 들어주었다는 등의 이야기를 해주었다.

20분쯤 만에 에리코의 이야기가 끝나고, 이번에는 내 쪽에서 입을 열었다.

"저기, 그보다 내 얼굴 기억하고 있어?"

"뭔 소리래?"

에리코가 의아한 목소리로 되물었다.

"아니, 벌써 일주일씩이나 만나지 못했으니까 아마 잊어버렸을 거다 싶어서."

그렇게 말했더니 잠깐 틈을 두었다가,

"아, 그렇구나."

라고 에리코가 대답했다.

"그렇구나, 라니?"

"응, 자기가 아까 서로 신선한 관계를 유지하자고 한 말의 의미를 알았다는 거야."

나는 얼른 이해가 되지 않았다.

"의미라니?"

"그러니까 서로의 얼굴을 잊어버릴 정도가 되면 다시 처음 만났을 때처럼 신선한 느낌을 가질 수 있다는 거지?"

"그렇게 단순한 이야기가 아닌데?"

나는, 뭐 그렇게 말한다면 그렇기도 할 것 같다는 생각이 들었다.

"그래서 어때? 내 얼굴을 확실히 잊어줬어?"

"아니, 방금 에리코의 얼굴이 생각나버렸어. 완전 실패."

"자기, 정말 바보구나."

에리코가 재미있다는 듯이 웃었다.

"그런가?"

"그래. 기껏 일주일 안 만났다고 잊어버릴 수 있겠어?"

"하지만 어제까지는 완전히 잊어버렸었는데. 내내 술에 취해 있었으니까."

무심코 그렇게 말하자 갑자기 에리코가 아무 말도 하지 않았다.

"왜?"

한 차례 나지막한 한숨 소리가 들린 다음에야 에리코의 목소리가 들렸다.

"나는 항상 자기를 생각해. 점심을 먹으면서는 자기도 잘 먹고 있을까, 회의할 때는 자기도 지금쯤 작가나 교수님을 만나서 이야기하고 있겠구나, 그런 생각을 해. 자기가 노상 머리가 나쁘다느니 아는 게 하나도 없다느니 험담을 퍼붓는 사람들 앞에서 상냥하게 웃으며 이야기하는 광경을 상상하면서 때로는 나 혼자 피식 웃기도 하고 그래. 그거 알아? 자기가 입 다물고 웃으면 아주 심술궂은 얼굴이 되는 거? 아마 상대방도 틀림없이 눈치 챌 거야. 아무튼 나는 자기 생각 정말 많이 해."

"그렇군."

"그래. 그러니까 가끔 자기 목소리 듣고 싶어서 전화를 하지. 근데 자기는 전화도 안 받아주고. 딱히 볼일이 없더라도 지금처럼 그냥 자기 목소리만 듣고 있으면 그걸로 좋은 거야. 이야기 내용이 중요한 게 아니라 우리 둘이서 이야기한다는 사실 자체가 소중한 거라고."

나는 에리코의 말을 들으며 이야기 내용에 별 가치가 없다면 이야기하는 것 자체도 가치 있을 리 없다고 생각했고, 둘이서 이야기한다는 그 '사실'의 대체 어디가 어떻게 소중하다는 건지 몹시 궁금했다.

"그런 거라면 역시 회사로 전화해주면 좋았잖아. 그러면 이야기쯤은 할 수 있었을 텐데."

"회사 전화로 우리 둘만의 이야기를 어떻게 해?"

"하지만 내용 같은 건 아무려나 상관없다고 했잖아? 그저 세상 돌아가는 이야기 정도라면 회사에서도 할 수 있어."

"또 비아냥거리네. 자기, 아직도 반성을 안 했다는 얘기야."

왜 그런지 에리코의 목소리가 유난히 딱딱하게 들렸다.

나는 화제를 바꾸기로 했다.

"오늘, 쉬는 날이야?"

"지금부터 저녁까지 촬영이야. 자기는?"

"쉬는 날."

"어디서 잠깐 만날까?"

"아냐, 오늘은 그냥 됐어. 이도 아프고, 쉬고 싶어."

"나, 내일은 쉬는데. 영화라도 보러 갈까?"

"미안. 내일은 예정이 있어."

"회사 일?"

"일은 아니고."

"어디 가?"

“응.”

“어디?”

“글쎄, 아직 정하지 않았어.”

“혼자?”

“응.”

“혼자 가면 재미있어?”

“전혀 재미있지 않겠지.”

“그럼 왜 가는데?”

“왜냐고 물으니 곤란하네. 딱히 이유 같은 건 없어. 누구든 재미를 위해서만 어딘가에 가는 건 아니잖아? 에리코는 어떻게 할 거야?”

“어떻게 할까. 역시 영화라도 보러 갈까 봐.”

“혼자 영화 같은 거 보면 그거야말로 재미없지.”

“그렇지도 않아. 영화나 연극은 혼자 봐야 이래저래 신경 쓰지 않고 마음껏 감상할 수 있는 거야.”

그러면 아까는 왜 나랑 함께 가자고 했나요, 라고 나는 생각했다.

“누군가 딴 사람하고 가는 거지?”

“딴 사람하고 갔으면 좋겠어?”

“그런 건 아니지만, 친구하고 같이 갔으면 좋겠다 싶어서.”

“그럼 자기도 친구하고 함께 나가면 좋잖아?”

“나는 친구 같은 거 없거든.”

“그럴 리가 있어?”

"그럴 리가 있어. 옛날부터 친구라고는 단 한 놈도 없었어. 에리코는 아마 친구가 득실득실할 테지만."

"왜?"

"뭐가?"

"그러니까, 왜 나한테는 친구가 득실득실할 거라고 생각하느냐고."

"그럼, 없어?"

"그런 게 아니라, 왜 그렇게 생각하는지 그 이유를 알고 싶어."

"딱히 이유 같은 건 없어. 그냥 그렇게 생각했어."

"거짓말."

"뭐가?"

"이유가 없다는 말. 자기는 친구 같은 거 믿지 않지? 나는 친구가 많다, 하고 딱 믿고 있는 사람은 세상 물정 모르는 순진한 바보라고 생각하는 거지?"

"아냐. '연애를 축복하는 종소리는 우정의 조종(弔鐘)이다' 라는 말도 있지? 연애에 정신이 팔리면 우정을 잃어버리기 때문에 에리코도 이따금 친구들을 만나주는 게 좋다는 얘기야."

"또 그런 지어낸 얘기."

"지어낸 얘기 아니야. 프랜시스 베이컨도 말했어. '참된 친구를 갖지 못하는 건 절대적으로 비참한 고독이다. 친구가 없으면 세계는 황량한 벌판일 뿐이다' 라고. '연애와 우정은 서로를 밀쳐낸다' 라는 말도 있어."

"갑자기 프랜시스 베이컨은 왜 나와?"

에리코가 킥킥 웃어서 나도 따라 웃으며 덧붙였다.

"하긴 아리스토텔레스는 이렇게 말했지. '많은 친구를 가졌다는 건 한 사람의 친구도 갖지 못했다는 것이다' 라고."

"거봐, 역시 나를 순진한 바보라고 생각했지?"

"그렇다면 친구가 많다고 했던 건 취소."

"그럼 친구가 하나도 없는 자기의 경우는 어떻게 되는 거야?"

"그 대답은 공자님이 분명하게 남겨주셨지. '사람이란 현명하지 못하면 친구도 없다' 라고."

"현명?"

"똑똑해야 친구도 생긴다는 거야."

"말도 안 돼."

"뭐, 대충 그렇다는 말씀."

여기서 나는 문득 참된 마음 한 조각이 내 가슴속에 떠오르는 것을 느꼈다. 이렇게 서로 건성건성 이야기하고 있는 이 에리코라는 존재가 분명 내게는 참으로 소중한 친구임에 틀림없다는. 하지만 그 말을 입 밖에 내면 도리어 에리코가 기분 나빠할 것 같아서 나는 말하지 않았다.

"자, 그럼 다음 주에……. 이번에는 반드시 내가 먼저 전화할게. 어디서 한번 만나자."

내 말에 에리코는 뜸을 들이며 느릿느릿 중얼거렸다.

"아아, 오늘은 왠지 일하러 가기 싫다. 그냥 쉬어버릴까……."

“그렇겠지.”

내가 맞장구를 쳐주었다.

“왜?”

갑자기 에리코의 목소리가 뾰족해졌다.

“뭐가?”

“어째서 당장, 그렇겠지, 하고 말하는 건데?”

“아, 원래 일이란 게 재미없는 거잖아. 나도 날마다 출판사 따위 가기 싫다고 생각하거든. 날마다, 날마다.”

“그런 걸 묻는 게 아니야.”

“뭐야, 화났어?”

“자기가 화나게 했잖아.”

“그렇다면 사과할게. 화나게 하려고 한 말은 아니야. 그냥 잠깐 말이 잘못 튀어나왔어. 그렇게 불끈 화내지 말아줘. ‘서로 작은 결점을 덮어주려는 마음이 없다면 우정은 이루어질 수 없다’ 라는 말도 있잖아.”

나는 그만 귀찮아져서 실실 웃어가며 달래기에 들어갔다. 하지만 그런 느물거리는 태도가 도리어 에리코를 자극한 모양이었다.

“그건 또 무슨 소리? 나는 자기 친구가 아니야.”

에리코의 목소리가 점점 더 날카로워졌다.

“하지만 체호프는 이렇게 말했어. ‘여자와 남자가 친구가 될 때는 그 순서가 정해져 있다. 처음에는 친구, 다음에는 연인, 마지막으로 드디어 그냥 친구가 된다’ 라고.”

"자기, 정말 왜 그래? 나는 그렇게 누덕누덕 짜 맞춘 농담 같은 지식을 듣고 싶은 게 아니야. 왜 좀 더 진지하게 대답해주지 못해?"

이쯤에서 나는 전화를 끊어버리고 싶었다. 그런 감정도 있고 해서 이번에는 제대로 된 반론을 해주기로 마음먹었다. 게다가 에리코가 갑작스럽게 화를 내는 건 조금 전에 내가 그녀에 대해 진심으로 친구라고 느꼈던 실감이 희미한 여운처럼 에리코의 육감에 전해진 탓임에 틀림없었다.

"나는 진지하게 대답했어. 에리코도 말했지? 이야기 내용 같은 건 중요하지 않다고. 말이란 건 어차피 누덕누덕 짜 맞춘 지식의 집합에 지나지 않아. 그건 나만 그런 게 아니라 누구라도 마찬가지야. 에리코도 이야기한다는 그 사실, 말하자면 그 행위의 실감이 소중한 거지? 그렇다면 내가 무슨 말을 하건 딱히 화를 낼 필요도 없는 거야. 애초에 언어로는 에리코가 말하는 그거, 우리가 서로를 이해한다는 그건 가능하지도 않아. 그런데도 에리코는 매번 '왜?' '어째서?' 하고 잔소리를 해. 내가 왜 한참 동안 연락을 끊었는지 에리코는 전혀 이해해주려고 하지 않았잖아? 비웃는 말투로 일축했을 뿐이지.

만일 에리코 말대로 우리 둘이서 이야기한다는 실감이 중요할 뿐이고, 그 내용은 그리 중요한 게 아니라면 에리코는 왜 이런 전화를 했지? 이야기하고 싶다면 직접 나를 만나러 오면 될 텐데 말이야. 회사로 찾아와줬다면 지난 일주일 동안 우리는 언제든지 만날 수 있었어. 내가 일부러 도망치거나 숨은 게 아니니까. 근데 전화 정도로 쉽게 끝내려고 했기 때문에 이런 어리석은 싸움이 난 거야.

우리 둘이서 이야기한다는 사실이 소중하다는 건 이야기하는 행위의 중요성을 말한 것이겠지? 그게 그렇게 중요한 거라면 서로 얼굴을 마주하고서 이야기했겠지. 이렇게 전화로 이야기하는 한 에리코의 모습도 표정 변화도 눈빛의 변화도 보이지 않고, 서로의 숨결도 냄새도 전혀 감지할 수 없어. 그저 별 의미 없는 말만 오갈 뿐이야. 어중간한 지식의 단편이나 제대로 정리되지 않은 즉물적 감각이 무책임하게 오락가락하는 그런 거야.

그런데 에리코는 이야기 내용 같은 건 중요하지 않다고 하면서도 다른 한편으로는 내 몇 마디 말에 대해 왈가왈부하면서 나를 비난하고, 마치 내가 에리코에게 소홀했다는 식으로 말하고 있어. 더 이상 뭘 진지하게 대답하라는 거야? 진지하지 못한 건 에리코 쪽이지. 게다가 나는 분명히 사과했어. 그런데도 그렇게 따지고 든다면 처음부터 이런 전화는 하지 말았어야 해. 뭘 친구가 아니라는 거야? 그러면 에리코는 나의 무엇이라고 말하고 싶은 거지? 만일 연인이라고 하고 싶은 거라면, 우선 친구와 연인이 어디가 어떻게 다른지, 분명하게 자신의 머리로 똑똑히 생각한 다음에 그런 말을 해야지. 한마디 해두겠는데, 나는 에리코를 참된 친구라고 생각하고 있어. 그리고 체호프 식으로 말하자면, 친구이고 이제는 연인이라고 생각해. 물론 그게 다는 아니겠지만 말이야.”

전화기 너머에서 에리코는 아무 말도 하지 않았다. 그렇다고 내가 말한 것을 이해한 것 같지도 않았다. 그녀는 분명 혼란에 빠져서 또다시 나의 묘한 논리에 넘어가는 게 아닌가, 잔뜩 경계하고 있을 터였다.

"이가 아파서 그만 끊을게. 아무튼 내가 잘못했어. 이번 일에 대해서는 다음에 갚아줄게. 그럼, 다음 주에 꼭 연락할게."

나는 그렇게 말하고 종료 버튼을 눌렀다. 그리고 혹시나 싶어서 휴대전화의 전원을 껐다.

완전히 식은 커피를 버리고 다시 한 잔 따라서 홀짝홀짝 마시며 나는 잠시 바깥 경치를 바라보았다.

참고로 말하자면, 내가 맨 처음 인용한 '연애를 축복하는 종소리는 우정의 조종이다' 라는 독일의 노벨상 수상 작가 파울 하이제의 잠언은 조금 틀린 인용이었다. 원래는 '결혼을 축복하는 종소리는 우정의 조종이다' 라는 게 정확한 문구지만, 에리코에게 '결혼' 이라는 단어를 쓰기가 싫어 내가 '연애' 라고 바꿔 말한 것이었다.

하지만 가만 생각해보니 그런 건 아무려나 상관없었다. 나는 괜한 신경을 쓴 것 같아 베란다 밖을 내다보며 잠깐 웃었다.

4

그 다음 주 수요일, 회사에서 늦게까지 원고를 읽고 마지막 전차를 탔다. 모리시타 역에서 내려 집을 향해 기요스미 거리를 걸어가면서 나는 조금 전에 읽었던 원고에 대해 생각했다. 여류 논픽션 작가가 쓴 글이었는데, 그녀가 서른아홉 살 때 친어머니가 뇌일혈로 쓰러져 몸의 자유도 말도 빼앗겼던 일을 바탕으로 쓴 것이었다. 반년쯤 전에 그 어머니는 돌아가셨지만, 늙은 아버지와 함께 13년 동안 병든 어머니를 간호하면서 겪은 악전고투를 극명하게 써내려간 글로, 반쯤은 사소설이라고 할 수 있는 리얼한 작품이었다.

마지막 장에서는 어머니의 죽음을 지켜보는 광경이 상세하게 묘사되어 있었다.

자정 가까운 시각, 전등 불빛을 낮춘 방에서 어머니와 나, 둘만 남았다. 침대 옆에 앉아 나는 어머니의 손을 쓸어주고 있었다. 어머니의 가슴은 풀무처럼 잦은 숨소리를 냈다. 잠시 쉴 틈도 없이 괴로워했다. 아무도 말을 하지 않았지만, 어머니가 죽음을 향해 도움닫기를 시작했다는 것을 나는 알고 있었다. 무슨 말을 해도 더 이상 어머니는 대답하지 않았고, 표정을 바꾸는 일도 없었다. 크게 뜬 눈은 멍하니 허공을 향하고 있었다. 어머니는 이제 그만 쉬고 싶은 것처럼 보였다. 평온한 곳에 들어가고 싶은 것처럼 보였다. 하지만 몸뚱이가 그것을 허락하지 않는 한 아직 안 된다, 아직 안 된다, 하고 어머니를 억지로 붙잡고 있는 것 같았다.

하지만 지금 이 시간, 어머니는 너무나 고통스러워 보였다. 더 이상 이런 거 그만 하고 싶어, 라고 말하는 것 같았다. 나는 어머니의 거친 호흡에 맞추어 숨을 쉬어보았다. 하지만 그 고통을 공유하는 건 불가능했다. 어머니는 혼자서 싸우고 있었다. 그것은 철두철미하게 고독한 싸움이었다.

나는 이제 더 이상 기운을 내시라고 말할 수 없었다. 가능하다면 목에 연결된 호스를 떼어내 산소를 멈추고 모든 것을 다 끝내드리고 싶었다. 뒤로 돌아설 수 없는 목적지를 향해 어머니는 혼자서 마냥 달려가고 있었다. 그 모습을 그저 지켜보기만 하는 나는 시간관념조차 없어져 시간이 가는 것도 깨닫지 못했다.

아침 7시 반이 지났을 무렵이었다. 의사에게서 전화가 왔다. 별다른 변화는 없지만 숨 쉬는 게 힘들어 보인다고 말했더니 일찌감치 간호사를 이쪽으로 보내주겠다고 했다.

그 직후였다. 어머니의 호흡이 부쩍 거칠어졌다. 마치 급한 언덕길을 올라가는 기관차처럼 후욱후욱 숨을 내쉬고, 그때마다 몸이 쳐들려 올라가고 가슴이 크게 물결쳤다. 그 격한 모습에 나도 모르게, 자리에 누운 어머니 품에 안겨 '어머니!' 라고 부르며 필사적으로 끌어안았다. 내 팔 안에서 어머니가 깊은 숨을 들이쉬며 가슴이 삐걱거리는 소리를 냈다. 그리고 돌연 기관차가 급정지하듯 어머니가 숨을 멈췄다. 일순 주위가 정적에 휩싸이고 어머니의 입가에서 호스가 툭 떨어졌다.

"아버지, 어머니 숨이 멈췄어……."

아버지는 망연자실해서 그 자리에 서 있었다. 그리고는 "그래"라고 말했다.

늙는 것도, 죽는 것도 만만치가 않다. 정말 얼마나 힘겨운 일인지. 가족이 있건 없건, 곁에 누가 있건 없건 결국 고독한 혼자만의 싸움이고, 누구나 그것을 온전히 자기만의 힘으로 뛰어넘지 않으면 안 된다.
어머니는 그날, 인간이 죽는다는 건 이런 것이란다, 하고 내게 직접 몸
으로 가르쳐주신 것이다.
괜찮아. 할 수 있어요, 틀림없이. 어머니, 당신처럼 나도 똑같이 할 수
있어요.

나는 회사에서 그 글을 몇 번이나 다시 읽었다. 죽음이란 마지막에는
고독한 혼자만의 싸움이고, 누구나 그것을 온전히 자기만의 힘으로 뛰
어넘지 않으면 안 된다고 했다. 그리고 그 여류 작가는 선언한 것이다.
나도 똑같이 할 수 있어요, 라고.
하지만 나는 생각했다. 죽음이 싸움이라면 대체 무엇에 대한 싸움이
고 누구를 위한 싸움인 걸까. 또한 죽음을 온전히 자기만의 힘으로 뛰어
넘는다는 건 대체 어떤 것일까.
─어머니는 이 작가의 어머니처럼, 또 이 작가처럼 몹시도 힘겨운 그
죽음이라는 것을 과연 온전히 자기만의 힘으로 뛰어넘을 수 있을까.
생각이 거기에 미치자 나는 걸음을 옮기면서도 가슴이 답답해지는
것을 느꼈다.
죽음이란 사실은 지극히 하잘것없는, 아무것도 아닌 현상임에 틀림
없다. 죽을 때의 고통은 삶과 죽음의 전환점을 '고투(苦鬪)'로서 연출하
고, 과거의 누적된 기억은 본인이나 그 가까이에 있는 사람들을 깊은 미
련의 늪으로 끌어들인다. 하지만 그것은 죽음이라는 현상의 이른바 주

변 기기일 뿐 결코 본체는 아니다.

죽음의 본체란, 누구에게나 반드시 일어난다는 사실—즉 탄생과 마찬가지로 인간에게는 유일무이의 절대현상이라는 것일 뿐, 그 이상에 대해서는 실제로 어느 누구도 알지 못하는 것이다. 죽음을 정확히 묘사하려고 한다면, 그것은 역시 '하찮기 짝이 없는', '흔해빠진', '평범한' 일이라고밖에는 달리 표현할 방법이 없다.

그래도, 라고 나는 오래전부터 생각했다.

우리는 그 죽음 너머에 있는 것을, 불가능하더라도 필사적으로 사고하지 않으면 안 된다. 이 작가의 말대로 죽음이 '뛰어넘어야 하는' 어떤 것이라고 한다면, 우리는 반드시 뛰어넘은 그 다음에 있는 것의 정체를 파악하지 않으면 안 된다, 라고.

하지만 어머니에게 그건 절대로 무리한 얘기였다. 그래서 나는 어머니가 무사히 죽음을 '뛰어넘을' 수 없는 게 아닐까 하는 고민에 빠지고 말았다.

집 앞에 다 왔을 때, 3층 내 방 창문에서 불빛이 새어 나오고 있었다.

오랜만에 라이타나 호노카가 찾아온 모양이다.

현관문을 당겼더니 안으로 잠겨 있었다.

나는 내 집 현관문을 잠근 일이 없다. 집 안에 혼자 있을 때도 안에서 잠그지 않는다. 애당초 나는 누군가 몰래 들어오더라도 피해를 입을 만한 집에서 살아본 경험이 없다. 어렸을 때 어머니와 여동생과 함께 살던 기타큐슈의 집은 아버지 없이 사는 형편이었기 때문에 물론 문을 잠그고 살았지만, 내가 고등학교를 졸업하고 도쿄에 온 뒤로는 열쇠라는 걸 사용해본 일이 없다. 학비와 하루하루의 생활비를 마련하느라 혈안이 되었던 대학 시절에는 도둑맞을 만한 귀중품 따위가 집 안에 있을 리 없었고, 취직해서 월급 생활을 시작한 뒤에도 통장이나 인감만 회사 서랍에 넣어두면 따로 집 열쇠 같은 건 필요하지 않았다.

단지 호노카에게는 혼자 집 안에 있을 때 반드시 체인으로 문을 잠그라고 단단히 일러두었다. 당연한 일이다.

벨을 누르자 잠시 뒤에 문이 열렸다.

"선생님, 어서 오세요."

대략 2주일 만에 보는 호노카의 얼굴이었다.

"응, 호노카구나!"

나는 인사를 하고 현관문의 자물쇠를 채웠다.

"한참 못 봤는데, 잘 지냈어?"

호노카는 대답 대신 불분명한 웃음을 지어 보였다. 긴 머리가 젖어 있었다. 샤워를 한 모양이다. 나는 호노카가 돌아온 부엌 옆 방 쪽으로는 가지 않고, 그대로 네 평짜리 내 방으로 들어갔다. 양복을 벗어놓고 샤워를 하기 위해 욕실로 향했다. 몸을 씻고 실내복으로 갈아입은 다음 부엌문을 열었다.

호노카는 식탁에 책 몇 권을 펴놓고 뭔가를 쓰고 있었다. 냉장고에서 맥주를 꺼내려고 하자 등 뒤에서 말소리가 들렸다.

"샐러드하고 조림, 드셔도 돼요."

응, 하고 고개를 끄덕이고 캔 맥주와 함께 랩을 씌워놓은 작은 그릇 두 개를 식탁 위에 꺼내놓고 맞은편 의자에 앉았다. 호노카는 얼굴도 들지 않고 리포트 용지 위에서 열심히 펜을 움직이고 있었다. 맥주를 마시고 반찬을 젓가락으로 집어 먹으며 그 모습을 멍하니 바라보았다. 호노카가 만들어놓은 반찬은 양파와 당근이 들어간 감자 샐러드, 표고버섯과 연근에 밤과 유부를 넣어 달콤하게 조린 것이었다. 저녁은 매번 국수를 배달시켜 간단히 먹고 살아온 터라 자꾸만 젓가락이 갔다.

호노카는 채식주의자여서 고기나 생선은 일절 입에 대지 않았다. 그래서 그런지 어쩌다 한 번씩 요리해주는 반찬마다 모두 맛있었다.

"동물의 살을 먹는 것에 혐오감이 들어서요. 쇠고기든 돼지고기든 닭고기든 생선이든 살아 있는 것을 죽여서 먹는다는 건 아무튼 이제 싫어요."

처음 만났을 때부터 그녀는 그렇게 말했다. 그런 호노카의 영향을 받았는지, 원래 생선이라고는 절대 입에 대지 않던 라이타가 요즘 들어 고기까지 거의 안 먹는 모양이다.

호노카에게 공부를 가르치던 시절, 언젠가 그녀의 방에 날아든 모기를 죽였더니 몹시 괴로운 눈빛으로 나를 바라본 적이 있었다.

"난 벌레도 못 잡는 여자라나?"

중학생이던 호노카는 그렇게 말하며 겸연쩍은 웃음을 짓더니,

"하지만 이런 인간은 오래 살지 못하겠죠?"

라고 갑자기 냉랭한 얼굴이 되어 덧붙였다.

살아 있는 것을 먹지 않겠다는 그녀의 배려가 나쁜 건 아니라고 생각했다. 단지 그런 인간은 오래 살 수 없다는 그녀의 직관 또한 옳다는 생각이 들었다. 생리적인 이유 때문이 아니라, 살아 있는 것을 죽이지 않는다는 사상 자체가 인간이라는 존재의 섭리를 거스르는 것이라고 나는 생각했다.

"굳이 자신이 하고 싶지 않은 일까지 해가며 오래 살 필요는 없겠지."

내가 그때 그런 식으로 대답해준 기억이 난다.

나는 회사에 들어간 뒤에도 한참 동안 가정교사 아르바이트를 했다. 학생 시절부터 어머니와 여동생에게 송금을 해오고 있는데, 막 입사했을 즈음에는 네 살 아래 여동생이 고향에 있는 대학에 진학하던 때여서 이래저래 돈이 많이 들었다. 아무리 출판사 월급이 좋다지만 신입사원 월급으로는 도저히 대학 입학금이며 여동생의 자취 생활비를 마련할 수 없었다.

출판사에서 처음 발령을 받은 곳은 경리부였다. 입사 동기들은 모두 편집부를 희망했지만, 나는 출판사를 직장으로 선택했으면서도 편집자가 될 마음은 애당초 없었다. 이쪽 출판사에 입사 시험을 친 것은 단순히 연봉이 높았기 때문이다. 자진해서 경리부를 희망했더니 내가 원한 대로 경리부 쪽에 자리를 마련해주었다. 덕분에 일 년에 두 차례의 결산 시기를 빼고는 별다른 잔업 없이 대학 시절과 똑같이 저녁 시간 아르바이트를 마음껏 할 수 있었다.

중학교 3학년이던 호노카의 공부를 봐준 것은 입사 2년차부터 3년차까지 일 년 동안이었다. 일주일에 세 번, 오후 7시부터 10시까지 세 시간 동안 가르쳤는데, 보람이 있었는지 게이오여고에 무사히 합격했다. 현재 호노카는 게이오대학 문학부에서 인간관계학과 심리학을 전공하는 3학년 학생이다.

2년 동안 경리부에서 근무한 뒤, 딱히 내가 신청한 것도 아닌데 주간지 편집부로 발령이 나서 그 이후로는 아르바이트를 할 수 없게 되었다. 하지만 주간지 쪽에서는 초과근무 수당이 넉넉히 나왔기 때문에 따로 아르바이트를 할 필요가 없었다. 입사하여 3년차가 되자 연봉이 일부 상장기업의 과장직을 거뜬히 뛰어넘을 만큼 올라서, 어머니가 3년 전에 병을 얻어 치료비를 대기 전까지는 경제적으로 충분히 여유가 있었다.

고등학교 합격을 축하해준 날을 끝으로 한 번도 소식이 없던 호노카에게서 갑작스럽게 출판사로 전화가 걸려온 것은 정확히 반년 전, 5월의 황금연휴 때였다.

나는 호노카와 5년 만에 다시 만났다.

중학생 때도 거식과 과식을 반복하며 심신이 모두 불안정한 소녀였는데, 대학생이 된 뒤에도 그런 상태는 개선된 것 같지 않았다. 긴자의 한 레스토랑에서 만났는데 여전히 채소 외에는 먹지 않고, 그것도 한두 젓가락만 집어 먹을 뿐 계속 맥주만 들이켰다. 키가 훌쩍 자라서 170센티미터 가까이 되었고, 물어보니 몸무게는 40킬로그램 안팎이라고 했다.

호노카의 실조(失調) 원인이 가정환경에 있다는 것은 가정교사로 그녀의 집에 드나들던 때부터 대충 짐작하고 있었다. 항공우주기술연구소에서 일하는 아버지는 로켓 개발의 일인자로 유명한 사람이지만, 가족과 떨어져 미국이나 다네가시마(큐슈 가고시마 현의 섬으로 우주 관련 시설이 모여 있는 일본 우주 개발의 중심지—옮긴이)에서 대부분의 시간을 보내느라 가정은 거의 돌보지 않았다. 어머니도 음악가여서 일 년의 3분의 1은 독창회며 지방 음대 강의 때문에 집을 비웠다. 그러면서도 이 어머니는 유난스럽게 호노카와 세 살 아래 남동생에게 강권을 휘두르며 과잉 교육을 시켰다.

긴자의 레스토랑에서도 호노카는 왜 갑자기 나에게 연락을 했는지 전혀 이유를 밝히지 않았다. 호노카 쪽에서 먼저 털어놓지 않는 이상 내가 나서서 캐물을 수도 없었다. 어쨌든 그런 가정환경이 전혀 변하지 않은 것 같아, 겨우 두 시간 만에 곤죽이 되도록 취해버린 그녀를 그대로 집에 보낼 수가 없었다. 결국 그날 밤, 내가 살던 연립주택으로 호노카를 데리고 왔다.

집으로 향하는 택시 안에서 호노카는 술에 취해 괴로운 숨을 토해내며,

“오늘 지하철역에서 아직 한참 어린애를 미친 듯이 혼내는 젊은 엄마를 봤어요. 어린애가 엉엉 우는데도 진짜 정신이 돌아버린 사람처럼 소리를 지르더라고요. 그렇게 자기 자식을 괴롭힐 거라면 차라리 낳지 말 것이지. 어휴, 정말 그런 지겨운 광경은 보고 싶지 않아. 이 세상은 왜 이리도 비참한 거냐고요.”

라고, 누구에게랄 것도 없이 장탄식을 했다.

"그런 어머니는 아예 일찌감치 죽어주는 게 그 아이를 위한 일이지."

내 말에 그녀는 한참 동안 아무 말도 하지 않았다. 그리고는 이렇게 중얼거렸다.

"그래도 그 아이에겐 하나뿐인 엄마인데."

부엌 안쪽 방에 이부자리를 깔아주고, 술이 깨도록 차가운 물수건으로 얼굴과 목덜미를 닦아주었다.

"선생님, 미안해요, 폐를 끼쳐서."

눈을 감고 한숨을 내쉬며 호노카가 말했다.

한참 지나서 내가 물었다.

"너, 죽고 싶으냐?"

"모르겠어요."

호노카는 그렇게 대답했다.

"죽고 싶다면 이 방에서 죽어도 좋아. 아무도 방해 안 할 거야. 혼자서 죽는 게 쓸쓸하다면 나한테 말해. 협조 못할 것도 없으니까."

호노카는 아무 말도 하지 않았다. 그러더니 야위어 뾰족해진 얼굴이 묘하게 일그러지며 꼭 감은 두 눈에서 주르르 눈물이 흘렀다.

"아무도 없었어요. 누군가에게 전화하려고 했는데 전화할 사람이 아무도 없었어요."

나는 호노카의 손을 잡았다. 뼈가 앙상한 차가운 손이었다.

호노카는 조용히 울었다. 긴 시간 동안 내내 울었다.

수건으로 눈물을 닦아주는데 느닷없이 물었다.

"선생님도 죽고 싶어요?"

"글쎄, 잘 모르겠네."

"정말 잘 모르겠죠?"

마침내 엷은 미소를 지으며 호노카는 그대로 죽은 듯이 잠이 들었다.

잠이 든 호노카의 야윈 얼굴을 바라보며, 시시때때로 죽고 싶은 마음과 싸우고 있을 거라는 생각이 들었다. 그것은 현대를 살아가는 수많은 인간들, 특히 그녀에게는, 혹은 나처럼 가까스로 아직 젊은이라고 불리는 자들에게는 지극히 당연한 현실이다. 분명 이 시대는, 물론 어느 시대나 다 비슷하다고 하지만, 어떻든 이 시대는 인간이 살아가기에는 너무도 매력이 부족하다. 그래도 나는 호노카만큼 죽고 싶다는 생각을 하지는 않는 듯했다. 이 세상에 태어나지 않는 게 더 좋았다는 생각은 죽음을 원하는 감각과는 중복되는 부분이 없는 것이다.

하지만 예전부터 '태어나지 않았더라면 좋았을 것이다' 라든가, '누구에게도 나를 낳아달라고 부탁하지 않았다' 라든가, '이럴 거라면 차라리 죽는 게 더 낫다' 라는 등의 말을 입에 올리면, 얼마 안 되는 나의 경험에 비추어 볼 때 친혈육처럼 생각해주는 사람일수록 반드시,

"그러면 죽어봐라."

라고 대꾸했다. 그것은 잠깐만 생각해보면 최고로 역설적인 효과를 가진 말이었다. 그런 사람일수록 일단 그 말을 내뱉은 다음에는 반드시 내 말을 신중하게 들어주고, 자신의 경험과 관련해서 다양한 충고를

해주었다. 또한 열의를 담아 현명한 말로 나를 달래고 따스하게 격려해주었다. 하지만 난 그들의 그런 첫 말에 항상 실망했다. 그 다음에 그들이 해주는 어떤 말도 제대로 귀에 들어오지 않을 만큼 크게 실망해버렸다.

"태어나지 않았더라면 좋았을 것이다"라고 말했다고 해서, "그러면 죽어봐라"라는 말을 들을 이유는 없다. 혹시 죽고 싶다고 하소연했다 해도 그렇게 하소연하는 사람을 향해, 그러면 죽어보라는 말을 내뱉을 권리가 이 세상 어느 누구에게 있다는 것인가.

그런 난폭한 말을 내뱉을 거라면 최소한 "그렇다면 함께 죽어주마"라는 정도의 말은 해주어야 마땅할 것이다.

꼭 죽고 싶다고 하는 인간을 말릴 수는 없다, 죽음에 매혹당한 사람을 구할 도리는 없다, 라는 식으로 흔히들 말하지만 그렇지 않다. 하루 스물네 시간, 서로 분담을 해서라도 그 사람을 줄곧 감시한다면 물리적으로 자살은 막을 수 있다. 나는 자살률이라는 건 얼마든지 줄일 수 있다고 항상 생각해왔다. 그걸 줄이지 못하는 건 자살하는 사람 주위에 있는 자들이 이상한 방향으로 조심조심 몸을 사리는 게 가장 큰 원인이다. 그리고 그 밑바탕에 깔려 있는 것은 현대에 만연한 서구적 개인주의 숭배 때문이라고 확신한다.

'나는 정말 죽고 싶은가?'라는 것과, '나는 정말 죽고 싶지 않은가?'라는 물음 중에 어느 쪽이 더 중요한가. 나는 그때, 잠든 호노카의 숨소리를 들으며 그런 생각을 했다. 언젠가는 반드시 죽고 마는 우리 인간에게는 두 번째 질문이 훨씬 더 중요한 것이라고.

'당신은 정말 죽고 싶지는 않습니까? 만일 그렇다면, 그 이유는 무엇입니까?' 라고 묻는다면 사람들은 과연 뭐라고 대답할까.

내 경우에 한정하여 말하자면, 나 역시 남들이 충분히 이해할 만한 '그 이유' 를 아무리 머리를 쥐어짜도 생각해내지 못한다. 그래도 사랑하는 사람이나 가족이 있는 사람들은 분명 그 사람들을 위해 죽고 싶지 않다고 대답할 것이고, 그 다음에는 적당히 말을 얼버무릴 것이다. 개중에는 좀 더 즐기고 싶다, 좀 더 행복해지고 싶다, 라는 식으로 '인간의 운명' 과 '그 운명에 이르는 단순한 상태' 를 혼동해서 질문 자체를 애매하게 흐려버리는 사람도 있을 것이다. 그런 사람은 자신이 죽는다는 사실에서 눈을 돌려버린 것이지만, 분명 죽는 순간에는 그만큼의 엄청난 빚이 돌아와 몹시 괴로워하게 될 게 틀림없다.

어떤 의사가 쓴 글에 의하면, 1998년 이후 3년 연속으로 자살자가 3만 명을 넘었으며, 이것은 전후(戰後) 자살자 급증의 제3기라고 한다. 그는 이렇게 쓰고 있었다.

1958년을 정점으로 한 제1기는 미국과 일본의 안보조약 개정을 앞둔 격동의 시대로, 30세 미만의 젊은이가 자살자 전체의 반을 차지했다. 제2기는 1983년부터 1986년의 거품경기 돌입 직전이었다. 이때도 자살자 급증의 원인은 동일한 세대였다. 1998년부터 시작된 제3기는 어느 세대에서나 증가하는 추세를 보였지만, 이번에는 현재 50대 전반의 세대가 중심이었다.

이 글을 보면, 1950년대 전반에는 나 같은 30세 미만의 사람들이 적어도 연간 1만 명 넘게 자살했다는 것을 알 수 있다. 대단한 숫자였다. 나는 이 글을 읽으면서 내심 크게 놀랐다. 1만 명이라고 해도 하루에 27명이나 죽은 셈이고, 그렇다면 30분에 한 명꼴로 젊은이가 이 나라 어딘가에서 반드시 자살했다는 말이라고 생각했기 때문이다. 또 이렇게도 적혀 있었다.

단지 제1기에 30세 미만의 젊은이가 자살자의 반을 차지했던 경향이, 이후에 점차 감소하여 현재는 자살자의 10여 퍼센트를 차지하고 있다. 젊은 사람은 자살을 하지 않게 되었다는 말이다.

이 부분을 읽고 나는 요즘 젊은이들이 예전에 비해 자살을 하지 않는 이유에 대해 잠시 생각해보았지만, 잘 알 수는 없었다.
한편, 그때 절실하게 생각한 게 하나 있었다.
왜 나는 자살을 하지 않는가?
그리고 그 이유도 간단히는 찾아낼 수 없다, 라고 나는 생각했다.

리포트 용지를 열심히 들여다보느라 한 번도 고개를 들지 않는 호노카 정면에 앉아, 나는 30분 남짓 캔 맥주를 비웠다. 벽에 걸린 시계를 보니 바늘이 11시를 가리키고 있었다. 호노카가 무슨 글을 쓰고 있는지는 알지 못했지만, 대강 과제 리포트일 거라고 짐작했다. 나는 출판사 일 이외에는 문자를 보는 게 지겨웠기 때문에 요즘은 거의 책을 읽지 않았다. 읽는다고 해봐야 기껏 내가 담당하는 작가의 작품이거나, 일에 필요한 참고도서 정도였다. 그래서 호노카가 쓰고 있는 글에도 전혀 흥미가 생기지 않았다. 다만 누군가가 일심으로 글을 쓰는 데 열정을 쏟아 붓는 모습을 이렇게 바로 곁에서 지켜보는 건 싫지 않았다. 내가 가정교사 일을 좋아했던 건 공부를 가르치는 행위 때문이 아니라, 가르침을 받는 학생이 진지하게 공부하는 모습을 접할 수 있었기 때문이다.

기분 좋을 정도로 취기가 오르자 슬슬 잠이 왔다. 말없이 자리에서 일어나 반찬 그릇 두 개를 싱크대로 가져가 씻어 엎어놓고 맥주 캔은 꼼꼼히 찌그러뜨려 전용 쓰레기통에 버렸다. 호노카가 이 집에 드나들기 전에는 나와 라이타가 마신 엄청난 양의 맥주 캔이며 와인, 위스키 병이 쓰레기봉투에 뒤죽박죽 섞인 채 그대로 부엌 공간을 상당 부분 점거하고 있었다. 하지만 착실한 호노카의 등장으로 그것들을 각각 분리하여 재활용 쓰레기로 내놓게 되었고, 어느새 나와 라이타도 그녀가 정한 규칙을 고분고분 따르게 되었다.

정리를 마치고 손을 닦은 뒤 방으로 들어가려는데,

"차라도 한잔할까요?"

라는 소리가 들렸다. 돌아보니 호노카가 내 쪽을 바라보며 헤실헤실 웃고 있었다. 이미 리포트 용지와 책은 테이블 한쪽에 치워놓았다.

"그럼 물은 내가 끓일게."

나는 주전자에 미네랄워터를 부어 불에 올렸다. 호노카는 수돗물은 입에 대지 않았다. 그녀가 내 옆으로 다가와 싱크대 선반에서 잔 두 개를 꺼냈다. 그리고는 싱크대 작은 서랍에서 은빛 차 봉지를 꺼냈다.

"어디서 난 거야, 그거?"

내가 잔을 보며 물었다.

"지난번에 여기서 자고 갔을 때, 이 차가 눈에 띄기에 오늘 잔을 사왔어요. 라이타 씨 것까지 세 개."

투명하고 두툼한 유리잔이었다.

"고급스러워 보이는데?"

호노카가 웃었다.

"그렇지도 않아요. 재활용 유리라서 한 개에 삼백 엔밖에 안 해요."

"그래?"

"내가 항상 생각하는데, 선생님은 생활인으로서는 거의 최저 수준이라니까."

나는 앞서 싱크대를 벗어나 식탁으로 돌아왔다.

"잔보다 이 차가 훨씬 더 고급이에요."

진공 포장된 차 봉지를 가위로 자르며 호노카가 말했다.

"이 차, 누가 사왔어요?"

"여자친구가 줬어. 그러고 보니, 그 사람도 좋은 차라고 하더라."

"그렇죠? 이 가게, 아오야마에서 요즘 상당히 인기 있는 중국차 전문점이에요. 이거, 아마 백 그램에 오천 엔은 할걸요?"

호노카는 스푼으로 정성껏 찻잎을 잔에 넣고, 끓인 물을 반절 정도까지 천천히 따랐다.

"아, 향기가 너무 좋다."

호노카는 잔 끝을 잡아 우선 내 앞에 내려놓고, 자기 잔을 들고 맞은 편 의자에 앉았다.

피어오르는 김에 얼굴을 대보니 꿀 비슷한 엷은 향기가 콧구멍을 간질였다. 가느다란 찻잎은 솜털 같은 것을 휘감고 투명한 잔 안에서 선명한 황록색으로 물들어 있었다. 입 안에 차를 한 모금 머금자 진한 달콤함이 느껴졌다.

"맛있네, 이거."

호노카도 맛있는지 연신 홀짝홀짝 마셨다.

" '류이시에인젠' 이래요."

차 봉지의 라벨을 보며 호노카가 말했다.

"그게 뭐야?"

"녹설은침(綠雪銀針). 선생님, 중국어는 못하죠?"

"전혀 몰라."

"선생님, 모르는 거 꽤 많더라. 옛날에는 뭐든 다 아는 줄 알았는데."

뭔가 몹시 감탄하는 듯한 묘한 말투였다.

"그야 당연하지."

"하지만 한자라는 거, 정말 좋아요. 분위기 있거든요. 영어로 차는 그냥 그린티고, 홍차나 커피도 지명에서 따온 것뿐이지 이런 멋진 이름 같은 건 없잖아요?"

"그런가?"

"네. 그래서 난 영어는 별로 안 좋더라. 오늘도 학교에서 영어로 번역하는 수업이 있었는데, '낭패(狼狽)'라는 말이 나왔어요. 이거, 영어로는 뭐라고 할 거 같아요?"

"글쎄, 낭패라면 confuse인가? 아님, upset?"

"아뇨. 'don't know what to do'였어요."

호노카가 쓴웃음을 지었다.

"그렇구나."

"하지만 이건 낭패의 진짜 의미와는 전혀 다른 거 아니에요?"

"진짜 의미?"

"낭패라는 건 짐승 수 변에 좋을 량과 조개 패를 붙이는 거잖아요? 두 글자 모두 늑대를 가리키는데, 낭(狼)은 앞다리가 길고 뒷다리가 짧은 늑대, 패(狽)는 앞다리가 짧고 뒷다리가 긴 늑대예요. 그래서 그들은 항상 함께 움직여야 하는데, 혹시 헤어지게 되면 두 마리 모두 넘어져서 패닉 상태에 빠지게 돼요. 그래서 낭패죠. 선생님, 몰랐어요?"

"응."

"어머, 정말? 이건 상식인데."

"미안하다."

"뭐, 사과할 것까진 없어요. 나무라자는 게 아니니까."

아까 현관에서 봤을 때는 늘 그렇듯이 부루퉁하더니, 아무래도 호노카가 오늘 밤은 기분이 좋은 모양이다. 뜨거운 차를 호호 불어가면서 맛있게 마시고 있었다. 다시 차 봉지를 손에 들고 들여다보았다.

"다음에는 차 향로를 사올게요. 늦기는 했지만 축하 선물이에요. 선생님 생일, 분명 10일이었죠?"

"뭐야, 그 차 향로라는 게?"

"선생님, 혹시 차를 마시기만 하는 거라고 생각해요?"

대답을 하지 않자 호노카는 몹시 재미있다는 표정을 지었다.

"차 향로라는 건 찻잎을 접시에 담고 밑에 양초를 피우는 기구예요. 이 차라면 틀림없이 좋은 향기가 날 거예요. 아마 마음이 차분하게 가라앉을걸."

"마음이 차분해져? 흐음!"

"또 그렇게 남의 말에 비웃는 얼굴을 하시고."

호노카는 정말 즐거워 보였다.

"비웃는 건 아니지만, 나는 별로 관심 없어. 마음이 차분해지다니, 그건 애매한 이야기지. 게다가 네가 그런 말을 하니까 더 믿을 수 없는데?"

"어휴, 너무해. 나도 항상 우울한 건 아니에요. 그런 여유가 살아가는 데 가장 소중한 거라고요. 차도 생활의 여유, 향기도 생활의 여유, 한자도 생활의 여유."

그때 문득 떠오르는 생각이 있었다. 그러고 보니 에리코도 이 차를 주면서 호노카와 비슷한 말을 했었다.

─아주 맛있는 차야. 잔에 차를 넣고 끓인 물만 부으면 마실 수 있으니까 술 많이 마셨을 때 한번 시험 삼아 마셔 봐. 틀림없이 마음이 느긋해질 거야. 자기는 그냥 무심하게 맛있는 걸 맛있다고 느낄 만한 여유가 항상 모자란 것 같아.

"흐음, 여유라……."

"그래요, 여유."

호노카의 웃음은 어딘가 신비한 색깔을 띠고 있다고 나는 항상 생각했다.

5

일에 쫓겨 정신없이 움직이다 보니 어느새 해가 바뀌었다.

출판 일은 연말이 가장 바쁘다. 잡지 편집부라면 새해 특별호와 2월호를 11월 하순부터 12월 중순까지 채 한 달이 못 되는 사이에 마감하고, 3월호의 목차까지 반 정도는 준비해두어야 한다. 단행본 편집부에서도 인쇄소 상황에 떠밀려서 1월과 2월에 출간할 예정인 책 교정으로 스케줄이 빡빡해진다. 게다가 3월의 1기분 결산을 앞두고 회사 전체에 매출액을 최대한 끌어올리라는 불호령이 떨어지기 때문에, 해마다 신년 초에는 간행물이 증가하는 경향이 있다. 더구나 내가 근무하는 곳처럼 큰 출판사에서는 1월 1일 신문 광고에서 그해의 벽두를 장식하기에 적합한 대표 상품을 적어도 몇 가지는 줄줄이 선보여야 한다. 연말은 잘 팔리는 작가의 장편소설이나, 개인 혹은 테마별 전집의 제1회 배본, 대형 기획본 등으로 지난 일 년 동안 각 편집자가 열과 성을 다해 마련한 최고의 상품을 내놓는 가장 중요한 시즌이기도 한 것이다.

내 경우에도 반년이 넘는 시간을 들여 모아들인 30편 남짓한 교육 문제에 관한 각계 인사의 논고를 정리해야 했고, 월간지에서 일하던 시절 친하게 지냈던 전 총리의 회고록을 빨리 마감해야 했다. 그런 이유로 12월의 3분의 2는 회사 지하에 있는 휴게실에서 토막잠을 자가며 연일 밤샘을 했다.

크리스마스이브는 에리코와 함께 도라노몬에 있는 호텔에서 프랑스 요리를 먹었다. 작년에도 그곳에서 먹었고, 올해도 마찬가지였다. 에리코는 두 번째 이브를 똑같은 자리에서 똑같은 사람과 맞이한 것을 적잖이 감상적으로 해석하고 있었다.

"비 내리던 그날로부터 벌써 일 년이 지났어."

유난히 절절한 투로 그렇게 말하는지라 내가,

"이제 겨우 일 년인데, 뭘."

이라고 대답했지만, 에리코는 여전히 흐뭇한 얼굴이었다. 작년과 똑같은 요리는 가격만 비싸졌을 뿐, 전혀 맛있지 않았다.

크리스마스 날 저녁엔 뉴소울에 가서 파티를 했다. 케이크와 샴페인, 도모미와 다쿠야에게 줄 선물을 들고 7시쯤 뉴소울에 들어서자 도모미는 평소에 가게 냉장고 위에 얹어두기만 하던 오븐을 내려놓고 한창 치킨을 굽는 중이었다.

테이블에 하얀 식탁보를 깔고 셋이서 디귿자형 소파에 앉아 샴페인을 따고 작은 폭죽을 터뜨렸다. 치킨을 뜯으며 도모미가 "당신하고 이거 먹는 거, 벌써 세 번째야"라고 했다. 다른 어느 때보다 잘 구워진 닭고기가 고소하고 맛있었기 때문에 나는 몇 번이나 칭찬을 했다.

다쿠야의 친부 박일권은 그 전날인 크리스마스이브에 선물을 들고 찾아왔었다고 한다. 다쿠야가 제 아빠에게서 받은 다양한 베이브레이드(장난감 팽이—옮긴이)를 좁은 가게 바닥에 대고 돌리고 있어서 나도 함께 하다가 둘이서 완전히 푹 빠져버렸다.

에리코가 12월 29일, 친가가 있는 스와에 가기로 해 나는 신주쿠 역으로 배웅을 하러 나갔다.

도모미와 다쿠야도 30일 낮에 친가가 있는 센다이로 돌아갔고, 나는 그때도 도쿄 역으로 배웅을 나갔다.

31일 밤에는 라이타가 집으로 오기로 했다. 점심때쯤 일어나 자동차로 몬젠나카초 주류 매장에 술을 사러 나갔다. 나도 술을 상당히 마시는 편이지만 라이타는 얼마나 호쾌한 주당인지, 요즘에 그런 사람은 쉽게 구경하기도 어려울 정도다. 종류별로 다양하게 술을 사고, 회전초밥 집에서 점심을 먹은 뒤 집에 돌아왔다. 그리고 오후에는 내내 책을 읽으며 보냈다. 나를 위한 독서는 무척 오랜만이었지만, 에리코도 도모미도 도쿄에 없다는 생각을 하니 마음이 차분하게 가라앉아서 책에 몰입할 수 있었다.

라이타는 9시 넘어서 찾아왔다. 큼직한 접시에 요리를 챙겨 들고 왔기 때문에 당장 거실 테이블에 차려놓고 둘이서 술판을 벌였다. 30일 밤까지 영업한 식당의 남은 재료로 그날 온종일 걸려서 만든 것이라고 했다. 작년 섣달 그믐날에도 들고 왔었지만, 라이타의 요리 솜씨는 정말 뛰어났다. 올해는 작년보다 메뉴가 더 다양해서 도저히 하룻밤에 다 먹어치울 수 없을 정도였다.

"이거, 큰 호사를 하는데?"

라고 했더니,

"식당에 손님이 거의 없어서요. 고기고 채소고 작년의 두 배는 남았어요."

라고 씁쓸한 얼굴로 말했다.

"국민을 괴롭히는 구조개혁, 이제 정말 지긋지긋해요. 대기업을 먼저 챙기고 약자는 잘라내는 정치를 하면서 어떻게 중소기업을 지키고 고용을 늘리자는 건지, 나 원 참! 우리 같은 프롤레타리아 소시민은 진짜 한숨밖에 안 나온다니까. 우리 식당, 단골이 자꾸 줄어서 주인이 머리를 싸매고 있어요."

올해 스무 살인 라이타는 고등학교 2학년 때 중퇴한 뒤, 나카노의 '도리마사' 라는 닭 꼬치구이 식당에서 입주 점원으로 일하고 있었다. 아버지는 다마 지역의 해묵은 공산당 간부로, 현재는 이나기 시의 시의회 의원을 하고 있다. 아버지와 사이가 그리 나쁘지 않은지, 쉬는 날에는 공산당 활동을 돕기도 한다고 했다.

처음 라이타를 알게 된 건 2년 전 봄이다. 그가 신주쿠 거리에서 일본 공산당 삐라를 배포하고 있는 것을 내 친구인 텔레비전 프로듀서 데라우치가 스카우트하려다 실패한 게 계기가 되었다. 말을 붙였다가 깨끗이 거절당한 데라우치는 그래도 미련을 버리지 못하고 여기저기 수소문하여 라이타가 일하는 곳을 알아냈다. 그 뒤로 날마다 도리마사 식당에 찾아가 라이타를 설득했던 것인데, 결국 성공하지 못했다. 그런 데라우치를 따라 나도 어떤 청년인지 한 번 구경이나 할 마음으로 그 식당에 갔다가 라이타를 만났던 것이다. 그게 2년 전 6월의 일이었다.

취미는 계급투쟁, 애독서는 『공산당 선언』이라고 흰소리를 해대서 데라우치를 혹하게 한 라이타였지만, 사실 마르크시스트도 뭣도 아니었다. 요즘 들어 아버지가 입당하라고 자꾸 권한다는데, 라이타가 그런 권유에 응할 가능성은 전혀 없었다.

라이타의 개인적인 성향이 어떻든 데라우치가 자신이 제작하는 드라마에 그를 쓰고 싶다고 열을 올린 건 그럴 만한 이유가 있었다. 라이타는 '숨이 턱 멎을 만큼'이라는 데라우치의 표현대로 누구나 한 번 보면 가슴에 남을 꽃미남이었다. 데라우치에게서 정말 너무나 잘생긴 청년이라는 말을 귀에 딱지가 앉도록 듣고 갔던 나까지도 저절로 시선을 빼앗겼을 정도다.

두 번째로 나 혼자 그 식당에 얼굴을 내밀었을 때는 그럭저럭 라이타와 이야기를 나눌 수 있었다. 데라우치처럼 그를 스카우트하고 싶다는 이야기는 고등학교에 다닐 때부터 끊임없이 들어왔다고 한다.

"그나저나 그런 꽃미남 얼굴로는 평범하게 살기도 쉽지 않지?"

내 말에 라이타가 고개를 끄덕이며,

"다들 왜 그러는지 참……."

이라고 피식 웃어 보였다.

"뭐, 나이 들고 궁상이 바닥까지 절어들면 젊은 시절 한때의 이런 얼굴, 비탈길 구르듯이 흐릿해지지 않겠어요? 그때까지 그냥 꾹 참으면 된다고 할까."

"그렇겠네."

내가 그의 말에 맞장구를 쳐주었다.

"얼굴 좀 멀끔하다고 괜히 우쭐해서 아이돌이니 탤런트니 배우 같은 거 되는 사람들, 나는 머리가 좀 어떻게 된 거라고 생각해. 하긴 머리 하나 좋다고 무작정 도쿄대학 가서 관료나 학자가 되는 사람들이야말로 정말 머리가 어떻게 된 거지만."

"다들 왜 그런지 참……."

탄불 위에서 꼬치고기를 정성껏 굽던 라이타가 내 말에 전적으로 찬성한다는 듯 뺨을 슬쩍 끌어올렸다. 그 냉소와도 같은 대범한 표정에는 보는 자를 서늘하게 만드는 확실한 폭력의 냄새가 감돌았다.

그 뒤로 식당 영업이 끝나면 함께 어울려 술을 마시는 일이 많아졌다. 그러자 라이타는 좀 더 확실하게 단언을 하곤 했다.

"나오토 씨는 학자라든가 관리는 머리가 어떻게 된 거라고 했지만, 나는 연예인이나 정치가가 더 저질 중의 저질이라고 생각해요. 학자라든가 관리라는 건 어차피 별로 아는 사람도 없지만, 연예인이나 정치가는 아예 내놓고 얼굴을 팔아먹는 진짜 저질 장사치잖아요. 그런 추잡스러운 짓을 하면서도 저희들은 멋있다고 하는 꼴을 보면 나 같은 사람도 가끔 도저히 용서 못하겠다는 마음이 든다니까요. 착각 중에서도 제일 큰 착각이죠. 나는요, 자신에 대해 스스로 다 안다고 철석같이 믿고 있는 놈만큼 못돼먹은 인간은 없다고 생각해요. 나오토 씨는 그렇게 생각 안 해요?"

"자기 자신을 스스로 다 안다? 그게 뭐지?"

나는 라이타의 그 말에 약간 흥미가 느껴져서 이렇게 되물었다.

"그러니까요, 얼굴 파는 장사라는 건 팔고 있는 자신을 진짜 자신이 잘 컨트롤할 수 있느냐 없느냐 하는 점에 첫 번째 전략이 존재하는 거 아닙니까? 자신이라는 상품을 얼마나 비싸게 사람들에게 팔아먹을 것이냐, 하는 거라고요. 그것으로 이윤을 얻는 경제행위인 거겠죠. 하지만 자기 자신을 상품화한 인간이라는 건 결국에는 그 상품을 매니지먼트하는 또 하나의 나 자신이라는 걸 날조해내는 것으로, 자신 속의 불완전성이나 애매함이나 상대성을 철저히 배제하고, 부나 권력의 획득에 그 인생을 통째로 예속시키는 것을 스스로 허락한 거라고 생각해요. 하지만 그게 제정신으로 할 짓입니까? 자신에 대해서는 어느 누구도, 아무리 노력해도 절대로 알 수 없는 거 아니냐고요. 근데 그자들은 제대로 알지 못하는 자신의 겉껍데기를 홀딱 벗은 채 장사를 해먹겠다는 거니까 그건 이미 정신적인 스트리퍼라고밖에는 뭐라고 말할 도리가 없는, 정말 부끄러운 줄도 모르는 사람들 아니에요?"

나는 아직 설익은 듯한 라이타의 이론을 잠시 머릿속에서 곱씹으며 예전에 읽은 에리히 프롬의 책 속에 이런 구절이 있었던 게 생각났다.

객관적으로는 자기 이외의 목적에 봉사하는 심부름꾼이면서도, 주관적으로는 자기의 이익에 따라 움직인다고 믿고 있는 사실을 대체 우리는 어떻게 해결할 수 있을까. 프로테스탄티즘 정신과 근대적 이기주의 정신의 신조를 어떻게 화해시킬 수 있을까.

프롬은 결국 이기주의는 자기애 따위가 아니라 단순한 탐욕 중의 하나에 지나지 않는다고 단언했던 것 같다. 그래서 나는 라이타에게 이렇게 말했다.

"연예인이나 정치가가 추잡스럽다는 것에 그렇게 복잡한 이론을 들이댈 필요는 없는 거 아닐까? 나는 인간은 누구나 장사꾼에 불과하다고 생각해. 네가 닭 꼬치구이로 장사를 하는 것처럼 채소 장수는 채소를 팔고 생선 가게에서는 생선을, 정육점에서는 고기를 팔아. 주유소 오빠들은 휘발유를 팔고, 자동차 대리점에서는 자동차를 팔아. 전자제품 가게에서는 전자제품을 팔지. 은행원은 돈을 팔고 학자나 예술가나 기술을 가진 사람들은 자신이 익힌 기술과 지식을, 그리고 연예인은 예(藝)를 팔지. 정치가는 정책을 팔고. 그냥 그것뿐이잖아? 누가 어떻게 다르다고 할 것도 없어. 다들 먹고살기 위해 이 지구 위에서 다양한 자원을 벗겨먹고 있는 것뿐이야.

네가 말한 그 '얼굴을 판다' 는 건 분명 자기의 상품화라고 할 수 있지만, 그저 단순히 말하자면 연예인이나 정치가는 장사꾼의 도리라는 면에서 채소 장수나 생선 장수보다 거짓말을 좀 더 많이 한다는 거겠지. 각자가 파는 상품 중에서도 생선이나 채소에는 거짓말이 들어갈 여지가 거의 없는 거고, 기술자의 기술에도 거짓이랄 것은 별로 없어. 하지만 연예인이나 정치가는 자기들의 상품이 애매하고 형태를 파악하기 어려운 점이 있어서 허식으로라도 좀 더 자신의 상품가치를 올리려고 해. 속이 뻔히 보이는 그 탐욕과 거짓이 그걸 사주는 입장인 우리가 보기에 참으로 한심하다는 말일 거야. 어쨌든 거짓말은 도둑질의 시작이니까. 한마디로 그자들은 천박한 거짓말쟁이에 지나지 않는다는 거겠지, 네가 말하고 싶은 건."

"뭐, 그런 건지도 모르죠. 그자들이 서로를 예술가니 무슨 선생님이니 하고 부르는 꼴을 보면 진짜 신경질 나잖아요? 세상이 점점 더 썩어가는 것 같다니까요."

"딱히 지금 이 세상만 썩은 건 아니야. 세상이라는 건 어느 시대에나 이런 식으로 썩었었거든. 세상이 썩어가는 것 같다는 네 말, 지나치게 순진한 거 같은데?"

서로 알게 된 지 한 달쯤 되었을 때 라이타가 어쩌다 내 집에 와서 자게 되었고, 그 뒤로 최근까지 2년 넘게 계속 그런 관계가 이어지고 있다.

우리는 NHK의 12월 31일 특집 '홍백가합전' 을 보며 실컷 먹고 마셨다. 라이타는 12시가 지나자 술잔과 그릇들을 정리하고는,

"나오토 씨, 나는 그만 슬슬 물러갈래요."
라고 인사하고 돌아갔다.

설날부터 꼬박 사흘 동안 나는 매년 이맘때면 항상 하던 대로 정계 실력자들의 연초 내객 리스트를 작성하기 위해, 총리 관저를 비롯하여 역대 총리인 후카자와의 오자와 씨 저택, 호국사의 하토야마 본가 등을 한 바퀴 돌며 자동차 안에서 사진부 카메라맨과 함께 으리으리한 저택에 출입하는 검은색 고급차들을 지켜보았다. 이 일에는 좀체 지원자가 없어서 회사에서는 몇 년 전까지 인원 배치 문제로 어지간히 골머리를 앓은 모양이었지만, 내가 입사한 뒤로는 지금까지 그런 번거로움에서 해방되었다고 한다.

사흘 동안 자동차 전화를 네 번 사용했다. 세 번은 기타큐슈에 있는 여동생에게 걸었고, 처음 한 번은 오니시 부인에게 걸었다. 설날 아침 6시에 전화했더니 부인은 잠에서 깬 목소리로 "새해 복 많이 받아요"라고 말했다.

늘 만나던 호텔에서 4일 저녁에 만나기로 약속하고 전화를 끊었다.

오후가 되어 정계 손님들의 발길도 끊기고 카메라맨이 필름 정리에 들어가면 나는 차 안에서 섣달 그믐날부터 읽기 시작한 책을 펼치고 정신없이 빠져들었다. 그 책은 어느 유덕한 여성 불교인이 만년에 저술한 수상집이었다. 부처의 가르침을 알기 쉽게 풀어 쓴 책이었는데, 몇 번이고 다시 읽어볼 가치가 있는 훌륭한 문장이었다. 이를테면 「산다는 것」

이라는 제목의 글에서 저자는 석가모니의 유명한 '사문유관(四門遊觀)' 설화를 소개한 뒤 다음과 같이 썼다.

젊은 시절의 나는 사문유관의 이야기를 어딘지 낯설기만 한, 지어낸 이야기로 여겼다. 때로는 소중한 석가모니 부처님을 이렇게 허약하고 세상 물정 모르는 사람으로 만들어도 되는가 하는 반발심마저 들었다. 하지만 70년 가까이 살아 말 그대로 노년에 이르러 그 노년이 필연적으로 병을 포함하고 그 건너편에 죽음이 보이게 된 지금, 사문유관에서 이야기한 말 한마디 한마디의 진실됨에 크게 경탄하였다. 그래, 정말 맞는 말이다. 살아간다는 건 그런 것이다. 인간 존재에서 젊음이나 아름다움이나 사랑이나 정념이나 부나 지위나 세속적인 능력 따위, 변해가는 것 모두를 대빗자루 같은 것으로 밑바닥까지 쓸어내고 보면 그 다음에 남는 뼈대는 만인 공통의 노·병·사가 있을 뿐이다. 나를 비롯하여 인간은 누구나 늙음에 직면하고 병에 직면하고 죽음에 직면하고 그때야 비로소 그것을 깨닫는다. 아니, 어쩌면 깨닫는 일조차 없이 죽어가는지도 모른다.

그렇건만 석가는 칠흑의 머리를 가진, 인생의 꽃이 피어나는 아름다운 청춘의 날에 생존의 명백한 뼈대를 노·병·사의 '고(苦)'로 받아들였다. 게다가 그것을 일체중생(一切衆生)의 '고'로 파악하고, 그 '고'를 뛰어넘는 길을 찾아 출가하셨다. 참으로 크나큰 우주 크기의 감성, 참으로 크나큰 우주 크기의 선량함. 나아가 내가 희열하는 것은 젊은 날의 석가세존은 노·병·사가 만인 누구나 면하기 어려운 진실임에도 불구하고 사람이 그것을 귀찮게 생각하는 밑바탕에,

젊음에는 노쇠에 대한
건강한 자에게는 병자에 대한
살아 있는 자에게는 죽은 자에 대한

무의식의 우월감, 오만한 마음이 있다는 데 생각이 미쳤다고 전해져오는 것이다. 아아, 70년을 살며 부둥켜안고 온 내 이 썩어빠진 심성을 정확히 잡아내 보여주는 이런 말씀을 대체 어느 누가 내 귓가에 말해줄까. 이토록 알기 쉽게, 이토록 논리정연하게.

그리고 끝부분에서 저자는 자신의 현재 심경을 아래와 같이 적었다.

노·병·사를 부둥켜안은 촉루에 생명의 옷을 입힌 것이 '생'이라는 것이라면, 한때 걸치는 그 옷이 가능한 한 아름답고 우아하기를 바란다.
나날이 살아가는 모습은 나날이 죽어가는 모습이라고 생각하면 세상만사가 고맙다.
생생하게 살아가는 것이 생생하게 죽어가는 것이라고 이해하면 마음이 평안하다.

1월 3일 밤, 집으로 돌아가는 자동차 안에서 나는 돌연 가슴이 답답해져오는 걸 느꼈다. 호흡이 흐트러지면서 심장이 조종을 쳤고, 숨을 쉴 때마다 목구멍이 피리 소리를 내며 온몸이 떨려왔다. 폐의 파이프 몇 개쯤이 꽉 막혀서 들이쉰 산소가 제대로 가슴속으로 들어가지 못하는 듯한 느낌이었다. 그러다가 결국은 숨을 내쉬지 못하게 되었다. 온몸이 핀자국 같은 가느다란 구멍을 통해 억지로 공기를 뽑아내는 튜브 같았다.

나는 넥타이를 느슨하게 하고, 와이셔츠 버튼과 벨트를 풀고, 구두를 벗은 뒤 양털 깔개를 깔아놓은 자동차 뒷좌석에 엎어졌다. 그런 절박한 모습을 보고 운전기사가 몇 번이나 말을 걸어왔다.

나는 운전기사에게 사흘 동안 변변히 먹은 게 없어서 좀 피곤할 뿐이라고 설명했다.

차에서 내려 집 계단을 올라가는 사이에 세 번이나 쪼그리고 앉아 심호흡을 거듭했다. 최근 몇 년 동안의 격무로 인해 내 심장이 상당한 부담을 안은 것이었다. 조금이라도 무리를 하면 금세 협심증 비슷한 증세가 나타나곤 했다. 여자의과대학 출신의 주치의는 약간의 부정맥과 흉부울혈 징후로 보아 심장신경증이라고 했다. 가벼운 혈관 확장제와 소아용 해열 진통제를 간간이 처방해주었다. 그렇지만 오늘은 전에 없이 고통이 심했다.

방 안은 완전 냉골이었지만 스토브를 켤 마음도 들지 않았다. 가슴이 신선한 공기를 원하고 있어, 불도 켜기 전에 창문부터 활짝 열었다.

별 하나 없는 어두운 신년의 하늘을 올려다보았다. 토해내는 숨이 어둠 속에서 하얗게 흐늘거렸다. 나는 양복저고리를 입은 채 창가에 누워 일 분 동안 아마 백 번도 넘게 숨을 쉬었을 것이다. 한 시간 가까이 그렇게 하고 있었다. 잠이 와서 창문을 닫고 침대에 누운 뒤에도 가슴의 답답함은 사라지지 않았다. 미쳐버린 시계를 삼킨 듯한 기분으로 그저 꼼짝도 못한 채 정지해 있었다.

깜깜한 방 안에서 굳어버린 내 몸을 마음의 팔다리로 끌어안자 갑자기 슬픈 생각이 들었다. 이런 감정은 정말 오랜만이라고 생각했다.

다음 날 아침, 주치의에게 전화를 걸어 급하게 진찰을 부탁했다. 언제나 그렇듯이 심전도와 흉부 뢴트겐을 찍어주었다.

심장에는 별다른 이상이 없다, 라고 안경 쓴 중년의 의사가 말했다. 단지 뢴트겐을 살펴보니 심장 주위에 약간의 지방이 붙어 있다고 했다. 그녀는 7일분의 약과 신경안정제를 처방해주었다.

곧바로 회사에 출근하면서 내 심장에 달라붙은 누런 기름 덩어리를 상상했다. 그 지방도 역시 나 자신인 걸까, 하고 생각했다.

회사에 도착하자 사흘 동안 찍은 수백 장의 정장 차림의 남녀 사진이 완성되어 있었다. 성애 낀 유리 차창 안쪽에 지팡이를 안고 조용히 앉아 있는 노인, 하토야마를 비롯해 오자와 전 총리의 널찍한 저택 앞마당에서 과장스럽게 신년 인사를 나누는 모피 차림에 진한 화장을 한 귀부인. 나는 사진 한 장 한 장의 뒤편에 부드러운 심의 청색 연필로 그들의 이름과 직함을 썼다. 각료와 일반 국회의원, 고급 관료와 지방 후원회의

높으신 분들, 대기업 간부들의 이름을 써넣었다. 반절은 확인이 가능했으나 나머지 이삼백 명은 결국 누군지 알아내지 못했다.

그 작업에 꼬박 여섯 시간이 걸렸다. 정신을 차리자 오니시 부인과 약속한 시간에서 한 시간이나 지나 있었다. 호텔에 전화를 걸자 부인은 항상 만나던 방에 와 있었다. 나는 기다리게 한 데 대해 사과하고, 그 참에 몸 상태가 별로 좋지 않으니 오늘 밤은 약속을 취소했으면 좋겠다고 말했다. 부인은 침울한 목소리로 내 건강에 대해 자세히 듣고 싶다고 했다. 그래서 나는 "아무래도 꾀병인 것 같기도 하다"라고 대답했고, "그러면 어서 와줘"라고 하시는지라 결국 호텔로 향했다.

오니시 부인은 여느 때처럼 핑크로터를 버자이너에 삽입하고서 내가 도착하기를 목을 빼고 기다리고 있었다. 한 달 이상 못 만나서 그런지 그녀의 욕정은 보기에 역겨울 정도였다.

"네가 오늘 아침 일어나자마자 바로 넣으라고 해서 벌써 열두 시간째 넣어둔 채야."

방에 들어서자마자 오니시 부인이 매달리며 말했다.

까맣게 잊고 있었지만, 그러고 보니 설날 아침에 걸었던 전화에서 그런 말을 했던 것도 같다. 마구 비비고 들어오는 아랫배 근처에서 희미한 진동이 느껴지면서 과연 지이잉 하고 로터 떨리는 소리가 들려왔다.

"음, 착하게 말을 잘 들었군."

몸이 안 좋기도 해서 나는 늘 하던 약 올리기 과정은 생략하고 바로 작업에 들어갔다. 이미 뿅 가버린 오니시 부인도 별 불만은 없는 듯했다.

우선 벌거숭이가 된 부인을 네 다리로 엎드리게 하고, 그녀의 루이비통 가방에서 꺼낸 바이브레이터를 방 구석에 던졌다. 카펫 바닥에 굴러다니고 있는 그것을 기어가 입에 물고 오게 하는 게임을 장장 30분이나 계속했다. 오늘 밤은 일찌감치 끝장을 볼 생각이었기 때문에 잘 물어 오면 상으로, 손으로 절정에 이르게 해주었다. 부인은 굵직한 바이브레이터를 입에 한가득 물고 웅웅거리는 기성을 올리며 싫증내는 일도 없이 몇 번이고 절정에 달했다.

그 다음에, 역시 부인이 가져온 로프로 양팔을 뒤로 돌려 단단히 묶고 입에는 재갈을 물려 눈가리개를 씌운 채 침대에 내던졌다. 온몸에 젤리 로션을 바르고 마사지를 하면서 로터를 뽑아냈다. 그 대신 바이브레이터를 넣고 스위치를 최대로 맞추어 끝부분까지 충분히 왕복시켰다. 부인은 침을 질질 흘리며 오열과 절규를 반복했다.

반쯤 넋이 나간 자세로 입을 헤벌리고 드러누운 부인을 곁눈으로 바라보며 시계를 흘끔 보니 벌써 11시가 가까워져 있었다. 내 두 팔도 이제 슬슬 뻐근해지고, 셔츠와 팬티 차림이었어도 에어컨 설정 온도를 높게 해둔 탓에 온몸이 땀으로 흠뻑 젖어 있었다. 가슴 근처에서 희미하게 발작의 징조가 느껴졌다. 오늘 밤에는 이쯤에서 끝내는 게 좋겠다고 생각했다.

마지막에는 요즘 들어 부인이 특히 좋아하는 메뉴로 끝을 맺기로 했다. 팔을 뒤로 돌려 묶었던 로프를 풀고 넓게 다리를 벌리게 해서 좌우의 발목과 손목을 두 개의 짧은 로프로 각각 몇 겹씩 꽁꽁 묶었다. 부인은 시늉뿐인 저항을 해왔지만 이건 매번 보이는 반응으로, 한 차례 "움직이지 마!"라고 일갈하면 그 즉시 얌전해졌다.

로션을 듬뿍 바른 로터를 우선 버자이너에 삽입해놓고 나는 일단 침대를 떠났다. 내 작업 가방에서 손톱깎이를 꺼내 양손의 손톱을 하나하나 꼼꼼히 깎았다. 오른손 둘째손가락과 가운데손가락은 특히 짧게 깎았다.

성인비디오 업계의 일인자로 유명한 남자배우 가토 다카가 「애액 분출 클럽」이라는 인기 시리즈에서 여자의 애액을 바다처럼 분출하게 하는 가장 중요한 비결이라고 역설했던 게 바로 이 '손톱 바짝 깎기'였다. 화면에 클로즈업된 가토 다카의 오른손 손톱이 정말 말끔하게 깎여 있어서, 나는 그의 프로다운 철저함에 감동했었다.

침대에 돌아와 로터를 빼내자 부인의 버자이너에서 놀랄 만큼의 애액이 흘러나왔다.

이따금 하반신을 부르르 떨며 무의식중에 내 팔에서 허리를 빼내려고 하는 부인을 적당히 달래가며 15분 가까이 정신을 집중하여 손가락을 움직였다. 그러자 갑자기 부인의 복근이 부풀어 오르고 물결치듯이 꾸물거리더니 "아앙!" 하는 어린아이의 울음소리 같은 안타까운 비명이 새어 나왔다. 그리고 그 순간, 액체가 분출하여 내 오른팔을 흠뻑 적셨다.

여성의 경우, 일단 실금하기 시작하면 억제를 못한다. 결국 부인은 꽁꽁 묶인 손목과 발목에 빨간 멍이 생기고 입에 물린 재갈 때문에 입술 양끝이 쓸려나가고 이마의 혈관까지 불거지는 무시무시한 형상으로 실신하면서 절정에 달했다.

가토 다카는 자신이 출연한 비디오에서 그날 촬영 현장에서 처음 만난 여배우들이 그야말로 간단히 자신의 손 기술에 의해 실금하고 실신하는 모습을 지켜보면서 "하아, 나는 정말 여자들이 부러워. 어떻게 저렇게 기분이 좋아질 수 있는지 정말 부럽네, 부러워"라는 대사를 연발했지만, 그것이 전혀 거짓 없는 본심에서 나온 말이라는 건 그의 어이없어하는 표정과 말투에서도 충분히 짐작할 수 있었다. 섹스는 숙련되면 될수록 스포츠에 가까워진다는 말을 자주 들었지만, 나 역시 완전히 그 말에 공감한다.

나는 오니시 아키코 부인이 싫지 않았다. 오니시 부인도 마찬가지일 것이다. 하지만 우리는 결코 사랑하는 사이는 아니다. 서로 그저 약간의 호감을 갖고 있는 것에 지나지 않았다. 그리고 그런 엷은 호감 정도로 이토록 아무런 부끄러움도 모르는 행위가 성립되다니, 과연 남녀관계의 실질은 무엇일까.

그날 밤 나는 돌아오는 택시 안에서 라이타가 예전에 했던 말을 떠올렸다.

"섹스라는 건 밥 먹고 잠자는 것과 마찬가지로 그저 순간적인 기술 아닌가요? 그 자리에서 끝나면 그대로 잊어버리는 거라서 몇 번씩 똑같은 짓을 되풀이할 수 있다고 할까. 그렇잖아요? 생각해보면 먹고 자는 것도 여자와 섹스하는 것도 우리는 참 질리지 않고 용케 평생 계속하지요? 그런 의미에서 남녀관계라는 건 게임만도 못하다고 나는 생각해요. 밥 먹고 잠자는 게 게임이라고 하는 놈은 이 세상 어디에도 없을 테니까요.”

또 호노카가 이런 말을 했던 것도 생각났다.

“누군가를 좋아한다는 것과 그 사람과 섹스를 한다는 거, 사실은 아무 관계도 없는 거 아니에요? 그런데도 남자든 여자든 그 두 가지가 그야말로 깊은 관련이 있는 것처럼 잔뜩 신경을 쓰느라 결국 누구를 좋아하지도 못하고 섹스도 제대로 이해하지 못한 채 나이만 먹어가는 거 같아요.”

6

1월 6일 밤, 집 근처 편의점에서 간단히 쇼핑을 하고 연립주택 계단으로 올라서자 3층의 어슴푸레한 복도 끝, 내 집 현관문 바로 앞에 누군가가 서 있었다. 호노카나 라이타가 왔나 하고 생각했지만, 그 두 사람이라면 밖에서 기다릴 것 없이 집 안으로 들어갔을 터였다. 의아한 마음에 발소리를 죽이고 천천히 다가가자 그쪽에서 내 기척을 느끼고 얼굴을 돌렸다.

에리코였다. 나는 흠칫 놀랐다. 큼직한 종이봉투 두 개가 문 앞에 나란히 있었고, 검은 보스턴백이 그녀의 발밑에 놓여 있었다.

왜 이런 시간에 그녀가 여기 있는 거지? 지금까지 한 번도 집에 데려온 일이 없었는데 어떻게 이곳을 안 거야? 모든 게 다 선뜻 이해가 되지 않았다.

잰걸음으로 에리코에게 달려갔다.

"웬일이야, 무슨 일 있었어?"

나도 모르게 목소리가 커졌다.

그래도 오랜만에 에리코의 얼굴을 보니 가슴속에 반가움이 번졌다.

몸은 회복되었지만, 그저께 오니시 부인과의 교접으로 이틀 동안 우울한 기분에서 헤어나지 못하고 있었다. 마치 전기 믹서의 스위치를 켰다 껐다 하는 듯한 부인과의 행위가 나를 몹시 소모시켰다.

"저녁 특급열차로 스와에서 출발해 신주쿠에서 지하철로 갈아타고 곧장 이곳으로 왔어. 근데 이 집, 모리시타 역에서 오는 길이 정말 복잡해. 게다가 올해 다이어리에 자기 휴대전화 번호밖에 없어서 언젠가 자기한테 편지 보냈을 때 썼던 주소, 그 어렴풋한 기억을 되살려 찾다 보니 정말 얼마나 헤맸는지 몰라. 어휴, 겨우겨우 찾아냈지 뭐야. 덕분에 완전히 녹초가 됐어."

에리코는 미리 이곳에 오기로 약속이라도 했다는 듯한 말투로 조용히 말했다.

"자기 먹이려고 설음식 좀 가져왔어. 분명 밥도 제대로 못 먹었지? 너무 추워, 빨리 들어가자."

그러고 보니 한 차례 에리코에게서 편지를 받았던 게 생각났다. 그때 에리코는 내 직장 동료에게서 주소를 알아냈다고 했었다.

"얼마나 기다렸어?"

내가 물어보자 에리코는 손목시계를 들여다보며 말했다.

"9시 전에 도착했으니까, 한 시간쯤?"

나도 시계를 보았다. 10시였다.

"전화했으면 좋았잖아."

"그래도 나 혼자 갑자기 생각나서 온 건데 뭐."

태연한 그 말투에 은근슬쩍 속아 넘어가서 나는 이 기습과도 같은 무례한 방문을 나무랄 마음이 어디론가 사라져버렸다. 그보다는 이렇게 어둡고 추운 곳에서 한 시간이나 기다린 에리코가 딱하기만 했다.

"진짜 지저분한 집이지만, 들어와."

그렇게 중얼거리며 손잡이를 돌려 현관문을 열었다.

"열쇠는?"

에리코가 물었다. 그 말투의 여운에서, 어쩌면 그녀가 이미 손잡이를 돌려봤고 문이 잠기지 않았다는 것을 알고 있는지도 모른다고 느꼈다.

"열쇠는 거의 안 써."

"어머, 왜? 도둑을 부르는 거야?"

그녀는 의아하다는 표정을 지었다.

"뭐, 별로 도둑맞을 것도 없어."

"그래도……."

“들어와. 비좁은 집이지만.”

나는 앞장서서 구두를 벗었다. 누군가 먼저 와 있는 손님이 있는 게 아닌가 하고 에리코는 은근히 경계하는 눈치였지만, 단단히 자물쇠를 걸고 나를 따라 집 안에 들어선 뒤에는 그런 의심이 깨끗이 사라진 모양이었다. 우리는 부엌 식탁을 마주하고 앉았다. 가스 불에 물을 올려 뜨거운 중국차를 만들어 에리코 앞에 잔을 내려놓았다.

“이거, 마셨구나?”

“응, 자주 마셨지. 생활의 여유라고 할까? 나한테는 전혀 어울리지 않지만.”

“천만에. 자기한테 잘 어울려. 자기 마음에 들었다면 또 사다 줄게.”

그리고 에리코가 가져온 찬합을 열고 호화로운 설음식을 먹었다. 마치 요정에서 맞춘 것 같은 요리였지만, 모두 다 에리코의 어머니가 직접 한 것이라고 했다. 특히 스와 명물인 도미 감로조림은 입 안에서 스르르 녹을 정도로 맛있었고, 도미 특유의 잔가시도 거의 없었다.

“이 도미, 정말 먹기 편하네.”

“통째로 배를 가른 뒤에 이렇게……”

내 말에 에리코는 들고 있던 젓가락을 자기 접시에 세우고 시선을 젓가락 끝에 집중하며 얼굴을 바짝 들이댔다.

“이렇게 엄마하고 둘이서 핀셋으로 하나하나 가시를 발라냈어. 살이 망가지지 않게 조심조심하면서.”

그러더니 얼굴을 들고는,

"아침부터 저녁까지 하루 종일 걸렸어. 목은 뻐근하지 손은 떨어져나
갈 것 같지, 정말 해마다 지겨워 죽을 지경이야."
라고 말하며 미소를 지어 보였다.

에리코의 아버지는 스와에서 정밀기계 회사를 경영하고 있다고 들었
다. 분명 저택의 널찍한 시스템키친에서 에리코와 어머니는 해마다 그
런 풍성한 설 명절을 준비해왔을 것이다.

"부럽네."

내가 말하자,

"뭐가?"

라고 에리코가 되물었다.

"아니, 에리코네 집에는 제대로 된 설날이 있구나 싶어서."

"제대로 된 설날이라니?"

에리코가 살며시 웃으며 이상하다는 표정을 지어 보였다.

"이를테면 설날 아침에는 이런 설음식을 차려놓고 가족이 모두 모여
첫 술을 마시고 떡국을 먹고 절에 참배도 하러 가고 친척이나 손님도 맞
이하는 거. 드라마 같은 데서 보는 그런 설 풍경 말이야. 그런 걸 실제로
하고 있다는 게 부러워."

"나오토 집은 안 그랬어?"

이런 얼빠진 질문을 왜 하는 걸까, 하고 나는 생각했다.

"그런 걸 했다면 부럽다는 말도 안 하겠지."

말을 입 밖에 내고서 곧바로 후회했다. 나는 대체 왜 이런 정도의 일

에 화를 내는 걸까. 역시 최근 며칠 동안 쌓인 피로 때문인지도 모른다고 생각했다.

잠시 동안 둘 다 입을 꾹 다문 채 아무 말도 하지 않았다.

"왠지 좀 불안한데?"

에리코를 집 안에 데리고 들어온 뒤부터 나는 왠지 몹시 불편한 마음을 느끼고 있었다. 에리코는 여전히 아무 말도 하지 않았다.

"밖으로 나갈까? 이 근처에도 늦게까지 영업하는 가게가 있어. 아니면 자동차 타고 시내로 나가도 되고."

"지금 바깥, 엄청 추워."

에리코가 재미있다는 듯한 표정을 지으며 말했다. 그 여유만만한 얼굴을 보자 나는 더욱더 우울해졌다.

"아니, 아무래도 나가는 게 좋겠어. 이제 슬슬 누군가 올지도 모르고."

"누군가라니?"

에리코가 틈을 두지 않고 되물었다.

"가끔 여기에 자러 오는 사람들이 있어, 두 사람. 뭐, 그래봤자 일주일에 한두 번이지만."

열쇠를 채우지 않는다는 게 머릿속에 남아 있었는지 내 말에 에리코는 수상쩍다는 눈치를 보였다.

"두 사람? 자기 친구들?"

나는 라이타와 호노카에 대해 자세히 설명해주었다. 도모미라면 또 모르지만, 라이타와 호노카 문제로 에리코에게 오해를 사기는 싫었다. 그렇게 분명하게 설명해주는 사이에 내 기분도 약간은 풀리는 듯했다.

에리코는 진지한 표정으로 내 말에 귀를 기울였다. 그런 그녀를 보며 '이 여자는 언제든 지나치게 진지한 게 탈이야' 하고 생각했다.

"그래서 열쇠를 안 채우는구나."

내 말 중간에 그렇게 물어와,

"아니, 그건 옛날부터 내 습관이야. 꼭 그 두 사람을 위해 그런 건 아니고."

라고 대답했다.

이야기가 끝나자 에리코는 어느 정도 이해해주는 기색을 보였다. 호노카와 나의 관계를 의심하는 듯한 기색은 없었다. 그녀는,

"그런 거라면 이 집, 너무 좁을지도 모르겠네. 좀 더 넓은 곳으로 이사하는 게 좋을 것 같은데?"

라고 덧붙였다. 적잖이 오지랖 넓은 참견이었다.

"그 애들을 위해 굳이 그렇게까지 할 필요는 없어."

"그런가?"

"내가 무슨 그 애들을 돕는다거나 격려하자고 이 집에 드나들게 하는 것도 아니고."

"그럼 뭣 때문인데?"

"뭣 때문도 아니야."

"그건 말이 안 되지."

"그래, 에리코는 이해가 안 될지도 모르지만, 인간이란 갈 데가 없다는 게 가장 뼈에 사무치는 법이거든. 장소가 있고서 비로소 사람이 있다, 라고 나는 생각해."

"장소가 있고서 비로소 사람이 있어?"

"그래, 이 세상에서 무엇보다 중요한 순서야."

내가 말했다. 또다시 쓸데없는 말을 보태고 말았다.

"갈 데가 없다는 것만큼 슬픈 일은 없어. 나는 어렸을 때부터 내내 그랬어. 돌아갈 수 있는 제대로 된 집도 없고, 제대로 된 부모도 없었어. 조금은 그 애들의 마음을 이해한다고 할까?"

"어떤 집이었어, 자기네는?"

"지독했어. 너무 가난해서 에리코는 상상도 못할 그런 집. 그래서 에리코 같은 사람을 내 집에 들이면 왠지 불안해. 옛날부터 친구를 부를 만한 집에 살아본 적이 없어서."

에리코는 조용히 고개를 끄덕이며 듣고 있었지만, 나는 또다시 한마디 보태버렸다.

"따져보면 인간은 누구나 갈 곳이 없다, 라는 둥의 말은 하지 마. 내가 말하는 건 좀 더 즉물적인 이야기니까."

"자기가 이렇게 자기에 대해 말해주는 거, 처음이야."

"그런가? 에리코가 불쑥 집에 찾아오는 바람에 내가 잠깐 혼란스러운 모양이지? 에리코에게 이야기할 만한 과거 같은 거, 요만큼도 없다고 생각했는데. 비참하고 창피스러운 추억밖에 없는데 말이지."

에리코는 슬쩍 우물거리며 한 차례 입 밖에 내려던 말을 꿀꺽 삼켰다. 그리고는 다정한 웃음을 보이며 평소의 단호한 어조로 돌아와 이렇게 말했다.

"난 자기에게 창피스러운 과거 같은 거 하나도 없다고 생각해."

나는 가만히 에리코를 바라보았다. 먼 옛날, 그런 식으로 나를 타이르던 그리운 그 사람이 오랜만에 머릿속에 떠올랐기 때문이다.

식사가 끝나자 에리코는 남은 음식을 찬합 한 곳에 모으고 나머지 두 개의 빈 찬합은 부엌으로 들고 가 익숙한 손놀림으로 씻었다. 그 물소리를 들으며, 나는 그녀가 이대로 여기서 자고 갈 모양이라고 내심 짐작했다. 어떻게 할까. 지금까지 한 번도 내 집에서 여자를 재운 일이 없었다. 함께 음식을 먹은 것도 오늘 저녁이 처음이었다.

설거지가 끝나자 에리코는 자신의 가방에서 작은 행주를 꺼내 찬합의 물기를 훔치고, 남은 것을 담아둔 찬합과 함께 원래대로 착착 얹어 부엌 선반 위에 올려놓았다. 행주는 단정히 접어 싱크대 가장자리에 두었다. 그런 에리코의 익숙한 몸짓을 멀거니 바라보며 나는 '순서', '습관', '규칙', '질서', '통제'와 같은 단어를 머릿속에 순서대로 떠올렸다.

그 희고 작은 행주 한 장이 부엌에 있는 것만으로도 벌써 이 집 분위기가 확연히 달라진 듯한 느낌이 들었다. 그곳에는 호노카가 설거지를 할 때와는 근본적으로 다른 색조가 감돌고 있었다.

가슴에 뭔가 턱 걸린 듯한 기묘한 답답함을 느꼈다.

내 곁으로 돌아온 에리코는 조금 전에 자신이 켰던 히터의 스위치를 잽싸게 끄고는 가방에서 잠옷을 꺼내더니 "자, 그만 자요"라고 말했다. 나도 자리에서 일어나 그녀가 하라는 대로 침대가 있는 방으로 그녀를 데리고 갔다.

별다른 말도 없이 우리는 옷을 갈아입고, 번갈아 욕실에 이를 닦으러 들어가고, 다음 날 아침 기상 시간을 서로 확인한 뒤 전깃불을 끄고 침대에 누웠다. 한참 지나서 에리코가 등을 돌린 내게 몸을 비비며 파고들었다. 그녀의 따스한 살이 내 엉덩이며 다리며 등에 달라붙었다. 그 순간 나는 '왜 이리 귀찮기만 하지?' 라고 선명하게 느꼈다.

사흘 전에 읽은 『산다는 것』 속의 한 구절이 뇌리에 되살아났다.

'노·병·사를 부둥켜안은 촉루에 생명의 옷을 입힌 것이 '생'이라는 것' 이라면, 기껏해야 그런 얄팍한 옷 한 장을 위해 나와 에리코는 어째서 이런 귀찮은 관계를 맺어야 하는 걸까. 나는 그 이유를 알 수가 없다고 생각했다.

나는 아무 말 없이 불쑥 에리코 쪽으로 몸을 돌리고 합체라도 하듯이 그녀 위를 덮쳤다. 양손으로 에리코의 가느다란 두 팔을 움켜쥐어 그녀의 머리 위에서 엇갈리게 한 다음 침대 사이드에 놓여 있던, 벌써 10년이나 사용한 전기스탠드 코드로 묶었다. 에리코는 저항했지만 처음뿐이었다. 찢어발기듯이 그녀의 속옷을 벗겨내고 파자마를 어깨까지 걸어 올려 얼굴에 씌웠다.

날이 새고 하늘이 희뿌옇게 밝아올 때까지 에리코는 오니시 부인과 마찬가지로 쉴 새 없이 신음 소리를 냈다. 마침내 묶었던 코드를 풀어주자 의식을 잃은 듯이 축 처져서 내 팔베개를 베고 곯아떨어졌다.

그때부터 30분 정도, 나는 오른쪽 둘째손가락을 입에 넣고 잘근잘근 깨물며 얼룩진 천장을 바라보았다. 그것은 보면 볼수록 정말로 작디작은 사각 모양이었다.

아침노을 낀 햇살이 천장의 사각 모양을 서서히 보랏빛으로 물들여 갔다.

어째서 이 여자는 이런 좁아터진 곳에 일부러 기어들었을까, 대체 무슨 목적으로 이러는 걸까, 하고 마침내 나 자신을 되돌린 듯한 기분으로 생각에 빠져들었다.

분명 내가 외로운 것처럼 그녀도 외로운 모양이라고 생각했다.

하지만 굳이 석가세존의 가르침을 빌려올 것도 없이 우리가 안고 있는 이 외로움은 어느 누구의 탓도 아니고, 단지 우리 자신이 태어나면서 등에 짊어지게 된 필연인 것이다. 그렇다면 어느 누구의 힘을 빌려본들 이 외로움을 치유하는 일 따위는 불가능한 것이다.

이 여자는 그런 것도 모르는 걸까? 천장에서 눈을 돌려 내 품 안에서 잠든 에리코의 얼굴을 바라보았다. 그것은 마치 죽은 듯이 정밀하고 평안하며, 바닥 깊은 체념이 넘실거리는 정말로 서글픈 얼굴처럼 보였다.

7

다시 벚꽃의 계절이 찾아왔다.

겨울 동안, 나는 도모미와 네 번의 휴일을 함께 보냈다. 셋이서 선박 과학관과 수족관, 영화관에 다녀왔다. 3월 들어서는 가마쿠라 쪽으로 드라이브를 하러 갔다.

에리코는 그날 이후 일주일에 한 번 꼴로 집에 찾아왔다. 라이타와 호노카와도 아는 사이가 되어서, 그녀는 내가 없는 사이에 두 사람을 설득해 집에 열쇠를 채우자는 동의를 받아냈다. 어쩔 수 없이 나는 세 사람에게 열쇠를 건네주는 처지가 되었다. 그런데 무슨 영문인지 라이타와 호노카는 에리코와 금세 친해져서 그녀의 눈치를 보느라 발길을 끊기는커녕 오히려 더 뻔질나게 내 집에 들락거렸다. 한마디로 에리코는 우리 세 사람에게 '건전한 생활'을 가져다준 것이다.

라이타도 호노카도 따뜻한 가정이라는 것을 알지 못한 채 컸기 때문에 그런 에리코에게 속수무책으로 넘어갔다고 해도 좋을 것이다. 라이타는 태어나자마자 어머니를 잃고 내내 아버지와 둘이서만 살아왔다. 호노카 역시 아버지, 어머니에게서 제대로 된 사랑을 받지 못했다. 그건 나 역시 비슷한 처지였다.

어머니에 대한 기억조차 없는 라이타도 불행하지만, 어머니를 가졌으면서도 사랑을 받지 못한 아이가 더욱더 불행하다고 나는 생각한다.

"엄마는 나를 낳고 겨우 한 달 반 만에 보육원에 맡겼어요. 복지제도로서 허용된 일이니까 위법도 아니고, 나 말고도 그런 어머니들은 아주 많죠. 자기 일을 위해 아직 제대로 울지도 못하는 갓난아기를 남에게 맡겨버리는 엄마들 말예요. 특별한 사정이 있는 경우라면 어쩔 수 없다고 나도 생각해요. 하지만 대부분의 어머니는 그렇지 않잖아요? 딱히 밖에 나가 일하지 않아도 아기를 키울 수 있는 형편인 경우가 대부분이에요. 우리 엄마가 그 대표적인 케이스죠. 하지만 그거, 가만히 생각해보면 정말 지독한 짓이라고 생각해요. 만일 아기가 말을 하고 자신의 의사를 표현할 수 있다면 어떤 아기라도 이건 정말 말도 안 되는 짓이라고 틀림없이 대들었을걸요.”

예전에 호노카는 담담히 그렇게 말했었다. 그리고 “나는 그 사람을 엄마로 인정할 생각이 전혀 없어요”라고 단언했다.

“우리 엄마는 한 사람의 인간으로서 매우 훌륭하고, 무엇보다 자립과 자유를 사랑하는 ‘그녀만을 위한 그녀’로서도 분명 뛰어난 사람이겠죠. 그녀의 말을 빌리자면, 인간에게 가장 소중한 건 ‘자신의 힘만으로 살아가는’ 거라고 하니까요. 하지만 자신의 힘만으로 살아간다는 거, 사실 어느 누구도 못하는 거예요. 옆에서 보면 얼핏 그런 것처럼 보여도 실제로는 반드시 누군가의 희생이 그 뒤에 숨어 있죠. 그 희생양은 결국 어린아이들이에요.

세상에 막 태어난 나를 보육원에 맡기고, 하루의 대부분을 수많은 다른 아이들과 한 묶음이 되어 남의 손에서 자라게 해놓고서, 이제 새삼 부모라고 나서봤자 그건 나한테는 정말 민폐일 뿐이에요. 길거리나 지하철에서 아기들을 볼 때마다 ‘우리 엄마는 참 지독한 짓을 했구나’ 하고 절실히 느끼는데요, 뭘. 나라면 절대로 그렇게 못했을 거예요. 그 사람에게는 아기를 낳는 것도 아마 자기만을 위한 선택이었을 거예요. 끝

끝내 어머니는 되지 못한 거죠. 자신이 낳은 아이가 어떻게 될 것인지, 그딴 건 하나도 생각을 안 했어요."

호노카의 말을 들으며 나는 그녀의 어머니가 아무 생각도 안 했던 게 아니라, 끔찍하게 상상력이 부족했던 거라고 생각했다. 최종적으로 이 세계를 붕괴시키는 것은 '끝까지 추구하는 사고력' 의 쇠퇴지만, 사고의 쇠퇴에 이르는 과정에서 우선 나타나는 것이 바로 호노카의 어머니가 보여준 것 같은 '극히 당연한 상상력' 의 결여다. 호노카의 어머니는 현실적으로 부모가 되고 나서야 그런 현실이 두려웠던 것이다. 호노카가 그런 부모의 희생양이 된 것을 견디지 못하는 것과 똑같이 그녀의 어머니는 자신이 아기의 희생양이 된다는 것을 견디지 못한 것이었다.

내 어머니의 경우도 분명 그랬을 것이다.

호노카의 어머니나 내 어머니에게는 선택의 여지가 있었지만, 우리 쪽에는 그런 게 없었다. 어머니들이 선택을 잘못한 것은 요컨대 정신이 텅 빈, 일종의 상상력의 결여라고 할 수밖에 없지만, 그렇기 때문에 그것이 초래한 결과는 더더욱 무거웠다. 하긴 그런 부모의 자식으로 이 세상에 태어난 것은 그저 운이 나빴다고 체념하는 수밖에 없다.

내가 좋아하는 작가 후루야마 고마오는 젊은 시절, 일본 제국주의 육군에 휘둘려 하급 병사로 아시아 여러 나라에서 수없이 죽을 고비를 넘긴 끝에 살아 돌아온 경험을 되짚어 최근 다음과 같은 글을 썼다. 그의 나이 여든을 넘긴 뒤였다.

나는 행운에는 아예 일찌감치 항복을 해버렸다. 운도 실력이라든가, 운은 스스로 개척하는 것이라든가, 나에게 그런 사고는 애초부터 없었다. 운은 사람의 손에 닿을 만한 것이 아니다. 우리는 그것에 희롱당하며 살 수밖에 없다.

인간은 그럴싸한 소리도 할 줄 알고, 다른 동물과는 현격한 차이가 있는 생물이기는 하지만 운에 대해서는 동물과 마찬가지로 무력하다. 인간은 자신들이 약하고 허망한 존재라는 것을 충분히 자각하면서, 살게 해주는 한도에서 살다가 죽으면 된다.

매사를 긍정적으로 생각해야 한다느니, 나이를 먹더라도 생생하게 살라느니, 사람들은 그런 말들을 주절주절 늘어놓는다. 자기 혼자 그렇게 생각하고 실천한다면야 그것까지 말릴 생각은 없지만, 남에게까지 그런 것을 강요해서는 안 된다. 어떤 사람이나 모두 똑같이 긍정적으로 생각하지 않아도 괜찮다. 생생하게 살지 않아도 좋다. 음울하게 살아도 괜찮고, 취생몽사로 끝나도 괜찮다. 어떻게 생각하고 어떻게 살 것인지는 그 사람 마음대로다. 하지만 생각대로 되지 않는 일도 있는 것이 생물이다. 생각대로 이루어지지 않을 때는 그저 체념하는 수밖에 없다.

분명 누구라도 마지막에는 '체념하는 수밖에 없는' 것이다. 하지만 부모와 자식의 경우에는 선택권을 갖고 있는 부모 쪽이 우선 체념해주어야 한다. 호노카가 집착하는 게 바로 그런 것이다.

내가 아는 사람 중에 미네기시라는 재무성 관료가 있다. 지금은 내각에서 일하고 있지만, 몇 년 전까지는 당시의 대장성(大藏省)에서 후생복지 담당자로 근무했다. 나이는 나보다 훨씬 많지만 월간지 편집부 시절에 취재로 알게 되어, 그 이후 일 년에 몇 차례씩 만나 술을 마시는 관계가 최근까지 3년 남짓 이어지고 있다. 그 미네기시 씨가 후생복지 담당자 시절 있었던 일이라며 이런 이야기를 해준 적이 있다.

"우리 집도 어린애가 둘인데 집사람이 직장에 다니거든. 그 즈음 둘째아들이 태어났는데 아내도 공무원이라 아침 일찍 출근해야 해서 정말 힘들었어. 그 당시엔 다카나와 쪽 관사에서 살았는데, 그 근처 공립 보육원이 만원이어서 아이를 맡아줄 곳이 없었어. 어쩔 수 없이 둘째아들에게는 베이비시터를 고용하고, 큰애를 보육원에 데려다주고 데려오는 건 날마다 시간 나는 쪽이 하기로 했어. 근데 예산편성 시즌에는 내가 도저히 시간이 나질 않는 거야. 집사람은 집사람대로 노동성 쪽에서 '남녀 공동참여 사회'라는 기획을 담당하고 있었기 때문에 도저히 내 사정을 봐줄 수가 없었어. 둘 다 완전 파김치가 되어버렸지. 그런데 후생성에서 같이 일하던 친구 중에 나하고 똑같은 처지에 있던 친구가 이렇게 말하더라고.

'미네기시 씨, 이건 큰 문제야. 어떻게든 공립 보육원을 더 만들어야지, 안 그러면 이 나라의 생산성이 단숨에 떨어질 거야.'

나도 그때는 진심으로 그렇게 생각했어. 그래서 서로 맡은 관청을 찾아다니며 끈질기게 설득해서, 이런 빡빡한 예산편성 시대에 눈알이 튀어나올 만큼 엄청난 액수의 보육시설 확충을 위한 예산을 따냈어. 무사히 원안이 통과되고 예산서가 각의에서 결정된 날 아카사카 술집에 몰려가서 우리 둘이 최고의 수훈을 올렸다고 박수까지 받았지.

근데 사실은 우리가 말도 안 되는 잘못을 저지른 거야. 그걸 깨달은 건 바로 최근이야. 얼마 전에 그 친구하고 한잔했는데, 그 자리에서 그 친구가 이렇게 불쑥 말을 꺼내더라고.

'미네기시 씨, 아무래도 우리가 근본적인 실수를 저지른 것 같아. 그때는 우리 둘 다 맞벌이하는 가정을 위해 그 예산이 반드시 통과되어야 한다고 생각했어. 하지만 아무리 생각해도 우리가 가장 중요한 핵심 고객을 잘못 짚은 것 같아.'

나도 아들 둘이 성장하면서 그런 점을 통감했기 때문에 그 친구에게 물어봤어.

'역시 자네 아이들도 이상해?'

그랬더니 그 친구가 고개를 끄덕이면서 '그래, 우리 애들을 보면 완전히 감정이 없는 인간들 같아' 라고 털어놓더라고. 남을 생각해주는 건 물론이고, 어떤 형태로든 자신의 진정한 감정을 드러낸다는 면에서 아이들이 우리 세대에 비해 결정적으로 뭔가 부족한 것 같다는 거야.

그래, 그 말에 나도 동감이야, 마쓰바라. 우리는 고객을 완전히 잘못 짚었어. 분명 보육시설을 증설하기 위한 예산을 따낸 건 우리 같은 맞벌이 부부에게는 고마운 일이었지. 하지만 교육을 위한 나랏돈은 원래 앞으로 자라날 아이들을 위해 써야 하는 거잖아? 그 예산을 써야 할 고객은 부모들이 아니라 아이들이었어. 근데 우리는 그런 아이들은 전혀 고려하지 않고 그저 부모 쪽 사정만 우선시하는 예산을 편성하고 만 거야. 한마디로 진짜 고객의 목소리는 듣지도 않고, 고객을 위한 일이 전혀 못 되는 서비스를 제공한 거지. 가만히 생각해보면 겨우 생후 43일밖에 안 된 아기를 부모가 남의 손에 떠맡기는 게 가능한 시스템이라는 건 사회 전체를 위해 절대로 유익할 리가 없어. 그런 짓을 하면 아이가 제대로 크지 못한다는 건 당연한 논리지. 그토록 단순한 것을 그때는 깨닫지 못했으니, 우리 머리가 정말 어떻게 됐었나 봐.”

호노카에게서 그녀의 어머니 이야기를 들었을 때, 나는 미네기시 씨의 이야기를 그녀에게 들려주었다. 그러자 호노카는,

“어떤 일이 결정적으로 잘못되었을 때는 그 일부가 틀리는 게 아니라 모든 것이 통째로 틀려버리는 거겠죠?”
라며 빈정거렸다.

에리코는 찾아올 때마다 자잘한 물건들을 들고 왔다. 작은 접이식 탁자와 그릇들, 거울과 약상자와 전기 포트, 그리고 그녀가 입을 옷가지와 양복걸이. 여러 가지 물건들이 처음에는 내 방 한구석에 진을 치는가 싶더니 이윽고 주인처럼 위세를 떨치게 되었다.

4월 첫째 주 일요일 아침, 마침내 문 세 개짜리 대형 냉장고까지 들어왔다. 한참 달게 자고 있는데 현관문 벨이 요란스럽게 울리는 바람에 깜짝 놀라 일어나서 문을 열어줬더니, ‘요금 지불 완료’라는 전표가 야채

실 문짝에 테이프로 붙여진 새 냉장고가 하얀 비닐에 싸여 눈앞에 버티고 서 있었다. 어라, 어라, 하는 사이에 두 명의 배달부가 새 냉장고를 부엌에 들여놓고, 그 자리에 있던 작은 냉장고를 냉큼 거둬 갔다. 새 냉장고 속은 즉시 다양한 것들로 채워졌다. 캔 맥주와 화이트와인, 요구르트와 치즈, 토마토, 사과, 그리고 달걀이며 우동 사리 등이었다. 에리코와 호노카와 라이타가 열심히 채워 넣은 것이다.

냉장고가 들어온 그 주 토요일에는 내가 예전에 모리오카에 출장 갔던 길에 에리코에게 선물로 사다 준 무쇠 냄비를 자기 맨션에서 가져와, 라이타와 호노카까지 불러 넷이서 샤브샤브를 해 먹었다.

그 식탁에서 에리코는 라이타, 호노카와 아주 자연스럽게 이야기를 주고받았다. 내가 놀란 건 채식주의를 고수해온 호노카가 아무런 저항 없이 샤브샤브 냄비를 앞에 놓고 마주앉은 것이었다. 약속한 날에야 에리코에게서 "라이타와 호노카도 초대했어"라는 말을 듣고, 내가 "호노카는 샤브샤브 같은 거 안 먹을 텐데"라고 했더니 에리코는,

"어휴, 그런 걸 어떻게 다 들어줘? 고기가 안 되면 야채만 먹으면 되지, 뭐."

라면서 전혀 신경 쓰지 않았다. 호노카 역시 불만스러운 표정 보이는 일 없이 에리코가 눈치 빠르게 준비해준 유부와 칡가루 묵, 두부와 버섯, 갖은 종류의 야채를 자기 손으로 앞접시에 덜어다 맛있게 먹었다.

오니시 부인과도 한 달에 한 번 꼴로 호텔에서 만났다. 그때마다 나는

오니시 부인에게 돈을 좀 마련해달라고 했다. 어머니의 병세가 점점 더 심해져 여동생이 각종 민간요법을 써보겠다고 하는 통에 내 수입으로 는 도저히 치료비를 댈 수 없었기 때문이다.

도쿄의 벚나무도 만개하고, 북쪽 각지의 벚꽃이 한창때라는 소식이 뉴스에 등장하던 4월 초순, 2주일 만에 뉴소울에 얼굴을 내밀었다. 도모미는 "오늘쯤 올 거다 했더니 정말로 왔네?"라고 말하며 나를 보고 웃었다. 살이 좀 찐 것 같다, 얼굴이 둥글둥글해졌다, 하고 놀려줬더니 도모미는 금세 원래대로 돌아갈 거라고 쏘아붙이고는,

"올해는 신주쿠교엔에 가면 되지?"
라고 꽃구경 갈 이야기를 꺼냈다. 작년에는 무사시노에 있는 식물원에 갔었는데, 마침 공원 정비 공사 중이어서 꽃구경이고 뭐고 할 수 있는 상황이 아니었다.

바로 코앞에 낙화 모습이 아름다운 벚나무가 줄줄이 있었지만 가까이 가지 못하게 하는 바람에 나도 도모미도 엄청 실망했었다. 땅에 물을 잔뜩 뿌리고 불도저가 흙을 파고 있었기 때문에 공원 전체가 질퍽질퍽해서 도모미가 꼭두새벽에 일어나 열심히 준비해 온 도시락을 변변히 펼쳐보지도 못한 채 그대로 돌아왔던 것이다.

"그나저나 해마다 질리지도 않아? 나 말고는 같이 꽃구경 가자고 할 사람도 없는 거야?"

도모미는 작년에도 그 비슷한 말을 했었다. 질릴 이유가 없다, 나는

다른 사람하고는 꽃구경 같은 거 가고 싶지 않다, 라고 딱 잘라 대답해주었다.

4년 전에 내가 처음 이 가게를 찾았을 때도 마침 이 계절이었다. 나는 당시 주간지 기자로 일하던 때여서 같은 편집부에서 근무하던 프리라이터를 따라왔었다. 그때는 히가시오지마 쪽의 연립에 살았고, 모리시타 역 쪽의 뉴소울은 집으로 들어가는 길목이었다. 다음 날부터 나는 거의 매일 저녁 뉴소울을 찾았고, 이틀에 한 병 꼴로 값비싼 술병을 비워나갔다. 두 달 만에 외상값이 50만 엔까지 올랐지만, 아마 6월 보너스로 모두 청산했을 것이다.

내가 왜 도모미에게 관심을 가졌는가 하면, 우선 손님들 앞에서 유난히 낭랑한 목소리로 웃었기 때문이다. 그 웃음소리에는 맑고 얄팍한, 마치 나무통 속에 돌멩이가 구르는 듯한 텅 빈 여운이 있었다. 나는 그 비슷한 목소리를 옛날에 들었던 것만 같았다. 잠깐 생각해보니 어머니가 젊은 시절에 그런 식으로 웃은 듯하다.

또 다른 이유는, 그녀가 아이 엄마라는 말을 프리라이터를 통해 듣고 몹시 의외로 느껴졌기 때문이다. 억병으로 취한 프리라이터는 과장된 몸짓으로 가게 천장을 가리키며 "바로 지금, 우리의 썩어빠진 머리통 위에서 도모미가 낳은 아기가 새근새근 자고 있어! 귀를 기울여봐, 그 숨소리가 똑똑히 들리지?"라고 왠지 잔뜩 화가 난 어조로 말했다. 그때 도모미는 아주 어려 보여서 모성이라는 것을 짊어진 사람으로는 전혀 보이지 않았다. 내 눈에 비친 그녀의 얼굴이 유난히 순진해서 그녀의 사타구니를 아기의 머리가 밀고 나왔다는 걸 도저히 상상할 수가 없었다. 그날 밤, 나는 내내 그녀의 아랫배 쪽만 쳐다보았다.

뉴소울에 드나든 지 닷새째 되던 날, 다쿠야에게 줄 선물을 사들고 가게에 갔다. 아직 아이의 이름도 성별도 알지 못했기 때문에 선명한 노란색 유아복을 백화점 점원에게 골라달라고 해서 들고 갔다.

매일 밤 별다른 말도 없이 위스키를 마시던 손님이 갑작스레 선물을 내밀자 도모미는 적잖이 당황하는 눈치였다. 나는 드디어 말할 기회를 잡았지만, 생각해보니 딱히 도모미에 대해 알고 싶은 것도 없어서 이야기 소재가 별로 떠오르지 않았다.

그저 일찌감치 취해버린 내가 도모미의 손을 잡고 엉터리 손금을 봐주며 "마담은 원숭이띠에게 바칠 만큼 죄다 바친 끝에 쥐띠에게서 그 보상을 받을 게야"라고 그럴싸하게 둘러댄 모양이다. 나는 전혀 기억이 나지 않았지만, 그 다음 날 찾아갔더니 도모미 쪽에서 먼저 말을 붙이며 간밤에 내가 그런 소리를 했다고 알려주었다. 대충 짐작으로 입에 올린 원숭이띠가 실은 박일권의 띠와 딱 맞아떨어진 것이다. 그리고 두말할 것도 없이 나는 쥐띠다.

그때 박일권과의 저간 사정에 대해 도모미가 얼마간 말을 해주었지만, 별반 관심이 없었기 때문에 제대로 듣지 않았고 그 뒤에도 더 이상 묻지 않았다.

벚꽃 철도 서서히 끝나갈 무렵이었으니까 아마 그 가게에 들락거린 지 열흘쯤 되는 때였을 것이다. 그해의 출판사 원유회(園遊會) 직전이었다. 나는 도모미에게 일요일에 꽃구경을 가자고 말했다.

　다쿠야와 셋이서 신주쿠교엔에 갔다. 긴 머리를 뒤로 묶고 큼직한 가방을 어깨에 건 도모미가 아기용 띠로 다쿠야를 안고 약속한 신주쿠 산초메 역에 나타났다. 우리는 점심때가 지나서 신주쿠교엔에 도착했다. 내가 입고 있던 점퍼로 다쿠야를 폭 싸서 옆에 앉혀 놓고, 도모미와 나는 나란히 잔디밭에 누워 아름답고 깨끗한 봄 하늘의 구름을 하염없이 바라보았다.

　공원 식당에서 나는 카레라이스를 먹고 도모미는 얇은 스테이크를 먹었는데, 맛은 별로 없었다. 직장 동료에게서 카메라를 빌려와 36장짜리 필름 세 개로 모두 도모미 모자의 사진을 찍어주었다. 역 플랫폼, 전차 안, 혼잡한 신주쿠 거리, 공원 연못가, 벚꽃 잎이 두툼하게 쌓인 하늘색 벤치 위, 그리고 벚나무 밑동. 카메라를 들이댈 때마다 도모미는 미소 지으며 가슴에 안은 다쿠야의 각도를 이리저리 바꾸어 포즈를 취했다. 다쿠야는 살랑살랑 봄바람이 기분 좋은지 잘 잤다.

　신주쿠로 나와 중화요리를 먹고, 돌아오는 전차 안에서는 내가 띠를 묶어 다쿠야를 안아주었다. 도모미는 그런 내 모습을 보고 요란하게 웃어댔다.

　잘 나온 사진 중에서 한 장을 확대해 만든 액자를 나머지 사진 100장과 함께 뉴소울에 들고 간 것은 그로부터 닷새 뒤였다.

　카운터 안에서 도모미는 자신과 다쿠야가 찍힌 사진을 수없이 들여다보았다. 질리지도 않는지, 한 차례 서랍에 넣었다가 손님이 뜸해지자 다시 꺼내어 손님들에게 등을 보이고 앉아 열심히 들여다보았다. 그날 도모미는 그 짓을 몇 번이고 되풀이했다.

그 뒤에도 여러 가지 것을 들고 갔다. 그렇게 한참 지나자, 가게를 닫고 둘이서 맥주를 마시거나 내가 사 간 초밥을 같이 먹기도 했다.

도모미와 관계를 가진 건 그해 가을이었다. 어느 날 밤, 나는 그 당시 한동안 빠졌던 무성영화에 대한 이야기를 잔뜩 늘어놓았다. 메리 픽포드와 자네트 게이너, 그리고 「행복의 계곡」의 릴리안 기쉬. 켄터키의 평화로운 계곡에서 조용히 살아가던 존과 제니. 하지만 헛된 야심에 휘말려 뉴욕으로 떠나버리는 어리석은 존.

도모미는 말없이 내 얘기를 듣고 있다가 이윽고 그 여배우들을 하나하나 자세히 평하기 시작했다.

"기쉬는 그리피스 감독과 함께 찍었던 명작으로 유명하지만, 실은 만년에 전념했던 연극 쪽이 훨씬 더 박력이 있었어. 게이너의 「스타 탄생」은 분명 어느 누구도 흉내 낼 수 없는 연기였고. 픽포드보다 나는 폴라 네글리가 더 좋아. 루돌프 발렌티노와 함께했던 폴라 네글리."

도모미가 너무나 많은 것을 상세하게 알고 있는 것에 나는 깜짝 놀랐다. 그리고 그제야 그녀가 예전에 어느 소극단에서 연극배우로 활동했었다고 처음 사귀었을 즈음에 말했던 게 생각났다. 가게 문을 닫은 뒤에도 우리는 술잔을 주고받으며 자정이 넘도록 무성영화 시절의 여배우들에 대한 이야기를 나누었다.

이윽고 완전히 취한 우리 둘은 어느새 2층에 올라와 있었다. 그때 도모미의 방에는 오래된 2인용 소파가 있었는데, 내가 그 소파에 양복을 입은 채 몸을 기대고 있으려니 휘청거리며 이불을 깔던 도모미가 갑자기 큰 소리로 "목욕할래"라고 하면서 내 눈앞에서 완전히 벌거숭이가 되어버렸다. 그리고 그대로 힘이 빠져버린 사람처럼 내 발밑에 스르르 주저앉더니 내 얼굴은 쳐다보지 않고 "저기, 목욕하자"라고 중얼거리며 내 옷을 벗기기 시작했다. 큼직한 가슴 사이의 깊은 골을 내려다보며, 나는 마치 여자 노예처럼 무릎을 꿇은 도모미의 모습에 크게 흥분했었다.

일이 다 끝난 뒤에 도모미는 엎드린 채 차가운 콜라를 홀짝거리며 부스스한 목소리로 불쑥 말을 꺼냈다.

"나도 아직 여자였네."

나는 어떤가 하면, 자리에서 일어나 다시 주섬주섬 옷을 주워 입고 집으로 돌아가기가 너무 귀찮아서 그냥 자는 척하고 있었다. 하지만 도모미는 집에 가라고 하지 않았다.

우리는 그대로 벗은 몸을 부둥켜안고 잠을 잤다.

8

도모미와 다음 일요일에 꽃구경을 가기로 약속한 뒤, 나는 최근 박일권이 출연하는 텔레비전 드라마 이야기를 꺼냈다.

유명 각본가 노자와 히사시가 NHK 토요일 밤 10시 연속 드라마를 위해 집필한 그 작품은 벌써 10회를 넘기면서 상당한 인기를 얻고 있었다.

그중에서도 텔레비전에 처음 출연한 박일권은 드라마 속 세 명의 주인공 중 한 사람으로, 엄청난 주목을 받았다. 그때까지 주로 소극장을 중심으로 활동해온 그는 연극 쪽에서는 꽤 좋은 평가를 얻은 모양이지만, 일반 대중에게는 거의 무명이나 마찬가지였다. 그러던 그가 서른 살을 넘긴 뒤에야 갑자기 텔레비전에 나오면서 개성파 배우로 유명세를 타고 있었다. 물론 그의 공식적인 이름은 일본식으로 바꾸었고, 이혼한 아내가 있다는 것도 다섯 살짜리 아들이 있다는 것도 모두 비밀이었다.

박일권의 근황에 대해 이런저런 잡지 기사를 통해 알게 된 이야기를 해주었더니 도모미는 "그래?"라고 별로 내키지 않는다는 듯이 대꾸했다.

뉴소울을 나선 건 자정을 넘긴 시간이었는데, 집으로 향하는 도중에 나는 엄청난 피로감을 느꼈다. 걸을 수조차 없었고 길가에 쭈그려 앉아 구토를 했다. 두 번 토했더니 그런대로 속은 편안해졌지만 이번에는 다리가 마비되어 영 말을 듣지 않았다. 싸구려 연립주택이 이어진 좁은 골목길에 겨우겨우 기어들어가, 나는 바닥에 무릎을 대고 앉았다.

바람도 온도도 빛도 없는 조용한 세계에 내 몸이 있는 듯한 느낌이 들었다.

마비된 다리를 주무르며 "정말 피곤하구나" 하고 중얼거렸다. 에리코와 이러니저러니 하는 것도, 정해진 날짜마다 오니시 부인을 만나는 것도, 다쿠야에게 선물을 챙겨주고 도모미와 함께 어딘가 놀러 다니며 진짜 가족처럼 행동하는 것도, 최근 몇 년 동안 눈이 핑핑 돌게 지내온 내 생활이 너무도 지겹고 고단하다는 생각이 들었다.

결국 나는 아무것도 하지 못하고 있다, 라고 생각했다.

아마 그렇게 10여 분 동안 가만히 있었을 것이다. 한 차례 일어서려고 했지만 여전히 다리가 말을 듣지 않아 다시금 주저앉았다. 다리가 정상으로 돌아올 때까지 어떻게든 시간을 때우지 않으면 안 되었다. 그래서 에리코와의 장래에 대해 생각해보려고 했지만, 내 사고력은 입구에서 덜컥 차단된 것처럼 한 걸음도 앞으로 나아가지 못했다.

"무슨 좋은 일 좀 없으려나?" 하고 입 밖에 내어 말해봤지만, 그것도 영 남의 목소리만 같았다. "내일 뭐가 있었더라?" 하고 생각해봐도 딱히 떠오르는 게 없었다. 수첩의 내일 날짜에 적힌 자질구레한 일거리들을 해치우고, 밤에는 다시 신주쿠나 모리시타에서 술을 마신다. 그저 그것뿐이다.

어쩔 수 없이, 이번에는 에리코를 만났을 때의 일이라도 생각해보기로 했다. 에리코와의 장래에 대해 아무 계획도 세우지 못하는 나 자신이 영 떨떠름했기 때문에 최소한 그녀에게서 마음만이라도 떠나지 않도록 하고 싶었다.

이런 상황에서의 나는 늘 그랬다. 누군가와의 만남을 반추하는 것이 내게는 일종의 위안이었다. 어쩌면 그런 것을 위해 나는 에리코나 오니시 부인이나 도모미, 혹은 그 이전에 많은 사람들을 사귀었는지도 모른다. 저 밑바닥으로 떨어지는 듯한 기분을 꾹꾹 참으며 살다 보면 누구라도 과거가 생생하게 그리운 법이다.

에리코는 직업상, 우리 출판사에 이따금 찾아와 주로 여성지 섹션 사람들과 교류를 가졌다. 하지만 그녀는 출판사 전체가 수군거릴 만큼 인기 있는 여성이기도 했다. 빼어나게 아름다운 미인이었기 때문이다.

회사 지하에 있는 스튜디오에서 화보 촬영을 하기 위해 여자 모델들을 자주 데리고 왔다. 에리코는 내가 근무하는 편집부와는 유리 칸막이 하나로 구분된 여성지 편집부 쪽에 오곤 했는데, 키만 아니면 그녀가 번갈아가며 데려오는 수십 명의 모델들보다 에리코가 더 아름다웠다.

에리코가 편집국 플로어에 들어서면 그곳에 있는 사람들의 시선이 물결 같은 규칙적인 시간차를 두고 오랫동안 그녀에게 집중되었다. 그 속에서 에리코는 별반 우쭐하는 기색도 없이 익숙하게 일을 진행시켰다.

약간 어린 티가 나는 목소리지만 쓸데없는 토를 달지 못하게 하는 그 말투에 나는 이따금 감탄하곤 했다. 그녀에겐 사람들의 주목을 받는 데 상당한 연공을 쌓아온 사람만이 가질 수 있는 침착함이 분명하게 배어 있었다.

여성지 편집부가 증간본을 내던 시기에 그녀가 우리 출판사에 매일같이 드나든 적이 있었다. 먼저 말을 걸어온 것은 에리코 쪽이었다. 나는 평소처럼 편집위원이 주로 사용하는 넓은 집필용 데스크에서 어느 인터뷰의 속기록 정리 작업을 하고 있었다. 인터뷰 내용은, 프랑스의 저명한 비교문학자가 미시마 유키오의 자결에 대해『왕생요집(往生要集)』이후 일본인의 고전적인 생사관이라는 견지에서 새롭게 분석한 것이었다. 나는 이 외국인 대학교수의 따분한 수다를 문장으로 만들기 위해 미시마 유키오의 저서 몇 권과 그의 부친이 쓴 회상록을 책상 위에 쌓아놓고 이따금 참고가 되는 부분을 읽어가며 부지런히 펜을 놀리고 있었다. 밤이 어지간히 깊은 시간이었다.

데스크 앞에서 인기척이 느껴져 얼굴을 들자 에리코가 다가와 쌓아놓은 책 중에서 한 권을 들여다보고 있었다. 그것은『분마(奔馬)』장정본으로 내가 대학 시절에 혼코의 헌책방에서 발견한, 30년 전의 초판본이었다.

내 시선을 느낀 에리코가 이쪽을 바라보며 "미시마로군요"라고 말했다. 나는 펜을 내려놓고 의자 등에 몸을 기댄 채 지금 내가 하고 있는 일에 대해 간단히 설명해주었다. 그리고 미시마 유키오를 좋아하느냐고 물었다. 에리코는 은근히 미소만 지을 뿐 대답하지 않았다. 그래서 미시마 유키오가 죽기 전날 밤 어머니에게 무슨 말을 했는지 아느냐고 물어보았다. 그녀는 이번에도 역시 아무 말 하지 않고 슬쩍 고개를 저었다.

"미시마는 '나는 지금까지 내가 하고 싶었던 것을 하나도 하지 않았다'라고 말했어요. 이상하지요? 그가 죽었던 그해 여름에는 수상록에 이런 말도 썼어요. '내 안의 25년을 생각하면 그 공허함에 새삼 깜짝 놀란다. 나는 거의 '살았다'라고 말할 수 없다. 코를 싸쥔 채로 그냥 지나쳐 온 것이다.' 그리고 이렇게 덧붙였어요. '나는 충분히 속악하고 모험심도 지나칠 만큼 강한데, 어째서 속되게 놀아대는 경지에 이르지 못했는지 스스로 내 마음속을 의심하고 있다. 나는 인생을 거의 사랑하지 않았다' 나는 미시마가 쓴 글 중에서도 그 부분이 특히 좋은데, 당신은 어떻게 생각해요?"

에리코는 그제야 입을 열어, 그 프랑스 교수가 미시마의 죽음을 어떻게 해석했는지 궁금하다고 말했다.

"이 따분한 인터뷰 속에서 그나마 인상에 남는 건 두 가지뿐이에요."

나는 두툼한 속기록 더미를 앞쪽까지 천천히 페이지를 넘기며 설명해주었다.

하나는, 미시마가 자신을 우익의 어릿광대라고 떠드는 당시 지식인들에 대해 겉으로는 묵살하는 척하는 태도를 취했지만 내심으로는 도저히 참을 수가 없었다. 그래서 그는 실제로 죽어버림으로써 '내 시체를 눈앞에서 뻔히 보면서도 너희는 이걸 연극이라고 할 거냐?'라고 들이댄 것이라는 이론.

또 하나는, 그야말로 프랑스인다운 얘기지만, 미시마는 동성애자였기 때문에 그의 할복은 최종적으로 스스로의 성적 아이덴티티를 확립하는 행위였다는 것이다. 그 증거로써 이 교수는 미시마가 이치가타니의 자위대 본부 발코니에서 연설했을 때 "제군은 그러고도 사내인가!"라는 대사를 여러 번 사용했던 것에 착안하여, 이 대사가 대원들을 향한 것이라기보다 오히려 자기 자신을 향해 "내가 남자야? 내가 남자인 거냐고!"라고 추궁하는 것으로 생각해야 한다고 말했다.

나는 주절주절 늘어놓으며, 말이 불필요할 만큼 아름다운 한 여자가 미시마의 『분마』 같은 책을 손에 들고 내 눈을 빤히 바라보며, 아무려나 상관없는 이야기를 열심히 들어주는 게 어쩐지 너무 우스꽝스럽다는 생각이 들었다.

나는 『분마』를 좋아하느냐고 다시 한 번 물었다. 에리코는 고개를 갸우뚱하더니 손에 든 책을 팔랑팔랑 넘기기 시작했다. 의미심장하게 문장을 더듬는 것 같기도 하고, 그냥 그러는 척하는 것 같기도 해서 나는 그런 그녀가 답답했다. 그래서 벌떡 일어나 그녀의 손에서 책을 빼앗아, 이 책 속에서 마음에 드는 부분은 딱 한 군데뿐이라며 그 부분을 펼쳐 그녀에게 내밀었다.

그것은 이 소설의 주인공 혼다 시게쿠니가 이이누마 이사오와 해후하여 이사오에게서 마츠가에 기요아키의 전생을 보는 대목이었다.

여기 나오는 '사유윤전(四有輪轉)'의 에피소드는 지금도 가끔 생각이 난다. 중유(中有, 불교용어에서 사유(四有)의 하나. 사람이 죽은 뒤에 다음 삶을 받아 태어날 때까지의 49일 동안. 대개 이때 다음 삶에서의 과보가 결정된다―옮긴이)에 있으면서 아직 인간으로 돌아오기 전의 어린아이가 남녀의 교합을 슬그머니 엿보고서, 순수한 어머니가 될 여자의 모습에 반하여 아버지가 될 남자의 모습에 분노하면서도, 그 아버지가 흘린 부정(不淨)이 모태에 들어가자마자 그곳에서 전생(轉生)할 기회를 노린다.

이 이야기에 대해서는 나 역시 뭔가 짚이는 데가 있다, 이건 이 책 속의 유일한 리얼리즘일 것이다, 나는 그렇게 말했다.

에리코가 그 말을 듣고 웃었기 때문에 나는 다시 덧붙였다. 미시마 유키오만큼 이 세상 진실을 탐구하려고 노력했지만 그걸 이루지 못했던 작가는 없다고 생각한다, 라고.

에리코는 아무래도 동의할 수 없다는 투로 그렇게 생각하는 이유를 알고 싶다고 말했다. 어딘가 사람을 시험하는 듯한 자신만만한 그녀의 표정을 보고 나는 문득 화가 났다.

'이 여자, 아까부터 자기는 아무 말도 하지 않으면서 뭔가 생각이 깊은 척하는 저 태도는 대체 뭐야?'

그런 것에 이유 같은 게 있을 리 없다, 그냥 그렇게 생각하니까 그렇게 말했을 뿐이다, 라고 대답했지만 그렇게 말하는 내 말투가 나 스스로도 몹시 퉁명스럽게 들렸다. 나는 다시 원고로 시선을 돌리고는 더 이상 에리코 쪽은 쳐다보지 않았다. 에리코가 책을 살그머니 책상 위에 내려놓고 다시 자기가 일하던 곳으로 돌아가는 기척이 느껴졌다.

그 뒤로 나와 에리코는 여러 번 시선이 마주쳤다. 하지만 언제나 에리코가 나를 바라보고 있고, 어쩌다 그 시선을 깨달은 내가 고개를 들었을 때뿐이다. 눈이 마주치면 에리코는 잠시 틈을 두었다가 미소를 지었다. 나도 언제부터인가는 슬쩍 손을 흔들어주기도 했지만, 그렇다고 서로 말을 섞은 적은 한 번도 없었다.

9

2년 전 10월이었다. 그날 나는 밤새도록 지병인 신경성 위경련에 시달리느라 한숨도 자지 못한 채 출근해서, 허접한 꼴로 이런저런 회사 일을 처리하느라 도쿄 시내를 돌고 있었다. 오전 중에는 어느 대학교수가 집필한 러시아 정부의 경제정책에 관한 논문 자료를 국회도서관에서 찾아봤고, 오후에는 또 다른 교수가 준비하는 고등학교 역사 교과서와 관련된 논문을 위해 문부성 교과서 관리과에 가 몇 가지 사항을 취재했다. 그 다음에는 도쿄에 상경한 아키타 지역 농업 경영자를 호텔에서 만나 자유화 이후 쌀 농가가 직면한 문제점에 대해 의견을 교환했다. 그러고는 대기업 신문사에 들어가 당시 총리의 브레인이라고 일컬어졌던 인물과 한 시간가량 인터뷰를 했다.

신문사를 나선 건 저녁 5시쯤이었다. 종일 아무것도 먹지 못해 발밑이 허청거릴 만큼 녹초가 되었다. 그래도 5시 반까지는 화보 레이아웃을 의뢰해둔 디자인 사무실에 완성품을 받으러 가야 했기 때문에 서둘러 오테마치에서 지하철을 갈아타고 사무실이 있는 역까지 갔다.

거기서 그야말로 우연히 에리코를 만났다.

그 역은 몇 개의 지하철 노선이 겹치는 곳이었고, 내가 이용한 노선은 새로 생긴 곳이어서 역의 가장 안쪽에 있었다. 그래서 지상과 통하는 길은 상행과 하행이 옆으로 나란히 늘어선 네 개의 에스컬레이터를 이용하게 되어 있었다.

나는 느슨하게 풀어놓은 넥타이가 너무 무거워 고개를 푹 숙인 채 상행 에스컬레이터에 올라섰다. 완만한 움직임에 몸을 맡기고 무심코 훤한 머리 위를 올려다본 순간, 오른쪽 하행 에스컬레이터에 올라탄 두 사람이 눈에 들어왔다. 한 사람은 빨간 옷을 입은 에리코였고, 그 옆에는 턱수염을 기른 마흔 살쯤의, 첫눈에도 패션업계 인사라는 것을 알 수 있는 회색 정장 차림의 남자가 서 있었다. 나는 그들과 30미터쯤 떨어져 있었지만, 그 사이에는 아무것도 없었다. 에리코도 금세 나를 알아보았다. 항상 그렇듯이 나를 빤히 쳐다보며 움직이지 않는 시선이 점점 가까이 다가왔다. 그런 각도에서 에리코를 바라본 건 처음이었지만, 그녀의 턱 선은 화가 로트렉의 완전한 곡선을 바로 눈앞에서 보는 것처럼 정교했다. 그녀는 우리 출판사에 왔을 때는 한 번도 본 적이 없는 진하고 인공적인 화장을 하고 있었다.

녹초가 된 추레한 꼴로 뜻밖의 장소에서 에리코와 마주친 것에 나는 적잖이 동요했다. 두툼한 복사용지 더미와 녹음기, 카메라, 몇 권의 노트를 쑤셔 넣어 꼴사납게 불룩해진 큼직한 가방을 후줄근한 양복 어깨에 멘, 피곤에 절은 번들거리는 젊은 회사원의 얼굴이 지금 에리코의 눈동자에 비치고 있을 거라는 생각이 들자 나도 모르게 시선을 돌리며 고개를 떨어뜨리고 말았던 것이다. 하지만 동시에, 나처럼 아무 관계가 없는 사람까지 왠지 모르게 열등감에 빠지게 만드는 에리코의 아름다움에 모종의 분노 같은 것이 가슴에 번지는 것을 느꼈다. 언제라도 상대의 얼굴을 아무렇지도 않게 빤히 바라보는 그 태도는 역시 무례하다고 할 수밖에 없었다. 나는 눈을 번쩍 치켜떴다.

그때 시야 안으로 하얗게 뛰어드는 것이 있었다. 그것은 에스컬레이터의 검은 고무 손잡이에 얹힌 에리코의 오른손이었다. 곱고 가느다란 손가락과 엷은 색 매니큐어를 바른 손톱이 반짝 빛났다. 나는 의식적으로 에리코의 손에서 어깨, 목젖, 얼굴로 시선을 옮겼다. 나를 내려다보는 에리코의 눈을 최대한 아무 감정도 담지 않고 마주 보았다. 그렇게 서로 가까워질 때까지의 수십 초가 지독히 긴 시간으로 느껴졌다. 그리고 마침내 에리코의 곁을 지나치게 된 순간, 나는 30센티미터 너머에서 반대 방향으로 흘러가는 에스컬레이터 손잡이 위의 그녀의 손을 잡았다. 에리코는 손을 피하려고 했다. 하지만 나는 그 손을 꾹 눌렀다. 그리고 힘주어 그녀의 부드러운 손을 움켜쥐었다.

손을 놓고 에리코가 아래쪽으로 지나간 뒤에 옆에 서 있던 남자가 에리코에게 "저 사람 뭐야?"라고 어처구니없다는 듯 큰 소리로 말하는 게 들렸다.

그 일이 있은 뒤에도 에리코와 회사에서 얼굴을 몇 번 마주쳤지만, 이야기를 나누거나 한 일은 없었다.

지하철역 에스컬레이터에서 만나고 한 달 반쯤 지났을 때, 우리는 처음으로 꽤 오랜 시간 말할 기회를 가졌다.

이제는 연례행사가 된 어느 여류작가를 위한 망년회가, 그해에도 작가가 지방에서 도쿄로 올라온 12월 초순에 열렸다. 롯폰기 한쪽의 넓은 레스토랑을 빌려 사람들을 초대했다.

진행 중인 연재소설과 이따금 영화화되는 자신의 작품에 대해, 업계의 수많은 사람들에게서 어지간히 요란한 찬사를 듣고 기분이 최고조에 오른 기모노 차림의 여류작가가, 참석자들의 노래를 순서대로 들어가며 도도하게 취하는 것이 그 모임의 정해진 순서였다.

그런 모임일수록 그녀의 원고를 놓고 서로 경쟁하는 각 출판사는 되도록 많은 사람을 보내려고 혈안이 되게 마련이다. 특히 상대가 독신의 중년여성인지라 최대한 젊은 남자사원을 보내려고 하는 게 당연한 일이다. 그래서 2년 전부터 나도 명을 받아 그 망년회에 참석했던 것이다.

입구 근처의 테이블 한쪽에서 빨갛고 둥그런 벨벳 보조의자에 앉아 술잔을 기울이고 있으려니, 에리코가 내 또래로 보이는 젊은 남자와 함께 회장 안으로 들어섰다.

이미 각 사의 높은 분들부터 번갈아 마이크를 잡고 인사를 한 뒤 노래 부르기에 들어갔다. 50명쯤 모였을까. 준비된 밴드가 각기 주문하는 대로 반주를 해주었다.

에리코 일행이 들어왔을 때는 마침 광문사(光文社) 출판부장이 프랭크 나가이의 노래를 부르고 있었다. 에리코는 같이 온 남자와 함께 작가 쪽에 앉았고, 한참 동안 작가와 무슨 말인가를 나누었다. 예전부터 잘 아는 사이인 것처럼 보였다.

조명을 은은하게 낮춘 회장 안에서도 에리코의 아름다움은 유난히 돋보여 늘 그렇듯이 수많은 시선이 그녀 쪽을 향하고 있었다.

나는 5분쯤 그녀를 바라보다가 술 마시기에만 집중했다. 이런 자리에서는 일찌감치 술에 취해 아무것도 듣지도 보지도 말자는 게 평소 내 생각이었다.

한 시간쯤 지나자 각 출판사 베테랑 편집자들의 노래가 끝나고 젊은 축들을 지명하여 억지로 무대 위로 끌어내는 분위기로 바뀌었다. 내 이름도 한 차례 불렸지만 자리가 멀었던 나는 고개를 저어 거절했다. 그때 다른 출판사 사람이 끼어들어 자기 마음대로 노래를 시작했기 때문에 그걸로 그냥 지나갔다.

이름이 나오고서야 에리코는 비로소 내가 와 있다는 것을 알아챈 모양이었다. 이미 상당히 술에 취해 에리코 따위는 완전히 머릿속에서 사라진 참에 그녀 쪽에서 내게로 다가왔다.

내 자리 앞에 서서, 옆에 앉아도 괜찮겠느냐고 그녀가 물었다. 거기는 지금 잠깐 화장실에 간 여자의 자리라서 안 된다고 거짓말을 하고서 잠시 그녀를 무시했다. 그래도 떠나는 기척이 없어서 별 수 없이 나는 얼굴을 들었다. 그러자 저쪽 카운터 자리로 함께 옮기겠느냐고 그녀가 제안했다. 나는 방금 만들어준 더블 미즈와리를 단숨에 비우고 자리에서 일어섰다. 다리가 조금 휘청거렸다.

우리는 카운터 스툴에 무대를 등지고 나란히 앉아 이야기를 시작했다. 에리코가 처음 꺼낸 말은 아까 이름이 불렸을 때 왜 노래를 하지 않았느냐는 것이었다. 따분한 질문이었고, 술기운도 거들어서 상당히 불쾌한 기분이 들었지만,

"그런 건 당신과는 아무 관계없는 일이지만, 굳이 이유를 대자면 내

가 최대급 음치라서 그랬어.”

라고 대답했다. 술기운이 급속히 온몸에 퍼지고 모든 게 귀찮아져서 나는 내가 어렸을 때부터 얼마나 음악 분야에 젬병이었는지, 몇 가지 실례를 들어가며 5분쯤 떠들었다. 초등학교에 들어가면 학기말에 반드시 가창 시험을 보기 위해 친구들 앞에서 노래를 하게 한다. 나는 그때마다 밤새 필사적으로 연습해서 학교에 가지만, 노래를 시작하면 반드시 다섯 소절쯤에서 선생님이 그만하라고 했다. 그리고 “마쓰바라 나오토, 마음대로 편곡하면 안 돼”라고 비꼬는 소리를 들었다. 반 아이들의 실소를 사고, 창피해서 정말 엉엉 울고 싶은 기분이었다.

“노래뿐만이 아니야. 하모니카도 리코더도 오르간도 모두 엉망이었어. 5학년 학예회 때는 F. 질허의 ‘로렐라이’를 다 함께 휘파람으로 연주했는데, 나는 휘파람도 제대로 못 불었어. 여기, 내 앞니를 좀 봐. 악물어도 이렇게 틈새가 벌어지지? 여기로 소리가 새어나가는 통에 피리도 못 분다니까. 그래서 연습할 때마다 그냥 소리 나는 척 시늉만 하면서 대충대충 넘겼어. 이러다가 언젠가 들통이 나는 게 아닐까, 한 달 가까이 정말 죽을 맛이었어. 정말이야. 너무 걱정하다가 학예회 날 아침부터 배가 슬슬 아파서 학교에도 못 갔어. 그래도 학예회인데 애써 연습했으니 꼭 참석하라고 선생님이 일부러 데리러 오셨더라고. 결국 그냥 시늉만 하는 휘파람을 연출하기는 했지만, 정말 너무나 한심한 얘기지?”

그 참에 나는 전부터 너무 소심해서 친구들에게 항상 따돌림을 당해 징징 울고 다녔다는 말도 했다. 그것 역시 몇 가지 실례를 들어가며 말해주자 에리코는 깔깔거리고 웃었다.

그렇게 소심한 사람이 언제부터 그런 대담한 짓을 하는 사람으로 바뀌셨을까, 라고 그녀가 말했다. 그건 내가 예상했던 말이었기 때문에 나도 웃음이 터졌다.

내가 당신 손은 대단히 부드럽고 기분이 좋았다, 당신 손의 뼈는 마치 스트로처럼 유연하다고 생각했다, 라고 말하자 에리코는 그때 함께 있었던 디자이너에게 어지간히도 놀림을 당했다고 말했다. 나는 그랬을 거라고 고개를 끄덕이고는, 딱히 별다른 이유가 있어서 한 일은 아니니 신경 쓸 것 없다고 말하며, 기분이 상했다면 용서해달라고 덧붙였다.

에리코는 "당신, 정말 괴상한 사람이야"라고 불쑥 말하더니, 그쪽 출판사에 드나들면서 처음 당신을 보았을 때부터 이 사람은 어딘가 다른 사람과는 다르다고 생각했었다고 말했다. 나는 그건 분명 착각이다, 당신이 날마다 단조롭고 따분한 생활을 하기 때문에 잠깐의 기분 변화로 그런 오해를 사실로 믿어버리기 쉬운 거라고 말했다. 덧붙여, 내가 당신을 내내 관찰해왔는데 지금 하는 그 일은 당신에게 전혀 맞지 않는 것 같더라, 라고도 말했다.

어째서 그렇게 생각하는지 궁금하다, 그런 말을 들은 건 처음이다, 라고 에리코가 의아한 얼굴로 물어, 나는 그저 그렇게 생각했을 뿐이고 그 이유는 당신이 잘 알고 있을 거라고 대답했다. 그리고 그 '어째서'라는 말은 예의에 어긋난 말이니 내 앞에서는 쓰지 말아달라고 부탁했다.

"상대가 누구건 자신에게 해준 말에 대해 어떤 의심이 생겼을 때는 왜 그런 말을 들었는지 우선 자신의 머리로 잘 생각해보고, 그래도 도저히 이유를 알 수 없을 때만 '어째서'라고 물어보는 게 옳겠지. 그것도 며칠 지난 다음에, 일단 자기 나름대로 추론한 것을 상대에게 내밀어서 반응을 보는 게 먼저야. 하지만 좀 번거롭더라도 그런 과정을 거치다 보면 대개는 그런 식으로 되물을 필요도 없다는 것을 알게 돼. 당신도 이미 성인이고, 이 업계가 언제까지나 학교 역할을 해주는 것도 아니고, 또 아무도 당신 선생님 노릇을 해주지 않을 테니까."

말없이 내 말을 듣고 있던 에리코가 내 말이 끝나자 술을 조금 더 마시겠느냐고 물어왔다. 나는 그러겠다고 대답했다. 자리에서 일어난 그녀가 잠시 후 미즈와리 두 잔을 들고 돌아왔다.

마침 그때, 우리 출판사의 편집장이 무대에 올라가 분노한 목소리로 고함을 지르며 내 이름을 불러댔다. 이 모임의 사회를 맡은 그는 무리하게 위악적으로 처신하는 방법을 통해 신경질적인 자신의 기질을 내내 지켜왔다고 굳게 믿는, 이 업계에서 흔히 보는 귀찮은 타입의 인물로, 작가 사카구치 안고의 신봉자이기도 했다. 그로서는 안고의 '필사적으로 놀자'라는 주의를 실천하겠다는 것이지만, 내가 보기에 그건 야만스러움일 뿐이었다.

노래 한 곡 하지 않고 그런 미인과 둘이서 숙덕거리려고 이 자리에 나온 너는 웃기는 놈이다, 예전에는 지명을 하면 젊은 사람은 군소리 없이 두 곡이든 세 곡이든 노래를 했다, 내 명령이다, 당장 이 무대로 올라와서 노래를 해라! 그는 대충 그런 내용의 말을 술기운이 섞인 탁성으로,

마이크를 켜놓은 채 떠들어댔다. 그의 술버릇은 언제나 최악이었다.

나는 몸을 돌려 무대 쪽을 향해 노래를 너무 못해서 이런 자리에서는 삼가고 있다, 그게 이 자리를 즐기는 여러분께 폐를 끼치지 않는 유일한 방법이라고 큰 소리로 고했다. 그 순간 회장 안에 폭소가 일었다. 하지만 내 말은 통하지 않았다.

"이러니저러니 잔소리 말고 빨리 나오지 못해?"

편집장은 다시 고함을 질렀다. 분명 자신을 무시했다고 생각한 것이리라. 자리가 단번에 썰렁해지면서 에리코가 몹시 난처한 얼굴로 카운터 쪽만 바라보고 있는지라 나는 그녀에게,

"일이 이렇게 된 건 모두 당신 탓이야."

라고 귀엣말을 하고는 스툴을 내려와 무대로 올라갔다.

마이크를 받아들어 그것을 스탠드에 다시 끼워 넣고, 밴드 중 한 사람이 치던 클래식 기타를 빌렸다. 그리고 '4월이 되면 그녀는'을 풀 코러스로 천천히 노래했다. 노래가 시작되자 에리코는 뜻밖이라는 표정으로 나를 바라보았다.

큰 박수가 터지고, 야만스러운 편집장은 입에 담배를 문 채 한 곡 더 부르라는 몸짓을 했지만, 나는 기타를 돌려주고 다시 에리코 옆자리로 돌아왔다. 얼음이 녹아버린 미즈와리를 단숨에 들이켜자 에리코는 카운터에 턱을 괴고 내 얼굴을 찬찬히 바라보며 말했다.

"당신, 엄청난 거짓말쟁이. 그렇게 노래를 잘하고 온갖 일을 다 할 줄 알면서, 어째서 그렇게 항상 재미없는 얼굴을 하고 있죠?"

"그런 스타일, 요즘에는 전혀 먹히지 않잖아?"

나는 에리코를 노려보았다. 일순 눈물을 글썽거릴까도 생각했지만, 귀찮아서 그냥 작은 작업을 하기로 했다.

"어머니가 말기 암이야. 작년 여름에 입원해서 한 차례 수술을 받았는데, 그게 잘 안 됐어. 이제는 정말 위험한 거 같아. 다음 1월을 넘기지 못할 거라고 의사가 말하더라고. 어머니랑 둘이서만 살아왔는데, 걱정이 되네, 아무래도."

에리코의 얼굴이 진지해졌다.

"미안해요. 내가 심한 소리를 했나 봐."

"괜찮아."

"정말 미안해요. 하지만 알려줘서 고마워. 안 그랬으면 나……."

금방 마음이 약해지는 그녀를 보고 나도 모르게 웃음이 터져버렸다.

"아까도 말했지? 당신은 뭐든 금세 믿어버리는 성격이라니까. 엄청난 거짓말쟁이라고 했으면서 또 속아 넘어가다니."

에리코는 순간 당황한 얼굴로 "그런 거짓말은 너무나 질이 나쁘지!" 라고 힘주어 말했다. 나는 그녀의 말을 대충 흘려듣고, 이제 어지간히 취해 슬슬 바깥바람도 쐬고 싶으니 이쯤에서 실례하겠다고 말했다. 에리코도 함께 나가겠다고 일어서는 바람에 영 귀찮은 마음이 들었다. 그녀에게 어디 사느냐고 물어보니 닌교초라고 했다. 거기라면 내가 사는 모리시타와 같은 방향이었다.

이웃사촌이었네, 라고 에리코가 반가운 목소리로 말하고는 먼저 스툴에서 내려섰다.

밖으로 나와 차가운 바람을 맞았더니 온몸이 꼿꼿해지는 게 느껴졌다. 내가 에리코에게 말했다.

"당신 같은 사람에게 꼭 어울리는 가게가 있는데 함께 갈래?"

그녀가 고개를 끄덕여서 우리는 아자부 쪽으로 10분쯤 걸어갔다.

내가 그녀를 데려간 곳은 '미스터 도넛'이었다. 대낮보다 더 환한 이런 유리창 가게가 마네킹 같은 당신에게는 가장 잘 어울린다고 말했더니, 에리코는 몹시 불쾌한 표정을 지었다. 그것을 보고 "화도 잘 내네"라고 놀려주었다. 지겹도록 달콤한 도넛을 한 입 베어 물자 토기가 치밀어 화장실로 달려가 왝왝 토했다.

너무 힘이 들어 그대로 화장실에 웅크리고 앉아 함께 온 여자 따위는 까맣게 잊고 있으려니, 10분쯤 뒤에 노크 소리가 났다. 나는 문 안 잠갔어, 라고 대꾸했다.

에리코가 들어와 내 등을 쓸어주려고 했지만, 그 손을 밀쳐내고 나는 벌떡 일어나 가게 밖으로 나왔다. 우리는 택시로 니혼바시의 내 단골 술집에 가 새벽까지 술을 마셨다.

그 술집에서, 우리 두 사람이 말을 트는 계기가 되었던 미시마 유키오에 대해 나는 자세히 이야기했다. 에리코는 미시마의 소설은 제법 읽은 모양이었지만, 그 뛰어난 평론에 대해서는 거의 알지 못했다. 난 나도 모르게 윽박지르는 듯한 말투로 미시마가 할복하기까지 그의 도정(道程)에 대해 설명했다.

나는 미시마가 이렇게 썼다고 말했다.

인생이란 죽음과 몸을 맞대지 않으면 그 참된 힘도 인간다운 생의 끈기도 드러낼 수 없는 구조로 만들어져 있다. 합성된 단단한 루비나 사파이어와 맞비벼보지 않고서는 다이아몬드의 단단함을 증명할 수 없는 것처럼, 생의 단단함을 확인하기 위해서는 죽음의 단단함에 부딪쳐봐야 하는 것인지도 모른다. 죽음에 의해 당장 상처 입고 깨져버리는 그런 생은 그저 유리 같은 삶에 지나지 않을지도 모른다는 것이다. 그런데 우리는 실로 애매모호한 생의 시대에 살고 있다. 우리는 자동차 사고 이외에는 좀체 죽는 일도 없고, 온갖 약이 완비되어 예전의 병약한 청년을 위협했던 폐결핵도 사라졌으며, 건장한 청년을 위협했던 병역 따위에서도 완전히 면제되었다. 그리고 죽음의 위험이 없는 곳에서 자신의 생을 증명하려는 행위가, 한편에서는 미친 듯한 섹스의 탐구가 되고, 또 한편에서는 그저 폭력을 위한 정치 행위가 되어가는 것도 어쩔 수 없는 일이다. 그리고 그곳에서는 예술조차 거의 의미를 가지지 않을 만큼 초조감이 발생한다. 왜냐하면 예술이란 역시 화롯가에서 즐기는 것이기 때문이다.

미시마의 문장을 줄줄 외우는 내게 에리코는 선망의 눈길을 보냈다. 거기서 나는, 이런 기억력은 그녀의 미모와 마찬가지로 참으로 하찮은 것에 불과하다는 것을 먼저 설명해두지 않으면 안 되었다. 그러고 나서 이렇게 말을 맺었다.

"미시마는 자신의 생을 자신의 죽음에 마음껏 부딪쳤고, 결국 그 죽음에 의해 상처 입은 유리처럼 순식간에 깨져 사라진 것인지도 모르지. 하지만 그렇다고 해도 그는 이 나라의 다른 어떤 작가들보다 훨씬 더 성실하고 정직한 삶을 살았다고 생각해."

10

그날부터 우리는 2주일 동안 세 번 만났다. 하지만 기껏해야 두 시간 남짓한 시간 동안 저녁식사를 함께하고 헤어졌다. 에리코는 그대로 집에 돌아갔지만, 나는 연말의 바쁜 시기였기 때문에 출판사로 다시 들어가 산더미 같은 일거리를 해치워야 했다.

네 번째 데이트는 12월 14일, 분명 금요일이었다. 에리코는 약속한 커피숍에 조금 늦게 나타나 테이블에 앉자마자, 나와 당신에 대한 소문이 회사에 퍼졌다는 걸 어제 알았다고 말했다. 전에 만났을 때 노기자카의 고급 스테이크 집에서 식사를 했는데, 마침 그 모습을 같은 레스토랑에 와 있던 그녀의 친구가 목격한 거라고 했다.

나는 별로 신경 쓸 것 없다, 당신과의 소문이라면 우리 출판사 사람들도 이미 다 알고 있다, 라고 말해주었다.

에리코는 놀란 얼굴로, 그저께도 당신 출판사에서 일 때문에 회의를 했었는데 그런 이야기는 아무도 하지 않았다고 말했다.

"그야 당신에게 직접 확인할 만한 사안이 아니잖아? 하지만 출판사 내에 우리 소문이 자자해. 꽤 그럴싸한 사건이거든."

"어떻게 그리 간단히 알아냈지?"

에리코가 자꾸만 의아해하는 걸 보고 있자 갑자기 우스워졌다.

"그거야 간단하지. 내가 사람들에게 다 말했거든."

당신과 사귄다는 것만으로도 내 주가가 한참 올라갔어, 지금까지 당신을 무서워한 사람들이 상당히 많았다는 얘기야, 라고 말하며 나는 웃어 보였다. 에리코는 점원이 내온 커피 잔을 조용히 입가로 가져가 한모금 마시더니 한참 동안 침묵에 잠겼다. 나는 신경에 거슬린다면 더 이상 만나지 않으면 된다, 하지만 우리가 나쁜 짓을 한 건 아니다, 라고 말했다.

"어떻게 하면 나쁜 짓이 되는데?"

에리코가 그렇게 물어,

"글쎄, 어떻게 해야 할까?"

라고 대꾸했다.

커피숍을 나와 우리는 택시를 타고 아사쿠사바시까지 달려가 내가 단골로 다니던 일식집에서 초밥을 먹었다. 술잔을 기울이며 나는 우선 그녀에게서 다짐을 받아냈다.

"애초에 당신이 먼저 나를 쳐다봤기 때문에 나도 점점 당신이 마음에 걸렸고, 그러다가 이렇게 사귀게 된 거야. 어때, 순서가 그렇지?"

물론 에리코는 반론을 펼쳤다.

"처음 이야기를 나눌 때부터 오랫동안 알고 지내던 사람처럼 말했던 건 당신 쪽이었어."

하지만 금세 술에 취해서 식당을 나올 때쯤에는 그런 거, 어느 쪽이건 상관없다는 듯 "일단 당신 말이 맞아"라고 인정했다.

그 다음에는 에리코가 자기 친구들과 자주 간다는 하루미의 바로 나를 불러냈다. 유리로 된 카운터 앞에 쭉 늘어선, 다리가 길어서 몹시 불편한 의자에 올라 앉아 버본 위스키를 연거푸 비워가며 에리코가 조잘조잘 이야기하는 것을 말없이 들었다. 술에 취하면 멍해지는 내 얼굴을 에리코는 이따금 고개를 갸웃하며 들여다보고는 "저기, 듣고 있어?"라고 물었다. 그때마다 "응, 그래서?"라고 다음 말을 재촉했지만, 사실은 거의 아무 말도 듣지 않고 그저 눈이 핑핑 돌게 변화하는 에리코의 표정을 편안한 마음으로 바라보고 있었다.

두 사람 모두 술에 진탕 취하면 서로 깔깔거리며 큰 소리로 웃었다. 에리코는 몇 번이고, 그야말로 2분에 한 번꼴로 자신의 긴 머리를 양손으로 쓸어 올리며 입을 크게 벌리고 웃어댔다. 그 몸짓은 한마디로 '심하게 작위적인 모습'이었다. 나는 카운터 위에 흘린 술로 토끼 그림을 그렸다가 지우고 다시 그리며, 어째서일까, 어째서 모든 게 항상 이 유리판에 튕기는 물처럼 내 안에 침투해 들어오지 않는 걸까, 라고 생각했다.

나는 무진장 피곤했기 때문에 집에 돌아오는 택시에 타자마자 차창에 머리를 기대고 금방 잠이 들어버렸다. 에리코가 흔드는 바람에 겨우 눈을 떴다. 한 번도 본 적이 없는 건물 앞에 차가 멈춰 서 있었다.

"여기가 어디야?"

라고 묻자,

"내 맨션."

이라고 에리코가 말했다.

"엇, 미안해. 내가 완전히 취해버렸네."

택시 문이 열리고 에리코가 운전기사에게 돈을 내려고 했다. 순간 내가 내겠다고 말해야 한다고 생각했지만, 내 입에서는 엉뚱한 말이 튀어나왔다.

"괜찮다면 당신 집에서 커피 한잔 마시게 해줄래?"

눈을 쓱쓱 비비며 몹시 졸린 목소리를 만들면서 내가 말했다. 에리코가 고개를 끄덕였기 때문에 우리는 나란히 차에서 내렸다.

새로 지은 것 같은 덩치 큰 맨션의 현관 입구를 지나 엘리베이터에 올랐다. 형광등의 푸르스름한 빛을 받은 에리코의 옆얼굴을 나는 지그시 쳐다보았다. 오늘 밤, 이 피곤한 마음과 몸으로 그녀를 품는 것일까, 하고 생각했다. 한 조각의 흥분도 없었지만, 그 부드러운 육체를 제공받는 순간 남녀의 성적인 절차는 거의 자동적으로 시작되리라.

언젠가 읽은 소설 속에 이런 구절이 있었던 게 생각났다.

욕망이란 언제라도 외부에서 오는 거야. 사람은 욕망이 이끄는 대로 움직이는 게 아니야. 욕망 쪽에서 사람을 고르는 거지. 사람은 그저 거기에 편승하는 것뿐이라고. 공포도 굴욕도 욕망도 모두 우리 눈앞에 정차한 제트코스터 같은 거야. 그 녀석들이 우리의 보스고, 우리는 기껏 드라이버도 못 돼. 그 녀석들이 우리를 태우고 우리를 조종하는 거지. 그래, 그게 다야.

미시마는 죽음의 위험이 없는 현대에는 인간이 자신의 생을 증명하기 위해 미친 듯이 섹스를 탐구한다고 했지만, 나는 섹스라는 건 탐구라는 말이 적합할 만큼 고상한 것일 수 없다고 생각한다. 그것은 말하자면 술이나 마약과 마찬가지여서, 남자나 여자나 마약주사를 맞거나 술에 취한 것처럼 그저 자신을 상실한 채 섹스를 하는 것뿐이다.

에리코의 집은 열 평이 넘는 거실과 주방에 일곱 평 남짓한 침실, 그리고 널찍한 시스템 붙박이장이 구비되어 있었다. 나는 한바탕 집 안을 둘러본 뒤에 에리코가 내온 에스프레소 잔을 받아들고 거실 한쪽에 있는 가죽 소파에 자리를 잡았다. 커피의 쓸쓸함이 입 안에 퍼지면서 조금 전까지의 졸음이 말끔히 달아났다. 소파에 앉아 벽에 걸린 큼직한 에리코의 사진을 바라보았다. 집에 들어오자마자 시선을 끈 그 대형 사진은 대체 무슨 마음을 먹고 걸어놓은 것인지, 볼수록 어이가 없어지는 물건이었다. 에리코가 큼직한 머그잔을 들고 내 옆에 와서 앉았다. 나는 일어서서 벽 쪽으로 다가가 한참 동안 그 사진을 본 뒤 그녀를 돌아보며 물었다.

"대체 이 어이없는 건 뭐야?"

에리코는 마시던 커피 잔을 소파 앞의 작은 테이블에 내려놓고 약간 떨떠름한 표정을 지었다. 그리고 한 저명한 사진가 이름을 대면서, 스튜디오 촬영 때 카메라 테스트에 응해줬더니 그가 크게 인화해서 선물해준 거라고 말했다.

나는 못마땅한 기분으로 커피를 마시며 널찍한 거실을 거닐었다. 잘 보니 주방 식탁이며 장식장, 텔레비전 위에도 액자가 몇 개씩이나 있었다. 하나같이 어딘가 외국을 여행하면서 찍은 에리코의 스냅사진들이었다.

"해외에 자주 나가는 모양이지?"

소파로 돌아와 내가 말했다. 나로서는 그런 거대한 셀프 포트레이트를 날이면 날마다 쳐다보며 아무렇지도 않게 살아갈 수 있는 그녀가 도무지 이해되지 않았다. 뻔질나게 해외에 들락거리며 그 추억을 이런 식으로 보관하는 것 역시 이해할 수 없었다.

"외국에 나가서 대체 뭘 보고 오는데?"

"당신은 여행, 별로 좋아하지 않아?"

오히려 에리코가 이상하다는 듯이 되물었다.

"글쎄 뭐랄까, 최근에는 회사 일 이외에는 어디 멀리 나가본 적이 없어. 게다가 많은 돈을 들이고, 만들기 어려운 시간을 억지로 만들어가면서 멀리까지 날아가 꼭 봐야 할 것이라는 게 과연 있을까? 내 생각에 그런 건 없어. 그런 건 아예 처음부터 안 봐도 되는 것들이야. 머나먼 곳에 동경을 품는 사람은 사실 사물을 제대로 못 보는 사람이야. 똑똑히 봐야 할 것들이 바로 곁에 있는데. 한마디로, 돈의 힘을 빌려 할 수 있는 일 같은 건 아무것도 없어."

그리고 한마디 더 덧붙였다.

"여기 있는 것만으로도 이미 충분히 지긋지긋하거든. 더 이상 어딘가에 가고 싶다는 마음 따위, 나는 전혀 없어."

에리코는 머그잔을 양손으로 감싼 채 잠시 생각에 잠겼다. 그리고 소파에서 일어서더니 바닥에 깔린 털이 긴 깔개에 반듯하게 앉아 내 얼굴을 정면으로 올려다보며 말했다.

"그래도 나는 어떤 일이든 내 눈으로 확인하지 않으면 속이 후련하지 않아. 여행을 하면 항상 내 나름의 수확이 반드시 있었어. 그것이 어떤 도움이 되었는지 그것까지는 잘 모르겠지만, 아무튼 다양한 감상을 여행지에서 가질 수 있었고 나중에도 생각이 났어. 그러니까 먼 곳으로 여행을 떠날 때는 되도록 나 혼자 가려고 했지."

"수확? 어떤 것을 확인했고, 어떤 수확이 있었다는 거지?"

내가 물었다.

에리코는 다리를 풀며 글쎄, 라고 중얼거리고는,

"그리 대단한 건 아니지만."

이라고 부끄러운 듯 전제를 하고서 "이를테면……"이라고 이야기를 시작했다.

"태국 시골 마을에 가면 개들이 모두 피부병을 앓아. 봄 여기저기 털이 뭉텅 빠지고 바짝 야윈 강아지들. 그래도 얼굴은 정말 귀여워. 한 번도 본 적이 없을 만큼 사랑스러운 눈이 글썽하게 젖어 있어. 다가가서 안아주고 싶었어. 하지만 살이 빨갛게 부어오르고 온통 딱지가 생겨서 도저히 손을 댈 마음이 나지 않았어. 만졌다가는 병이 옮을 것 같아 도저히 할 수가 없더라. 태국 아이들은 아무렇지도 않게 그런 강아지를 품속에 넣고 뺨을 비비고 하는데 말이야. 일본처럼 보건소가 있는 것도 아니라 수많은 개들이 여기저기 거리를 떠돌아다녀. 그러니까 우리는 청결한 문화와 함께 뭔가 소중한 것을 잃어버렸구나, 하는 생각이 들었어."

나도 커피 잔을 들고 소파에서 내려와 테이블을 가운데 두고 에리코 맞은편에 앉았다. 자세를 똑바로 하고 이야기를 듣기로 한 것이다.

"유럽에 가면 열차에도 국제선이라는 게 있지? 같은 대륙이라서 나라와 나라가 실은 하나로 이어져 있는 거야. 파리 역에 서 있으면 피부색과 눈 색깔, 머리 색깔이 다른 온갖 종류의 사람들이 작은 짐 하나만 둘러메고 플랫폼으로 몰려나오는 게 보여.

하지만 정말로 다른 건 언어뿐이야. 모두 똑같이 웃고, 마중 나온 사람과 똑같이 포옹하고, 그러면서도 완전히 다른 언어로 대화를 하는 거야. 낯선 풍경은 며칠 지나 익숙해지면 전혀 이상하게 느껴지지 않는데, 그 말소리만은 아무리 오래 있어도 여전히 이상하게 들리고, 서로 다른 언어들이 맞부딪치면서 결코 하나가 되지를 못해. 그거 알아? 다양한 언어가 뒤섞였을 때 어떻게 들리는지? 그건 정말 유리의 날카로운 파편 같은 예리한 외침으로 느껴져. 나도 모르게 귀를 틀어막고 싶어지는 그런 소리. 도저히 견딜 수 없는 추한 소리. 나, 항상 생각했어. 문제는 피부색 같은 게 아니라 이 벌떼의 신음 소리 같은 무시무시한 소리가 아닐까 하고. 아무리 유럽이 EU로 바뀌었다지만 언어가 하나로 통일되지 않는 한, 보이지 않는 언어의 국경은 절대로 무너질 수 없다고 생각해."

말을 마치고 에리코가 작은 한숨을 내쉬었을 때, 나는 눈을 감고 그 한숨을 내 마음속 깊은 부분에서 받아들일 수 있었다. 지금 이 순간까지 마치 장난처럼 그녀를 대해온 나 자신에 대해 반성했다. 미미하기는 하지만 그녀와의 추억 하나하나를 반추하고, 에리코라는 여자가 성실한 영혼을 가진, 선량한 사람이라는 것을 의식 깊은 곳에서 선명하게 확인했다.

하지만 잠시 지나자 그 선명함도 물에서 건져 올린 돌멩이처럼 금세 색이 바래는 것이었다.

내 커피 잔은 진즉에 비었고, 이제 남은 것은 왼팔을 꺾어 손목시계를 보기만 하면 되었지만, 나는 그렇게 하지 않았다.

"당신 이야기를 듣고 있었더니 왠지 피곤하네."

내 말을 들은 에리코가 묘한 표정으로 바라보았기 때문에 나는 두 개의 커피 잔이 놓인 눈앞의 테이블을 옆으로 옮기고 카펫 위를 무릎걸음으로 걸어 그녀에게 다가갔다.

"이제 설교 시간은 끝났어."

밀어붙이듯이 그렇게 말하고, 몸을 일으켜 그녀의 얼굴에 내 얼굴을 대고 그 눈동자를 강하게 응시했다. 그대로 시선을 돌리지 않고 그녀 위로 덮쳤지만, 에리코는 처음부터 그렇게 해주기를 기다린 것 같았다. 술과 뒤엉킨 향수 냄새가 나를 흥분시켰다. 결국은 항상 냄새가 중요하구나, 라고 머릿속 한 귀퉁이에서 생각하며 에리코의 입술에 내 입술을 맞댔다. 우리는 카펫 위에서 한 덩어리가 되어 몇 번이고 진한 키스를 거듭했다. 하지만 그것뿐이었다.

나는 일어나서 손목시계를 보았다.

그 후 열흘 가까이 우리는 아무런 연락도 주고받지 않았다. 나는 전화라도 해볼까 하고 이따금 생각했지만, 무슨 말을 해야 하나 궁리하다 보니 그만 귀찮아져서 걸지 않았다. 애초에 에리코의 휴대전화 번호도 집 전화번호도 알지 못했다. 에리코도 내 휴대전화 번호를 알지 못했다. 연락은 서로 회사 쪽으로만 했고 다음 약속은 헤어질 때마다 잡았다. 나도 에리코도 시간에는 정확했고, 약속을 최우선으로 한다는 것쯤은 서로 잘 알고 있었다. 하지만 그때까지도 서로의 휴대전화 번호를 알지 못한 채 지내왔다는 건 뜻밖의 일이어서, 다음에 만나면 우선 그것부터 확인해야겠다고 생각했다. 그러던 중 9일째인 12월 22일, 내 아파트 우편함에 에리코의 편지가 와 있었다.

편지지를 네 번 접어서 넣는 사각 봉투는 겉은 흰색이지만 안은 핑크색 줄무늬이고, 봉하는 곳에 'Have a good dream tonight' 이라는 금빛 문자가 새겨져 있었다.

편지 내용은 약간 긴 전언 정도로 간결했다. 내가 연락해주기를 줄곧 기다렸다, 자기가 싫어진 게 아니라면 속히 연락해주면 좋겠다, 다시 한 번 만나고 싶다는 내용이 적혀 있었다. 펜글씨 견본처럼 정성스러운 글씨였다.

요즘 세상에 편지 같은 걸 보내는 여자가 있다는 것이 무척 놀라웠다. 게다가 그 내용이 그야말로 직설적이어서 수식하는 단어라고는 하나도 없었다. 유치하고 서투르다고 해도 좋을 정도였다. 그녀가 언제 어떤 얼굴로 이 편지를 썼을지 상상하면서 참 재미있는 여자라고 생각했다.

그날 저녁, 당장 에리코의 회사에 전화를 걸었다. 편지에 대한 말은 하지 않고 모레 크리스마스이브에 호텔에서 함께 식사하자는 말만 했다. 그녀가 사무적인 목소리로 크리스마스이브에는 이미 약속이 있다고 해서, 핑계를 만들어 그 약속은 취소하는 게 어떠냐고 꼬드겼지만, 그건 안 된다는 대답만 돌아왔다.

나는 갑자기 날씨 이야기로 화제를 돌렸다.

그날은 바람은 차가웠어도 맑은 날씨였다. 이대로 간다면 분명 내일도 모레도 맑은 날씨가 이어질 테지만, 만일 비가 온다면 함께 식사하자고 청했다. 에리코는 그제야 말투가 부드러워지면서 "어째 갑자기 간이치와 오미야(1897년에서 1902년까지 요미우리 신문에 연재된 소설 『금색야차(金色夜叉)』의 남녀 주인공. 우리나라에서는 '이수일과 심순애'의 번안소설로 소개되었다—옮긴이) 같은 이야기가 됐네?"라며 웃더니, 이렇게 날씨가 좋은데 크리스마스이브에 비가 내릴 리 없다고 말했다. 나는 절대로 깨지지 않는 약속이라는 건 이 세상에 없는 법이다, 혹시라도 비가 온다면 꼭 나와달라고 말하고, 호텔 레스토랑과 시간을 알려주고는 전화를 끊었다. 수화기를 내려놓은 뒤, 그날 비가 오지 않는다면 아마 두 번 다시 그녀를 만날 일은 없을 거라고 생각했다.

그리고 이틀 뒤인 크리스마스이브, 도쿄에는 아침부터 큰 비가 내렸
다.

호텔 레스토랑에서 식사를 마치고, 나는 미리 예약해둔 방으로 앞장
서서 들어갔다. 재빨리 침대 쪽으로 다가가 갈색 침대 커버와 함께 깔끔
하게 정리된 두 겹 담요의 양 끝을 둘둘 말아 걷어 올렸다. 레이스 커튼
너머로 들어오는 엷은 빛뿐이라서 어둑하던 방 안이 하얗게 드러난 시
트 때문에 문득 환해진 느낌이 들었다.

에리코는 방문 옆에 서서 바쁘게 움직이는 나를 빤히 쳐다보고 있었
다. 나는 상의와 넥타이를 풀고 침대에 걸터앉아 에리코에게 손짓을 했
다. 그녀는 가방을 방 한쪽의 작은 의자 위에 내려놓고 곧장 내 곁으로
다가왔다. 옆에 앉으라고 침대 귀퉁이를 두어 번 가볍게 두드렸다. 에리
코는 긴 스커트 자락을 맞잡고 다소곳이 내 옆에 앉았다.

에어컨의 희미한 소음이 깔린 어슴푸레한 호텔 방에서 우리는 입맞
춤을 했다. 에리코의 혀가 뭉근한 불처럼 내 입 속에서 꿈틀거렸다. 나
는 입술을 빙빙 돌려가며 타액을 빨고 잇몸을 혀끝으로 천천히 더듬었
다. 아랫입술과 잇몸 틈새에 달콤한 타액이 고여 있었기 때문에 특히 정
성껏 빨았다.

최대한 시간을 끌며 에리코의 옷을 하나하나 벗기고 에리코도 내 와
이셔츠 단추를 하나하나 풀어나갔다.

베드램프를 켜고 에리코의 예술품 같은 지체를 오감을 동원하여 주

의 깊게, 또한 정성을 다해 바라보았다. 에리코는 부끄러워하는 기색은 거의 보이지 않았다. 그저 조용히 눈을 감고 내가 하는 순서에 모든 것을 맡겼고, 이윽고 만족스러운 반응을 보여주었다.

일이 끝난 뒤에 담배를 피우고 있으려니 에리코가 곁에서 배를 대고 엎드려 테이블 위의 디지털시계를 들여다보며 "벌써 11시네"라고 말했다. 방에 들어온 지 벌써 두 시간이 지나 있었다.

"너무 좋았어."

나는 담배와 함께 한숨을 쉬었다.

"아까 끝났을 때 잇몸까지 욱신거렸어. 이런 일은 정말 처음이야."

"힘을 너무 많이 썼구나?"

에리코가 킥킥 웃으며 내 등에 벗은 가슴을 대고 내 이마와 머리를 가만히 쓰다듬어주었다.

우리는 냉장고에서 맥주를 꺼내 입에서 입으로 서로에게 먹여주었다. "나오토 입 속에 들어갔다 나온 맥주가 훨씬 더 차가워!"라고 말하며 에리코는 뭔가 새로운 발견이라도 한 것처럼 좋아했다.

전등불을 낮추고 한참 지난 뒤에,

"나, 어쩌다 자기를 좋아하게 됐지?"

에리코가 마치 먼 옛날 일을 떠올리듯이 불쑥 그렇게 중얼거렸다. 내가 침묵한 채로 있자,

"이유 같은 거 없다고 할 거지, 당신?"

이라고 중얼거렸다. 나는 그녀의 어깨를 끌어안고 말했다.

“네가 나를 좋아한다면, 그건 아마 내가 너에 대해 특별한 감정이 없
었기 때문일 거야.”

─너 같은 여자는 그런 건 절대로 견디지 못하거든.

“자기는 항상 세상을 다 안다는 듯이 침착하기 이를 데 없는 목소리
로 괴상한 소리만 하더라.”

─하지만 나, 나오토의 그런 점이 좋은지도 모르겠어.

에리코는 다시 내 위로 올라타더니 입술을 맞대왔다.

바깥에서는 아직도 비가 내리는지 투둑투둑 창을 두드리는 빗소리가
들려왔다.

“그나저나…….”

에리코는 긴 머리를 쓸어 올리며 잠깐 입술을 뗐다.

“진짜 비가 쏟아졌지 뭐야.”

나는 그 순간, 에리코의 눈동자 속에서 머나먼 별 같은 무수한 광채를
발견하고 멈칫했다. 그 광채 때문에 나 자신을 잃어버릴 것 같았기 때문
이다. 나도 모르게 눈을 감고 그녀의 목을 팔로 휘감아 그 가는 몸을 있
는 힘껏 끌어안았다.

11

꽃구경을 가기로 약속한 일요일, 집요한 전화 벨소리에 나는 잠이 깼
다. 침대에서 내려와 책장 위에 있던 충전기에서 휴대전화를 뽑아 귀에

댔다.

"아, 나오토 씨, 미안해. 오늘 아무래도 못 가겠어."

도모미의 힘없는 목소리가 들려왔다.

"그래?"

잠이 덜 깨서 흔들흔들 불안하게 선 채로 내가 말했다.

"미안해."

도모미가 다시 말했다.

잠이 쏟아져 어서 빨리 전화를 끊고 싶었지만, 그런 충동이 애초부터 꽃구경 따위 가건 말건 상관없었다는 내 본심을 너무 노골적으로 드러내는 것 같아, 나는 정신을 똑바로 차리고 도모미의 전화를 진지하게 받았다.

"그렇구나……."

우선 몹시 낙담한 목소리로 대답해놓고, 충전기 옆에 놓인 자명종 시계를 보았다. 아직 오전 7시였다.

"무슨 급한 볼일이라도 생겼어?"

그제야 의식이 또렷해졌다.

"겨우 보육원이 정해질 거 같아."

도모미가 말했다.

그녀는 요즘 다쿠야가 다닐 보육원을 찾느라 진땀을 빼고 있었다. 작년 4월부터 다니던 보육원은 다쿠야가 도무지 적응을 못해서 해가 바뀐 뒤로 계속 결석이 이어졌다. 일 년 내내 맨발로 지내고 겨울에도 셔츠만

입혀 아이들을 충분히 뛰어놀게 한다는 보육 방침이 마음에 들어서 그쪽에 맡겼는데, 다쿠야에게는 역시 맞지 않았던 모양이다. 그래서 새 보육원을 물색하고 있었는데 이 근처는 보육원 자체가 별로 많지 않아 어디나 만원이었고, 결국 결정하지 못한 채 새해를 맞이했던 것이다.

그랬는데 그 전날 밤 늦게 보육원 찾기를 도와주던 사람에게서, 오늘 오전 중에 어느 구의원 사무실에 입학을 부탁하러 함께 가자는 연락이 왔다고 한다.

"한 차례 거절했던 곳인데, 그 구의원이 한마디 해주면 허락해줄지도 모른대. 아직 확실한 건 아니지만."

그렇다면 다쿠야하고 둘이서만 꽃구경을 가도 좋다고 했더니, 도모미는 약간 차가운 어조로 급히 대꾸했다.

"아냐, 다쿠야도 데리고 가야 해."

"그럼 어쩔 수 없지. 다음 주에는 벚꽃도 거의 다 떨어질 거고 올해 꽃구경은 못하겠네."

아무튼 다쿠야의 새 보육원 결정이 무엇보다 우선이라는 생각이 들어서 "잘되면 좋겠다"라고 덧붙이고 전화를 끊었다.

자명종 맞춰놓은 것을 해제하고 다시 침대로 기어들었다. 지난 일주일 동안 연일 일이 이어져서 몹시 피곤했기 때문에 도리어 잘되었다는 생각을 하는 사이에 다시 잠이 들어버렸다.

잠이 깬 것은 낮 1시였다.

자리에서 일어나자마자 부엌으로 가 냉장고에서 캔 맥주를 꺼내 식탁에 앉아 둘러마셨다. 반절쯤 마신 참에 베란다 너머로 비쳐드는 햇살이 마치 새싹이 움트는 것처럼 환해서 나는 고개를 돌려 등 뒤편의, 지금은 칸막이를 터버린 작은 방 쪽으로 시선을 던졌다. 그 음울한 어두움이 문득 지긋지긋하다는 생각이 들었다.

이 맥주 정말 맛이 없구나, 오늘은 무슨 일이 있어도 꽃구경을 갔어야 했는데, 하고 생각했다. 이럴 줄 알았으면 라이타나 호노카에게 함께 가자고 할 걸 그랬다는 후회가 밀려왔다.

에리코는 일주일 전에 열흘 일정으로 로스앤젤레스로 떠났다. 어느 가수의 뮤직 비디오 스타일링 업무를 맡아 잔뜩 신이 나서 출발한 것이다. 전년도 연말까지로 회사와의 계약이 끝나고 이번 4월부터 그녀는 완전한 프리가 되었다. 그 즉시 큼직한 일거리가 들어온 것에 반색을 하고 있었다.

호노카도 라이타도 요즘에는 거의 찾아오지 않았다. 호노카는 작년 말부터 시작된 취직 준비로 쩔쩔매고 있는 기색이었다. 에리코에게 이런저런 상의를 하는지, 가끔 그녀의 집에 가서 자기도 하는 모양이었다.

"그래도 드디어 자신의 장래에 관심을 가지고, 정신적으로 꽤 튼튼해진 거 같아."

여전히 에리코는 호노카에 대해 낙관적이었다.

한편 라이타는 닭 꼬치구이 집 도리마사가 결국 폐업을 하는 바람에 어쩔 수 없이 하루하루 먹고 살기에도 허덕이는 시간을 보내고 있었다. 불황의 영향도 있었겠지만, 도리마사의 주인장이 새해가 되자마자 뇌

경색으로 쓰러져 가까스로 회복하기는 했지만, 왼편 반신이 마비되어
예전처럼 식당을 운영할 수 없게 된 게 폐업의 가장 큰 이유였다. 주인
부부는 점포와 땅을 팔아치우고 다음 달에는 고향 가고시마로 돌아갈
생각이라, 라이타로서는 일자리는 어찌 되었건 우선 당장 살 집부터 찾
아야 할 형편이었다. 거처며 이사 비용을 마련하기 위해 날마다 여기저
기 아르바이트를 하느라 여념이 없는 눈치였다.

그런 라이타와는 지난주에 한 달 만에 만나 나카노에서 술을 마셨다.
뺨이 홀쭉해지고 자꾸만 마른기침을 하는 것이 건강도 별로 좋지 않은
듯했다. 언제나 그렇듯이 그와 나는 뒤집어쓰다시피 술을 마셨고, 나는
완전히 취해서 정신이 없었지만 라이타는 계속해서 열을 내며 프로듀
서 데라우치의 욕을 하고 있었다.

"나를 위해서 그런 식당은 망하기를 잘했다느니, 그런 식당 구석에
묻혀 있을 사람이 아니라느니, 나중에는 나도 속으로는 그렇게 생각하
는 거 아니냐고 떠드는 거예요. 완전히 미쳤어, 그 아저씨. 내가 아무 말
않고 좀 들어줬더니, 그런 식당은 망해버리는 게 낫다고 몇 번이나 헛소
리를 하더라고요."

그러면서 라이타는 옆자리의 내게 바짝 다가앉더니, 좀 들어봐요, 나
오토 씨, 이거라니까요, 이거, 라고 내 어깨를 껴안으며 귓가에 대고 느
글느글한 목소리로 데라우치의 목소리를 흉내 내어 말했다.

"아이, 라이타 군, 자기는 말이지, 눈 깜짝할 사이에 구보즈카 요스케
쯤은 뛰어넘을 수 있거든? 저기, 속는 셈 치고 텔레비전 세계로 한번 뛰

어들어봐, 응?"

나는 웃으면서 몸을 돌리고 라이타를 잠깐 놀려주었다.

"너, 의외로 배우 재능이 있는 거 같은데?"

하지만 라이타는 진지한 얼굴로 대꾸했다.

"어휴, 행여 그런 말은 하지도 말아요. 속이 메슥거려."

의외로 끈덕지게 달라붙는 성격의 데라우치였다. 라이타가 일자리를 잃었다는 걸 알고는 이때다 하고 다시 설득에 나선 모양이었다. 그럴 만은 했지만, 유난히 라이타에게 집착하는 게 상대를 영 잘못 짚은 것이다. 세상 사람이 모두 다 텔레비전에 나가서 유명해지고 싶어한다고 믿어 의심치 않는 데라우치 같은 인종에게는 아주 좋은 약이었다.

데라우치와는 어느 매스컴 관계자가 주최한 정치경제 스터디 모임에서 처음 만났다. 드라마업계에 몸을 담고 있으면서 그런 모임에 얼굴을 내민 것도 희한한 일이었지만, 그의 말을 빌리자면 "요즘 드라마업계는 뭘 몰라도 너무 몰라. 중의원과 참의원도 구별 못해서 참의원을 태연히 대의원이라고 배우들에게 주절거리게 한다니까!"라는 것이었다.

친구 사이가 된 것은 그해 연말에 스터디 모임 주최자가 주선한 망년회에 함께 참석한 뒤부터였다. 1차 모임은 아카사카의 요정에서 별일 없이 끝났지만, 2차를 위해 준비한 아자부의 옛날 호화 맨션에 갔더니 민소매 셔츠에 훈도시를 차려입은 성인 비디오걸이 다섯 명씩이나 대기하고 있어서 파티는 갑자기 야릇한 분위기로 바뀌었다. 그래도 비디오걸들이 스트립 비슷한 서툰 쇼를 펼친 것까지는 애교로 봐줄 수 있었지만, 술이 돌고 열다섯 명 정도의 멤버들도 슬슬 긴장이 풀리자 자리는 완전히 난장판이 되어버렸다. 사내들은 점점 하반신 벌거숭이가 되어 여자들을 번갈아 무릎에 앉히기도 하고, 개중에는 세 명이 우르르 달려들어 싫다고 하는 여자의 훈도시를 풀고, 주최자가 나눠준 일회용 카메라로 즉석 촬영을 하는 자까지 있었다.

나는 적당히 여자들을 상대해주면서 물러날 때를 노리고 있었는데, 마침 곁에 앉아 있던 데라우치가 쓸쓸하기 짝이 없는 얼굴로 말을 걸어왔다.

"마쓰바라 씨, 이런 자리, 빨리 철수합시다."

그리고 둘이서 슬쩍 방을 빠져나와 아침까지 록폰기에서 술을 마시고 완전히 의기투합했다. 데라우치가 아직껏 여자에게는 손가락 하나 대본 경험이 없는 원조 게이라는 것을 안 것도 그날 밤이었는데, 본인이 직접 털어놓은 것이다.

"이쪽 업계로 들어온 게 꼭 그런 이유 때문은 아니지만, 아무튼 우리 같은 게이한테는 말이죠, 연예계는 완전히 천국이에요, 천국."

그 묘하게 절절한 말투가 신선해서 나는 단번에 그가 좋아졌었다.

"하긴 데라우치도 본바탕이 그리 나쁜 사람은 아니야."

나도 모르게 데라우치를 변호했더니 라이타는 평소답지 않게 불끈 화를 냈다.

"아니, 아무리 그래도 그렇지, 그런 식당은 망하는 게 낫다는 게 할 소리예요? 그 식당은 우리 사장하고 부인이 죽을 둥 살 둥 지켜온 가게라고요. 나오토 씨에게 전에도 말했지만, 우리 사장이 18년 전에 아직 네 살밖에 안 된 외아들을 소아암으로 잃어버린 뒤부터 내내 노이로제로 고생하는 부인을 돌봐가면서 한 번도 가게 문을 닫지 않고 여태까지 피땀 흘리며 노력해왔어요. 죽은 아들이 찾아왔다면서 나를 귀하게 대해주고, 비뚤어진 나를 찬찬히 사람으로 만들어준 것도 우리 사장이라고요. 근데 그 게이 아저씨, 속사정은 하나도 모르면서 그런 무례한 소리를 해대고. 하긴 뭐, 데라우치 씨도 그렇고 나오토 씨도 그렇고 결국 엘리트 근성은 못 버려요. 일류 대학 나와서 일류 회사에 들어가 월급 빵빵하게 받고. 그런 사람들이 하루하루 몇백 개씩 꼬치고기 꽂아가며 하나에 백 엔짜리 장사하고 살아온 사람의 고생 같은 거 절대 알 리가 없죠."

라이타의 말을 들으며 나는 예전에 어머니가 똑같은 소리를 했던 게 생각났다. 대학에 합격하여 도쿄에 올라오게 되었을 때 얼마 안 되는 돈을 건네주며,

"이걸로 너는 나를 영원히 이해하지 못하겠구나."
라고 어머니가 말했던 것이다.

"나, 뭔가 뚝 끊어진 것 같은 심정이에요."
내가 입을 다물고 있자 라이타가 느닷없이 중얼거리듯이 말했다.

"뚝 끊어져?"
나도 모르게 되물었다.

"그래요. 사장이 식당 문 닫고 부인하고 갑자기 가고시마에 가기로

결정했을 때, 처음에는 그냥 그런가 보다 생각했었는데, 뭔가 요즘 들어서 이게 그리 간단한 일이 아닌 거 같아요. 이 너저분한 세계와 나를 지금까지 겨우겨우 이어주던 끈 같은 게 마침내 뚝 끊어져버린 게 아닌가, 그런 마음이 들더라고요.

원래 나라는 인간은 우리 고헤이 형 대신 근근이 살았던 것뿐이에요. 그러다가 고헤이 형이 죽은 나이보다 벌써 2년을 더 살았잖아요. 진짜 뭐 하러 구차한 삶을 질질 끌어오다가 이런 꼴을 겪는가, 그런 생각이 들어요.

전부터 말했지만, 나란 놈, 이 세상에서 하고 싶은 일 같은 거 하나도 없어요. 우리 사장, 나한테 그 식당을 물려주려고 했었지만, 나는 사장하고 부인이 나를 거둬줬기 때문에 열심히 일했을 뿐이지, 내 식당을 운영하고 싶다는 생각 같은 건 한 번도 해본 적이 없어요.

나오토 씨도 언젠가 그런 얘기를 했지만, 이 세상이라는 게 말 그대로 지옥이에요. 나, 정말로 그렇게 생각해요. 괴로워하고 또 괴로워하고, 그래도 더 괴로워하지 않으면 끝나지 않게 만들어진 이 답답한 세상, 다른 어떤 세상에 가봐도 다시없을걸요? 고헤이 형이 죽었을 때 나도 나오토 씨처럼 확신했어요. 그렇구나, 여기가 지옥이구나, 하고."

그때쯤에는 이미 취기가 올라서 나는 라이타의 말을 반쯤은 흘려듣고 있었다. 라이타도 내가 듣거나 말거나 혼자 떠들어대는 것 같았다.

"뭔가 세상이 떠들썩하게 한바탕 일이나 저질러버리고 죽으면 제일 좋겠는데."

라이타가 잔뜩 뒤틀린 목소리로 말하기에, 나는 그것에 대해서만은 따끔하게 못을 박아두고 싶었다.

"죽는 것에 조건 같은 거 달지 마라. 이런 거 하고 죽고 싶다느니, 저런 거 하고 죽고 싶다느니, 그런 건 정말 바보나 하는 소리야."

"그런가? 어차피 죽을 건데 한 탕 크게 저질러보는 것도 좋잖아요? 호노카하고도 가끔 그런 얘기 하는데."

라이타가 문득 머쓱한 얼굴이 되었다.

"호노카도 그런 소리를 해?"

"그래요."

"바보구나, 너희들."

나는 그렇게 결론짓고 큰 소리로 웃었다.

부엌 식탁에서 30분쯤 멍하니 앉아 있다가 옷을 갈아입고 밖으로 나왔다.

우선 점심이라도 먹자는 생각에 모리시타 역 쪽으로 걷고 있는데, 사거리에서 반대편 인도로 도모미와 다쿠야가 걸어오는 게 보였다. 뜻밖이었다. 낮 2시를 지난 시간이니까 벌써 구의원을 만나고 돌아오는 길인지도 모르지만, 이상한 건 도모미가 꽃다발을 안고 있는 것이었다. 게다가 두 사람은 뉴소울과는 반대쪽인 모리시타 역을 향해 걸어가고 있었다. 나는 시계포 처마 밑에 몸을 숨기고 두 사람이 지하철 출입구로 들어가는 것을 지켜보고는 서둘러 도모미와 다쿠야의 뒤를 밟았다.

플랫폼에서 신주쿠 방면 선로 쪽에 서 있는 두 사람을 발견했다. 거리를 두고 기둥 뒤에서 그 모습을 지켜봤다. 반바지를 입은 다쿠야는 다리가 부러질 것처럼 가늘고, 오른손에 꽃다발을 안고 다른 손으로는 아들의 손을 잡은 도모미의 머리는 여전히 부스스했다.

저렇게 큰 꽃다발을 안고 도모미는 어디로 가는 걸까. 적어도 구의원에게 가는 건 아닌 것 같았다. 하시모토행 전차가 들어왔다. 도모미와 다쿠야가 올라타는 것을 확인하고는 나도 옆 칸에 탔다.

두 사람은 메이다이마에 역에서 내려 다시 이노카시라행 전차로 갈아탔다. 물론 내가 뒤를 밟는다는 건 전혀 눈치 채지 못한 듯했다.

그들이 내린 곳은 시모기타자와 역이었다.

그제야 그들이 어디로 가려는지 짐작이 되었다. 역 앞 번화가의 북적거리는 사람들 사이로 언뜻언뜻 보이는 도모미의 꽃다발이 묘하게 생생하게 느껴졌다.

짐작했던 대로 두 사람은 시모기타자와 역에서 도보로 10분 거리에 있는 소극장 안으로 사라졌다. 객석 수는 적지만 최신 무대장치를 갖춘 그곳은 역사가 오래된 것으로 유명한 소극장이었다. 몇 개의 화환이 늘어선 입구를 통해 젊은 커플들이 줄줄이 안으로 들어갔다. 요즘 들어 소극장 연극 무대가 갑자기 인기를 끌고 있다. 더구나 그날은 공연 첫날인 모양이었다. 온통 원색으로 칠한 화려한 간판에 유난히 큼직한 주인공 사진이 붙어 있었다. 물론 박일권의 얼굴이다.

나는 도모미와 다쿠야의 모습이 사라진 뒤에 소극장 바로 앞에 서서 담배를 한 대 피우고, 온 길을 다시 되짚어 돌아왔다. 시모기타자와 역 앞에 대학 시절 가끔씩 드나들던 히로시마 오코노미야키 가게가 있었다. 거기 들러 오코노미야키 한 장을 먹고 우롱하이를 두 잔 마신 뒤 집으로 돌아왔다.

사흘째 되는 날 저녁, 낮 시간에 이케부쿠로의 플레이가이드에 나가 구입해둔 고라쿠엔의 '어린이날 특별 입장권' 세 장을 들고 나는 뉴소울 문 앞으로 갔다. 그런데 왠지 그 문을 선뜻 열 수가 없었다. 결국 잡았던 문고리를 다시 놓고 그대로 돌아섰다.

집으로 돌아오는 길에 지갑에 넣어두었던 티켓을 꺼내 갈기갈기 찢어 길가 편의점 쓰레기통에 버렸다.

도모미나 다쿠야와는 더 이상 만나지 않기로 결심했다.

나는 도모미보다 에리코와 먼저 관계가 끊길 거라고 생각해왔기 때문에, 이거 완전히 순서가 바뀌었구나, 하고 생각했다.

그날 밤은 좀처럼 잠이 오지 않았다.

무슨 영문인지 다쿠야의 얼굴이 자꾸만 뇌리에 떠오르고 몹시 불안한 마음이 들었다. 내가 갑작스럽게 발길을 뚝 끊으면 다쿠야는 어떻게 생각할까. 그런 생각을 하자 가슴이 으스러지는 것 같았다. 다쿠야를 알게 되면서 어린아이가 어른들과는 전혀 다른 세계에서 살아간다는 것을 알았다. 하지만 그들의 그 작은 세계는 항상 어른들의 사정에 의해 흔적도 없이 파괴되는 것이다.

침대에 누워, 작년 여름에 다쿠야와 둘이서 오쿠타마 강가에 나가 놀

았던 일을 생각했다. 몹시 무더운 날이었다. 팬티 한 장만 걸친 다쿠야
는 작은 밀짚모자를 쓰고 여울물에 풍덩 들어앉아 질리는 줄도 모르고
물놀이를 했다. 나는 햇볕에 달아오른 강가에 앉아 아이의 작은 등판을
기분 좋은 졸음을 느끼면서, 그래도 주의 깊게 바라보고 있었다.

30분쯤 그러고 있으려니 한 중년남자가 다가와 다쿠야 바로 옆에서
낚시를 하기 시작했다. 다쿠야는 집에서 가져온 모래놀이용 양동이에
강물을 담고 모래를 담아 무거워지면 그것을 다시 강물에 던지는 놀이
를 반복하고 있었다. 그때마다 여울에서 첨벙거리는 물소리가 났다.

남자가 낚싯줄을 드리우고 한참 지났을 무렵, 멍하니 졸고 있던 내 귀
에 날카로운 소리가 날아들었다. 깜짝 놀라 퍼뜩 정신을 차리고 다쿠야
를 찾았다. 그 순간, 다쿠야가 강물에 빠진 거라고 생각했던 것이다. 하
지만 그런 게 아니었다. 낚시를 하던 중년남자가 다쿠야에게 손을 내두
르며 화난 목소리로 "저쪽에 가서 놀아!" 하고 고함을 친 것이다.

다쿠야는 겁에 질린 얼굴로 남자를 올려다보고는 울먹이며 내게 뛰
어왔다. 나는 평생 그때처럼 분노를 느낀 적이 없었다. 머릿속의 피가
시꺼멓고 탁하게 소용돌이치는 것을 분명하게 느꼈다.

나는 남자에게 다가가 "당신이 저쪽으로 가야지!"라고 고함을 쳤다.
그리고 강가의 큼지막한 돌을 집어 들어 낚싯대 줄 끝을 향해 힘껏 내던
졌다. 남자가 불끈하며 일어섰기 때문에 나는 번개처럼 달려들어 그의
멱살을 붙잡아 있는 힘껏 메다꽂았다. 남자는 강물에 엉덩방아를 찧고
주저앉았다. 다시 덤벼들어 힘을 조절할 것도 없이 그의 턱을 오른발로

걷어찼다. 남자의 얼굴에 코피가 튀었다. 그는 허둥지둥 낚시 도구를 정리하더니 뛰어 달아났다. 그래도 분노가 가라앉지 않았다. 다시 돌을 집어 들고 멀리 도망치는 남자의 뒤를 쫓았다. 남자는 낚싯대고 아이스박스고 길가에 내던지고는 연신 뒤를 돌아보며 달아났다. 한참 쫓아가다가 그가 내버린 낚싯대를 꺾어버리고 아이스박스는 돌로 때려 부수었다. 남자의 모습이 완전히 보이지 않게 된 뒤에야 나는 가까스로 흥분을 가라앉혔다.

강가로 돌아와 아직도 겁에 질려 있는 다쿠야를 달래 다시 물놀이를 시작했다. 이번에는 나도 함께 물고기를 잡고 모래성도 쌓았다. 다쿠야는 정말로 좋아했다. 그러고도 한참이나 강가에 혼자 쪼그리고 앉아 물장난을 하고 놀았다. 가끔 고개를 돌려 내가 지켜본다는 것을 확인하고는 천진하게 웃었다. 내가 손을 흔들어주면 다쿠야는 다시 안심한 얼굴로 놀이에 열중했다.

나는 왜 그런지 다쿠야의 그 모습에서 십여 년 만에 '나를 필요로 하는구나' 라는, 눈물겨운 감각을 맛보았다.

꾸벅꾸벅 졸고 있는데 휴대전화가 울렸다.

오늘 밤쯤에는 에리코가 돌아올 예정이어서 분명 그녀의 전화일 거라고 생각하며 받았는데 뜻밖에도 도모미였다.

"밤늦은 시간에 미안해"라고 도모미가 침울한 목소리로 말했다. 그녀는 다쿠야가 사흘 전부터 열이 나서 누워 있다고 했다. 가게 문까지 닫고 하루 종일 간병을 했는데 열이 올랐다 떨어졌다 하면서 끙끙 앓는다며, 너무 걱정이 되어 나에게 전화를 했노라고 말했다.

나는 그제야 그날 밤 뉴소울 간판에 불이 들어오지 않았다는 게 생각났다. 만일 그 문의 손잡이를 잡아당겼더라면 나는 휴업 중이라는 걸 금세 알았을 것이다.

가슴이 두근거렸다. 평소 같았으면 결코 놓칠 리 없는 일을 깜빡 놓친 것이다. 이런 부주의는 내가 가장 싫어하는 것이다.

"바로 갈게."

전화를 끊고 집을 나와 곧바로 아파트 뒤편 주차장에 세워둔 자동차에 올라탔다. 운전을 하면서 다쿠야의 병세가 심각할 경우 어떻게 할 것인지 생각했다. 근처에 있는 종합병원들을 머릿속으로 검색하면서, 역시 이 차로 옮기는 것보다 구급차를 부르는 게 더 확실하겠다고 결론을 내렸다.

그리고 퍼뜩 생각했다. 만일 불 꺼진 뉴소울 간판을 놓치지 않았다면 나는 이런 식으로 망설임 없이 도모미에게로 달려가지 못했을 것이다. 그리고 오늘 나는 처음부터 찢어버릴 작정으로 그 세 장의 티켓을 샀던 게 아닐까, 하는 생각도 했다. 하지만 이미 그런 건 별로 상관없는 일이었다.

도모미의 2층 방에서는 병의 냄새가 진하게 풍겼다. 다쿠야는 어린이용 이불에 누워 이마에 젖은 수건을 얹고 간간이 고통스러운 기침을 했다. 반쯤 잠이 든 다쿠야의 이마에서 수건을 치우고 손을 대보니 뜨거웠다. 얼굴은 창백하고 호흡은 거칠어서 숨을 내쉴 때마다 콧방울이 파르르 떨렸다. 이불이 얼룩져 있어서 왜 그러냐고 물었더니,

"당신에게 전화한 뒤에 다쿠야가 토했어. 그저께부터 아무것도 먹지 못해서 겨우 물 같은 것만 나왔어."

도모미는 대야의 물에 수건을 적셔 눈 위까지 덮이도록 다쿠야의 이마에 얹었다. 사흘 전인 일요일 밤부터 열이 났는데, 그저께는 상당한 고열이어서 의사에게 데려갔다고 했다. 병원에서는 감기라고 했고, 받아 온 약을 먹였더니 어제 낮부터 열이 떨어져서 마음을 놓았는데, 오늘 아침부터 다시 열이 나서 종일 올랐다 떨어지기를 반복하고 있다는 것이다. 저녁나절부터는 이상한 소리가 나는 기침을 하면서 숨쉬기도 힘들어하는 것 같다고 했다. 도모미는 다쿠야가 감기는 자주 걸렸지만 지금껏 이렇게 아팠던 적은 없어서 겁이 나 정말 견딜 수가 없다고 말했다.

다쿠야의 상태는 분명 심상치 않았다. 잠을 잔다기보다 의식이 희미해진 것처럼 보였다. 나는 이불 속에 손을 넣어 파자마 자락을 걷어 올리고 쏙 들어간 배에 손을 대보았다. 아무것도 먹지 않았다는데 아랫배는 불룩해져 있었다.

"아마 폐렴일 거야. 상태가 심한 거 같아."

내 말에 도모미의 얼굴이 일그러지며 금세 울음이 터질 듯한 표정이 되었다.

"그날, 구의원 사무실에서 악성 바이러스라도 옮은 모양이지? 워낙 사람들이 많이 드나드는 곳이잖아."

도모미는 손으로 입을 가리고 "어떡해, 어떡해"라고 중얼거리더니 베갯머리에서 다쿠야의 얼굴을 들여다보며 몇 번이나 이름을 불러댔다.

나는 옆방으로 건너가 전화로 구급차를 불렀다.

스미요시 병원으로 실려 가자 다쿠야에게는 곧바로 산소 텐트가 씌워지고, 가느다란 팔뚝에 주사바늘을 꽂아 링거를 맞기 시작했다. 도모미는 그 엄청난 모습을 보고 간이 서늘해져서 손수건을 씹으며 한참이나 울었다.

"아직 늑막염까지 가지는 않았으니까 그리 걱정하실 건 없습니다."

진찰실에서 X선 필름 판독대에 놓인 다쿠야의 흉부 뢴트겐을 확인하며 당직 의사가 그렇게 말했는데도 도모미가 "선생님, 제발 우리 다쿠야 좀 살려주세요"라며 매달리자 의사는 난처한 얼굴로 어쩔 줄을 몰라 했다.

나는 의사의 가슴팍에 달린 이름표를 확인해두었다가 외래 대기실에서 회사에 전화를 걸었다. 마침 주간지 교정 마감일이어서 전에 함께 일했던 후배 기자가 아직 회사에 남아 있었다. 그에게 5층 자료실에 있는 '의사 명부'를 뒤져 이 사람의 이력을 조사해달라고 부탁했다. 후배 기자가, 유명 대학병원에서 오래 근무한 경력이 있는 소아과 전문의라고 알려줘서, 그 이야기를 도모미에게 해주며 걱정할 필요 없다고 안심시켰다.

다쿠야는 3층 소아병동으로 옮겨졌고, 우리는 다쿠야가 잠든 침대 옆에 파이프 의자를 나란히 놓고 앉아 밤을 새웠다. 링거를 맞기 시작하고 한 시간쯤 지나자 산소 텐트 너머로 다쿠야의 표정이 편안해지는 게 보였다. 숨소리가 규칙적으로 돌아오자 그제야 도모미도 한시름 놓은 얼굴이었다.

"다쿠야에게 혹시 무슨 일이 생긴다면 나는 도저히 살 수 없어."

도모미가 그렇게 중얼거렸다.

"그런 방정맞은 소리를 하면 못써."

나는 나무라듯이 말하고,

"2, 3일 입원해야 할 테지만, 별일 없을 거야. 내일은 내가 꽃다발 들고 병문안 올게."

라고 덧붙였다.

도모미는 내 말에 잠시 의아한 표정을 지었다. 그리고 뭔가 할 말이 있는 듯 망설이더니 결국 입을 다물어버렸다.

조금 지나서, 박일권에게도 소식을 전하는 게 어떠냐고 했더니 도모미는 "그 일은 내가 알아서 할 테니까 당신은 집에 가서 좀 자둬"라고 말했다.

"그럴 필요 없어."

나는 다쿠야의 잠든 얼굴에서 눈을 떼지 않고 대답했다.

12

이틀 뒤 밤에 다쿠야의 병실에 갔더니 박일권이 와 있었다.

다쿠야는 그새 완전히 회복되어 침대 위에 책상다리를 하고 앉아 박일권이 사온 장난감 자동차에 푹 빠져 있었다. 개인 물품을 넣어두는 작은 선반 위에는 그 전날 내가 들고 왔던 꽃다발이 푸른 꽃병에 꽂혀 있었다. 나는 이름을 밝힌 뒤 박일권에게 물었다.

"도모미 씨는 어디 있죠?"

박일권은 그녀가 장사를 위해 저녁에 모리시타로 돌아갔고, 오늘 밤은 자신이 이곳에서 밤샘을 할 거라고 대답했다. 내가 다쿠야에게 "아빠가 와서 좋겠다"라고 말했더니 다쿠야는 흐뭇한 얼굴로 고개를 끄덕였다.

"아래층 로비에서 담배나 한 대 태울까요?"

박일권이 청해왔다. 부드러운 거동에 정중한 말투였다. 키가 크고 턱이 뾰족할 정도로 얼굴이 야위어서 눈만 커 보이고 눈썹은 숱이 적었다. 콧날은 깎아낸 것처럼 매끈하고, 길게 기른 불그레한 머리는 이마 한 가운데서 갈라져 귀까지 내려와 있었다. 굵직한 목소리에, 멀리서 보더라도 강렬한 인상이었다. 처음으로 가까이에서 박일권을 보고서야 다쿠야가 도모미가 아니라 이 사람을 닮았다는 걸 깨달았다.

우리는 나란히 계단을 내려왔다. 밤늦은 시간이어서 우리 말고는 병문안을 온 사람은 없는 것 같았다. 나와 박일권의 슬리퍼가 내는 건조한 소리가 계단참에 울렸다. 외래 로비는 이미 불이 꺼지고 비상등의 초록 불빛과 안쪽의 약국 불빛만 남아서 실내는 어슴푸레하고 고요했다. 커다란 화분 하나가 대형 텔레비전 옆에 놓여 있고, 제약회사 이름과 '기중' 이라는 금박 문자를 써넣은 큼직한 기둥시계가 벽에 제 몸을 기대고 있었다. 그 옆에는 화가 사카모토 한지로의 「방목삼마(放牧三馬)」 복제화가 군데군데 금박이 벗겨진 액자에 담겨 있었다.

우리는 '끽연 코너' 라는 팻말이 걸린 한쪽 구석으로 들어가 초록색 비닐 소파에 나란히 앉았다.

박일권이 여기저기 호주머니가 달린 두툼한 셔츠의 가슴팍 호주머니에서 담배를 꺼내 한 개비를 뽑고, 다시 한 개비는 필터만 나오게 뽑아 나에게 권했다. 난 담배는 받았지만, 박일권이 내민 라이터는 손을 저어 거절하고 내 라이터로 불을 붙였다.

그는 첫 모금을 깊이 들이마시고 심호흡을 하듯이 천천히 연기를 내뿜었다.

"도모미에게서 말씀 많이 들었어요. 이래저래 도움을 주시는 것 같던데, 정말 고맙습니다."

정색을 하고 인사를 하는 바람에 나는 그럴 만큼 대단한 일을 한 것도 없고, 딱히 당신에게서 인사를 받을 일도 없다고 말했다.

"이번에도 당신이 내 일처럼 도와주지 않았다면 도모미 혼자서 정말 힘들었을 거예요."

"아니, 그저 이웃 간에 돕는 정도였는데요, 뭐."

박일권은 내 쪽을 쳐다보더니 얼굴을 일그러뜨리며 묘한 웃음을 지었다.

잠시 둘 다 침묵한 채로 담배만 피웠다. 나로서는 그와 별로 할 이야기가 없었다. 하지만 일부러 자리를 만든 걸 보면 분명 그쪽에서 할 말이 있는 모양이라고 생각하며 그의 말을 기다렸다. 그는 다리가 긴 재떨이 가장자리에 담배를 비벼 끄고 두 대째에 불을 붙였다.

"다쿠야가 워낙 몸이 약해요."

그가 입을 열었다.

"그 애가 태어났을 때, 나는 순회공연 때문에 시코쿠 쪽을 돌던 중이었죠. 처음 얼굴을 본 게 태어나고 한 달이나 지난 뒤였어요. 출산 직후에 황달이 심했는지 그리 예쁜 아기는 아니었죠."

그의 낮고 굵은 목소리를 들으며, 배우라는 직업 때문인지 역시 어딘가 연극적이라고 나는 생각했다.

"당신도 이미 알고 있겠지만, 도모미는 극단 선배였고 나이도 나보다 한 살 더 많지 않습니까? 내가 이래저래 폐만 끼치다가 결국 도모미는 연극판을 떠나 아이까지 낳았어요. 그 무렵에는 내가 말 그대로 제로였어요. 제로 인간은 누구에게 무슨 짓을 하건 그냥 제로니까 아무렇게나 살아도 괜찮다고 생각했죠. 그런 제로 인간에게 아이가 생기다니, 솔직히 믿어지지 않는 일이었습니다."

그가 나한테 무슨 말을 하려는지는 알 수 없지만, 한마디 한마디를 곱씹듯이 말하는 그 어조가 번거롭게 느껴져서 "당신이 낳은 것도 아닌데요, 뭘"이라고 말했다. 그는 내 말에 껄껄껄 소리 내어 웃었다.

"도모미는 아이를 꼭 낳겠다고 하더군요. 그녀가 고집을 부린 건 그때 딱 한 번뿐이었어요. 센다이에 사는 도모미 부모님도 크게 반대했고,

나도 어떻게 해야 좋을지 모르는 상황이었습니다. 나는 국적 문제도 있는 데다, 그녀와는 혼인신고도 안 한 상태였으니까요. 하지만 도모미는 거의 미친 듯이 열광했어요. 대단했죠. 아직 배가 밋밋할 때부터 '다쿠야' 라고 아기 이름을 지어놓고, 다쿠야하고 둘이서 살 거라고 큰소리를 땅땅 쳤거든요.

그런 그녀가 내 눈에는 새끼를 품은 짐승처럼 보일 정도였습니다. 도모미가 실은 아주 평범한 여자예요. 당신은 그런 점을 잘 모르는 게 아닌가 싶은데. 나이 차도 많이 나는 것 같고, 혹시 도모미를 한참 어른이라고 생각하는 거 아닌가요?"

나는 그 즉시 박일권이 내게 '뭔가 중요한 말' 을 하려고 한다는 걸 깨달았다. 정말 지겨운 짓거리였다. 그는 한마디로 오지랖 넓은 참견을 즐기려는 것이다. 분명 그는 나에게 흥미가 있을 것이다. 하지만 나는 자신이 본 일이나 경험한 것을 간단히 말로 바꾸어 타인에게 떠벌리는 인간은 모조리 싫었다. 가령 그것이 억지로 들이대는 것이 아니라고 해도 말이다.

"그거야 뭐, 흔해빠진 얘기 아닌가요? 평범하다고 해서 꼭 약한 것도 아니고, 남자에게 버림받고 꿋꿋하게 사는 여자는 지천으로 널렸어요."

내가 말했다.

"하지만 다쿠야가 이렇게 아프기라도 하면……."

"아프다고는 해도 그리 큰 병에 걸린 건 아니에요. 아버지라는 거, 의외로 별 도움이 안 됩니다. 아이 쪽에서도 처음부터 아버지가 없으면 그걸 별반 부자연스럽다고 생각하지 않고 잘살아요. 게다가 여자는 아이 하나만 있으면 의외로 만족해서 잘삽니다. 적어도 자식이라는 건 이 세상을 살아갈 변명 거리가 되어주거든요. 도모미 씨만 봐도 그렇습니다. 혹시 당신이 도모미와 다쿠야 때문에 마음 아파하는 거라면 그건 공연한 걱정이라는 생각이 드는군요."

그는 어리둥절한 얼굴로 내 말을 듣더니,

"당신, 재미있는 사람이네."

라며 돌연 웃음을 터뜨렸다. 그리고는 도모미가 당신을 다른 사람과 관계 맺는 게 몹시 서투른 사람이라고 하더니 정말 딱 맞는 얘기네, 라고 했다.

"아무래도 당신, 인간관계라는 걸 잘 모르는 모양이야. 별로 고생을 안 해보셨네."

그가 단정하듯이 말했다. 낡아빠진 그의 말투에 나도 모르게 웃음이 터질 뻔했다.

"당신은 이 세상 어느 누구와도 사이좋게 지내기를 바라는 사람 같군요."

내가 그에게 말했다.

"아무튼."

박일권은 내 말을 끊고서,

"당신에게 말하고 싶은 건 내 얘기가 아니라 당신에 대한 거요."

라고 말했다.

"당신이 도모미를 어떻게 생각하는지 좀 알고 싶은데. 그녀는 당신이 마음에 걸리는 모양이에요. 자신을 어떻게 생각하는지는 모르겠지만, 다쿠야는 사랑해주는 것 같다고 지난번에 만났을 때 얘기하더라고요. 그런 일이 있을 수 있느냐고 고개를 갸웃거리기는 했지만."

나는 그가 무슨 말을 하려는 것인지 잘 알 수가 없었다.

"당신이 왜 그런 것에 관심을 가집니까? 나는 지금까지 내가 누구를 사랑하는지 아닌지, 그런 건 한 번도 생각해본 적이 없어요. 그런 거 아무리 생각해봤자 내가 알 수 있는 것도 아니고, 그저 조금이나마 행동에 의해서 표현되는 거 아닌가요?"

그가 다시 껄껄걸 웃었다.

"사랑한다는 말이 마음에 들지 않는다면 꼭 그런 게 아니라도 괜찮아요. 내가 말하고 싶은 건 당신이 어떻게 생각하고 있느냐 하는 게 아니라, 당신에 대한 도모미의 마음을 생각해본 일이 있느냐 하는 거예요."

"나는 그런 실례되는 짓은 안 합니다."

내 대답에 그는 짐작했던 대로라는 듯, 다 알겠다는 얼굴로 고개를 끄덕이더니,

"그런 걸 사랑하고 있지 않다, 라고 하죠, 일반적으로는."
이라고 쐐기를 박는 듯한 말투로 나를 바라보며 말했다.

"당신, 진심으로는 아무것도 받아들이지 않은 거 아닐까요? 자기 일밖에 생각하지 못하면서 도모미나 다쿠야 일에 쓸데없이 나서고, 결국 절대로 손해는 안 볼 거래를 즐기자는 거 아니에요?"

　나는 그의 말을 듣고 지극히 미미하기는 하지만 마음의 표층에 오물을 덮어쓴 듯한 날카로운 분노를 느꼈다. 자기 일밖에 생각하지 못하는 건 내가 아니라 그였다. 나는 어느 누구에 대해서도 불확실하고 천박한 감정을 들이대지 않도록 세심하게 배려해왔다. 또한 어느 누구에게도 그런 착각이나 허점을 내보일 만큼의 감정적 강요를 느끼지 않도록 주의를 기울여왔다. 하지만 그런 나의 태도를 유지하기 위해 무엇보다도 중요하게 지켜온 것은 언제 어떤 상황에서도 나 자신의 이해를 우선하지 않는다, 인간을 상대로 거래를 하지 않는다, 라는 철칙이었다.

　"내 마음을 알아달라는 둥의 바람을 가지는 한, 어느 누구도 진심으로 사랑할 수 없다고 나는 생각하는데요?"

　내가 그렇게 말하자, 그는 무슨 이유 때문인지 내 눈을 강하게 노려보며 말했다.

　"그럼 당신은 그저 우연히 알게 된 여자와 섹스를 하고 간간히 돈도 건네주고 이래저래 돌봐주기도 한다는 거예요? 그게 상대방의 마음을 갖고 노는 일이 된다고는 생각 못해요?"

　"그런 생각을 할 이유가 없지요. 내가 도모미 씨에게 무슨 일을 하건 당신과는 상관없지 않습니까? 원래 이 세상에 우연이란 건 하나도 없는 거고, 남의 마음을 갖고 노는 건 누구나 할 수 있는 게 아니니까요."

　"당신은 도모미가 이 사회에서 누구보다 약한 입장이라는 걸 모릅니까? 그녀는 다정함에 굶주려 있어요. 당신이 그 약점을 파고들었다는 생각은 못합니까?"

나는 그다지 나이 차도 나지 않는 이 남자의 비상식을 더 이상 견딜 수가 없었다.

"이봐요, 그런 말은 도모미 씨를 모욕하는 거예요. 그녀가 들으면 분명 화낼 겁니다."

그는 일부러 그러는 듯 깊은 한숨을 내쉬더니 자리에서 일어나 손가락 사이에서 다 타버려 필터만 남은 담배를 손아귀에 움켜쥐고 약제실 옆의 자동판매기에서 캔 커피 두 개를 빼 왔다.

표정이 부드러워진 그가 선한 눈빛으로 웃고 있었다. 나는 그 유쾌해 보이는 배우의 얼굴을 내심 용서할 수 없었다. 그는 캔을 따더니 하나를 내게 내밀며 다시 옆에 앉았다.

"아무튼."

그는 다시 '아무튼' 이라고 말했다.

"오늘 도모미에게 들었는데, 당신과의 약속을 어기고 내 공연에 왔던 걸 당신이 눈치 챈 것 같다며 상당히 불안해하고 있어요. 도모미는 당신을 좋아해요. 아이도 있고 나이도 더 많고, 도모미가 어떻게 해야 좋을지 모르겠는 모양입니다."

그는 말하자면 모든 것을 뒤죽박죽으로 헝클어놓지 않고서는 생각을 하지 못하는 인물인 거다, 라고 그의 인상적인 옆얼굴을 바라보며 나는 생각했다. 그의 비범함은, 요컨대 겉껍데기로만 실현되는 것에 지나지 않는다. 그는 자신과 도모미, 그리고 나를 구별조차 하지 못하는 것이다. 사실은 자신에 대해 털끝만큼도 알지 못하는 주제에 다 안다고 믿고 있는 것이다. 여기저기 널린, 착각에 빠진 인간 중의 하나라고 나는 생각했다.

"아닌 게 아니라……"

나는 그를 흉내 내어 잠시 말을 끊고, 나 자신을 향해 해명했다.

―아닌 게 아니라 도모미가 나를 속이고 당신의 연극 무대에 갔다는 것을 알고 나는 그녀와 헤어질 생각을 했다. 하지만 그건 그녀가 나를 배반한 게 미웠기 때문이 아니다. 그저 나 스스로 그렇게 결정했기 때문이다. 그것을 설명할 수 있는 이유라고는 어디에도 없다. 나는 나에게 누가 무슨 짓을 하건 분노를 느끼지 않도록 해왔고, 끝까지 시시콜콜 따지지 않도록 해왔다. 내가 나 자신의 행위에 명확한 이유를 붙이지 못하는 것과 마찬가지로 상대도 역시 그럴 거라고 생각하기 때문이다.

인간의 감정은 불꽃처럼 순간적으로 명멸하고, 그 행위 하나하나에는 애초에 아무런 통일성도 없다. 그렇다면 그런 타인의 행위를 대체 어느 누가 어떤 이유로 나무랄 수 있을까. 내가 만일 남들과 다르다고 한다면, 그건 단지 나 자신의 결심이 초래한 결과에 대해 우물쭈물하지 않는다는 것뿐이다. 나는 당신처럼 어물어물 한심한 척하지는 않는다. 그런 덜떨어진 짓은 결코 하지 않는다. 당신 같은 사람은, 주문한 요리가 식탁에 나온 뒤에야 허둥지둥 이런 건 시키지 말걸 그랬다고 후회하는 것처럼, 늘 시시해빠진 자기 자신을 위해서만 참회나 반성을 되풀이하는 타입의 인간이다.

내가 도모미와 헤어지자고 결심한 것과, 오늘 낮에 회사 식당에서 카레라이스를 먹기로 결정한 것은 내게 있어서는 똑같은 일이다. 그건 모두 나 자신이 책임져야 할 일이다. 당신은 그것을 이해하지 못했을 뿐이다. 결국 나는 도모미나 다쿠야와 헤어지지는 않았지만, 그건 내가 그녀를 용서했다거나 하는 이유 때문이 아니라, 헤어지겠다는 결정 자체가 원래 아무 근거도 없었기 때문이다. 인간이란 항상 그런 일을 되풀이하는 존재다.

그는 내 이야기를 말없이 듣고 있었지만, 전혀 이해하지 못한 듯했다.

"이봐, 도모미 쪽은 그럴 수가 없단 말이야. 그녀는 당신과는 달라. 당신의 그 터질 듯이 팽창한 별것도 아닌 자아에 아무 죄 없는 여자와 어린애를 끌어들이지 말라고. 당신 이야기를 듣고 있자니 신경질이 나는군. 당신 마음에는 뭔가 결정적인 결함이 있는 것 같아. 그 결함을 도모미로 메우려는 바보 같은 짓은 하지 말아줘."

그는 허리를 숙이더니 조금 떨리는 목소리로 말했다.

"그 여자, 나하고 5년 전에 헤어진 뒤로 단 한 번도 자기 쪽에서 나를 먼저 찾아온 일이 없었어. 그냥 내 쪽에서만 언제나 산타클로스처럼 뭔가 기념일을 만들어서 선물을 안고 그 여자를 찾아갔었지. 다쿠야가 여름방학이나 크리스마스가 되면 아빠를 그리워한다고 그녀가 자주 말했거든.

근데 지난 일요일에 정말 처음으로 그녀가 먼저 나를 찾아왔어. 꽃다발을 안고서 말이지. 공연이 끝난 뒤에 나는 두 사람을 식당에 데려갔어. 다쿠야가 다닐 보육원을 찾느라 고생한다는 이야기를 하더라고. 아동복지과 담당자가 다쿠야의 국적이 어떻다느니, 모자 가정이라느니, 술집을 한다느니, 이런저런 트집을 잡았대. 결국 말씨름만 하다가 자리를 박차고 나왔다더군. 그 바람에 일일이 구의원을 찾아다니는 처지가 되었다고 했어.

자신은 지금까지 다쿠야의 국적 같은 거 한 번도 생각해본 적이 없었는데, 앞으로 이런 일이 반복된다면 다쿠야가 너무 불쌍하다고 말했어.

그녀가 그날 무슨 말을 하러 왔는지 알아? 나한테 아버지를 관둬달라고 부탁하러 왔었어. 그리고 그때 나는 당신이라는 남자의 존재에 대해 듣게 됐고. 정말 웃기는 말이지만, 최근 5년 동안 그녀에게 남자가 있을 거라고 나는 눈곱만큼도 생각을 못했어.

그녀가 무슨 생각을 하는지, 그건 당신도 잘 알고 있을 거야. 이제 더 이상 모르는 척하고 넘어갈 수 없단 말이야."

"아까부터 말했지만 그런 이야기는 아무 의미가 없어요. 아마 그녀가 잠시 마음이 약해져서 나와 결혼하고 싶다고 생각한 거겠죠."

그가 들고 있던 커피 캔을 움켜쥐어 찌그러뜨렸다. 그리고는 연극적인 냄새가 풍기는 절망적인 어조로,

"당신, 무슨 소리를 하는 거야? 머리가 어떻게 됐나 보군. 이보다 더 의미 있는 이야기가 어디 있어?"
라고 소리쳤다.

"그럼 당신, 도모미하고 결혼해서 다쿠야의 새아버지가 되어도 좋다고 말할 수 있어? 정말로 그럴 각오가 되어 있느냐고!"

나는 아직 입을 대지 않은 다디단 커피를 후룩 마셨다.

"각오가 되어 있느냐고 물으니 좀 난처하긴 하지만, 다쿠야의 아버지가 되는 것쯤이야 못할 것도 없죠. 하지만 도모미가 절대로 그런 건 원하지 않을 거예요."

그리고 거친 말투로 이렇게 덧붙였다.

"당신은 양심적인 사람인 것 같기는 한데, 처자를 바보로 여기는 구석이 있는 거 같군요. 뭐, 나야 당신이 어떤 사람이건 아무 상관없지만."

박일권과 헤어진 뒤 뉴소울에 얼굴을 내밀었다. 가게 안은 손님이 북적거리고, 도모미는 카운터 안에서 바쁘게 동동거리고 있었다. 나는 그녀에게 병원에서 박일권과 이야기를 하고 왔다고 말했다. 지난번에 도모미가 그의 연극 무대에 갔었다는 것도 알고 있지만, 나는 그런 건 전혀 신경 쓰지 않는다는 말도 했다.

"그 전날 밤에 석간신문을 봤는데, 그 사람의 공연을 소개한 작은 기사가 실려 있었어. 그걸 보니까 왠지 다쿠야에게 제 진짜 아빠가 일하는 모습을 한 번 보여주고 싶은 생각이 들더라고. 그냥 갑자기 그런 생각이 들었어."

도모미는 "미안해"라고 중얼거리듯이 말했다.

그런 생각이 드는 건 당연한 일이라고 그녀를 달랬다.

"다쿠야가 퇴원하면 어디 이 근처에서 축하 파티라도 하자. 내가 근사한 식당을 알아볼게."

그리고 나는 뉴소울을 나왔다. 밖으로 나온 뒤에야, 도모미가 내준 술잔에 입도 대지 않았다는 것을 깨달았다. 내준 술을 마시지 않은 건 처음이었다. 역 근처의 파친코에서 두 시간쯤 시간을 때우고 다카바시 상점가를 한참 어슬렁거리다가 다시 도모미를 찾아갔다. 마침 가게 문을 닫으려고 하던 참이었다. 나는 뒷정리를 도와주면서,

"아까 '진짜 아빠'라고 말했었지? 근데 진짜가 아닌 아빠라도 있는 게 좋을까?"

라고 물어보았다. 나 스스로도 왜 그런 질문을 던졌는지는 잘 알 수 없다. 하지만 도모미는 그 질문엔 대답하지 않고 그저 나를 바라보며 생글뱅글 웃기만 했다. 그러더니 불쑥 말을 꺼냈다.

"자기, 오늘밤 호텔에 갈까?"

우리는 긴시초까지 택시를 타고 나가 술집에 들러 술을 실컷 마시고 호텔로 들어갔다. 도모미와 뉴소울의 2층 방이 아닌 다른 곳에서 자는 건 오랜만이었다.

우리는 호텔 카운터 광고판을 들여다보며 가장 비싼 '파라다이스'라는 방을 골랐다. 아닌 게 아니라 그 이름에 딱 맞는 방이었다.

큼직한 유리 욕조에서 서로의 몸을 씻겨주고, 회전하며 상하로 움직이는 둥근 침대 위에서 서로의 몸을 지분거렸다. 천장 거울에 우리 둘의 모습이 비쳤다.

도모미의 얼굴 위에 올라타서 내 딱딱해진 물건으로 그녀의 뺨을 찰싹찰싹 때렸다. 얼굴을 찡그리며 괴로워하는 표정과 헐떡거리는 소리

를 듣고 있는 사이에 나는 형언할 수 없을 정도로 흥분이 되었다. 도모미와 관계를 가진 이후에 처음으로 그녀 속에서 끝내고 싶다는 생각을 했다.

"해도 돼?"

라고 물었더니 도모미는 "응, 빨리 해!"라고 부르짖었다. "오늘, 임신해 버릴래"라고 중얼거렸다.

나는 평소보다 더 많은 양을 도모미의 배 위에 쏟아냈다.

모두 끝난 뒤, 도모미의 얼굴은 환해져 있었다. 두세 살 젊어진 것 같은 느낌이었다. 나는 그녀의 아랫배에 흩어진 정액과 그녀의 환한 얼굴을 보며 가슴속이 급속히 차가워지는 것을 느꼈다.

13

항상 만나는 호텔 커피숍에서 아침식사를 하며 오니시 부인에게 다쿠야가 병이 나서 한바탕 난리를 치렀다는 이야기를 했다.

"저런, 도모미 씨가 어지간히 걱정했겠다."

부인은 미간을 찌푸리며 딱하다는 표정을 지었다.

오니시 부인은 도모미와 관련된 이야기라면 유난히 큰 관심을 보였다. 전혀 비슷한 점이 없는데도 그녀는 도모미에 대해 공감을 하는 모양이었다. 이유는 분명치 않지만, 내가 언젠가 오니시 부인을 뉴소울에 데려가 도모미를 소개한 적이 있었는데, 그 한 번의 만남이 강한 인상으로 남아 있었나 보다. 물론 도모미와 나의 관계는 그날 밤에 죄다 눈치를 챈 모양이었다. 오니시 부인으로서는 그것이 오히려 나와 특별한 관계로 발전하게 된 중요한 계기가 된 눈치였다.

성적 불만으로 속을 태우던 오니시 부인에게는 무엇보다 뒤탈이 없는 섹스가 필요했다. 그런 의미에서 도모미라는 존재는 그녀의 결혼 생활의 안전을 보장하는 무엇보다 좋은 담보였던 것이다.

오니시 부인을 처음으로 유혹했던 건 에리코를 알기 반년쯤 전의 여름날 밤이었다.

나는 다카나와에 사는 그녀를 니혼바시까지 불러내 작은 주점으로 데리고 갔다. 대학 시절에 다카라초에 있는 의약품 전문 도매상에서 2년 남짓 아르바이트를 한 적이 있었는데, 그 즈음 선배를 따라 문이 닳도록 들락거린 가게였다. 주인은 젊은 시절에 경륜 선수로 뛰었던 사람으로, 돈 버는 일에 질릴 대로 질렸는지 주머니가 가벼운 학생 손님들에게 맛있는 술과 신선한 생선을 어이없을 만큼 싼값으로 제공해주었다.

술에 약한 오니시 부인은 금세 취했다. 얼굴이 빨개져서 괴로워하는 것 같아 우리는 일찌감치 주점을 나와 꽤 오랫동안 산책을 했다. 가야바초를 지나고 몬젠나카초의 상점가를 빠져나와 기바까지 걸어갔다.

걷는 동안 술기운이 가셨는지 여름 저녁 소박한 서민 동네의 시끌벅적한 정경을 바라보며 오니시 부인은 아주 즐거워했다. 나는 그녀의 손을 잡고 기바 역 앞 사거리에서 왼편으로 꺾어져 기바 공원 안으로 들어갔다. 해도 떨어지고, 바다 쪽에서 시원한 바람이 불어왔다. 공원 복판에 걸린 다리가 조명을 받아 저녁 어스름에 아름답게 떠올랐다.

"이렇게 넓은 공원이 있었네!"

오니시 부인은 감동한 목소리로 말했다.

"저게 현대 미술관이에요."

왼편으로 어둠 속에서 거무스레하게 웅크리고 있는 호화로운 건축물을 가리키며 내가 말했다.

"어머나!"

바람에 날리는 긴 머리칼을 양손으로 쓸어 올리며 오니시 부인은 고개를 끄덕였다.

널찍한 다리를 건너 우리는 공원 광장으로 향했다. 잡목림 근처까지 들어가자 인적이 사라졌다. 가로등도 띄엄띄엄 켜져 있어서 짙은 어둠이 주위를 감싸고 있었다. 나무와 풀 덤불 사이에 자리 잡은 벤치에 나란히 앉았다.

누군가 숲 속에서 트럼펫을 연습하는지 서투르기 짝이 없는 나팔 소리가 이따금 들려왔다.

나는 당장 부인의 치마 속으로 손을 집어넣었다. 주점의 좁은 카운터에서 그녀의 부드러운 팔뚝 살이 살짝살짝 닿을 때마다 억누를 수 없는 욕망을 느꼈던 것이다.

키스를 하면서 팬티 위에 손가락을 대고 상하좌우로 움직이고 있으려니 눈 깜짝할 사이에 촉촉해지는 게 느껴졌다. 고마운 마음에 가슴이 그득해졌다.

손을 빼자마자, 마르기 전에 어서 하자는 생각에 서둘러 자리에서 일어나 부인의 두 손을 잡고 옷장 서랍을 쑥 빼듯 옆쪽 풀 덤불 쪽으로 끌어당겼다. 부인이 내 위에 올라타는 바람에 내 등허리에 밤이슬을 품은 차가운 여름풀의 감촉이 감겨들었다. 허리 벨트 근처에서 돌멩이가 거치적거려 영 불편했다. 부인을 가슴에 얹은 채 왼팔을 뒤로 돌려 돌멩이를 옆으로 치워버리고 단숨에 몸을 뒤집었다.

하지만 옷깃 사이로 손을 집어넣어 가슴을 만지려고 했을 때부터 부인이 갑작스럽게 저항하기 시작했다. 입술을 들이대도 이를 악물고 가로막았다. 혀를 뾰족하게 내밀어 벌려보려고 해도 요지부동이었다.

결국 우리는 다시 벤치로 돌아와 한참 동안 이야기를 나누었다.

"이 공원 바로 앞 맨션에 소설가 요시무라 씨 부부가 살아요. 요시무라 씨는 초밥을 좋아해서…… 참, 그가 단골로 다니는 유명한 초밥집이 바로 이 근처에 있는데. 당신, 초밥 좋아해요? 괜찮다면 한번 먹어볼까."

나는 주절주절 떠들어댔지만 부인은 나른한 얼굴로 그냥 흘려듣고 있었다. 그래서 별 수 없이 도모미의 가게에 데려가기로 한 것이다.

"트럼펫, 이제 소리가 안 들리네?"

오니시 부인은 그렇게 중얼거리며 벤치에서 일어섰다.

모리시타로 향하는 택시 안에서 도모미와 다쿠야에 대해 부인에게 잠시 이야기해주었다. 뉴소울에서 우리는 미즈와리를 두세 잔 마셨다. 도모미와 오니시 부인도 두세 마디 말을 나누었지만, 그저 평범한 인사

정도였다.

뉴소울에서 나와 사거리까지 걸어가는 길에 부인은 완전히 술에 취해 몇 번이나 "저 마담은 나하고 닮은 거 같아"라고 말했다. 나는 그때마다 부인의 귀에 대고 큰 소리로 말했다.

"참 나, 하나도 안 닮았어요."

다음 날 뉴소울에 얼굴을 내밀자 도모미가 "진짜 예쁜 여자던데?"라고 물어 나는 오니시 부인에 대해 이야기해주었다.

"다카이도 쪽에 작은 콘서트홀이 있어. 얼마 전에 그곳에서 유명한 악단의 콘서트마스터가 사적인 연주회를 개최했었어. 그 사람에게 제자들을 중심으로 한 여성 팬클럽이 있는데, 그 회원들이 대부분 일류 기업의 오너 부인이나 의사, 변호사 부인 혹은 그 따님들이야. 내가 출판사 일 때문에 카메라맨과 함께 그곳에 취재를 나갔다가 오니시 부인을 알게 된 거야.

오니시 부인은 악기 회사 중역의 딸인데, 스무 살이나 나이 많은 무역회사 사장과 결혼을 한 모양이야. 남편은 일 년 중 절반은 유럽에 나가 있고, 그 사이에 부인은 다카나와 저택에서 도우미 아줌마하고 둘이서만 산다는 거야. 어째 싸구려 멜로드라마 같은 설정이지만, 정말 있더라고, 그런 유한마담이. 간밤에 그야말로 우연히 긴자의 술집에서 혼자 술을 마시는 그녀를 만난 거야. 술 한잔하면서 그런 신상 이야기를 들어줬어. 내가 재미삼아 여기로 데려온 건데, 자기한테 미안한 짓을 했다. 그렇지, 도모미?"

　오니시 부인은 웬일로 아침식사를 남기지 않고 다 먹었다. 게다가 디저트로 나온 파파야를 추가 주문까지 했다. 나도 똑같은 것으로 달라고 부탁하고 다쿠야에 대해 계속 이야기했다.

　다쿠야는 닷새 전, 입원하고 일주일이 지난 목요일에 퇴원을 했다. 그날 밤, 나는 도모미와 다쿠야를 쓰키시마에 있는 한국 식당에 데려가 불고기를 사주었다. 다쿠야는 씩씩하게 고기를 많이 먹어서 제 엄마를 기쁘게 했다.

　9시쯤 식당을 나와 도모미가 타고 온 자전거 안장에 다쿠야를 앉히고, 나는 뒷자리에 앉아서 다리를 쭉 뻗어 페달을 밟아주었다. 다쿠야는 손에 잔뜩 힘을 준 채 핸들을 꼭 잡고 있었다. 앞에서 걸어가는 엄마를 따라잡기도 하고 다시 돌아가 앞을 가로막기도 하면서 자전거를 타고 신나게 놀았다.

　기요스미 대로를 달리는 차량과 경주를 하면서 힘껏 바퀴를 돌렸더니 다쿠야는 꺄악꺄악 소리를 질러댔다. 어린아이 특유의 낭랑한 목소리가 별이 점점이 박힌 맑은 밤하늘에 메아리쳤다. 15분 정도 그렇게 놀다가 다쿠야가 탄 자전거를 끌면서 도모미와 나란히 걷기 시작했다. 쓰쿠다 사거리에서 왼편으로 돌아 고층 맨션이 늘어선 강변을 지났다. 집집마다 불빛이 거대한 크리스마스트리처럼 빛나는 맨션 숲을 쳐다보느라 다쿠야는 고개를 젖힌 채 입까지 헤벌리고 있었다. 빌딩 사이로 불어오는 도쿄만의 밤바람이 우리의 등을 밀어주었다. 벚나무 가로수는 꽃이 모두 져버렸지만, 한창 물이 오른 선명한 초록빛 잎사귀들이 바람에 살랑살랑 흔들렸다.

4월 하순이었는데도 역시 강변의 밤공기에는 아직 차가운 기운이 남아 있었다. 이제 겨우 건강을 되찾은 다쿠야를 생각해서 자전거의 방향을 바꾸어 우리는 큰길로 되돌아왔다. 하루미 운하에 걸쳐진 아이오이 다리 한가운데에서 걸음을 멈추고 나란히 하늘을 올려다보았다.

맑은 하늘 중심에 둥그런 달이 보기 좋게 떠 있었다. 달의 거무스레한 무늬가 또렷이 보였다.

"저거 봐, 다쿠야, 달님이야."

도모미가 손끝으로 가리키며 말했다.

"우와, 진짜 달님이다!"

다쿠야는 달에 흠뻑 빠져들었다. 다시 걷기 시작한 뒤에도 자전거 안장에 앉아 눈이 부신 듯 가느스름하게 뜨고 달만 쳐다보았다.

"다쿠야, 정말 아름답다. 그렇지?"

내가 물었더니 다쿠야는 여전히 하늘로 얼굴을 향한 채 황홀경에 빠진 작은 목소리로 중얼거렸다.

"이 자전거 타고 달님한테 가고 싶어."

도모미가 내 얼굴을 보며 미소를 지었다. 나는 조용히 눈을 내리떴다. 지금 이 순간이 이대로 멈춰서 사진처럼 저 밤하늘 어딘가에 정확히 기록되었을 거라고 생각했다.

그날 밤 나는 오니시 부인에게, 내가 그날 저녁 동심이라는 것을 잠깐 엿보았다, 도시 한복판에서 유령을 만난 듯한 경이감이었다, 이 세계에도 진실이라고 하는 것이 한 가지쯤은 있다는 마음이 처음으로 들었다, 라고 말했다. 부인은 웃으며 내 이야기를 듣더니 "영화 「ET」에도 그런 장면이 있었어. 그 장면을 보고 나도 모르게 울었지"라고 말했다. 나는 입을 삐뚜름하게 틀며 불평을 했다.

"그런 옛날이야기하고 똑같이 취급하지 말아요. 방금 내가 말한 건 어떤 비유도 상상도 교훈도 아니야."

"너, 도모미 씨에 대해 말할 때는 별로 상관없다는 듯 표정이 차가워지는데, 다쿠야 이야기만 나오면 항상 진지한 표정이 되더라?"

부인은 그렇게 말하고 다시 덧붙였다.

"도모미 씨가 전남편에게 새 남자가 다쿠야만 사랑한다고 말했다며? 그거, 정확하게 맞춘 거야."

"다쿠야는 어린애잖아요? 어떤 의미에서도 어른인 도모미와는 비교가 안 되지."

내 말에 부인은 늘 그렇듯 심술이 담긴 미소를 지으며,

"너의 그런 인식이 다쿠야에 대한 사랑의 깊이를 그대로 말해주고 있는 거야."

라고 쏘아붙이더니,

"그나저나 제 자식도 아닌 아이를 위해 눈물을 글썽거릴 정도라면, 병원에 누워 계신 어머니도 좀 더 걱정해줘야 하는 거 아냐?"

라고 덧붙였다. 부인의 의기양양한 공격에 나는 내심 혀를 차면서 또 시작이구나, 하고 생각했다. 어머니에 대한 이야기도 부인이 좋아하는 화제였지만, 요즘 들어서는 나에게 유난히 이런 설교조의 말을 자주 했다.

"어머니하고는 전혀 다른 사안이에요."

"어디가 어떻게 다르다는 거야? 너를 낳아준 사람이야. 너처럼 2년씩 병문안 한 번 안 가는 아들은 없을 거야. 위독하신데, 지금 얼른 가보지 않으면 돌이킬 수 없는 일이 돼."

"그럴 필요가 없다고요. 어째서 당신이 그런 사정을 이해하지 못하는지 모르겠군요."

"그럼 한 가지만 묻겠는데, 도모미 씨나 다쿠야를 어떻게 할 생각이지? 결국 도모미 씨와 결혼해서 다쿠야의 아버지가 되는 거 아니야? 그건 전혀 너답지 않아. 하지만 결국 그렇게 될 것 같은 생각이 드는데."

나는 입을 다물었다. 부인은 파파야를 한 스푼 떠서 입에 넣은 뒤, 얼굴을 들고 몸을 쓰윽 내밀어 내게 바짝 다가와 속삭였다.

"아이를 원하는 거라면 내가 낳아줘도 되는데."

"농담하지 마세요."

나는 일언지하에 거절했지만,

"그럼 남의 아이가 좋다는 거야? 내 자식이 아니어야 좋은 거냐고."

라며 부인은 왜 그런지 집요하게 따지고 들었다. 부인에게서 좀처럼 보기 드문 일이었다.

─나는 정말 집중력이 없는 사람이야. 어떤 일도 길게 하지를 못해. 무슨 생각을 해도 머릿속에서 한 번도 정리가 된 적이 없었어. 금세 피곤해져. 남을 미워하는 일도 사랑하는 일도 나름대로 철저히 노력하지 않으면 안 되는 때가 있잖아? 피아노 레슨처럼 처음부터 끝까지 프로그램이 정해져 있는 거라면 괜찮은데, 살아가면서 겪는 일이라는 건 매번 '딱 한 번뿐, 다시 하기 없음'인 경우가 많아서 단숨에 결정하는 게 필요하잖아. 근데 나한테는 그런 집중력이 없어. 그런 거야. 그래서 지금의 남편과 별로 좋아하지도 않으면서 덜컥 결혼해버렸을 거야.

늘 그런 말을 하던 사람이었다.

"그야 당연하죠. 내 아이 같은 거, 무슨 일이 있어도 절대로 사양이에요."

내 대답에 부인은 다시 강경한 말투로, 마치 지금까지 이 말을 하려고 기다렸다는 듯이,

"내가 낳아도 너한테 절대 폐는 안 끼칠 거야. 남편의 아이로 해도 좋고, 그게 마음에 걸린다면 이혼해서 나 혼자 키워도 좋아."
라고 단숨에 말했다.

"오늘, 오니시 아키코 씨가 어째 좀 이상하군요."

오니시 부인이 그렇게 열을 올리는 걸 보자 나는 가슴속에서 으스스한 압박감을 느꼈다. 부인은 열기가 싸늘하게 식어버렸는지, 긴 한숨을 내쉬더니 변명하듯이 내뱉었다.

"그 사람, 또 새 여자를 만들었는데, 이번에는 정말로 헤어질지도 모

르겠어."

그리고 한참 동안 내 관심을 끌려는 듯이 침묵을 지키더니 다시 열띤 어조로 말했다.

"어제, 여기 오기 전에 오랜만에 대학 때 친구를 만났어. 그 친구가 올해 정월에 첫아이를 낳았는데, 산후에 몸이 안 좋았던가 봐. 좀 이상한 말이지만, 아이를 낳고 그 후유증으로 갑자기 뛰거나 하면 오줌을 조금씩 흘린대. 요실금이야. 이건 평생 낫지 않는 거래. 나, 정말 깜짝 놀랐어. 아마 옛날 같았으면 그 친구, 그 이유 하나만으로도 목을 맬 그런 애였어. 근데 아무렇지도 않은 얼굴로, 아기가 건강하게 잘 크고 있으니까 그 정도는 감수해야지, 라고 하는 거야.

나는 이제 그 사람의 아이를 낳을 생각은 없어. 하지만 나도 올해 서른둘이잖아? 태어나는 아기를 위해서라도 어서 빨리 낳아야겠다는 생각이 들어."

"마치 뱃속에 벌써 아기가 들어 있는 것처럼 말하는군요."

"그 친구처럼 되지는 않겠지만, 분명 나도 이제 그런 걱정을 할 나이가 되었는지도 몰라. 우습지? 하지만 어제는 진심으로 그런 생각이 들었어."

"예전에 읽은 소설 속에, 바람을 피우다가 남편에게 들킨 여자가 '아무리 다른 남자하고 자더라도 아이를 낳을 때는 반드시 당신 아이를 낳을게. 여자에게는 그게 가장 중요한 일이야' 라고 정색을 하며 말하는 장면이 있었어요. 아, 그런 거구나, 하고 꽤 감동했었는데 그것도 역시 거짓이었네.”

나는 화제를 다른 데로 돌렸지만 가슴속 압박감은 사라지지 않았다.

“그래, 거짓이야.”

오니시 부인이 간단히 대꾸했다.

언제나 그렇지만 부인에게서 돈을 받을 때마다 어머니의 병상을 묻는지라,

“항암제를 쓰고 있는데 그 부작용으로 피부가 군데군데 헐어서 어머니가 몹시 우울해한다고 지난번에 여동생이 전화를 해왔어요.”
라고 대답했다. 부인은 빨리 어머니를 보러 가라고 또 한 번 당부했다.

“말기 암이라니까 분명 언제 무슨 일이 일어날지 모르는 상황이기는 하죠.”

내 말에 부인은 “그런 말을 어쩜 그렇게 태연하게 하니? 너는 정말 괴상해”라고 눈을 흘기며 말했다.

“돈은 다달이 넉넉하게 보내요. 하긴 그중 반은 당신이 준 돈이지만.”

부인이 어깨를 으쓱했다. 그리고는 “너는 나와는 정반대로 모든 것을 지나치게 어렵게 생각하고 있는지도 모르겠다”라고 말했다.

그런 부인의 얼굴을 바라보며 에리코 같은 소리를 하는구나, 하고 생각했다.

지난주에 오랜만에 만났을 때 에리코도 그 비슷한 말을 했다.

틀림없이 여자가 남자보다는 상대를 훨씬 깊이 있게 이해하려고 노력한다, 라고 주장한 뒤에 에리코는 진지한 눈빛으로 이렇게 말했다.

"이를테면 내가 나오토를 몇 년째 지켜봤잖아? 그래서 꼭 말해줘야겠다고 생각한 게 있어. 나오토하고 교토에 다녀온 뒤에 일기장에도 잠깐 적어뒀던 건데, 그때도 자기는 내내 별로 유쾌하지 않은 얼굴이었지?

그러니까 나오토는 이 세상 온갖 일에서 반드시 자기만의 다른 대답을 찾아내려고 하는 거야. 나오토는 누구나 얻는 기쁨이나 누구나 얻는 만족, 누구나 얻는 슬픔에 자신을 내맡기는 것을 망설이는 거야. 뭔가 새로운 자기만의 기쁨이나 슬픔이 있어야 한다고 항상 불평하고 있어.

이를테면 우리가 아까처럼 서로 사랑을 했지? 그 다음에 지금 같은 가벼운 나른함이 우리 두 사람을 덮치지? 나는 이 나른함에서 눈을 돌리고 싶어서 오늘밤은 나오토에게 안겨 자고 싶다고 생각해. 하지만 나오토를 보면, 이 나른함 때문에 절망한 것처럼 보여.

나는 나오토를 좋아해. 처음에는 정말 그냥 좋았어. 하지만 지금은 약간 달라. 점점 겁도 나고, 요즘은 나오토를 싫어하지 않으려고 열심히 노력하는 마음도 생겨. 우리 둘 사이에는 절대로 이해할 수 없는 것이 있다는 것도 알았어. 단지 나는 그런 것을 잊어버리려고 노력하는 곳에 위안이나 평안이 있다고 생각해.

지금도 마찬가지야. 이 나른함이 아주 작은 노력 여하에 따라 여유와 편안함이 되는 거라고 생각해. 근데 나오토는 마치 규칙을 알지 못하는 어린애처럼, 마치 처음 하는 남자처럼, 그걸 똑바로 응시하면서 싫다 싫다 하고 있어. 나는 그게 잘못이라고 말하려는 게 아니야. 나오토의 대단한 점이 바로 그런 부분이니까. 하지만 나오토가 정말로 알고 싶어하는 건 그런 간단한 방법으로는 영원히 알 수 없을 것 같은 마음이 들어. 그래서 나, 때때로 걱정이 돼."

14

오니시 부인과 헤어진 뒤, 아카사카 쪽으로 이어진 언덕길을 걸으며 나는 간밤에 부인이 보여준 광태(狂態)를 떠올렸다.

늘 하던 대로 밧줄로 양손과 양발이 꽁꽁 묶인 그녀는 굵은 바이브레이터를 버자이너에 넣은 채 침대 위에 엎어져 그 큰 엉덩이를 내밀고 어지간히 시달림을 당했다. 나 역시 뇌에까지 전류가 내달리는 듯한 쾌감이 몰려와서 지겹다는 느낌도 없이 계속 허리를 움직였다.

부인은 애원하고 비명을 지르고 구속된 팔다리를 미친 듯이 버둥거렸다. 마지막에는 결국 콘돔이 찢어졌다.

나는 욕실에서 정성껏 씻고 다시 침대로 돌아왔다. 그 사이 침대에 그대로 버려져 있던 부인은 계속 절정에 달하고 있었다.

오래오래 바이브레이터를 작동하는 동안, 나는 항상 그렇듯이 전혀 딴 생각을 하고 있었다.

어떤 생각을 하고 있었는지는 물론 모두 기억나지 않지만, 간밤에는 분명 대학 시절에 왜 그런지 나를 꽤 잘 봐주었던 어느 조교수가 문득 생각이 났다.

나는 법학부 학생이었고, 그 조교수는 교양과목인 독일어를 강의하

188

고 있었다. 우리는 내가 제출한 독일어 논문 때문에 서로 친해지게 되었다. 수업 시간 이외에도 이따금 따로 만나 술을 마시기도 했는데, 그럴 때는 주로 소설 이야기를 했다. 왜냐하면 그가 그 얼마 전에 등단한 소설가였기 때문이다. 일 년 내내 학비와 생활비를 마련하려고 밤낮없이 아르바이트를 하던 내게 그는 얼마나 많은 양의 위스키를 사주었는지 모른다. 아무튼 말하기를 좋아하는 사람이어서 이러니저러니 따분한 소리를 많이 했지만, 거의 대부분은 이미 잊어버렸다. 그런데 어제, 오래오래 바이브레이터를 작동하면서 그가 자주 했던 말이 생각났던 것이다.

"여자의 몸뚱이는 보물이야. 그 보물 같은 몸뚱이를 빼면 여자라는 건 모조리 나쁜 것뿐이야. 그러니까 보물을 위해 그 나쁜 것들을 어느 정도 받아들일 수 있느냐 하는 게 바로 여자를 사귀는 일이야. 섹스는 그 여자를 물건이라고 생각하면 할수록 얼마든지 능숙해질 수 있어. 그리고 내 쪽에서 여자를 물건이라고 생각하면 할수록 여자들이 나를 잘 따르는 거야."

졸업을 앞둔 어느 날, 그는 간다의 허름한 술집에 나를 데려가서는,

"너는 나보다 네가 머리가 좋다고 생각하지?"

라고 자꾸만 시비를 걸었다. 그리고는,

"흥, 그럴지도 모르지. 하지만 나보다 더 머리가 좋으면 틀림없이 파멸하고 말아. 나는 지금까지 살아오면서 그런 놈을 두 명 만났어. 세 명째가 바로 너야."

라고 결론을 내리듯이 말했다. 그중 한 사람은 자살을 했다고 말했지만, 분명하지는 않다. 그해에 그는 마침내 유명한 문학상을 수상했다.

　점심때가 머지않은 시간인데도 오고가는 사람이 없는 한적한 뒷길을 나는 출판사를 향해 걸었다.

　지난밤의 회상에 빠져 있었던 것은, 단지 학생 시절의 사소한 추억에 사로잡혔기 때문이 아니었다. 조금 전에 오니시 아키코가 열을 올려 했던 말들에 찬물을 끼얹자는 건 아니지만, 여성이 아이를 낳는다는 건 어차피 그런 미친 짓거리의 귀결일 뿐이다, 라는 마음이 들었기 때문이다.

　호노카 같은 젊은이가 할 듯한 말인지도 모르지만, 성행위에 있어서 남자와 여자는 애정과는 전혀 다른 욕망에 의해 연결될 뿐이라는 생각이 든다. 그런데도 남녀 모두 그런 단순하기 짝이 없는 생리적 메커니즘은 교묘히 외면한 채, 에리코처럼 ‘똑똑히 바라보는 것만으로는 아무것도 알 수 없다’ 는 등의 억지 이론으로 이른바 애정관계라는 것과 접합시키려고 하는 게 아닐까.

　하지만 나는 생각한다. 똑똑히 바라보는 것 없이는 진실을 잡을 수 없는 것이다. 에리코는 “어떤 일이든 내 눈으로 확인해보지 않으면 속이 후련하지 않아”라고 말했다. 하지만 그녀는 그런 말과는 달리, 나와의 관계에서 눈을 돌려버리는 것으로 위로와 평안을 얻는다고 했다. 이토록 모순되고 이기적인 이론이 있을까.

　그게 언제였는지는 잊어버렸지만, 내가 “사람들은 누구라도 어쩔 수 없이 살아가는 거야"라고 말했을 때도, 에리코는 "그렇지 않아"라고 즉시 부정했다. 왜 그렇게 생각하느냐고 물어보자 그녀는 "어쩔 수 없이 살아가는 사람도 있겠지만, 생생하게 살아가는 사람도 분명히 있다"라는 어이없는 답을 내놓았다. 나는 그때도 자그마한 분노로 가슴이 아팠다. 내가 "누구라도 어쩔 수 없이 살아간다"고 했을 때는 당연히 "어쩔 수 없이 살아가지 않는 인간은 이 세상에 한 사람도 없다"라고 말한 것이다. 에리코의 그런 말 한마디로 지워버릴 만큼 가벼운 마음으로 입에 올린 것은 아니었다. 나는 언제나 나 자신의 말에 그런 정도의 책임은 지고 있다. 하지만 에리코의 말에는 가장 중요한 책임감이 빠져 있었다. 그래서 반론도 되지 않는 반론을 해놓고서 의기양양한 얼굴로 금세 웃거나 장난을 친다. 나로서는 그런 그녀의 무책임한 태도가 사실은 몹시 견디기 힘들었다.

오랜 섹스 뒤에 에리코는 나른해진다고 했다. 나도 마찬가지다. 그리고 나는 생각한다. 이런 파렴치한, 사람을 사람이라고 생각하지 않는 이런 행위 끝에 대체 무엇이 있는 것일까, 라고. 이건 대체 무엇일까, 라고. 그러면 에리코는 말한다. 그 나른함을 부정적으로만 봐서는 안 되는 거라고. 그리고 그런 어둡고 습한 부정적인 의문에 얽매이면 인간은 살아갈 의욕을 잃게 되는 것이라고. 분명 맞는 말일 거라고 나도 생각한다. 하지만 곧바로 그 다음 의문이 떠오른다. 살아갈 의욕을 잃었다고 해서 뭐가 어떻게 달라진다는 건가.

내가 알고 싶은 건 의욕이나 위로, 여유, 평안 같은 감각적인 것이 아니었다. 나는 에리코를 만날 때마다, 함께 성교를 할 때마다 마음 깊은 곳에서 항상 그녀를 향해 묻는다. 나는 너와 이렇게 함께 있는 것으로 대체 어떻게 되는 것일까, 라고. 우리는 둘이서 함께 있는 것으로 살아갈 의욕이나 여유나 평안이나 위로를 뛰어넘어 살아가는 것 자체의 깊은 의미에 어디까지 다가갈 수 있는 것일까, 라고. 너는 그것에 대해 내게 어느 정도 보증을 해줄 수 있는 것일까, 라고.

―가정을 꾸미고 평생 함께 살아가면서, 우리는 대체 어디를 향해 가는 거지? 너에게는 그 목적지가 희미하게나마 보이는 거니? 만일 보인다면 부디 번거롭게 생각하지 말고 나한테도 가르쳐줘. 실은 나에게는 전혀 보이질 않아. 그러니 불안하지. 무섭도록 불안해. 한없이 넓은 바다 한복판에서 우리가 탄 보트는 정말로 작디작아. 분명 네 말대로, 하늘을 올려다보면 푸른빛이 우리를 감싸고 따스한 바람이 불기는 하지. 그런데 나는 어떻게 해봐도 잊어버릴 수가 없어. 이 보트가 너무 작은 것이며, 앞으로 무슨 일이 일어날지 모르는 이 바다라는 존재를 한시도 잊을 수가 없어. 또한 어느 날인가 반드시 둘 중 누군가가 먼저 이 보트에서 내릴 거라는 것도. 이건 네가 말하는 그런 선택의 문제가 아니야. 선택 이전의, 좀 더 중요하고 근원적인 문제야. 사랑이나 동정이나 위로 같은 인간적인 감정이 들어설 여지가 없는, 시간을 초월한 무섭도록 냉철하고 무자비한 문제야.

하지만 에리코의 매끄러운 말 속에 그런 대답은 한 조각도 없었다. 그녀는 아무 대답도 해주지 않았다. 알고 싶다고 간절히 바라는 내 마음을 그녀는 공유조차 해주지 않았다. 그러면서도 내가 추구하는 건 나처럼 단순한 방법으로는 찾아내지 못한다고 단정하는 것이다. 그럼 어떻게 하면 알 수 있는지, 그녀는 그 복잡한 방법을 알고 있기나 한 건지.

결국 나는 깨달았다.

한마디로 그녀는 아무것도 알고 싶지 않은 것이다. 그저 느끼고 싶을 뿐이다. 누구라도 그렇다. 도모미도 그럴 것이다. 저 박일권도 그러리라. 그리고 오니시 부인 역시 그럴 것이다.

15

오랜만에 만난 호노카는 몰라볼 만큼 변해 있었다.

말라깽이였던 호노카가 어깨와 가슴에 살이 오르고, 그러면서도 면바지를 입은 두 다리는 여전히 가늘어서 여성스러운 몸매로 보이기에 충분했다. 뾰족하고 윤기 없는 얼굴에 커다란 눈만 인상적이던 얼굴도 뺨이며 입가가 통통해져서 예전의 가시 돋친 날카로움은 자취를 감추고 그야말로 사랑스러운 아가씨가 되어 있었다.

에리코와 나란히 앉아 있어도 예전처럼 현격한 차이가 느껴지지 않았다. 목소리 톤이나 눈빛이나 표정에서도 예전의 그 호노카라고 생각할 수 없을 만큼 발랄함이 배어났다. 말로는 몇 번 들었지만, 이렇게 호노카를 직접 보고서야 나는 사람을 변신시키는 에리코의 놀라운 수완에 혀를 내두르지 않을 수 없었다.

라이타도 지난번 나카노에서 술을 마셨을 때에 비해 깔끔해져 있었다. 생활비 마련하랴 이사할 경비 마련하랴, 역시 피곤한 기색은 감출 수 없었지만, 마침내 식당을 떠나야 하는 날이 다가오자 앞으로 다가올 새로운 생활에 대한 각오를 다진 듯했다.

그 즈음 며칠 동안 이삿짐 정리며 이사 갈 곳에서의 자잘한 준비를 호노카가 혼자 도와준 모양이었다. 에리코의 말로는, 라이타와 호노카가 올 들어 급속히 사이가 좋아졌다고 한다.

"벌써 잤나?"

두 사람의 이야기가 나올 때마다 내가 그렇게 물었더니,

"자기는 그것만 궁금해? 라이타와 호노카는 그런 건 나중으로 미뤄둔 모양이던데."

라고 말하며 에리코는 매번 웃었다. 하지만 호노카가 이만큼 변한 것은 자신의 힘이 아니라 라이타 덕분이라고 에리코는 강조했다.

"역시 여자는 본업에 힘을 쓰면 달라지는 건가 봐."

유난히 절절한 어조로 말하기에 "본업이라니, 그게 뭔데?"라고 되묻자 "바보, 그야 물론 남자를 사랑하는 거지!"라고 한마디로 깨끗이 정리해버렸다.

라이타가 빌린 집은 세이부 신주쿠선의 이케부쿠로 역에서 에고타 방면으로 도보 15분 거리라고 했다. 도리마사에서는 7번 순환선을 타고 북쪽으로 똑바로 올라가면 20분이 못 되는 거리였다. 이삿짐이 그리 많은 것도 아니어서 나와 에리코의 휴가가 맞물린 5월 3일에 넷이서 이사

를 하기로 했다.

오전 9시에 도리마사에서 모이기로 약속했다. 8시쯤 아파트에서 나와 차를 몰고 닌교초에서 에리코를 태운 다음 나카노로 향했다. 연휴 기간이라 시내 도로가 텅텅 비어서 40분도 안 되어 도착했다.

셔터가 내려진 가게 뒤편으로 돌아 들어가 열쇠를 채우지 않은 낡은 목제 문짝을 밀고, 내가 앞장서서 좁고 급한 계단을 올라갔다. 집 안은 고요히 가라앉아 있었다. 연휴 전에 이미 사장 부부는 가고시마로 돌아갔다고 했다. 계단을 올라가면 오른편이 베란다여서 활짝 열린 창문으로 5월의 상큼한 바람이 불어왔다. 베란다를 마주하고 왼편이 사장 부부의 방이었던지, 벌써 장지문은 떼어냈고 아무것도 없는 방 안이 훤히 보였다. 라이타의 방은 오른편이었다. 안쪽을 향해 소리를 내자 "네!"라는 호노카의 대답이 돌아왔다. 문을 열어보니 종이박스를 척척 쌓아 올린 방 안에서 두 사람이 사이좋게 도시락을 먹고 있었다. 방바닥에는 우롱차 캔 두 개가 나란히 놓여 있었고, 이야기를 듣자 하니 도시락은 호노카가 새벽에 일어나 준비한 모양이었다.

나와 에리코는 방바닥에 앉아 라이타와 호노카가 식사를 마칠 때까지 기다렸다.

호노카는 이래저래 라이타를 돌봐주고 있었다. 라이타의 종이접시가 빌 때마다 도시락 상자에서 반찬을 덜어주고, 주먹밥을 다 먹으면 다시 새 주먹밥을 내밀었다. 뭔가 분주하고 즐거운 기색으로 이따금 라이타의 정돈된 얼굴을 지그시 바라보았다. 뺨이 홀쭉해진 라이타의 얼굴은,

카리스마가 더해져서 딱히 호노카가 아니더라도 누구든 홀딱 빠져버릴 정도였다.

9시 반이 넘어 라이타는 도리마사의 단골손님이던 철거 회사 사장에게서 전날 빌려온 트럭을 가게 앞에 바짝 댔다. 연휴가 끝난 뒤 우선 그 철거 회사에서 일하기로 결정된 모양이었다. 이번에 이사하는 집도 철거 회사에서 가까운 곳으로, 사장이 구해줬다고 했다. 아닌 게 아니라 트럭 문짝에 '나카가키 공업'이라는 회사 이름이 찍혀 있었다.

한 시간 만에 이삿짐을 다 싣고 라이타와 호노카는 트럭으로 먼저 출발했다. 나와 에리코는 남아서 마지막 청소를 하고 자동차로 뒤따라가기로 했다.

청소라고 해봐야 건물 자체가 이사와 동시에 철거될 거라서 그리 꼼꼼하게 할 필요는 없었다. 창틀은 새시였지만, 나머지는 지은 지 30년은 넘었을 법한 목조 모르타르 건물이라 라이타의 침대와 책장이 놓여 있던 부분은 방바닥까지 완전히 햇볕에 그을려 있었다. 간단히 청소기를 돌리고 바닥과 창을 닦고 중인방에 박았던 못이며 후크를 뽑아내는 것으로 작업을 마쳤다. 텅 빈 방에 앉아 우리는 우롱차 캔을 재떨이 삼아 담배를 피웠다. 활짝 열어둔 창문을 통해 주차장을 사이에 두고 철골 건축의 낡아빠진 연립주택 두 동이 보였다. 그리고 그 지붕 위에 파랗고 투명한 하늘이 펼쳐졌다.

담배를 비벼 끄고 나는 방바닥에 누웠다. 창가에 서서 바깥을 내다보던 에리코가 돌아와 내 곁에 앉았다. 나는 말없이 윗몸을 일으켜 에리코의 무릎에 머리를 얹었다.

눈을 감았다. 쏟아지는 햇살이 얼굴이며 손바닥에 또렷이 느껴졌다.

"이런 방에 있으면 마음이 편안해져."

"그래?"

내 머리를 쓰다듬으며 에리코가 대꾸해주었다.

"고등학교에 들어갈 때까지 내내 이런 방에서 살았거든. 어머니하고 여동생하고 셋이서."

"그랬구나."

이번에는 다정하게 뒷말을 재촉하는 듯한 어조였다.

"도바타라고 알아? 기타큐슈의 제철소가 있는 하치만 시 바로 옆 도시인데, 그 도바타에 도카이 만이라는 바다가 있어서 큼직한 다리가 지나가고, 그 일대에 신일본제철의 하청 일을 하는 작은 공장들이 있어. 우리가 살던 공동주택은 그런 공장들이 다닥다닥 붙어 있는 동네의 한 귀퉁이에 있었어.

세 평짜리 방 한 칸에 화장실은 공동, 목욕탕은 아예 없어. 철이 들고 중학교 졸업할 때까지 거기서 살았어. 어머니는 일하러 나가고 남자 만나러 다니고, 하루도 집에 붙어 있지 않았어. 그래서 여동생을 돌보는 일은 초등학교에 들어간 뒤로는 언제나 내가 도맡았지. 근데 한 번도 변변한 저녁밥을 먹여주지 못해서 항상 그게 화가 났어. 이제 자잘한 일은 다 잊어버렸지만, 어린 마음에 느꼈던 그 표현하기 어려운 분노만큼은 잊을 수가 없어. 돈에 인색한 어머니는 남자한테는 푹푹 퍼주면서도 나와 여동생에게는 진짜 지독히도 짜게 굴었어. 땡전 한 푼 안 주는 거야.

에리코는 통조림 같은 건 거의 먹어본 적이 없지? 기껏해야 등산이나 캠프 때 먹는 거니까. 하지만 나와 여동생은 그렇지 못했어. 어머니가 주는 푼돈으로 슈퍼마켓에서 통조림을 사다가 그거 하나 놓고 밥을 먹는 거야. 날마다 통조림하고 흰밥만 먹다 보니까 정말 지겹더라. 그래도 어머니는 어쩌다 집에 들어오면 부엌에 쌓인 빈 고등어 통조림 깡통을 쳐들고 우리한테 이렇게 말하는 거야. '통조림이란 건 재료를 대량으로 수확하는 제철에 만들기 때문에 어떤 것이나 다 맛있어' 라고.

소풍을 갈 때만 어머니는 돼지고기를 사와도 좋다고 허락해줬어. 우리는 너무 좋아서 아침 일찍 일어나 밤새 생강간장에 재워둔 돼지고기를 구워서 그걸 도시락밥에 얹어 소풍을 갔어. 그게 우리한테는 가장 사치스러운 반찬이었어. 그때 이런 생각이 들더라. 요즘 세상에 이렇게 가난하게 사는 사람은 어디에도 없을 거라고."

왜 이런 이야기를 하는 걸까, 내심 그렇게 생각하면서도 나는 이야기를 계속했다. 문자 그대로 싸구려 연립주택 냄새가 폴폴 나는 라이타의 방 때문에 문득 옛날이 그리워졌는지도 모른다. 아니면 맑디맑은 하늘과 햇살과 바람 때문에 마음이 깨끗해졌기 때문인지도 모른다. 하지만 나는 생각했다. 도쿄에 올라온 뒤로 이날까지 어느 누구에게도 말해본 적이 없는 이런 이야기를 에리코에게 털어놓은 것은 내가 기쁘기 때문이고, 그 기쁨이 몹시 크기 때문인 것 같다고. 그러면 나는 무엇을 그렇게도 기뻐하고 있는 건가. 그건 금세 알 수 있었다. 나는 오래간만에 만난 호노카의, 처음으로 목격한 행복한 모습이 견딜 수 없이 기뻤던 것이다. 그리고 호노카를 그렇게 바꿔준 에리코에게 깊은 감사의 마음을 느꼈기 때문이다.

"정말 힘들었겠네."

유난히 조용한 어조로 에리코가 말했다.

"그래, 힘들었어. 그런 어머니 밑에서 태어났으면서도 내가 예의 바르고 착실한 인간이었거든. 그래도 중학교 때쯤에는 보란 듯이 타락해 보려고 나름대로 애를 쓴 시기도 있었지만, 내가 돌봐주어야 할 여동생이 있었고, 날마다 불량한 친구들과 어울려 거리를 싸돌아다녀봤자 아무 재미도 없었어. 게다가 공부를 잘했어. 결국은 그 친구들이 나서서 '마쓰바라, 너는 이런 짓 하지 마라, 너는 우리하고는 달라' 하고 설교를 하더라고. 그때는 진짜로 외로웠지."

"정말 좋은 친구들이었네."

"뭐, 꼭 그렇지도 않아. 그때만 친구였고, 이제는 연락되는 놈이 하나도 없으니까."

나는 에리코의 무릎을 벤 채 숨을 크게 내쉬고 기지개를 켰다.

그리고 밑에서 에리코의 아름다운 얼굴을 올려다보았다.

그 얼굴에 겹쳐지는 얼굴이 있었다. 닮으려야 닮을 수도 없는 얼굴이고, 나이도 분위기도 전혀 다른데 내 눈에 에리코와 그 사람이 정확히 겹쳐졌다.

"근데……."

엷은 미소를 지으며 에리코가 중얼거리듯이 말했다.

"나는 왠지 부끄러운데?"

"뭐가?"

"자기가 그렇게 고생하던 시기에 나는 당연한 일상 속에서 그저 평범하게 보냈을 뿐, 아무것도 자기를 위해 해줄 수 없었으니까."

"그런 옛날에 어떻게 에리코와 내가 만날 수 있었겠어?"

나는 웃었다. 하지만 한편으로는 분명 맞는 말이라고 생각했다. 에리코는 나와 세 살 차이여서 올해 스물일곱이다. 그녀가 행복한 소녀 시절을 보냈을 바로 그 시기에, 난 다시는 떠올리고 싶지 않은 과거를 살지 않으면 안 되었다.

"평범이라……."

나는 말했다.

"평범한 가정, 평범한 생활, 평범한 소녀 시절, 모두 다 부러워. 하지만 나는 그런 평범한 행복은 무서워."

"무서워?"

에리코의 눈에 의아한 빛이 떠올랐다. 나는 다시 눈을 감고 조용한 방의 공기를 코로 들이마셨다. 마른 풀처럼 건조한 냄새가 났다.

"그래, 평범한 것보다 더 무서운 건 없을 거야. 평범함은 우리에게 달라붙어서 웬만해서는 떨어지지 않아. 평범한 인간일수록 자신을 버리기가 어렵거든."

그리고 나는 눈을 감은 채 긴 이야기를 시작했다.

─엄청난 불행은 그 불행에 절망한 나 자신을 내버리기 쉽게 만들어주고, 엄청난 행복 또한 지나치게 행복한 나 자신을 내던지고 싶다는 충동을 수반하는 거야. 실제로 나는 어린 시절에 진심으로 다른 집 아이로 다시 태어나고 싶었어. 다시 한 번 처음부터 새로 시작할 수 있기를 얼마나 간절히 빌었는지 몰라. 다른 인간이 되기 위해서 나 자신을 버리는 것에는 아무 미련도 없었어. 진심으로 행복한 사람도 분명 마찬가지일 거야. 인간은 배가 부르고 행복해지면 왜 그런지 그 행복을 아낌없이 남에게 바치고 싶어져.

하지만 평범한 행복은 그렇지 않지. 평범한 행복은 언제까지나 나 자신에게 매달려 좀체 놓아주지를 않아. 그러다가 점점 썩기 시작하고 그 사람을 병들게 해. 평범한 행복에 젖어 있는 한, 인간은 죽을 때까지 자신을 바꿀 수 없고 버릴 수도 없어. 그리고 그런 인간은 타인의 불행에 대해 동정은 할 수 있어도 결코 공감은 하지 못해. 공감하기 위해서는 자신을 버리지 않으면 안 되거든. 상대를 이해한다는 건 서로 사랑하거나 일방적으로 동정하거나 함께 기뻐해주거나 하는 일이 아니야. 나 자신을 버리고 그 인간이 되어야 하는 거야. 그런데 평범함은 그것을 할 수 없게 만들어.

에리코는 항상 상대를 완전히 이해하고 싶다고 말하고, 인간관계는 서로 좀 더 가까워지기 위한 것이라고 말하지? 하지만 단순히 가까워지는 것만으로는 인간은 영원히 서로를 완전하게 이해할 수 없다고 생각해. 진심으로 서로를 이해하고 싶다면 자신을 완전히 버리고, 완전하게 상대가 되지 않으면 안 돼. 상대의 눈이나 귀나 코나 입이나 피부로 모든 것을 받아들이고, 상대의 가슴으로 호흡하고, 상대의 머리로 생각하고, 상대의 마음으로 느끼지 않으면 안 돼. 그제야 비로소 인간은 타인의 행복을 끌어들여 자기 것으로 만들 수 있어. 하지만 현실적으로 그런 일은 어느 누구도 할 수 없지. 하물며 평범한 행복에 젖어 있는 인간은 더더욱 할 수 없어.

에리코는 말없이 내 이야기에 귀를 기울이고 있었다.

"중학교 졸업할 즈음엔 어머니도 우리가 마음에 걸렸는지 고등학교 1학년 때 고쿠라의 시영주택으로 옮겨줬어. 하지만 나도 여동생도 어머니를 진심으로 받아들일 수는 없었어. 호노카도 마찬가지겠지만, 이미 모든 게 너무 늦었던 거야."

나는 몸을 일으켜 손목시계를 보았다. 벌써 한 시간 가까이 흘러 있었다.

"이제 슬슬 나가볼까? 라이타와 호노카가 기다리다 지치겠다."

둘은 동시에 일어섰다. 에리코가 내 손을 꼭 쥐었다. 그러고는 내 얼굴을 들여다보며 말했다.

"함께 열심히 해보자."

"그래."

에리코의 부드러운 손을 마주 쥐면서 나는 고개를 끄덕였다.

예상보다 불길이 크게 피어올라서 훅 끼쳐드는 열기 때문에 우리는 동시에 모닥불 밖으로 1미터쯤 물러섰다. 라이타의 낡은 나무 책상과 의자, 책장, 만화책이며 잡지 등이 커다란 불꽃을 피우며 타올랐다.

우리 네 사람은 오후의 햇살 아래서 빨간 내부의 불과 소용돌이치는 반투명의 바깥 불길, 그리고 그것이 만들어내는 아지랑이에 눈길을 빼앗겨 모닥불 주위에서 한참이나 마른침을 삼키며 침묵하고 있었다.

라이타의 새 거처는 도영 주택단지 근처로, 상점과 주택과 밭이 어지럽게 뒤섞인 동네였다. 도착해 보니 이미 대부분의 이삿짐은 방 안으로 옮겨져 있고, 이제는 대형 쓰레기를 정리할 일만 남았다. 라이타가 방 정리는 호노카와 둘이서 조금씩 하고 싶다고 해서, 우리는 함께 트럭을 타고 이곳 폐자재 쓰레기장으로 나왔다. '나카가키 공업'에서 빌린 땅인 듯 꽤 널찍한 부지 귀퉁이에 큼직한 바라크 한 동이 서 있었고, 그 옆의 땅을 골라 만든 주차장에는 중형 불도저와 세 대의 덤프트럭이 있었다. 그 밖에는 여기저기 가옥에서 뜯어 온 폐자재, 구리선 더미와 헌 타이어, 녹슨 가전제품 등이 쌓여 있었다.

라이타는 트럭에서 짐을 끌어내리고 태울 수 있는 것들을 골라 땅바닥의 움푹 팬 곳으로 열심히 옮기더니, 바라크 문을 열고 안에서 석유통을 들고 나왔다. 만화책이며 잡지들을 책상과 의자 틈새에 끼워 넣고 석유를 뿌렸다. 그제야 나는 라이타가 그것들을 다 태워버리려고 한다는 것을 알았다. 불 붙인 성냥을 던지자 눈 깜짝할 사이에 화염이 솟구쳐, 트럭 짐칸에서 수다를 떨고 있던 에리코와 호노카가 환성을 올리며 모닥불 곁으로 뛰어왔다.

“호노카, 빨리.”

내 왼편에 서 있던 라이타가 맞은편에 에리코와 나란히 선 호노카에게 그렇게 말했다. 호노카는 고개를 끄덕이고는, 발치에 놓인 종이봉투에서 두툼한 노트 몇 권을 꺼냈다. 라이타가 내 등 뒤를 지나 호노카 쪽으로 다가갔다.

둘은 나란히 봉투 속에서 노트를 꺼내고 있었다.

“뭐야, 그게?”

에리코가 호노카에게 물었다.

“호노카의 일기장이에요.”

호노카 대신 라이타가 대답했다.

에리코가 호기심 가득한 눈빛으로 두 사람이 손에 든 노트와 봉투 속을 들여다보았다.

“양이 엄청나네.”

“그렇다니까요. 호노카가 초등학교 4학년 때부터 계속 써온 일기, 모두 합해서 스물네 권이나 돼요.”

“혹시 이걸 다 태우려고?”

“네.”

“왜?”

에리코가 깜짝 놀라 물었다.

“쓸 만한 게 못 되거든요. 우는소리만 잔뜩 써놨어요. 내가 전부 읽어봤는데, 이건 뭐, 완전히 등이 근질거리는 소리뿐이더라고요.”

그렇게 말하는 라이타 곁에서 호노카는 말없이 일기장 겉표지를 바라보고 있었다.

"이런 거 평생 소중히 간직해봤자 별 볼일 없어요. 호노카도도 그렇대요. 마침 좋은 기회니까 오늘 태워버리기로 둘이서 결정했어요."

"호노카, 정말 그래도 괜찮아?"

호노카가 에리코 쪽으로 얼굴을 돌리며 대답했다.

"괜찮아요. 나도 언젠가는 없애버릴 생각이었어요."

"자, 그러면 시작하죠."

라이타는 봉투에서 나머지 노트도 모두 꺼내더니 몇 권을 둘둘 말아 우선 에리코에게 건넸다. 그리고는 내 옆으로 돌아와,

"나오토 씨, 부탁해요."

라며 여섯 권쯤 내밀었다. 나는 가장 위쪽의 일기장 표지를 보았다. '스즈키 호노카' 라고 또박또박한 글씨체로 적혀 있었다. 어디선가 본 듯한 글씨라고 생각했지만, 어디서 봤는지는 기억이 나지 않았다.

라이타가 먼저 자신이 맡은 노트를 불길 속에 휘익 던졌다. 일기장은 금세 불이 붙어 페이지가 활짝 펼쳐지며 검게 뒤틀렸다. 뒤를 이어 내가 노트를 던졌다. 그리고 호노카, 마지막으로 에리코. 아무도 불에 던지기 전에 일기장을 펼쳐보는 짓은 하지 않았다.

"나, 어렸을 때, 우리 집에 불이 나면 어떤 기분이 들까, 하고 생각했었어."

에리코가 불쑥 말을 꺼냈다.

"나도 그런 생각 많이 했어요. 항상 맨션에서만 살아서 실감나는 이미지가 떠오르진 않았지만."

"하지만 실제로 자기 집이 다 타버린 사람이 있잖아? 어떤 기분일까, 정말."

"그야 뭐, 속이 후련하지 않을까요?"

잿더미가 되어가는 일기장에서 눈을 떼지 않고 라이타가 말했다.

"그럴 거야. 처음에는 엄청나게 충격을 받겠지만."

에리코도 조용한 목소리로 말했다.

"나도 그렇게 생각해요. 지금, 뭔가 속이 후련하네요."

"그렇지?"

라이타가 호노카를 바라보며 웃었다.

책상과 의자까지 숯이 되자 불기운은 사그라들고 마침내 모닥불다운 모습으로 변해 있었다. 라이타가 바라크에서 캔 맥주를 꺼내 왔다. 모두 함께 맥주를 마시며 불을 에워싸고 잠시 이야기를 나누고 있는데, 30분쯤 지나서 자동차 한 대가 들어왔다. 크림색 도요타였다. 차는 천천히 다가와 우리 바로 옆에 주차했다.

뿌연 차창이 열리고 삼십대 여자와 어린 여자아이가 내렸다. 운전석에서는 험상궂은 느낌의 중년남자가 내렸다.

라이타가 빈 맥주 캔을 발치에 내려놓고, 남자를 향해 깊숙이 머리를 숙였다. 남자는 햇볕에 그을리고 주름이 두드러진 얼굴에 웃음을 띠며 "어어!" 하고 손을 쳐들었다.

"대충 정리가 된 모양이지?"

얼굴과는 어울리지 않게 부드러운 목소리였다. 카키색 카고바지에 요란한 주황색 트레이닝복을 입고 있었지만, 짧게 쳐올린 머리 때문에 몹시 날카롭고 사나운 인상을 풍겼다. 나이는 사십대 중반쯤 되었을까.

"근데 웬일이세요?"

라이타가 스스럼없이 물었다.

"아니, 뭘 태운다고 해서 잠깐 둘러보려고 왔어."

먼저 차에서 내린 여자와 어린아이는 벌써 모닥불 옆으로 다가가 에리코, 호노카와 이야기를 나누고 있었다.

"나오토 씨, 이 회사의 나카가키 사장님이에요. 저쪽은 부인 요리코 씨하고 따님 모에짱."

부인과 어린 딸아이를 쳐다보느라 나는 미처 인사도 못하고 사장의 인사를 먼저 받고 말았다. 서둘러 내 소개를 하고 고개를 숙였다.

"마쓰바라 나오토라고 합니다. 라이타 군이 큰 도움을 받았다고 하는데, 정말 고맙습니다. 저쪽은 내 친구인 후카자와 에리코, 그 옆은 스즈키 호노카예요."

인사를 하자 사장은 알 만하다는 얼굴로 고개를 끄덕이고는 실로 공손한 말투로 이야기했다.

"아니, 나야말로 라이타에게 큰 도움을 받는데, 뭘. 도리마사가 문을 닫은 건 유감이지만, 경기가 이렇고 보니 어쩔 수 없지. 라이타가 식당 일을 정말 열심히 했었는데 딱하지 뭐야. 내가 얼마나 도움이 될지는 모르겠지만 앞으로는 우리 회사에서 열심히 일해줬으면 좋겠어.”

“불경기에 사장님도 힘드시지요?”

“그렇다니까. 철거 작업만으로는 도저히 먹고살 수가 없어. 새로 집들을 짓질 않아. 우리 회사는 작년부터 수리 쪽에도 손을 대서 그럭저럭 버티고 있는 상황이야. 하긴 그것도 하청업체라 수입이란 게 뻔하지, 뭐.”

에리코 일행이 우리 쪽으로 다가왔다. 모닥불을 쬐어 네 사람 모두 뺨이 불그레했다. 부인인 요리코 씨는 아름다운 사람이었다. 다쿠야와 같은 나이 또래의 모에짱은 어머니를 닮아 예쁘장한 얼굴이었다. 나카가키 사장은 에리코를 가까이에서 보자마자 잠깐 눈이 휘둥그레졌지만, 곧바로 딸과 아내 쪽으로 시선을 돌렸다.

모에짱은 호노카에게 휘감겨 소리 내어 웃고 있었다.

“그 머리핀, 아주 예쁘다. 이거 키티짱이지? 누가 사주셨어?”

호노카가 장식이 달린 머리핀을 만지며 모에짱에게 말을 건넸다.

“엄마가 사주셨어요.”

“와아, 좋겠네. 나도 하나 갖고 싶다.”

호노카의 과장스러운 몸짓에 모에짱은 “응!” 이라고 자랑스러운 웃음을 지으며 요리코 씨의 무릎에 파고들었다. 요리코 씨가 딸의 머리를 쓰다듬으며 나와 이야기하던 나카가키 사장에게 말했다.

“여보, 그거.”

“아차, 그렇지.”

사장은 그제야 생각난 듯 자동차에서 큼직한 보퉁이를 들고 왔다.

"이거 입맛에 맞을지 어떨지 모르겠지만, 우리 집사람이 만든 도시락이야. 오늘 이사하느라 고단하기도 할 거고. 괜찮거든 좀 먹어봐."

라이타와 호노카, 에리코와 나는 일제히 환성을 올렸다.

"사장님, 항상 죄송하네요. 잘 먹겠습니다."

라이타의 감격스러운 말투에 나카가키 사장은 겸연쩍은 듯, 사그라지는 모닥불 쪽으로 눈을 돌리며 말했다.

"자, 그만 불 정리하고 슬슬 가볼까?"

16

연휴가 끝나자마자 나는 직장에서 문제에 휘말렸다.

출판사 창립 70주년 기념 작품으로 9월에 출간하기로 추진 중이던 어느 미스터리 작가의 장편소설을 돌연 다른 출판사에서 가로채 간 것이다. 이 기획은 2년 전부터 나와 상사 둘이서 작가의 약속을 받아내고 취재비도 넉넉히 지불하면서 준비해온 것이었다. 출간되면 최저 30만 부는 바라볼 수 있는 작품이었던 만큼, 우리는 너무도 갑작스런 작가의 약속 불이행에 할 말을 잃고 말았다.

문예 담당 임원도 함께 나서서 작가 사무실로 찾아가 수차례에 걸쳐 재고해달라고 부탁했지만, 작가의 태도는 강경했다. 무엇보다 난처한 것은 마음이 변한 이유를 명확하게 밝히지 않는다는 점이었다. 마지막에는 상사와 함께 무릎까지 꿇고 물어봤지만, 그래도 입을 열지 않았다. 그 작가와 맺어온 지금까지의 관계로 봐서는 초판 부수나 출간 후의 홍보 계획에 대한 불만 등의 범속한 이유가 아니라는 건 충분히 짐작할 수 있었다. 자기 마음 내키는 대로 사는 기분파라는 건 다른 베스트셀러 작가와 마찬가지였지만, 그는 일단 맺은 약속을 간단히 뒤엎는 인물은 아니었던 것이다.

물론 새로 결정된 출판사 쪽도 탐색해봤지만, 그쪽 역시 갑작스럽게 작가에게서 그런 말이 들어왔다며 오히려 난처한 기색을 내비쳤다.

그러니 우리는 더더욱 머리를 싸매고 고민할 수밖에 없었다.

출판사 안에서는 나와 상사를 둘러싸고 이런저런 좋지 않은 소문이 떠돌았다. "둘 중 한 사람이 서투르게 대응해서 비위를 거스른 게 틀림없다"라든가 "원래부터 확실하게 결정된 것도 아니었는데 무리하게 진행했다"라는 숙덕거림이었다. 상반기의 대표 기획이었던 만큼 작가가 갑자기 마음을 바꾼 이유가 불명확한 게 더욱 큰 불신을 낳아서 우리는 그야말로 궁지에 몰리게 되었다.

진짜 이유를 알게 된 건 5월이 얼마 남지 않았을 즈음이었다.

작가 쪽에서 갑자기 내 휴대전화로 연락을 해서 그날 밤에 나와 상사가 그를 찾아갔다. 떠나버린 그의 장편소설을 대신하기 위해 근 2주일 동안 여기저기 인기 작가들의 집을 뛰어다녔던 우리에게는, 이제 새삼스럽게 만나자고 하는 것도 괴로운 일이었다. 하지만 사무실 문을 열고 마중까지 나온 작가는 회사에서 우리가 처한 곤경을 다 들었는지 몹시 미안해하며 우리를 집 안으로 맞아들여 깊숙이 머리를 숙였다.

"이번 일이 좀 진정되면 다음 작품은 꼭 그쪽에 줄 테니까 지금부터 내가 하는 이야기는 부디 두 사람의 가슴속에만 담아두고, 이번 한 번만 자네들이 비난을 감수해줘. 절대로 비밀로 한다고 약속할 수 있겠어?"

그는 몇 번이나 다짐을 받고서야 이번에 자신이 약속을 번복하게 된 이유를 밝혀주었다.

이야기를 다 들은 우리는 그저 아연할 수밖에 없었다.

한마디로 시시껄렁한 불륜에 발목을 잡힌 것이었다.

이번에 새롭게 출간하기로 결정한 출판사와 그는 지금까지 일을 같이 한 적이 거의 없었다. 그런데 지난 1월에 새 여성 담당자가 인사를 하러 작가의 집으로 찾아오면서 교제가 시작되었고, 그러다가 입사 2년차라는 스물세 살의 여성 담당자와 육체적인 관계를 갖고 말았다. 처음에는 이름을 듣고도 그 출판사에 그런 사람이 있었나, 하고 얼른 기억조차나지 않았지만 조금 뒤에 희미하게 생각이 났다. 주근깨가 유독 눈에 띄는 수수한 느낌의 여자였다.

"고등학생 때부터 내 팬이었다는 거야. 내 책은 모조리 다 읽었고, 아무튼 어찌나 열심히 우리 집에 찾아오는지……."

그리고 그녀가 덜컥 임신을 했다.

작가가 그 소식을 들은 건 연휴 기간 때였다. 그녀와 함께 도호쿠 지방을 여행하던 중이었다고 한다. 그리고 그 다음은 굳이 말할 것도 없는 시시한 이야기지만, 아이를 낳네 마네 티격태격하던 끝에 그 여자가 유명한 공처가인 작가를 향해 "그러면 부인에게 모든 걸 밝히겠어요!"라고 으름장을 놓았다는 것이다.

그 결과가 이번의 느닷없는 출판사 변경 사건으로 나타난 것이다.

"하지만 그렇다고 우리 쪽 장편을 그 여자에게 주는 건 정말 말이 안 되는 일 아닙니까? 그보다 그런 식으로 대응해봤자 일시적인 무마일 뿐이고, 오히려 상대의 기세만 등등해질 겁니다. 낙태를 하느냐 마느냐 하는 문제도 전적으로 그 여자 마음에 달린 것 아니겠습니까? 게다가 아직 스물세 살밖에 안 된 여자가 굳이 결혼도 못할 사람의 아이를 낳을 리가 없어요. 이건 한마디로, 자신의 몸을 이용해서 선생님의 원고를 거둬간 꼴이에요. 그런 식으로 약하게 나가시면 앞으로도 만만하게 보고 자꾸 엉뚱한 요구를 할 겁니다."

그 어처구니없는 여자와의 도호쿠 여행 취재비도 우리 출판사에서 대준 것이다, 라고 속으로 생각하며 나는 그렇게 따졌다.

"글쎄, 나도 알아. 그런 건 말 안 해도 다 알지만, 이런 일은 아무래도 이론대로 되는 게 아니잖아?"

작가는 몹시 침울한 척하며 거듭 사과했지만, 실제로는 전혀 반성하고 있지 않다고 나는 느꼈다.

"선생님, 당연히 그 여자와는 헤어지실 거죠? 이 이상 관계를 계속하시면 언젠가는 부인께도 들킬 거예요. 그렇게 되면 문제는 더욱더 복잡해집니다. 게다가 사귀자마자 아이가 생겼다고 떠들어대는 여자 중에 제대로 된 여자는 없어요."

상사는 임신 자체가 수상쩍다는 내색을 굳이 감추지 않고 말했다.

"일이 이렇게 되는 바람에 자네들에게 애먼 폐를 끼쳤어. 내가 가까운 시일 내에 분명히 갚아줄 테니까, 제발 한번만 봐줘."

작가라는 자들은 아무튼 왜곡되고 폐쇄적인 환경에 몸을 두고 있어서 제대로 세상 바람을 쐬기가 어렵다. 그러니 연애도 참으로 한심한 양상을 보이는 경우가 많다. 그저 곁에 있던 별 볼일 없는 이성에게 손을 대는 바람에 한심하기 짝이 없는 실랑이 끝에 심각한 정신적 위기에 빠지는 케이스가 부지기수다.

아무래도 그 여자하고 쉽게 관계를 끊을 것 같지도 않고, 다음 작품도 기대하기 어렵겠다고 생각하여 우리는 더 이상 추궁하는 건 삼가고 작가의 사무실을 나왔다.

그리고 긴자의 술집에 가서 둘이서 실컷 술을 마셨다.

"아무리 비밀이라고 했어도 위에는 일단 보고해야겠지?"

상사의 말에 나는 "당연하죠"라고 대답했다. 타 출판사에, 게다가 스물세 살밖에 안 된 젊은 여자에게 보기 좋게 당했다는 게 영 속이 부글거렸다. 무엇보다, 기껏 그런 작가의 장편소설 한 권과 맞바꿔 모태에 막 불을 켠 작은 생명이 말살된다는 게 나는 가장 가슴이 아팠다. 인간의 비열함이라니 정말 그 끝이 어디인지 모르겠구나, 하는 생각이 들자 한숨만 푹푹 나왔다.

"살인은 물론이고, 누군가 가까운 사람이 살해된 경험도 없고 시체 한 번 본 적도 없고, 하다못해 살인자와 직접 이야기해본 적도 없으면서 용케도 살인자들이 득실거리는 소설을 써낸다니까. 미스터리 작가들을 만나면 나는 속으로, 이자들은 정신이 어떻게 된 거 아닌가 싶어. 리얼리티라고는 완전 제로잖아. 살인자 같은 건 나도 만나본 적이 없지만, 아마 살인자가 그런 책을 읽는다면 이건 죄다 거짓말이라고 비웃을 거야. 하긴 살인자는 책도 안 읽겠지만."

그리고 상사는 요즘 나오는 소설이며 소설가들이 얼마나 못됐는지 줄줄이 욕을 해댔다. 나는 보름 동안 쌓인 피로가 일시에 몰려드는 것 같아 그런 욕설에 맞장구칠 기운도 없었다.

이차로 들어간 작은 스낵바 화장실에서 여러 번 토했다.

카운터로 돌아와 물방울이 맺힌 술잔을 쳐다보는 것만으로도 다시 속이 메슥거렸다. 지금까지 한 번도 이런 일이 없었다.

술이 맛있다고 생각하며 마신 적은 별로 없지만, 그날만은 내가 이토록 맛없는 액체를 지금까지 위에 부어넣었다는 게 그저 어처구니없게 느껴졌다. 일부러 돈을 내가면서 왜 이런 힘든 짓거리를 자초하는 걸까. 목구멍까지 치미는 구토감을 꾹꾹 참으며 나는 그 이유를 생각해보려고 했다. 어쩐지 이것이 심각한 의미를 가진 문제처럼 생각되었기 때문이다. 하지만 그런 물음에 대답 따위가 나올 리 없었다.

자리에서 일어나 상사에게 속이 안 좋다고 말하고, 혼자서 술집을 나와 차를 잡았다. 달리는 차 안에서 저 살풍경한 내 집으로 돌아가는 게 너무나 싫어 목적지를 닌교초로 바꾸었다. 사흘 전에도 함께 보냈고, 이렇게 일방적으로 불쑥 찾아간 일은 한 번도 없었기 때문에 에리코가 무척 놀라겠다고 생각했다.

차에서 내리자 다시 속이 울렁거려 맨션 엘리베이터 벽에 달라붙어 에리코의 성씨와 이름을 중얼중얼 외웠다. 그녀라면 분명 이 고통을 거두어줄 거라고, 아무 근거도 없이 나는 9층까지 올라가는 짧은 시간 동안 철석같이 믿었다. 에리코의 집 현관문 앞에서 벨을 울렸을 때는 벌써 12시를 한참 넘긴 시각이었다.

문이 열리고 얼굴을 내민 에리코의 품에 나는 아무 말 없이 그대로 쓰러졌다. 뭔가를 시험하는 듯한 기분으로 그렇게 했을 뿐, 사실은 쓰러질 만큼 몸이 안 좋은 건 아니라고 나 자신을 타이르며 에리코의 반들거리는 목덜미에 뺨을 들이댔다. 하지만 그건 어리석은 착각이었다. 에리코에게 몸을 맡기자마자 나는 무릎이 꺾이고 몸이 떨려 꼼짝도 할 수 없었기 때문이다. 내심 크게 당황하여 나 자신을 다시 일으켜 세우려고 했지만, 그녀가 힘껏 내 몸을 받아 안고 부자연스러운 모양새로 내 등을 쓰다듬으며 침대까지 부축해주는 것을 깨닫고는 편안함이 가슴속을 채우는 대로 모든 것을 내맡기기로 했다.

살살 어린아이 다루듯이 침대에 눕혀지자 마치 따스한 수영장 물속에 드러누운 듯한 편안한 감각이 나를 감쌌다. 귓가에 라디오 음악 소리가 희미하게 들려오다가 바로 멈추더니 머리맡에 있던 잡지 같은 것이 내 콧등을 가로지른 가느다란 팔뚝에 잡혀 어디론가 사라졌다.

이마를 짚어주는 에리코의 손바닥이 시원했다. 넥타이를 푸는 그녀의 얼굴이 보였다. 그리고 그 길로 나는 잠에 빠져들었다.

문득 눈을 떴다. 긴 시간이었던 것 같기도 하고 어쩌면 아주 짧은 시간이었는지도 모른다. 방 안은 환했다. 하지만 실제로는 천장의 형광등은 꺼져 있고, 불빛은 주방 쪽에서 비쳐드는 것이었다. 그래도 내 눈에는 새하얀 천장과 크림색 벽, 양쪽 눈 끝으로 다가드는 시트의 하얀색이 화사하게 빛을 내는 것처럼 보였다. 내가 깨끗이 소독되고 뽀송뽀송하게 마른 것 같다고 생각했다. 그것은 기분 좋은 느낌이었다.

에리코가 나를 지켜보고 있었다. 침대 곁에 의자를 놓고 앉아 내 쪽으로 얼굴을 향하고 있었다.

말을 하려고 했지만 목구멍이 컥컥거리면서 소리 덩어리가 맥없이 혀 위를 구를 뿐이었다. 나는 웃어보려고 얼굴을 잔뜩 찌푸렸다.

에리코가 미처 말을 알아듣지 못했는지 얼굴을 가까이 대고 '왜?' 라는 표정을 지었다.

"좀 편안해졌어?"

그녀가 물었다. 그리고 내 눈앞으로 그녀의 손이 지나갔다. 그제야 찬물수건이 내 이마에 얹혀 있다는 것을 깨달았다. 이마에서 희미한 무게가 사라지더니 대야 속에서 잘랑거리는 얼음 소리, 수건 짤 때 물거품 튀는 소리가 들리고 다시금 차가운 무게가 내 이마 위에 올려졌다.

"어쩐지……."

내 목소리는 몹시 컬컬하게 쉬어 있었다. 한 차례 기침을 하고 말을 이었다.

"어쩐지 병원에 와 있는 것 같아."

그리고 바로 덧붙였다.

“에리코의 간호를 받으며 내가 지금 죽어가는 듯한 기분.”

에리코가 피식 웃었다.

“에리코는 정말 착해.”

나는 진심으로 그렇게 생각했다. 에리코가 귓가에 대고 속삭였다.

“나오토가 내 얼굴 말고 다른 것을 칭찬해준 거, 처음이야.”

그 조심스러운 목소리를 듣자 왜 그런지 나는 울고 싶어졌다. 정말로 눈에 눈물이 고이는 바람에 나는 깜짝 놀랐다.

“계속 지켜봐줄 테니까 조금 더 자.”

얇은 담요를 목까지 끌어올려 양쪽 어깨를 감싸주며 에리코가 말했다. 나는 눈을 감았다. 그 겨를에 눈물이 눈꺼풀 밖으로 흘러 속눈썹을 적시는 걸 깨달았다. 에리코가 봤을까, 하고 생각했지만 다시 의식이 희미해졌다.

다음 날 아침, 식탁에 마주앉아 토스트를 베어 먹으며 에리코는 내 얼굴을 들여다보았다.

“뭔가 고민거리가 있는 얼굴인데?”

고민 따위, 별로 없었기 때문에 나는 고개를 저었다.

식사를 마치고 자리에서 일어나 벽에 걸린 상의와 넥타이에 손을 내밀자 에리코는 “아, 잠깐만” 이라고 나를 가로막더니 옷장 쪽으로 가서 뭔가를 들고 왔다. 새 와이셔츠와 베이지 바탕에 보라색 핀 도트 무늬가 그려진 넥타이였다. 고맙다고 말하고 그것들을 받아 소파 위에 내려놓고 구겨진 셔츠를 벗었다. 에리코는 비닐봉투를 뜯어 와이셔츠를 탁탁 털고 버튼을 풀어 내게 건네주었다. 다시 한 번 고맙다고 말하고 새 와이셔츠에 팔을 꿰었다. 와이셔츠 칼라를 세우고 새 넥타이도 목에 둘렀지만, 그대로 주저앉아 에리코에게 넥타이 끝을 쑥 내밀었다. 그녀는 능숙하고 재빠르게 넥타이를 매주고 "잘 어울린다"라고 말해주었다. 나는 에리코의 입술을 덮쳤다. 끈질기게 그녀의 혀를 빨아들이자 에리코는 도망치듯이 입술을 떼고 "아직도 술 냄새가 지독해"라면서 웃었다.

그녀가 옷을 갈아입는 동안, 나는 선 채로 조간신문을 읽었다. 이스라엘 정권 내부의 권력 구조에 변화의 조짐이 보인다는 예루살렘 특파원의 기사가 실려 있어서 머릿속으로 반추하며 주의 깊게 읽었다.

10시가 넘어 둘이서 나란히 집을 나섰다. 에리코가 현관문을 잠그고 있는데 옆집 문이 열리고 바지 차림에 머리가 긴, 삼십대로 보이는 여자가 나왔다. 그 여자는 큼직한 스케치북을 안고 있었다. 에리코가 "안녕하세요"라고 인사를 건네자 그녀도 "안녕"이라고 대답했다. 잠깐 내 쪽을 살펴보더니 우리 앞을 지나쳐 갔다.

"저 사람, CF 콘티 라이터야."

열쇠를 가방 안 호주머니에 챙겨 넣으며 에리코가 말했다.

"가끔 우리 집에서 맥주도 함께 마시는 사이. 5년 전까지 잡지 모델이었대, 나하고 함께 일한 적은 없지만. 요즘 오토바이에 빠져서 정신이 없어. 저기 맨션 현관 쪽에 오토바이 서 있는 거, 나오토도 봤지?"

에리코는 엘리베이터 안에서도, 걸으면서도, 그 여자에 대해 계속 이야기했다. 거의 혼자 떠들었고, 나는 말없이 듣고 있었다.

우리 둘 다 오전 중에는 별다른 예정이 없었기 때문에 닌교초 사거리 스타벅스에 들어가 나는 카페 아메리카노, 에리코는 아이스라테를 주문했다.

우리는 지하에 자리를 잡았다. 에리코는 라테를 한입 빨고는 7월에 있을 내 휴가에 대해 이야기하기 시작했다. 올해 들어 휴가도 없이 계속 일해온 나는, 다음 달 안으로 이번의 문제를 처리하고 7월이 되자마자 곧바로 일주일간 휴가를 얻을 생각이었다. 그건 에리코에게도 이미 말했었다.

내가 7월 둘째 주에 휴가를 받는다면 에리코도 11일부터 나흘 동안 함께 휴가를 받을 수 있다고 했다. 에리코가 잠시 말을 멈추었다. 그리고는, 만일 괜찮다면 12일 금요일부터 사흘 동안 스와에 있는 자기 집에 놀러가지 않겠느냐고 물었다.

갑작스러운 이야기에 나는 내심 당황했다.

잠은 어디서 자느냐고 나도 모르게 되물었다.

"오래된 집이지만 방은 아주 많아. 걱정할 거 없어."

그리고 부모님도 나오토를 만나고 싶어한다고 덧붙였다.

이건 말도 안 되는 일이라고 생각했다. 하지만 그녀와 최근 한두 달 동안 친하게 지내온 것을 고려하여 나는 곧바로 거절하는 섣부른 짓은 피해야 한다고 생각했다.

"너무 갑작스런 이야기지? 나오토가 별로 내키지 않는다면 안 가도 괜찮아."

스와에 가기 싫다면 어딘가 다른 곳으로 여행을 가는 것도 좋다고 에리코는 말했다.

"지난번 교토에서처럼 에리코를 또 실망시키는 것도 미안한데?"

"아냐, 그 여행도 나름대로 재미있었어."

에리코는 가만히 웃더니,

"어떻게 할 거야?"

라고 다시 물어왔다. 나는 입을 다물어버렸다. 적당한 대답을 찾아보려고 했지만, 왠지 너무 우스꽝스러운 기분이 들었다.

한 차례 심호흡으로 마음을 가다듬고, 나는 에리코의 눈을 똑바로 바라보며 말했다.

"나는 잘 모르겠어. 왜 내가 에리코의 부모님을 만나야 하지?"

애써 억눌렀지만 말투에 내 감정이 실리는 것은 어떻게도 막을 수가 없었다.

"우리가 아직 그럴 만한 관계라고는 도저히 생각되지 않는데 말이야. 아, 오해는 하지 말아줘. 에리코의 부모님을 만나고 싶지 않다는 건 아니야. 하지만 아마도 에리코와 부모님이 기대하는 그런 의식(儀式)은 나한테는 아무래도 너무 힘들고 어려운 과목이야. 게다가 나는 에리코와 사귀는 것이지 에리코의 부모님과 사귀는 게 아니잖아. 앞으로도 그럴 마음은 전혀 없어. 지난번에도 잠깐 말했지만, 나는 가족 같은 거 요만큼도 믿지 않으니까.”

　내가 말하는 동안 에리코의 안색이 점점 변해갔다. 내 말이 끝나자 그녀는 도저히 견딜 수 없다는 표정으로 고개를 숙였다. 별다른 대꾸도 없이 가느다란 어깨가 희미하게 떨리고 있었다.

　하지만 나는 그 모습이 도리어 신경에 거슬렸다. ‘이거야 완전, 은근한 폭력이잖아?’ 라고 생각했다.

　“이건 마음이 내킨다거나 내키지 않는다거나 그런 문제가 아니라고 생각해. 한마디 하자면, 에리코는 나와의 관계에 대해 나보다 더 무책임하다는 생각이 드는데?”

　내 마음이 점점 더 날카로워지는 것을 느꼈다.

　“라이타가 이사하던 날, 에리코가 말했었지? 함께 열심히 해보자고. 그건 대체 무슨 말이었지? 함께 열심히 해서 에리코의 부모님을 만나자는 말이었어? 혹시 그런 거라면 내가 정말 크게 착각을 했군.”

　에리코는 고개를 숙인 채 가만히 한숨을 내쉬었다. 옆의 의자에 내려놓았던 가방을 집어 어깨에 걸더니 아무 말 없이 마시던 잔을 들고 자리에서 일어섰다. 그리고 조용한 눈빛으로 나를 내려다보았다.

　나는 그 얼굴을 마주보며 보란 듯이 한숨을 푹푹 내쉬고는 소파 등에 몸을 기댔다. 그리고 나의 그 동작이 에리코가 하려던 말을 막아버렸다는 것을 깨달았다.

　“……나, 먼저 갈게.”

　일그러진 미소를 지으며 에리코는 그 말만 남긴 채 천천히 등을 돌렸

다. 어슴푸레한 가게 안 계단 쪽으로 걸어가는 에리코의 뒷모습을 나는
눈으로 좇았다. 숨을 죽이고 가슴속에 밀려드는 불안과 후회를 지그시
누르며, '냉큼 꺼져버려!' 라고 그녀의 등 뒤에 대고 속으로 욕을 퍼부
었다.

17

　　장례식장은 우라가 변두리의 작은 상조회관이었다.
　　도쿄 역에서부터 지하철과 철도를 번갈아 갈아타며 히가시우라가 역
에서 내렸다. 역 앞 광장은 퇴근하는 샐러리맨들로 북적거리기에는 아
직 이른 시간이었는지, 온종일 내리는 비를 고스란히 맞은 채로 몹시 한
산했다. 큰길 건너편에 맥도날드와 파친코 가게가 있을 뿐, 눈에 띄는
건물은 아무것도 없었다. 흐린 하늘 아래서 거리 전체가 어딘가로 잠겨
드는 듯한 음울한 분위기를 풍기고 있었다.
　　빗발은 여전히 약해질 기미를 보이지 않았다.
　　에리코가 출판사 앞으로 보내준 팩스를 가방에서 꺼내 개찰구 옆에
서 장례식장이 어디인지 확인해보았다. 역 앞에서 왼편으로 접어들어
곧장 걸어가면 10분 안에 도착할 수 있는 거리였다.
　　큼직한 우산을 펴고, 사람의 통행이 드문 포장도로를 걷기 시작했다.
다른 조문객이 없을까 하고 앞뒤로 살펴보았지만, 그렇게 보이는 사람
은 없는 것 같았다. 거센 빗발 때문에 구두와 상복 바지가 젖었다.

딱 한 번 만난 사람이었지만, 아무 인연도 없는 이런 살풍경한 곳에서 마지막 조문을 받는다고 생각하니 몹시 가엾다는 마음이 들었다. 에리코의 말로는 우라가 쪽에 고인의 친형이 살고 있을 뿐이라고 했다. 원래대로 하자면 고인의 회사가 있었던 에고타 근처나 고인의 생가가 있는 히타치오타에서 장례식을 치르는 게 당연한 일이었지만, 사정이 사정인 만큼 그럴 수도 없는 모양이었다.

장례식장의 간판이 보였다. 상자 같은 모양의 오래된 건물 앞쪽에 주차장이 있었지만, 승용차와 라이트밴이 한 대씩 서 있을 뿐 문상객을 맞는 접수처도 보이지 않았다.

상조회관 입구에는 차양 아래로 작은 공간이 있었다. 오른편 현관은 양쪽으로 열리는 자동문이었지만 젖빛 유리라서 안이 보이지 않았다.

하지만 입구 쪽에도 접수처가 없었다. 그저 앞쪽 벽에 네모난 팻말이 걸리고, '나카가키 스스무 장례식장'이라고 적힌 달필의 안내문이 보였다. 팻말 아래쪽에는 '전국 지정 우량 장례회관'이라는 금속 띠가 끼워져 있었다.

차양 밑으로 들어가 옷에 묻은 빗물을 손수건으로 닦아내며 자동문 안쪽에서 사람이 나오기를 잠시 기다렸다. 하지만 아무도 나오지 않았다.

손목시계를 보니 벌써 6시가 넘은 시각이었다. 전광판에도 '조문 6월 17일 오후 6시, 고별식 18일 오전 11시'라고 적혀 있었다. 그런데 내 뒤를 따라온 사람도 없고, 다른 사람들의 출입도 전혀 없었다.

어쩔 수 없이 나는 현관 자동문을 지나 안으로 들어갔다.

다시 다섯 평 정도의 공간이 있고, 왼쪽은 두 장짜리 가리개로 구분되어 있었다. 틈새로 들여다보니, 고인의 영정과 관이 수많은 국화꽃으로 장식된 단정한 제단이 만들어져 있었다. 선향 냄새가 피어오르고 천장에서는 조용한 음악이 흘러나왔다. 제단의 좌우가 유족석이고, 그곳을 마주 보며 30여 개의 파이프 의자가 줄지어 놓여 있었지만 띄엄띄엄 상복 차림의 남녀 대여섯 명이 앉아 있을 뿐이다.

정면은 유리 타일 벽이고, 그 앞쪽에 접수처가 있었다. 라이타와 호노카가 얌전한 얼굴로 접수처에 앉아 있었다.

나는 부조금 봉투를 호주머니에서 꺼내 두 사람 앞으로 다가갔다. 창백한 얼굴의 라이타가 나를 멍하니 바라보았다.

"장례식에 사람이 겨우 이것뿐이야?"

적힌 이름이 거의 없는 방명록에 이름을 적으며 말하자,

"아무한테도 알리지 않았대요. 친족과 종업원들 정도만 연락하고."

호노카가 작은 소리로 대답했다.

"그래도 이래서야 너무 쓸쓸하지."

"그러게 말예요."

호노카가 라이타 쪽으로 시선을 던졌지만, 그는 이미 고개를 숙이고 있었다.

"에리코는 왔어?"

"네, 아까 와서 저기 앉아 있을 거예요."

사람들이 내 뒤로 줄을 섰기 때문에 "그럼, 나중에 보자"라고 말하고 그 자리를 떠났다. 라이타는 끝까지 한마디도 하지 않았다.

조금 전에는 알아보지 못했지만, 제단을 마주하고 보니 에리코가 맨 뒷줄 오른편 구석에 앉아 있었다. 꼿꼿한 뒷모습 때문에 금세 알아볼 수 있었다. 나는 발소리를 죽여 그쪽으로 다가가 왼쪽 옆 의자에 앉았다. 그날, 닌교초에서 헤어진 뒤로 오늘 아침에 전화를 해줄 때까지 내내 연락이 없었다.

"라이타가 걱정이네."

내가 먼저 말을 건넸다.

"응, 상당히 힘든가 봐. 호노카 얘기로는, 조금 전까지 거의 착란 상태였대."

"거 참……."

에리코에게서 15일 만에 걸려온 전화는 새벽 6시에 울렸다.

그때 해준 말에 의하면, 맨 먼저 에리코의 휴대전화에 연락을 해온 건 호노카였다. 나카가키 사장이 실려간 병원에서였다. 라이타가 거의 넋이 나간 상태여서 어떻게 손을 써볼 수가 없다는 호노카의 말에 에리코는 당장 병원으로 달려갔다고 한다. 그리고 내게 연락했을 때도 에리코는 그 병원에 있었다.

차 안에서 숨진 나카가키 사장을 발견한 것은 라이타였다.

이틀 전인 토요일 아침부터 행방불명이 된 나카가키 사장을 부인 요리코 씨와 함께 사방으로 찾아다니던 참이었다. 결국 어젯밤에, 데쓰가

쿠도 공원에 차를 세워놓고 배기가스로 자살한 나카가키 사장을 라이타가 발견한 것이다.

어제는 밤중부터 장대비가 내렸다. 에리코에게서 전화가 왔을 때도, 나는 창을 강하게 두드리는 빗소리 때문에 잠이 깨어 막 자리에서 일어나려던 참이었다. 그 비를 맞으며 캄캄한 공원 안을 뛰어다닌 끝에 손전등 불빛에 비친 나카가키 사장의 참혹한 모습을 목격한 라이타의 충격은 충분히 짐작하고도 남을 만하다고 나는 에리코의 전화를 받으며 생각했었다.

"에리코도 피곤하겠다."

병원에서 곧바로 회사에 나갔다가 다시 장례식장으로 왔을 터였다. 역시나 피곤에 지친 표정이었다. 에리코는 아무 말 없이 제단의 영정을 바라보았다. 그리고 "착해 보이는 사람이었는데"라고 중얼거렸다.

유족석에서 어깨를 웅크리고 앉아 있는 부인 요리코 씨가 눈에 들어왔다. 울어서 퉁퉁 부은 얼굴은 핏기를 잃어 전혀 딴 사람처럼 보였다. 그 옆에는 검은 드레스를 입은 모에짱이 우두커니 앉아 있었다.

두 명의 승려가 입장하고 곧바로 독경이 시작되었다. 자리가 전혀 채워지지 않아서 나와 에리코를 포함해 겨우 여덟 명밖에 안 되었다.

분향 순서를 기다리는 동안에 서너 명쯤 더 들어왔지만, 독경 5분 만에 향로 앞의 문상객 줄이 끊겨버렸다. 에리코가 접수처에 나가 호노카와 라이타를 불러왔다. 그 두 사람이 올린 향이 마지막 분향이었다.

하지만 라이타가 관을 마주하자마자 이변이 일어났다. 밥이며 경단을 쌓아놓은 제단 앞에 세운 두 개의 촛불이 바람이 분 것도 아닌데 오른쪽과 왼쪽이 연달아 꺼져버린 것이다.

흠칫 놀란 라이타의 등이 흔들리는 게 보였다. 유족석에 있던 사람들도 알아보았는지 작은 술렁임이 일었다. 라이타는 한 차례 합장하고 침착한 몸짓으로 호주머니에서 라이터를 꺼내더니 제단으로 다가가 오른편 난간 너머로 우선 한쪽 촛불을 켜고, 왼편 난간으로 조용히 걸어가 팔을 뻗어 나머지 한 개에도 불을 붙였다.

다시 영정 앞으로 돌아온 그는 5분여를 꿈쩍도 하지 않고 합장명목(合掌瞑目)했다.

나는 엄숙한 마음으로 그 모든 과정을 지켜보았다. 옆자리의 에리코가 몸을 긴장시키고 숨을 삼키는 기척이 느껴졌다.

―마치코 씨.

나도 마음속으로 그 이름을 불러보았다.

―나카가키 씨의 영혼이 지금 이곳에 있습니다. 이승에서의 불행과 비참, 차마 끊기 힘든 미련을 모두 끊고 돌아가야 할 곳으로 편안히 떠날 수 있도록 부디 그의 영혼을 이끌어주십시오.

나는 일심으로 기원했다.

오토키(재를 올릴 때 단가에서 승려나 손님에게 내는 식사―옮긴이)를 위해 준비한 2층 방에서 요리코 씨를 비롯한 친족들과 잠시 이야기를 나누었다.

"라이타 군에게 정말 큰 신세를 졌어요……."

요리코 씨는 목이 메어 더 이상 말을 잇지 못했다.

작년 봄부터 새롭게 시작한 개보수 사업은 대기업 주택 메이커의 발주를 받아 하는 것이었는데, 사장을 궁지로 몰아넣은 것은 그 1차 하청을 하던 회사가 지난 달 말에 돌연 도산해버린 사건이었다. 외상으로 하청을 맡아왔던 지난 반년 동안의 공사 대금이 날아가면서 나카가키 공업은 눈 깜짝할 사이에 부도 위기에 몰렸다. 직원들에게 줄 임금은 물론이고, 대출받은 사업자금도 갚을 길이 막막했다. 지난 6월부터 어떻게든 돈을 마련해보려고 이리 뛰고 저리 뛰었지만, 은행에서는 계속해서 독촉을 해왔고 회사는 그대로 주저앉게 되었다. 금요일에는 마지막으로 기대했던, 창업 때부터 오랫동안 거래해왔던 신용금고까지 겨우 숨통이 트일 만한 자금의 융자조차 거절하자 사장은 그날 밤 억병으로 술에 취해 집에 돌아왔다고 한다.

행방불명이 된 것은 그 다음 날 아침이었다. 가족이 일어났을 때는 이미 그의 모습은 사라진 뒤였다.

요리코 씨는 곧바로 근처에 사는 라이타를 불렀고, 둘이 함께 사방팔방으로 찾아다녔지만, 꼬박 하루 반나절 동안 그의 행방을 알아내지 못했다.

"참말로 그 녀석답더라고. 자동차 창문을 이래도 새어나갈 거나 할 정도로 꼼꼼하게 비닐테이프로 봉해놓고, 유서도 단정하게 세 통, 나하고 제수씨, 모에짱에게 긴 편지를 써놓고 말이지. 회사 정리에 대해서도 자세하게 써놨더구먼. 아마 진즉부터 각오는 하고 있었을 것이여. 15년 전에 회사 문 열 때부터 형님, 나한테 무슨 일이 생기면 생명보험으로 정리할 수 있게 해뒀소, 나는 누구한테도 폐는 안 끼칠 것이오, 하고 아주 입버릇처럼 말했으니께."

친형은 더듬더듬 말을 하며 쏟아지는 눈물을 손바닥으로 훔쳤다.

요리코 씨 옆에서 에리코도 내내 흐느끼고 있었다.

사장은, 우리에게 도시락을 가져다주었을 때 타고 왔던 그 자동차 배기구에 비닐 호스를 연결하여 차 안에 배기가스가 흘러들게 했다.

호노카는 모에짱을 돌보면서 방을 들락날락하고 있었다. 라이타는 완전히 평정을 되찾은 얼굴로, 늦게야 하나둘 찾아오는 조문객들과 대작을 하고 있었다. 역시 식당에서 오랜 시간 장사를 해본 녀석답다고 생각하며 나는 멀리서 그런 그의 기색을 살펴보았다. 제단의 촛불을 다시 붙인 뒤로 라이타는 언제 그랬냐는 듯 정기가 되살아나 있었다.

하지만 그런 라이타의 변화에 난 알 수 없는 일말의 불안감을 느꼈다.

밤 11시가 지나서 나와 에리코는 자리에서 일어섰다. 나오는 길에 현관까지 배웅을 나온 라이타와 호노카하고 겨우 말을 나눌 수 있었다.

"나오토 씨, 에리코 씨, 오늘 정말 고마웠습니다."

라이타가 깊이 고개 숙여 인사를 차렸다.

"일자리, 다시 찾아야겠네. 나라도 괜찮다면 어떻게든 해볼 테니까, 사양 말고 말해줘."

에리코가 말했다.

"고맙습니다. 호노카도 내 곁에 있어줄 거고, 나는 뭐, 괜찮아요."

"너무 무리하지 마라. 내일도 올게."

내가 말했다.

"네."

"사장도 지금쯤은 편히 쉬고 있을 거야. 이런 고통 많은 세상에서 겨우 해방되었잖아."

라이타가 그 말을 듣고는 기묘하게 얼굴을 일그러뜨렸다. 처음에는 우는가 했는데, 그게 아니라 웃는 얼굴이었다.

"그렇겠지요? 나도 그런 마음이 들어요. 도리마사 사장도 그렇고, 여기 사장도 그렇고, 열심히 일하는 사람이 불행해지는 이런 세상, 어지간히 지긋지긋했겠죠."

두 사람의 배웅을 받으며 현관을 나서자, 온종일 쏟아지던 비도 걷히고 밤하늘에는 드문드문 별이 떠 있었다.

"도쿄를 조금만 벗어나도 저렇게 하늘이 맑은데."

에리코가 가만히 내 팔을 잡았다. 역까지 가는 길을 우리는 팔짱을 끼고 걸었다.

"오늘 연락해줘서 고마워. 지난번에는 내가 너무 심한 소리를 해서 미안하고."

나는 '고맙다'와 '미안하다'를 동시에 말했다.

"나야말로 아침 일찍 전화해서 미안해."

잠시 머뭇거린 뒤 에리코는 다시 한 번 사과했다.

"나도 그때 내 사정만 생각하고 그런 부탁을 해서 미안하다고 생각했어.”

나는 이 짧은 대화에서 그녀와 나의 관계의 실상을 엿볼 수 있었다. 내 생각대로만 행동하고 매번 상대를 난처하게 만드는 건 결국 나였다.

“스와 친가에는 다음 달 12일에 간다고 했지?”

내가 말했다.

“기대되는데?”

에리코가 내 얼굴을 들여다보았다.

“나오토, 정말 괜찮겠어?”

“응. 그 대신, 오늘 밤은 에리코의 집에 가도 될까? 함께 자고 싶어.”

전차에서 옆에 나란히 앉은 에리코가 질문을 해왔다. 라이타보다 먼저 세상을 떠났다는 ‘고헤이 형’에 대해 알고 싶다는 것이었다. 나는 전에 라이타에게서 들은 이야기를 짧게 전해주었다. 에리코는 호노카에게서 그저 지나가는 소리로 잠깐씩 들은 것뿐이었는지, 먼저 “어떤 사고였는데?”라고 물어왔다.

“십여 년 전의 일이야. 라이타가 초등학교 5학년 때쯤이었고, 사촌 형인 고헤이 군은 고등학생이었어. 고헤이 군과 그의 부모, 그리고 고헤이 군의 여동생하고 라이타까지 다섯 명이서 미나미보소 바다로 갯바위 낚시를 하러 나갔는데, 거기서 사고가 일어난 거야.”

고헤이 일가는 낚시를 좋아해서 철마다 바닷가를 찾았다. 라이타는 그날 처음으로 데려간 것이었다. 바다가 잔잔해서 낚시하기에는 최고로 좋은 날이었다. 바닷가에는 그들 외에도 낚시꾼들이 갯바위 여기저기서 낚싯대를 드리우고 있었다. 라이타는 고헤이와 한 팀이 되어 갯바위 한 곳에 진을 치고, 작은아버지 부부와 사촌 누이는 다른 자리에서 낚싯줄을 던졌다.

물결이 거칠어진 것은 점심을 먹고 잠시 쉬고 난 뒤였다. 라이타와 고헤이 팀은 도무지 고기가 잡히지 않았지만, 조금 떨어진 자리의 작은아버지 일행은 큼직한 벵에돔을 몇 마리나 낚아 올렸다.

불룩 튀어나온 바위 끝으로 가자고 말한 건 라이타 쪽이었다. 조금 전까지 그곳에서 낚시를 하던 사람이 떠나고 마침 자리가 비었던 것이다. 남자의 바구니가 가득 찬 것을 보고 라이타는 마음이 급했다. 마침 그즈음 파도가 더욱 거칠어져서 고헤이 군은 별로 가고 싶어하지 않았다고 한다. 그런 것을 라이타가 억지로 손을 끌다시피 해서 바위 끝까지 데리고 나갔다.

미처 자리를 잡고 앉을 새도 없이 높은 파도가 두 사람을 덮쳤다. 휩쓸려간 것은 몸이 작은 라이타였다. 그러자 고헤이 군이 물에 뛰어들어 파도 사이로 빠져 들어가는 라이타를 껴안고 바위를 붙잡으려고 필사적으로 버둥거렸다. 하지만 물결은 빠르고 파도는 상상 이상으로 높았다. 수없이 바위 끝에 부딪혔고, 그때마다 다시 덮치는 파도에 휩쓸려 바다 속으로 끌려 들어갔다. 라이타의 오른팔에 아직도 남아 있는 깊은 흉터는 그때 날카로운 바위에 찍혀서 생긴 것이었다.

두 사람이 바다에 빠졌다는 것을 작은아버지 일행도 곧바로 알았다.

라이타는 고헤이에게 떠밀리다시피해서 가까스로 작은아버지의 손

232

에 잡혀 건져 올려졌다. 하지만 힘이 빠진 고헤이는 그대로 파도가 삼켜버렸다. 작은아버지가 바다에 뛰어들었고, 급하게 달려온 몇몇 낚시꾼들도 망설임 없이 바다에 몸을 던졌다. 하지만 고헤이 군을 구할 수는 없었다.

고헤이의 유해는 다음 날 아침, 이웃 해안에서 발견되었다.

"그래서 라이타 군은 절대로 생선을 먹지 않는구나."

에리코의 묘한 감상에 나는 쓴웃음을 지었다.

"그런 점이 호노카하고 잘 맞았던가 봐."

"맞아. 두 사람 모두 깊은 상처를 안고 있으니까."

"특히 라이타가 마음에 걸리네."

"나도 그런 느낌이 들어."

지난 4월에 나카노에서 함께 술을 마셨을 때, 라이타가 중얼거린 "뚝 끊겼다"라는 말이 다시금 머릿속에 떠올랐다.

—이 너저분한 세계와 나를 지금까지 겨우겨우 이어주던 끈 같은 게 마침내 뚝 끊어져버렸어요…….

라이타는 그때 그렇게 말했다. 그렇다면 이번 나카가키 사장의 자살은 그에게 과연 어떤 심리적인 영향을 끼쳤을까.

전차 창문 너머에 캄캄한 어둠이 펼쳐졌다.

"다들 죽어가네."

에리코가 불쑥 말했다.

"그래, 다들 죽어. 나도 죽을 거고, 언젠가는 에리코도 죽겠지. 라이타도 호노카도, 그리고 지금은 저렇게 기운이 빠진 요리코 씨도 죽을 거야. 어린 모에짱 역시 언젠가는 죽을 거고."

"그렇다면 굳이 스스로 죽을 것도 없는데."

"아니, 그건 아냐."

나는 맞은편 차창에 비친 에리코를 향해 말했다.

"나카가키 씨는 스스로 죽은 게 아니야. 자신을 죽인 것뿐이지. 타인을 죽이듯이 자신을 살해한 거야."

창문 속의 에리코는 어리둥절한 표정이었다.

"그는 자신에게 살해되었어. 타인을 죽이는 게 죄인 것처럼 자신을 살해하는 것도 죄라고 나는 생각해. 아니, 자신을 살해하는 건 타인을 죽이는 살인하고 똑같아. 자신을 죽이는 걸 인정해버리면 타인을 죽이는 것도 부정할 수 없게 돼. 전쟁 같은 게 그 전형적인 예야."

"하지만 전쟁은 원래부터 사람을 죽이기 위한 행위잖아?"

"그렇지 않아. 히코네에 갔을 때도 말했지만, 전쟁은 자신의 죽음을 전제로 성립되는 살인이거든. 자신이 언제 살해되어도 좋다고 생각한다면 타인을 죽이는 것에 대한 죄악감 같은 건 털끝만큼도 갖지 않게 돼."

나는 눈을 감고, 항상 생각해온 물음이 머릿속에서 환기되기를 기다렸다.

왜 나는 자살하지 않는가?

그건 아마도 나에게 타인의 목숨을 빼앗을 권리나 자격이 없듯, 나 자신의 생명을 빼앗을 권리나 자격이 없기 때문일 거라고 나는 생각한다.

자칫 인간은 스스로의 힘으로 살아가고 있다고 착각하기 쉽지만, 그런 힘은 인간에게 없다. 탄생 자체가 자신의 의지나 힘과는 무연한 것이고, 열심히 살아가는 동안에는 분명한 것으로 여겨지는 그 의지나 힘도 죽음 앞에서는 태어났을 때와 마찬가지로 완전히 무력한 것이다. 요컨대 인간은 처음부터 끝까지 자신의 일을 아무것도 결정할 수 없다. 그렇다면 자신의 생을 마음대로 끝낼 권리 따위가 있을 리 없고, 타인의 목숨을 빼앗을 권리도 있을 리 없다. 인간은 살고 있는 것이 아니라 그저 살아지고 있는 것이다.

그래도 새로운 물음이 다시 생겼다.

왜 인간은 새로운 생명을 만들어내려고 하는가.

인간이 단 한 가지 자신의 의지를 발휘하는 때가 있다면 그것은 타인의 생을 창조하는 것이라고 나는 생각한다.

하지만 왜 인간은 그런 짓을 저지르는 것인가. 그것을 나는 알 수가 없었다. 왜냐하면 타인의 생을 창조하는 일은 곧 그 타인의 죽음을 창조하는 일과 마찬가지이기 때문이다. 인간을 낳는 일은 그 인간을 죽이는 일이기도 한 것이다.

나는 만져본 것도 아니고, 느낀 것도 아니면서 그저 알고 있었다.

자신이 언젠가는 죽는다는 사실의 깊은 속뜻을 이해하지 못한 인간은 반드시 스스로를 죽이거나 타인을 죽이거나, 둘 중 어느 쪽인가를 선택하지 않으면 안 되는 것이다. 이 세계의 심상치 않은 무자비성의 정체는 전적으로 그런 선택을 해야 하는 데 있다.

그 좋은 예가 여성이다.

우리 어머니가 그렇듯이, 호노카의 어머니가 그렇듯이, 그저 잠깐의 충동으로 아이를 낳고 싶어했던 오니시 부인이 그렇듯이, 자기 마음대로 다쿠야를 낳고 아이 아버지와의 관계는 어중간한 상태인 채 나와 사귀고 있는 도모미가 그렇듯이, 나를 스와의 친가로 데려가 언젠가는 결혼하기를 원하는 에리코가 그렇듯이, 그리고 막 태어난 자식을 겨우 43일 만에 낯선 타인에게 맡겨버린 어머니들이 그렇듯이, 여성은 자신의 몸뚱이의 욕망에 들씌워서 어떻게도 자신을 내버리지 못한다. 그녀들은 자신의 죽음에 소홀하여 그야말로 쉽게 타인의 죽음을 이 세상에 낳고 있는 것이다.

아이를 낳는다는 것이 그 아이를 죽음에 이르게 하는 행위라는 것을 그녀들은 생각조차 하지 못한다. 그녀들이야말로 명백한 살인자라는 것을 아마 단 한순간도 깨달은 일이 없을 것이다.

나는 여성들의 그런 몽매함이 안타깝기만 하다.

이 세상 온갖 사람들, 그들은 '이 세상에 태어나지 않았더라면 좋았다'라고 생각하고, 또한 '어쩔 수 없이 살고 있는' 것이다. 분명하게 죽음을 향해 걸어가는 운명이면서도 그 현실을 뒤엎을 만한 반증은 어느 누구도 자신 속에서 찾아낼 수 없다.

여류 불교도가 글로 썼던 것처럼 분명 인간 존재에서 젊음이나 아름다움이나 사랑이나 정념이나 부나 지위나 속세적인 능력 등등, 변해가는 모든 것들을 빗자루로 밑바닥까지 깨끗이 쓸어낸다면, 그 다음에 남는 뼈대는 만인 공통의 노·병·사가 있을 뿐이다.

우리 어머니도, 호노카의 어머니도, 오니시 부인도, 그리고 도모미와 에리코도 그런 '만인 공통'의 '생존의 틀림없는 뼈대'에는 등을 돌리고 '무의식적인 우월감과 오만한 생각'에 몸을 내맡긴 채 헛된 행복을 갈망하고, 가장 사랑해야 할 대상을 가혹한 죽음의 늪으로 몰아넣는다.

석가모니는 그 모든 것을 '고(苦)'로서 받아들이고, 그 고에서의 해탈을 설파한 것이라고 한다.

예전 어느 날, 마치코 씨는 내게 이렇게 말해주었다.

"자신을 부끄럽게 생각하는 그 나오토 군을 나오토 군 자신이 똑똑히 지켜보고 있는 한 조금도 부끄러워할 거 없어. 언젠가는 나오토 군도 그 나오토 군과 헤어질 때가 와서, 이렇게 세상을 떠난 수많은 사람들과 함께 어우러져 한 줄기 바람이 되어 어디론가 날아갈 거야. 그렇다면 살아 있는 동안 되도록 자신의 일 같은 건 잊어버리고 타인의 일을 생각할 줄 아는 사람이 되어주었으면 좋겠구나.

이 세상 모든 것이 모두 똑같은 것이라고 부처님은 가르치셨어. 인간 도 동물도, 그리고 돌이나 꽃, 공기도 모든 것은 하나로 이어진 꿈 같은 것이야. 태어나기 전에도, 여기서 살아갈 때에도, 죽어버린 뒤에도 분명 똑같을 거라고 나는 생각해. 타인은 분명 나고, 나는 분명 타인이고, 이 제부터 태어날 사람도 나고, 옛날에 죽은 사람도 나 자신인 거야. 아직 나오토 군은 잘 알지 못하겠지만, 돌멩이나 풀이나 벌레나 동물도 마찬 가지로 나 자신이야.

사실은 아무것도 번잡스럽게 고민할 일 같은 건 없어. 자신이 괴롭다
고 생각하면 괴로운 것이고, 즐겁다고 생각하면 즐거운 거야. 이 세상은
그저 그렇게밖에는 말할 방법이 없는 그런 것이야.

그러니까 나도 나오토 군도 언젠가는 죽겠지만 그건 조금도 슬픈 일
이 아니고, 슬퍼하지 않아도 괜찮아. 가령 내가 죽더라도 나오토 군은
살아줄 것이고, 나오토 군이 죽어도 다른 사람은 살아가는 거야. 그렇게
생각하면 무서워할 일 같은 건 아무것도 없어. 그렇기 때문에 나를 버리
고 어떤 사람이든 모두 소중하게 여기고 싶다고 나는 생각해.

딱히 나오토 군을 좋아하는 건 아니야. 내가 그렇게 믿고 있기 때문에
친절하게 대해주는 것일 뿐. 전혀 감사 같은 거 하지 않아도 돼. 나는 그
저 나를 위해서 할 뿐이고, 그게 결국 나오토 군을 위한 일도 되는 거라
고 내 마음대로 믿고 있는 거니까.”

나는 그 여름날 밤의 체험 이후 오래도록 마치코 씨의 말을 반추하고,
되풀이해서 생각해왔다. 그리고 생각하면 할수록 그 말에 깊은 의미가
담겨져 있는 듯했다.

라이타 또한 틀림없이 마치코 씨가 남긴 그 말의 깊은 의미를 이제 곧
맞닥뜨리게 될 것이라는 예감이 들었다. 그때 라이타는 과연 어떤 답을
찾아낼까. 그것이 지금 나는 불안하다. 현재 그의 처지는 잘못된 답을
이끌어낼 만한, 미리 준비된 불행이 너무도 많았다. 부모로 인해 깊은
상처를 입은 호노카와의 교제도 그렇고, 어린 자식을 잃고 병으로 쓰러
져 고향으로 돌아간 도리마사의 사장 부부도 그렇고, 이번 나카가키 사

238

장의 죽음 또한 그럴 것이다. 하지만 그보다 더 큰 것은 그가 이미 한 사람의 인간을 죽였다고 스스로 믿고 있는 것이었다.

내 눈에는 지금이라도 주저앉아 쓰러져버릴 듯한, 궁지에 몰릴 대로 몰린 라이타의 모습밖에 보이지 않았다.

문득 에리코가 어깨를 툭 쳐서 나는 고개를 들었다.

깊은 생각에 잠겨 있는 사이에 전차가 도쿄 역에 도착한 모양이다. 조금 전까지의 풍경과는 딴판으로, 차창 밖은 플랫폼을 오고가는 사람들과 밝은 빛으로 가득 차 있었다.

"내일은 날씨가 맑았으면 좋겠어."

자리에서 먼저 일어서며 에리코가 힘없는 목소리로 말했다.

18

7월 7일 한밤중, 여동생이 어머니의 용태가 급변했다는 소식을 전화로 알려왔다.

닷새 전부터 감기까지 더해져 아무것도 먹지 못한다는 말은 들었지만, 위독하다는 건 뜻밖이었다. 마침 잘되었다고 할까, 그 다음 날인 8일 월요일부터 일주일간 휴가를 받았기 때문에 나는 급히 짐을 꾸려 아침 첫 비행기로 기타큐슈의 고쿠라로 돌아왔다.

후쿠오카 공항에서 택시를 타고 어머니가 입원한 종합병원으로 갔더니, 벌써 1인실로 옮겨져 산소 호흡기 외에는 더 이상 아무런 치료도 받지 못하고 있었다.

여동생이 침대 옆에 초췌한 얼굴로 앉아 있었다. 어머니는 밤새 힘들어하다가 진통제와 수면제로 겨우 잠이 들었다고 했다. 합병증으로 폐렴에 걸리고 심장이 쇠약해져 이제는 시간문제라는 주치의의 선고를 들었다고 여동생은 말했다. 어머니의 의식은 혼수상태인 듯했다.

2년 반 만에 보는 어머니는 몹시 야위어 있었다. 청색 바탕에 꽃무늬가 새겨진 환자복 가슴팍이 조금 벌어졌고 하얀 담요가 허리까지 덮여 있었지만, 그 허리에서 다리까지 이어진 얇은 굴곡이 시든 가지처럼 가늘어서, 대부분의 생명이 깎여나간 육체의 참혹한 모습을 고스란히 보여주었다.

문자 그대로 해골 같은 얼굴과 가슴, 팔다리에는 약의 부작용으로 생긴 습진이 곰보 자국처럼 수없이 터지고 말라붙어 딱지가 되었다.

다음 날 점심때, 어머니는 숨을 거두기 전에 한 차례 의식을 회복했다. 하지만 그건 그저 짧은 순간, 눈을 한 번 뜬 것에 지나지 않았는지도 모른다.

나는 주름이 가득한 어머니의 검은 얼굴을 바라보고, 불 꺼진 그 눈을 들여다보고, 손을 잡아주었다. 희미하게 흔들리는 의식의 바늘을 알아차린 것 같기도 했지만, 확신할 수는 없었다. 나는 "어머니"라고 불러보았다. 수십 번이나 큰 소리로 부르다 보니 주위에 미안한 마음이 들어 목소리가 점점 작아졌다. 그 말도 그만 질려서 "이제 편안해질 거야"라고도 말했다. "애썼어요"라고도 했다. 결국 아무런 반응도 보여주지 않은 채 어머니는 다시 눈을 감았고, 여동생이 의사를 데려왔을 때는 이미 숨을 거둔 뒤였다.

의사가 임종 시각을 확인하기 위해 시계를 바라본 순간, 여동생은 둑이 터진 것처럼 울음을 터뜨렸다. 나도 덩달아서 울어볼까, 이런 경우에는 감정에 휩쓸려보는 것도 좋지 않을까, 하고 생각했고 실제로 눈두덩이 뜨거워지는구나, 하고도 생각했다. 하지만 눈물은 나오지 않았다.

나는 어머니의 죽음에 대해 뭔가 생각해보려고 했지만, 그보다 먼저 그날 하루 종일 머릿속에서 생각해온 장례 준비며 사람들에게 해야 할 연락 등이 선명하게, 마치 기다렸다는 듯이 떠올랐다. 나는 우선 그쪽으로 의식을 집중하고, 슬퍼하는 건 여동생에게 맡겨둔 채 필요한 절차를 하나씩 처리해나가면 된다고 생각했다.

딱히 아무려나 상관없는 일이기는 하지만, 어머니의 인생은 무질서하고 비참했다.

나는 시영주택의 작은 회관에서 이웃 사람들의 조문에 여동생과 함께 일일이 머리 숙여 인사했다. 그리고 출관 인사를 어떻게 해야 하나 궁리하면서 어머니의 무질서하고 비참한 인생에 대해서도 생각했다.

어머니가 첫 번째 결혼을 한 것은 아직 스무 살도 안 되었을 때였다. 상대는 어머니가 일하던 술집에 들락거리던 큐슈대학 학생이었다. 1년 후에 내가 태어났고, 그 학생은 대학을 그만두고 일을 시작했지만, 내가 두 살이 되었을 때 어머니와 나를 버리고 고향 오이타로 도망쳐버렸다. 그 뒤로 나는 그를 만난 적이 없고, 그가 어떻게 사는지 혹은 죽었는지 알지 못했다. 한 차례 그의 형이라는 사람이 찾아와 약간의 목돈을 주고 갔는데, 그때 "우리 동생은 변호사 자격을 따고 건강하게 잘 지낸다"고 전했다고 한다. 당시 어머니는 다시 결혼을 하고 여동생도 태어났기 때문에 별다른 실랑이 없이 조용히 정리된 모양이었다.

어머니의 인생이 기울기 시작한 것은 두 번째 결혼에 실패한 다음부터였다.

도바타에서 빚을 얻어 시작한 술집이 깨끗이 망해버리고, 어머니의 복잡한 남자관계 때문에 여동생의 아버지도 떠나버린 뒤로는 돈과 남자 때문에 어머니 스스로도 어처구니없어할 만큼 고생을 거듭했다.

착실한 직업을 갖지 못하는 걸 제대로 교육을 시켜주지 않은 부모 탓으로만 돌리던 어머니였지만, 나나 여동생 눈에는 천성적으로 그런 자포자기한 기질이 그녀를 성실한 삶과 멀어지게 하는 것으로 보였다.

고쿠라에서 호스티스로 일하던 무렵, 우리는 도바타 공장가 뒤편의 지저분한 단칸방에서 살았다. 낮이면 소음이 심해서 도저히 조용히 지낼 수 없는 곳이었다. 어머니는 그 집을 싫어해서 날마다 외박을 했기 때문에 우리 오누이는 학교에서 돌아오면 항상 간식 대신 두부를 먹고 공장 옆 공터에서 시간을 보냈다.

옆방에 살던 젊은 바텐더가 이사하면서 주고 간 기타에 푹 빠져 날마다 몇 시간씩 손톱으로 튕겼던 것도 그 공터였다. 분명 초등학교 3학년 때쯤이었다. 착하고 다정한 멜로디는 공장 소음에 지워지고 일그러졌지만, 내 귀에는 분명하게 와 닿았다. 그것은 내게 언제 어떤 장소에서

라도 나 혼자만의 작은 정적을 쉽게 만들 수 있다는 것을 가르쳐주었다.

어머니는 어쩌다 한 번씩 집에 들어오면 급하게 알량한 저녁밥을 차려놓고, 우리와 함께 밥상머리에 마주 앉는 일도 없이 화려하게 치장을 하고 다시 가게나 남자에게로 뛰어갔다.

내가 고등학교에 올라갈 때쯤에는 거의 집에 들어오지 않고, 나이가 한참 많은 부동산 회사 사장의 애인 자리를 꿰차고 자기 좋을 대로 살았다. 그래도 아이들이 허름한 단칸방에서 사는 건 남 보기에 안 좋다고 생각했는지, 그 영감의 배경으로 고쿠라 시영주택 입주권을 따내서 이쪽 학교의 사정 따위는 아랑곳하지 않고 억지로 우리를 전학시켰다.

그 영감과도 2년여 만에 헤어졌지만, 내가 도쿄에 올라온 뒤에도 여전히 남자 편력의 기세는 수그러들지 않았다.

마침내 어머니의 남자 편력이 끝을 맞이한 건 3년 전, 자궁암을 앓고부터였다. 어머니는 갑작스러운 병에 탄식하며 슬퍼했지만, 여동생도 나도 그런 어머니에게 별로 동정심을 가질 수 없었다.

암이 발견되었을 때, 의사는 자궁을 들어내는 수술을 권했다. 하지만 나는 어머니에게 방사선과 항암 치료를 권했다. 친분 있는 몇몇 의사에게 어머니의 검사 데이터를 봐달라고 부탁해 그것이 가장 좋은 선택이라고 판단했기 때문이다. 하지만 어머니는 내 제안을 받아들이지 않고 그 의사에게 기대어 수술실로 들어가버렸다. 하지만 수술은 그녀의 기대와는 달리 결과가 좋지 않았다. 메스를 대는 것으로 온몸의 면역력이 사라지는 바람에 어머니의 배에 둥지를 튼 암세포는 반년도 안 되어 간으로 전이된 것이다.

재발했다는 소식을 들었을 때, 나는 출판사에 사표를 내고 기타큐슈로 돌아가 다른 일자리를 찾고 어머니 간병에 전념할까 진지하게 고민했었지만, 경제적으로 그건 불가능한 일이었다. 게다가 가만히 생각해 보니 그런 열정은 거의 아무 의미도 없는 것이었다. 어머니의 죽음과 나 사이에는 실제로 아무런 연결도 없고, 어머니는 앞으로 1, 2년의 남은 시간을 어머니 나름대로 혼자 보내는 수밖에 없다고 결론을 내렸다.

여동생에게 간병을 맡기고 나는 도쿄로 돌아왔다. 그 뒤로는 간동맥 수술 때 한 차례 갔을 뿐, 두 번 다시 고쿠라에는 돌아가지 않았다. 어머니는 그 사이에 세 차례 퇴원이 허락되었지만 모두 다 짧은 기간이었다. 내가 병원에 가보지 않은 건 딱히 무슨 이유가 있어서 그런 건 아니었다. 항상 바빠서 하루하루가 피곤하고, 그저 가고 싶지 않았을 뿐이다.

지금까지 29년 동안 살아오면서 어머니와 내가 제대로 접촉했던 건 유아기를 빼고는 참으로 미미한 것이었다. 나는 어머니가 살아온 50년 생애의 대부분을 전혀 알지 못했고, 어머니 역시 나에 대해 그 비슷한 정도로 알지 못했다.

장례식 날, 고등학교 동창 여럿이 분향을 하러 왔다. 나는 그들에게 자잘한 일들을 부탁했고 정말 큰 도움을 받았다. 그런데도 변변히 이야기도 못한 채 헤어졌다. 내 눈을 보며 슬그머니 고개를 끄덕이는 친구들이 많았는데, 그들의 똑같은 그런 몸짓이 나는 우스웠다. 관에 못을 박고 장송곡이 흐르는 가운데 유해를 영구차에 싣고 화장터로 향했다.

화장터는 고쿠라에서 40분쯤 걸리는 산간에 있었지만, 장례를 치른 7월 10일은 전날까지 내리던 비가 걷히고 파랗게 맑은 하늘이 펼쳐졌다. 찾아온 이들이 모두 약속이라도 한 듯이 고인을 위해 좋은 날씨를 기뻐해주었지만, 나는 아무 감정도 느끼지 못했다.

어머니의 시신이 화장되는 동안 나는 호텔처럼 넓고 호화로운 로비의 소파에 앉아 전면 유리창으로 쏟아지는, 장맛비가 끝났음을 알리는 햇살에 온몸을 적시며, 사흘 동안 내내 잠이 부족했던 탓에 꾸벅꾸벅 졸면서 멍하니 생각에 빠졌다.

마치코 씨가 세상을 떠났을 때도 한창 겨울이었지만, 이런 바람과 환한 빛으로 세상이 가득했었다고 문득 생각했다. 마치코 씨의 장례식 때는 그 빛이 참으로 그녀에게 적합한 것으로 느껴졌었다. 어머니도 죽음으로 가는 여행 날 마치코 씨와 똑같이 아름답고 평안한 모습으로 천상으로 돌아가는 걸까, 하고 생각했다.

새로 이사한 고쿠라 시영주택 근처에는 홍법사라는 큰 절이 있었다. 학교에 오고갈 때마다 반드시 그 절 문 앞을 지났다. 번듯한 문 너머로 오래되고 장려한 본당이 서 있고, 넓은 경내의 왼편에는 묘석이 안쪽까지 이어지는 묘지가, 그리고 오른편에는 주지 가족의 살림채가 있었는데 이 또한 해묵은 단층 가옥이었다.

나는 학교에서 돌아오는 길에 곧잘 절 경내에 들어가 웅장한 녹나무 밑에 앉아 문고본 책을 읽었다. 홍법사는 본당을 개방했기 때문에 그 안에 들어가 책을 읽기도 했다. 중앙에 석가모니불이 진좌한 본당은 언제나 천장 조명이 켜져 있어서 환했다. 평소에는 인기척이 거의 없어, 고요한 그곳에 있으면 신기하게도 마음이 진정되었다. 단층 살림채와는 연결 복도로 이어져 있고, 그 살림채 입구 쪽의 열 평 남짓한 방에는 벽을 가득 채운 책장에 수많은 책이 꽂혀 있었다. 불교 관련 서적뿐만 아니라 국내와 세계 문학전집, 세계의 명저, 나쓰메 소세키, 모리 오가이, 아리시마 다케오, 무샤노코지 사네아츠, 도쿠토미 사호와 도쿠토미 로카 형제, 미시마 유키오, 후쿠나가 다케히코, 그리고 야마카와 마사오의 개인 전집 등이 있었다.

항상 학교 도서관이나 시립 도서관에서 책을 빌려보고, 어쩌다 헌책방에서 한 권에 백 엔짜리 문고본을 사는 게 고작이었던 나는, 처음 그 책장 앞에 섰을 때 흥분을 억누를 수 없었다. 나도 모르게 그 방에 들어가 전부터 읽고 싶던 미우라 바이엔의 『겐고(玄語)』를 발견하고 저절로 손이 갔다. 정신없이 책장을 넘기고 있는데 등 뒤에서 누군가의 말소리가 들려와 나는 깜짝 놀라 뒤를 돌아보았다.

중년의 자그마한 여자가 얼굴에 웃음을 띠고 문 앞에 서 있었다.

그 사람이 마치코 씨였다.

"책을 좋아하니?"

당황하여 책을 다시 집어넣으려던 나는 그 질문에 가만히 고개를 끄덕였다.

"항상 저기 나무 아래에서 책을 읽는 학생이지? 요즘 정말 보기 드문

학생이네.”

웃음 섞인 가벼운 말투였다.

“죄송했습니다.”

책을 제자리에 꽂고 밖으로 나가려고 그녀 옆을 지날 때였다. 강한 힘이 내 두 팔을 붙잡았다. 나는 깜짝 놀라서 주근깨 가득한 마치코 씨의 둥근 얼굴을 마주 보았다. 하지만 바로 옆에서 검고 커다란 눈을 들여다보고는 그녀가 조금도 나무라거나 화를 내는 게 아니라는 것을 금세 알았다.

“너, 왜 갑자기 가려고 하니?”

마치코 씨가 입을 크게 벌리고 웃었다.

그날부터 나와 마치코 씨의 교류가 시작되었다. 고쿠라로 이사하고 한 달쯤 지난, 고등학교 1학년 5월의 일이었다.

그 뒤로 나는 홍법사에 드나들며 책장의 책들을 마음껏 읽을 수 있었다. 여동생도 함께 데려가 넓은 정원을 둘러싸고 줄줄이 방들이 이어진 단층 주택의 한 방에서 숙제를 하거나 텔레비전을 보고, 가끔은 마치코 씨가 차려준 저녁을 셋이서 함께 먹기도 했다.

마치코 씨는 주지의 큰 따님으로, 한 차례 인연을 맺어 절을 떠났으나 난치병을 얻으면서 남편과 헤어지고 친가인 홍법사로 돌아왔다. 나이는 마흔다섯 살이었다. 하지만 몹시 젊어 보여서, 어머니와 비슷한 나이밖에 안 돼 보였다. 그녀의 병은 파킨슨병으로, 당시에도 벌써 발병한 지 몇 년이 지나서 가벼운 손 떨림과 운동마비 증세가 있었다.

마치코 씨는 내게 참으로 많은 것을 가르쳐주었다. 우리 오누이를 돌봐주었을 때, 그녀는 병세가 악화일로를 치닫는 3년째 되던 해였다. 가혹한 병마가 습격하여 몸의 자유를 빼앗아가는 힘겨운 시기였을 텐데도, 지금 돌아보면 그녀가 그런 고통을 드러낸 적은 한 번도 없었다. 마치코 씨는 늘 명랑하고 다정했다. 그녀와 병을 연결시킬 만한 기억이라고는 책을 읽으면서 소금에 절인 비파나무 씨앗을 자주 먹었던 것 정도였다. 나와 여동생이 왠지 기운을 잃으면 그녀는 품고 다니던 작은 병에서 그야말로 귀한 것이라는 듯 검은 씨앗을 하나씩 꺼내 우리에게 나누어주었다.

"내 병은 의사 선생님도 못 고치셔. 그래서 이 비파나무 씨앗에 큰 신세를 지고 있단다."

마치코 씨는 비파나무 씨앗이 얼마나 몸에 좋은지 찬찬히 설명해주었다. 비파 생잎사귀 습포를 뻣뻣해진 팔다리에 붙이고, 하루도 빠짐없이 비파 잎으로 뜸을 뜬다는 그녀가 허리와 어깨에 붙였던 비파 잎을 보여준 적도 있었다. 그저 잎사귀를 환부에 반창고로 붙이는 것뿐이라, 나는 이런 잎사귀가 정말 효과가 있는 건지 의아한 마음이 들곤 했었다. 그밖에도 우리에게 차려주는 밥은 늘 현미에 검은콩과 팥, 율무를 섞었던 것 정도가 그녀의 병에 대한 기척을 느끼게 했다.

여동생이 어머니의 병에 민간요법을 써보려고 그토록 애를 썼던 것도 그런 마치코 씨의 모습을 직접 목격했기 때문이었다. 물론 여동생은 비파 잎도 써보았다. 하지만 어머니에게는 별 효과가 없었다.

"어머니는 내가 뭘 해도 진심으로 믿어주질 않아서 그래."

여동생은 이렇게 어머니와 마치코 씨의 차이를 자주 한탄했다.

인간은 무엇을 위해 태어난 것이 아니다, 라고 처음 알려준 것도 마치코 씨였다. 마치코 씨는 자신이 병에 시달려서 그런지 결핵을 앓다가 구사일생으로 살아나 후쿠오카에서 전쟁고아 구제에 혼신의 힘을 기울인 쓰네오카 이치로라는 인물에 경도되어 있었다.

쓰네오카 선생은 말이지, 라고 이름을 대며 설명해주기도 하고, 때로는 쓰네오카 씨가 쓴 글을 복사하여 읽어보라고 건네주기도 했다.

그 이야기는 대부분 잊어버렸지만, 한 가지 아직도 기억에 남아 있는 것이 있다. 「인간은 무엇을 위해 태어났는가」라는 제목의 글이었다.

인간은 무엇을 위해 태어났는가

Q. 나는 내년 봄에 대학을 졸업합니다. 이제부터 세상에 나가게 됩니다. 어른들의 세계에 들어가게 됩니다. 하지만 지금까지 어른들이 만들어놓은 세계를 존경할 수가 없습니다. 신문이나 라디오, 잡지를 통해 보고 듣는 것 중에는 너무도 서글프고 엉터리 같은 일이 많습니다. 교활한 사람이 오히려 더 잘살고, 높은 지위를 가진 사람이 오직(汚職) 사건을 일으키고, 그것을 대충 속이고 넘어갑니다. 정말 세상이 싫어집니다. 왜 인간은 이런 세상에서 교활한 짓을 배우며 살아가지 않으면 안 되는지 정말 이유를 모르겠습니다. 그래서 선생님께 꼭 묻고 싶

습니다. 인간은 무엇을 위해 태어났을까요?

A. 그런 질문을 하시니 참으로 난감하군요. 나는 대답할 수가 없습니
다.

Q. 어째서 대답해주시지 않습니까?

A. 나로서는 알지 못하는 일이라 대답할 수 없습니다. 무엇을 위해 태
어났는지 나는 모릅니다.

Q. 예? 선생님도 모르신다고요? 선생님처럼 열정적으로 활동하시는
분도 인간이 무슨 목적을 가지고 태어났는지 모른다는 말씀입니까?

A. 그렇습니다. 나는 목적 없이 이 세상에 태어난 것이지요. 태어나기
전에는 아무것도 생각하지 않고, 아무런 힘도 갖지 못하고, 아무것도
돌아보지 않으며, 아무것도 추구하지 않고 이 세상에 나왔습니다. 전
혀 나 자신의 힘이나 생각이나 계획 없이 태어났겠지요. 그러니까
'태어났다' 라기보다 나 아닌 힘에 의해, 나 이외의 생각에 의해 '태어
남을 받았다' 라고 해야겠지요. 그래서 당신에게서 인간은 무엇 때문
에 태어났느냐는 질문을 받아도 나는 대답할 자격이 없는 것입니다.

Q. 아, 그렇군요. 그렇다면 나도 '태어남을 받은' 사람인 셈이네요. 인간은 전부 태어난 게 아니라 태어남을 받았다는 말씀이군요.

A. 그렇습니다. 철학하는 청년 후지무라 마사오는 '인생은 불가해하다' 라는 말을 남기고 게곤 폭포에 뛰어들어 죽었습니다. 그 역시 무엇을 위해 인간이 태어났는지 여기저기 질문도 하고 책도 읽었으나 전혀 알 수 없었다 하여 죽은 것입니다.
당신이 인간은 무엇을 위해 태어났느냐고 묻는 대신 '인간은 무엇을 위해 태어남을 받았느냐, 이 점을 어떻게 생각하느냐' 라고 묻는다면, 나도 '그건 아마 이러저러한 것이겠지요' 라고 대답할 수 있습니다.

Q. 네, 그것도 좋습니다. 그러면 인간은 무엇을 위해 태어남을 받았다고 생각하십니까?

A. 아마도 성장하기 위해서겠지요.

Q. 성장하기 위해서라고요? 왜 그런 말씀을 하시는지요.

A. 이 세상 모든 사람은 하루하루 성장해나갑니다. 몸도 마음도 해마다 성장하지요. 만일 성장하지 않는 사람이 있다면 그 사람은 멸합니다. 죽는 것이지요. 죽지 않는 모든 것은 성장을 합니다. 그래서 인간

은 성장하기 위해 태어남을 받았다고 가장 먼저 생각합니다. 그리고 성장하기 위해서는 어떻게 해야 좋을지를 두 번째로 생각합니다.

인간이 성장하기 위해서는 상반되는 두 가지를 맞춰가며 조화를 이뤄야겠지요. 공기를 들이쉬면 그 다음에는 반드시 토해냅니다. 이런 호흡을 한밤중에도 멈추지 않고, 결코 귀찮아하는 일도 없이 반드시 두 가지가 조화를 이루도록 합니다. 먹었으면 덜어냅니다. 덜어내면 먹습니다. 일어나면 잡니다. 자고 나면 일어납니다. 이것을 힘차게, 환하게, 막힘없이 반복하고 조화롭게 한다, 이것이 인간이 성장하기 위한 매일매일의 조건이 아니겠습니까?

인간 세상이 오늘날까지 성장해온 것도 '태어나고 죽고' '죽고 태어나고' 생사일여(生死一如), 수없이 다시 태어나면서 지금의 모습까지 성장해온 것이라고 배웠습니다. 이렇게 생각하면 모든 상반되는 두 가지의 대립, 그것을 제대로 조화롭게 하는 것에 우리가 태어남을 받아 성장해나갈 수 있는 길이 있겠지요.

어떤 사람이든 얼굴은 모두 다 자기 쪽이 아니라 다른 사람 쪽을 향하고 있습니다. 얼굴이 자기 쪽을 향하고 있는 사람은 한 사람도 없어요. 사람은 자신의 얼굴이 향하고 있는 방향의 사람과 마주하고 이야기를 합니다. 그리고 두 사람의 이야기가 한 가지로 정리됩니다. 아무리 위대한 사람이라도, 아무리 대단한 사람이라도 자신의 얼굴을 바라볼 수 있는 사람은 한 명도 없습니다. 거울을 보고서야 겨우, 그 거울에 비친 반영(反影)을 보고서야 겨우 자신의 얼굴을 알 뿐입니다.

남의 얼굴이라면 언제라도 볼 수 있지만 자신의 얼굴은 죽을 때까지 못 봐요. 그래서 거울이 필요하고, 자신을 알기 위한 반성이 필요하고, 반성을 위한 거울로서 종교적 교양이 있는 것이라고 생각합니다. 이 점을 좀 더 알기 쉽게 예를 들어 말씀드리지요. 이를테면 우리가 먹는 무에 대해 말해봅시다. '무야, 너는 무엇을 위해 태어났니?' 라고 묻는다면 뭐라고 할까요? '나는 '그냥' 태어났습니다. 아무 목적도 없었고, 내 힘에 의한 것도 아니고, 전적으로 무언가에 의해 태어남을 받았습니다. 신의 섭리에 의해 태어남을 받았습니다. 그리고 인간의 지극 정성으로 이만큼 키워졌습니다' 라고 대답하겠지요. 그럼, 무엇을 위해 태어남을 받고, 무엇을 위해 키워졌다고 생각하느냐고 물으면, 아마도 '인간에게 먹히기 위해 태어남을 받았고, 인간 또한 나를 먹기 위해 키웠을 겁니다' 라고 대답할 것입니다.

'어떻게 그런 대답을 할 수 있는가?' 라고 묻는다면 '그건 나의 선조인 무 일족이 대대로 인간에게 먹혀왔고, 나도 언젠가는 먹힐 것이며, 나의 자손도 모두 다 인간에게 먹힐 것이다, 그러니 인간에게 먹히기 위해 이 세상에 태어남을 받았고 키워진 것이라고 생각한다' 라고 대답하겠지요.

여기서 무가 자기 사정만 내세운다고 해봅시다.

'나의 선조도 인간에게 먹혔다. 나도 언젠가는 먹힐 것이다. 내 자손도 먹힌다. 아아, 생각하면 참으로 원통한 일이다. 인간과 무의 관계는 철천지원수라고 할 수밖에 없는 적대관계다. 먹고 먹히는 관계라면 그나마 엇비슷하기라도 하지만, 우리 무는 일방적으로 인간에게 먹히기만 해왔다. 아아, 비참하구나. 우리 선조의 원한을 풀고 자손의 재앙을 막기 위해 내가 반드시 복수하리라' 하고 생각할 것입니다. 그래서 엄청나게 쓰디쓴 무가 됩니다. 그 무를 먹은 인간이 뱉어버릴 만큼 쓴 무가 된다면 분명 복수는 가능하겠지요.

하지만 그 뒤에 오는 것은 무엇일까요? '이렇게 쓰디쓴 무는 두 번 다시 심지 말아야겠다' 라는 결론이 나와서 무는 자손 단절의 운명을 맞게 됩니다. 자기 사정만 내세우며 짜낸 생각은 멸망에 이르는 운명의 길이기도 한 것입니다.

그에 반하여 상대방의 사정만 헤아리고 이해한다면, 상대를 어떻게든 살려줄 생각을 한다면 어떻게 될까요? '우리 무는 인간의 노력과 정성 없이는 자라지 못한다. 애초 쌍떡잎 때에 일찌감치 벌레에 먹혀 사라졌을 것이다. 다행히 무로서 내 몫을 다할 수 있을 만큼 튼튼하게 성장한 것은 오로지 인간이 고심하며 노력해준 덕분이다. 자, 어떻게 하면 인간에게 은혜를 갚을 수 있을까? 어떻게 하면 인간에게 기쁨을 줄 수 있을까?' 이렇게 생각해서 맛있는 무가 됩니다.

이런 무는 '누구누구네 집의 자랑거리 무' 가 됩니다. 그 무의 씨앗을 멀리 오이타 현의 이모님께 보냅니다. 사이타마 현의 사촌 형에게도 보냅니다. 그런 식으로 사방팔방으로 보내집니다. 딱히 원하지도 않았고 구하지도 않았지만 이런 무는 자손 번영의 길로 나아갑니다. 생과 사, 들이쉬기와 내쉬기, 자고 일어나기, 먹기와 덜어내기, 나와 타인, 살리는 것과 살려지는 것, 모두 다 두 가지 조합입니다. 그러므로 사람을 살린다, 상대를 살린다, 기쁘게 해준다, 키워준다, 지켜준다, 라는 것에 몸과 마음을 바치는 수행과 훈련의 나날이 우리 인간의 과업이라고 나는 생각합니다. 바로 거기에, 내가 폐에 깊은 병이 들어서도 또다시 구원받은 그 길이 있었다고 생각합니다.

자, ‘인간은 무엇을 위해 태어남을 받았는가?’ 라는 데 대한 답이 되었을까요?

결국 나 자신의 하루하루를 전력을 다해 나를 비우고 상대를 존중하고 상대를 키워주는 일에 힘을 기울이는 것이, 나 자신 또한 키우는 일이라고 믿고 있어서 감히 한 말씀 드렸습니다.

유골을 수습하여 항아리에 담는 것으로 장례는 끝이 났다.

유골을 수습해본 것은 두 번째였다. 마치코 씨의 뼈는 희고 아름다웠지만 어머니의 뼈는 골반이며 늑골이 심하게 변색되어 있었다. 여동생은 칙칙한 뼈를 주워 담으며 “병 때문에 뼈까지 상하다니, 어머니가 너무 불쌍해”라고 흐느껴 울었다. 하지만 나는 그 뼈를 가만히 지켜보며 노·병·사를 떠안고 있던 촉루에서 어머니 생명의 옷이 마침내 해방되어 고통 없는 세계로 떠난 것이라고 생각했다.

동네 회관에 돌아와 유골함을 제단에 안치하고, 초칠일 재를 지낸 뒤에 2층에서 친척, 이웃들과 배달 음식을 나눠 먹으며 술을 마셨다. 모든 장례 절차를 오후 7시에 끝내고 나는 오랜만에 옛집으로 돌아왔다. 묵중한 피로가 온몸을 덮쳐 거실로 쓰는 세 평짜리 방에서 여동생과 둘이 이불을 펴고 누웠다. 즉시 강한 수마가 몰려왔다. 베갯머리에 놓인 어머니의 유골함을 잡고 부드러운 도자기를 쓰다듬는 사이에 어느새 깊은 잠의 늪으로 떨어졌다.

다음 날 아침, 6시에 잠이 깼다. 옆에서 자고 있는 여동생이 깨지 않도록 조심조심 일어나 밖으로 나왔다. 아직은 출근하는 사람들이 드물어 조용한 아침이었다. 전날과 마찬가지로 하늘은 맑고 시원한 바람이 불었다. 나는 홍법사로 향했다. 절 문은 활짝 열려 있었고, 인적 없는 경내는 깨끗하게 빗자루로 쓸어낸 자국이 있었다. 마치코 씨가 세상을 떠나고 2년 뒤에는 아버지인 주지 스님도 입적하셔서 지금은 장남이 뒤를 잇고 있었다. 거대한 녹나무는 짙은 초록빛 잎이 무성해서 초여름 강한 햇살에 깊은 그림자를 발밑에 펼쳐놓았다.

본당 안은 조용했다.

3년 만에 대면하는 석가모니불 앞에 정좌하여 합장명목하고 어머니의 죽음을 보고했다. 그리고 마치코 씨에게도 그 소식을 전했다.

지금은 홍법사 묘지 옆에 납골당이 세워져서, 나는 그 납골당에 어머니의 유골을 안치할 생각이었다. 그러면 여름 백중날에는 어머니도 바람을 타고 이곳에 돌아올 수 있을 터였다.

그것은 마치코 씨가 세상을 떠난 그해, 백중 마지막 날인 8월 15일의 일이었다.

해마다 여름방학이 되면 절의 살림채 방 한 칸을 빌려 공부를 했다.

그해 역시 봄에 치를 대학입시를 앞두고 하루도 빠짐없이 새벽같이 홍법사에 나와 밤늦도록 시험공부에 힘을 쏟았다. 학원에 다닐 만한 경제적 여유도 없었고, 동급생 대부분이 아홉 개의 대학을 지망하는 가운데서 나는 도쿄국립대학만을 지망한 소수파였기 때문에 정보를 주고받을 친구도 없었다. 여동생이 함께 와서 공부하는 일이 많았지만, 그때는 백중 연휴라 구마모토 친척집에 다니러 가고 나 혼자였다. 하지만 백중 명절 기간에는 신도들의 발길이 줄을 이었기 때문에 낮 시간에는 살림채에서 조용히 공부할 만한 분위기가 아니었다. 그래서 저녁에 홍법사에 들어가 아침까지 밤새워 공부하기로 한 것이다.

15일 밤 10시쯤, 늘 하던 대로 절 문을 지나 본당에 들어가자 마치코 씨가 장지문과 창문을 모두 활짝 열어놓고 청소기를 돌리고 있었다. 백중 기간에는 아침 일찍부터 신도들이 드나들기 때문에 며칠 동안은 밤 시간에 본당 청소를 하는 것이다. 내가 들어서자 마치코 씨는 청소기 스위치를 끄고 가까이 오라고 손짓을 했다. 그녀는 넓은 본당 한가운데 서 있었다. 가까이 다가가자 그녀가 내 팔을 끌었다.

청소기 소리가 멈춘 순간부터 본당 안은 깊은 정적이 지배하는 공간이 되었다.

"왜 그래요?"

내가 말을 꺼내자 마치코 씨가 입에 손가락을 대고 "쉬잇!" 하는 소리를 냈다.

"나오토 군, 느껴지지 않아?"

그녀가 속삭이듯이 말했다. 나는 그녀를 따라 귀를 바짝 세우고 시선을 집중하여 본당 안을 둘러보았다. 처음에는 창문 너머에 길게 누운 칠흑의 어둠과 물을 뿌린 듯한 조용함이 느껴졌을 뿐이다. 하지만 잠시 그러고 있는 사이에 온몸을 쓰다듬는 부드러운 바람이 활짝 열린 장지문과 창문을 넘어 본당 한가운데 서 있는 나를 향해 흘러드는 걸 깨달았다. 그 기묘한 바람은 가닥가닥 수많은 줄처럼 자꾸 문 밖에서 본당 안으로 흘러들었다. 일단 느끼고 나니 휘이휘이 피리를 부는 듯한 바람 소리까지 또렷하게 귓가에 와 닿았다.

"신비한 바람이지?"

마치코 씨가 소곤소곤 말했다.

"해마다 백중날 밤에 청소를 하다 보면 이렇게 바람이 본당 안으로 흘러들어와. 8월 초에 새벽같이 청소할 때는 거꾸로 본당 안에서 바깥을 향해 바람이 흘러나가거든? 백중이 가까워지면 이 절에 모셔진 사람들의 영혼이 바람이 되어 자기 고향 마을로 돌아가고, 백중이 끝나면 이렇게 다시 제자리로 돌아오시는 거야. 나오토 군에게 꼭 한번 이 바람을 느끼게 해주고 싶었어. 그래서 내가 오늘 밤, 나오토 군이 오기를 내내 기다렸다니까."

마치코 씨의 그 말을 나는 어딘가 먼 곳에서 들려오는 목소리처럼 듣고 있었다. 그 말에는 노래와도 같은 신비한 리듬이 실려 있었다. 서서히 흘러들어 한 차례 우리를 휘감듯이 소용돌이를 일으키고 등 뒤의 본당 쪽으로 지나가는 부드러운 바람을 온몸으로 받으며, 마치코 씨와 나는 한 시간 가까이 꿈을 꾸는 듯한 심정으로 그 자리에 서 있었다.

마치코 씨가 세상을 떠난 건 그해 12월이었다.

어느 날 아침, 늦게까지 일어나지 않는 그녀가 이상하여 주지 스님이 방에 들어가 보니 마치코 씨는 잠이 든 것처럼 죽어 있었다고 한다. 급하게 달려온 의사의 진단으로는 뇌일혈인 것 같다고 했지만, 어딘가 미심쩍은 죽음이라고 해도 긴 병을 앓던 고찰의 따님이라는 것도 있어서 경찰에서 부검까지는 요구하지 않았다. 이후 마치코 씨의 사인에 대해서는 누구도 더 이상 따지지 않았다.

나와 여동생은 장례 기간 동안 내내 고인과 함께 있었다. 그녀의 얼굴은 평안하고, 다비에 들 때까지 만 사흘 동안 윤기와 광채를 잃지 않았다.

"이제 그만 귀찮아졌다고 하면 벌 받을 소리겠지만, 나는 이제 내 몸뚱이가 그리 필요하지 않은 듯하구나."

세상을 떠나기 몇 달 전부터 마치코 씨는 자주 그런 말을 했다. 그리고 이렇게 말한 적도 있다.

"요즘 들어 죽는다는 게 무엇인지 마침내 깨달은 것 같아. 죽는다는 건 빠져나간다는 거였어. 심하게 울퉁불퉁한 좁은 터널을 빠져나가려면 여기저기 부딪쳐서 아프기도 하고 답답하기도 하고 상당한 고통을 겪을 테지만, 그야말로 반들반들 도자기 같은 터널이라면 조금도 괴롭지 않겠지? 내 몸은 이렇게 너덜너덜해졌지만 그런 만큼 내가 지나갈 터널은 분명 미끈하고 전혀 우둘투둘하지 않을 거야. 어느 날 문득 그

터널을 스르르 지나서 다른 세계로 빠져나갈 것 같아.”

그 말대로 그녀는 나를 두고 이 세계에서 빠져나갔다.

마치코 씨를 보내고 나는 집에 돌아왔다. 여동생은 오후에 학교에 나갔지만, 나는 미리 결석하기로 했기 때문에 혼자서 그날을 보냈다. 마치코 씨가 떠나고 사흘 동안, 날씨는 겨울이 아닌 것처럼 따스하고 환했다. 따뜻하고 부드러운 햇살이 창문으로 비쳐 드는 가운데, 좁은 방 고타쓰 안에서 한참이나 멍하니 앉아 있었다. 그리고는 내 방에 들어가 커튼을 치고 침대에 기어들어 평생 단 한 번, 몸도 마음도 무너질 만큼 호읍(號泣)했었다.

나는 본당에 한참 동안 앉아 있었다. 시시각각 강해지는 아침 햇살을 받아 검게 반들거리는 석가모니불의 모습을 조용히 바라보며 ‘인간도 동물도, 돌이나 꽃이나 공기조차도 모두 하나로 연결된 꿈 같은 것이고, 지금 살아 있는 사람도 죽은 사람도, 나아가 앞으로 태어날 사람도 오직 홀로 자기 자신인 것이다’ 라고 말했던 마치코 씨를 생각했다. 나아가 ‘사람을 살린다, 상대를 살린다, 기쁘게 해준다, 키워준다, 지켜준다’ 라는 것에 몸과 마음을 바치는 수행과 훈련의 나날이 우리 인간의 과업이며, 자신의 하루하루를 전력을 다해 나를 비우고 상대를 존중하고 상대를 키워주는 일에 힘쓰는 것이 나 자신 또한 성장하는 길이라고 설명했던 쓰네오카 이치로라는 사람에 대해 생각했다. 그리고 ‘하루하루 살아가는 것을 하루하루 죽어가는 것이라고 생각하면 세상만사가 모두 고

맙고, 활기차게 살아가는 것이 활기차게 죽어가는 일이라고 이해하면
마음이 평안해진다' 라는 글을 쓴 여류 불교 작가에 대해서도 생각했다.

결국 그들은 모두 똑같은 말을 하고 있었다. 그렇지만 나는 지금 그런
말들을 다 알면서도 그들이 이른 경지와는 아득히 먼 자리에서 홀로 무
릎을 안고 웅크리고 있을 뿐이다, 라는 마음이 들었다.

그날 오후, 나는 도쿄로 돌아왔다. 하네다 공항에서 오니시 부인에게
전화를 걸어 어머니가 세상을 떴다는 소식을 전했다. 부인은,

"저런, 가엾어라. 무척 힘드셨겠네요."

라고 전화기 너머에서 말했다. 말투로 보아 남편이 곁에 있는 것 같아서
나는 지금까지 고마웠다는 인사를 건네고 얼른 전화를 끊었다.

19

도쿄도 쾌청한 날씨였다. 모노레일 창 너머로 보이는 하네다 만의 바
다는 유리 가루라도 뿌린 듯 눈부시게 반짝였지만, 그것은 너무도 인공
적이고 값싼 풍경이었다. 나는 하마마쓰 마치에서 야마테선으로 갈아
타고 아키타바라에서 내려 신주쿠선의 이와모토초 역까지 걸었다. 나
흘 만에 보는 도쿄는 온통 사람 천지였다. 전차 안도, 역 플랫폼도, 시야
옆으로 지나쳐 가는 전자상가 거리도 평일 오후인데도 사람들이 떼로
몰려 북적거렸다. 직장인, 교복 차림의 학생, 외국인, 어린아이의 손을
잡은 어머니, 머리를 붉게 물들인 젊은 여자, 악기를 품에 안은 금발의

소년, 잔술을 손에 들고 뺨이 불콰해진 중년남자, 투덜투덜 혼잣말을 하는 청년, 상복 차림의 아주머니, 경찰관, 택배 운전기사, 각종 작업원, 참으로 다양한 인간들이 서로 아무런 연결고리도 갖지 못한 채 그저 무질서하게 밀치락달치락하며 공간을 가득 메우고 있었다.

너무도 허무하고 실재감이 부족한 이 도시의 모습에 나는 벌써부터 답답함과 표현할 길 없는 적의가 되살아났다. 이곳에는 모든 것이 있는 듯하면서도 실은 아무것도 없다는 생각이 들었다. 마치코 씨의 말대로 모든 것은 하나이고, 눈앞에 몰려다니는 이 사람들 하나하나가 가령 나 자신이라 해도, 그것은 단순히 냉랭하게 얼어붙은 고독을 표상하는 것에 지나지 않는다는 느낌도 들었다.

5시쯤 집에 도착했다. 들어서자마자 우선 욕조에 더운 물을 받아 몸을 담갔다. 따뜻한 물에 들어앉자 기분 좋은 한숨이 계속 터져 나오며, 며칠간의 피로가 입욕제와 함께 뿌연 물속으로 녹아드는 게 느껴졌다.

열린 욕실 창문으로 이웃 쌀가게 건물의 우둘투둘한 회색빛 벽이 보였다. 하지만 아직 충분히 환한 햇살이 건물과 건물 사이의 작은 틈새를 뚫고 넉넉하게 비쳐 들었다. 이런 작은 창문을 통해서라도 빛의 공간은 저 높이 무변의 푸른 하늘까지 끊기는 일 없이 이어진다고 나는 문득 생각했다. 그렇게 생각하니 조금 전과는 달리 마치코 씨가 해주었던 말의 한끝을 희미하게나마 이해할 수 있을 것 같았다.

마치코 씨는 곧잘 이렇게 말했다.

"눈에 보이는 것만 좇으면 인간은 어떤 일에나 절망할 수밖에 없는 거야."

분명 보이지 않는 것에야말로 지금 존재하는 것의 진실한 모습이 숨겨져 있는지도 모른다.

목욕탕에서 나와 옷을 갈아입는데 휴대전화가 울렸다. 에리코였다.

"내내 어디 갔었어?"

그러고 보니 칠월칠석날 이래로 전혀 연락을 하지 않았다. 휴대전화에는 그녀로부터 온 부재중 착신이 몇 개나 기록되었지만, 도저히 전화를 받을 기분이 아니었던 것이다.

에리코의 목소리를 듣고서야 그 다음 날인 12일 금요일에 스와에 가기로 했던 약속이 생각났다.

"아, 미안. 어렵게 얻은 휴가라서 오랜만에 기타큐슈에 다녀왔어. 에리코도 이번 주에는 일이 많다고 했고, 바쁠 것 같아서 연락을 안 했지. 지금 막 돌아온 길이야."

어디 갔었느냐고 묻는 걸 보면 분명 이 집에도 들러본 모양이다. 어설픈 거짓말은 통하지 않겠다는 생각이 들어 나는 그렇게 대답했다. 하지만 내일 또다시 스와까지 가야 한다고 생각하니 그만 귀찮고 지겨운 마음이 들었다.

"웬일이야? 나오토가 고향엘 다 가고?"

"벌써 2년 넘도록 못 가봤거든. 그나저나 전화했었지?"

"걱정했단 말이야. 내일 스와에 가는 것도 그렇고. 우리 아버지랑 엄마, 자기 만나는 거 학수고대하고 있어."

"휴대전화를 깜빡 잊어버리고 갔어. 미안해."

"스와에 가기 싫어서 어디로 숨어버린 줄 알았네."

에리코는 농담처럼 말했지만, 그 말에는 미묘한 가시가 박혀 있었다.

"아니, 별로 싫지는 않아. 날짜 딱 맞춰서 돌아왔잖아?"

"하지만 정말 억지로 갈 건 없어. 원래 자기는 그리 내켜하지 않았잖아."

어디로 숨어버린 줄 알았다느니, 부모가 학수고대하고 있다느니 해놓고 어떻게 한입으로 두 말을 하나, 하고 생각하니 내심 어처구니가 없었다. 또 한편으로는 에리코가 이번 스와 여행을 얼마나 중요하게 생각하는지 새삼 실감했다. 어떻든 약속을 깨버릴 수도 없고, 주말에 나 혼자 이 집에 틀어박혀 있는 것도 싫었다. 그녀가 무슨 기대를 하고 무슨 계획을 세웠건 한 차례 그녀의 친가를 찾아가는 정도로 서로의 관계가 결정되는 일은 없을 거라고 마음을 바꾸었다.

어떻게 보면 에리코와 오랜만에 여행이라도 떠나는 게 지금의 나에게는 꼭 필요한 스트레스 해소책이 될 수도 있을 것이다.

"내일, 몇 시에 어디서 만날까?"

"10시 차표를 샀어. 하지만 자기가 피곤하다면 뒤로 늦춰도 괜찮아."

"자, 그럼 신주쿠에서 만나자."

"그래."

하지만 내일 아침에 나 혼자 일어나 신주쿠까지 가기가 힘들 것 같았다. 나는 지칠 대로 지쳐 있었다. 오늘밤은 에리코와 함께 자고 싶었다.

"오늘 밤에 우리 집에 와서 잘래?"

"그럴까?"

갑자기 에리코의 목소리가 환해졌다. 나도 한결 마음이 놓였다.

"내가 차로 데리러 갈게. 우선 그쪽 부모님 선물부터 사고 저녁 먹으면 되겠네."

"응, 좋아. 그럼 7시에 아오야마의 늘 가던 거기서."

"알았어."

전화를 끊고 시계를 보니 벌써 6시가 넘었다. 서둘러 옷을 갈아입고 집을 나섰다.

쇼핑과 저녁식사를 마치고 집에 돌아오자 10시가 넘었다. 역시 몸이 무겁고 신경이 날카로워지는 게 느껴져서 우리는 곧장 침대로 들어갔다. 나는 책을 읽으며 속옷만 걸친 에리코의 엉덩이를 쓰다듬었지만, 문득 마음에 걸리는 게 있어 책을 덮고 물어보았다.

"스와에 가서도 이렇게 함께 자도 돼?"

에리코가 읽던 잡지를 덮고 "아, 그건"이라고 은근한 미소를 지으며 내 쪽으로 얼굴을 돌렸다.

"내 방은 2층이고 부모님 침실은 아래층이야. 엄마와 상의해서 자기는 2층 다른 방에서 자기로 했어"라고 에리코는 침대 매트에 손끝으로 그쪽 집의 방들을 그려가며 열심히 설명했다. 그리고 내일은 둘이서 여기에 갈 거고, 토요일에는 저기에, 라고 구경하게 될 스와의 명소들을 하나하나 설명해주었다.

그녀의 부모님은 스와 관광에는 동행하지 않고 토요일에만 스와 타이샤 근처의 아버지가 단골로 다니는 요정에서 함께 식사를 하기로 했다고 덧붙였다. 나는 그녀가 어머니와 상의해서 결정했다는 자세한 계획을 말없이 듣고 있다가 한마디 보탰다.

"그럼 따로따로 자는 거잖아?"

"아이, 괜찮아. 내가 방문을 안 잠글게."

에리코는 내 눈을 바라보며 장난스럽게 웃었다.

"어라, 어쩐지 밤도둑 같은데?"

나도 그녀를 따라 웃으며 대답했다. 에리코에게 침대를 쓰느냐고 물었더니 그렇다고 했다.

"침대가 너무 삐걱거렸다가는 에리코 아버지가 골프채를 들고 2층으로 뛰어오시는 거 아니야?"

나는 에리코의 몸에 올라가 그녀의 아랫배 둥근 뼈가 튀어나온 부분에 내 약간 딱딱해진 것을 비비면서 "봐, 이런 식으로"라며 강한 템포로 허리를 위아래로 흔들었다.

"어휴, 제발 이상한 상상 좀 하지 마."

에리코는 내 목을 휘감고 킥킥 웃으며 내 입에 입술을 갖다 댔다. 에리코가 절정에 이른 뒤 내가 몸을 떼자, 그녀는 항상 하던 대로 아직 딱딱한 내 것을 눈을 감고 손바닥으로 감쌌다. 나는 그 손을 뿌리치며 "됐어"라고 말했다. 딱히 거절할 이유가 있었던 것은 아니지만, 왠지 에리코의 뜨뜻미지근한 손바닥의 감촉이 귀찮게 느껴졌다.

에리코는 눈을 뜨고 잠깐 나를 쳐다보더니, 문득 몸을 일으켜 내 아랫도리에 덮여 있던 담요를 걷어냈다. 그리고 내 얼굴 쪽으로 커다란 엉덩이를 대고 개구리처럼 납작 엎드리더니 내 것을 입에 물고 열심히 혀를 움직이기 시작했다. 그녀의 애무는 아직 유치한 수준이라서 항상 그렇듯 이따금 이가 닿아 괴로웠지만, 나는 어쩔 수 없이 윗몸을 들어 오목한 허리를 껴안고 힘을 넣었다. 그러다가 달해서 짧은 시간에 그녀의 입 안에 쏟았다.

입의 안쪽이며 혀에 끝이 닿으면서 최근 4일분의 엄청난 양이 자꾸자꾸 쏟아져서 마치 물을 뿜는 호스가 제멋대로 돌아다니는 듯한 느낌이었다. 직접 입 안에 해버린 건 함께 잠을 잔 뒤로 처음이었다.

에리코는 입을 오므리고 가루약을 머금었을 때처럼 뺨이 불룩해진 채 내 쪽을 돌아보고 웃으며 티슈 두 장을 뽑아 입 속의 것을 뱉어냈다. 하지만 가만히 쳐다보고 있으려니 아직 남아 있던 것은 혀를 움직여 그대로 삼켜버렸다.

그 모습을 바라보며, 왜 저렇게까지 하는 걸까, 하는 생각이 들었다. 이제 곧 익숙해지기는 하겠지만, 어쩐지 길에서 거지를 만났을 때처럼 미안한 마음도 들고, 이래서는 오니시 부인과 전혀 다를 게 없다는 마음도 들었다.

에리코가 몸을 동그랗게 말고 내 품에 파고들기에 힘껏 껴안아주었지만 마음속으로는 '이 여자, 자기 자신을 잃어버린 건가, 아니면 약간 오버한 건가' 라는 생각을 떨쳐버릴 수가 없었다.

20

　오전 10시에 출발하는 마쓰모토행 특급열차에 오르자 에리코는 스와에서 보낸 어린 시절의 이야기를 줄줄 늘어놓기 시작했다. 중학교와 고등학교 때 이야기도 해주었다.

　처음으로 누군가를 좋아했던 이야기도 들었다. 그녀가 중학교 2학년 때쯤으로, 상대는 구시다 군이라는 같은 반 남학생이었다. 첫 데이트 때는 영화를 보러 갔다. 「지저스 크라이스트 슈퍼스타」였다. 돌아오는 길에 구시다 군이 솔제니친의 소설 『암 병동』에 대해 열심히 이야기해주었던 게 지금도 똑똑히 생각난다고 에리코는 말했다.

　"구시다 군, 지금 어떻게 살고 있을까……."

　에리코가 중얼거렸다.

　"아마 지금 에리코가 하는 대로 그 친구도 너를 생각하며 누구에겐가 똑같은 말을 하고 있을 거야."

　"나오토하고 닮았어, 아주 조금. 내가 옛날부터 약간 괴짜인 사람을 좋아했나 봐."

　에리코는, 자기의 어린 시절 이야기도 듣고 싶다, 그런 얘기는 지금까지 거의 들은 적이 없다, 고 말했다.

　언젠가도 말했지만 에리코에게 이야기해줄 만한 게 하나도 없다, 그저 다시 생각하고 싶지 않은 일들밖에 없다, 너무나 가난해서 중학생 때까지 오로지 좀 더 큰 집에서 살기만을 빌었다, 나는 그게 가능하다고 믿었다, 뭐 그런 정도다, 라고 나는 말했다.

"아무튼 주위에서 어이없어할 만큼 영리한 꼬맹이였어. 세 살 때쯤 코난 도일의 『잃어버린 세계』라는 책을 통째로 암기해버린 건방진 아이였으니까."

그리고 나는 아직도 기억하고 있는 그 첫머리를 외워 보였다.

나는 가슴을 두근거리며 챌린저 교수의 거실로 향했습니다. 만일 내가 「데일리 가제트」지의 신문기자라는 것을 교수에게 들킨다면……. 이미 수많은 기자들이 교수에게 얻어맞고 계단 밑으로 굴러떨어져 크게 다쳤던 것입니다. 노크를 하자 안에서 황소 같은 목소리로 대답이 돌아왔습니다.

나는 거기에서 외우기를 멈추고 에리코에게 물었다.

"근데 에리코의 아버지, 설마 황소 같은 목소리의 소유자는 아니겠지?"

"걱정 마. 우리 아버지는 점잖아. 게다가 아버지 방은 2층이 아니라 1층이네요."

에리코가 웃었다.

"그나저나 정말 믿을 수가 없다. 그런 걸 어떻게 30년이 넘도록 기억하고 있어? 나오토의 두뇌, 대체 어떻게 생긴 거야? 나는 정말 항상 신기하더라."

나는 목을 움츠려 보였다.

"이것도 전부터 말했던 건데, 그건 그리 대단한 재능도 아니고 특기도 뭣도 아니야. 일부러 외우려고 해서 외운 것도 아니고."

"그러니까 저절로 외워진다는 거잖아? 그게 다른 사람들에게는 정말 부러운 일이라니까."

"꼭 저절로 외워지는 건 아니야. 매사에 외워두지 않으면 속이 시원하지 않은 강박관념이 어렸을 때부터 박혀 있어서 거기서 벗어나질 못했어. 그러니까 뭔가를 외울 때는 다른 사람과 마찬가지로 뇌 세포가 닳아버릴 만큼 엄청난 작업을 머릿속에서 하고 있을 거야. 단지 내 경우는 그런 감각이 마비된 것뿐이지."

"강박관념?"

에리코가 의아한 얼굴로 되물었다.

"아, 별일 아니야."

탐색하는 듯한 에리코의 시선을 받으며 나는 괜한 소리를 입 밖에 냈다고 금세 후회했다. 지금까지 단 한 번도 그 일을 남에게 말한 적이 없었다. 이토록 쉽게 그 일에 대한 암시를 내뱉은 것도 처음이었다.

아무 말도 하지 않고 창밖으로 눈을 돌리자, 에리코는 더 이상 캐묻지 않고 자신도 푸른 논이 펼쳐진 경치로 시선을 옮겼다.

단정한 그녀의 옆얼굴을 바라보며 나는 왠지 마음속에 거품이 이는 듯한 묘한 느낌이 들었다. 나카가키 사장의 장례식을 마치고 돌아오는 길에도 느꼈던, 그녀와 나 사이의 불균형을 다시금 의식했다. 그리고 이 여자에 대해서만은 가령 불충분한 것으로 끝나더라도 내 나름의 방식으로 좀 더 가까이 다가가야 하는 게 아닐까, 하는 마음이 들었다.

지금 그녀의 얼굴에서 분명하게 배어나는, 그야말로 가득히 채워진 것 같은 행복한 그 색감이 나의 그런 생각을 더욱 증폭시켰다. 뭔가 전에 없는 책임감 같은 것이 느껴졌다. 그것은 다쿠야와 강가에서 놀 때 느꼈던, 나 자신을 필요로 하는 사람이 있다는 눈물겨운 감각과도 비슷했다.

"어렸을 때 어머니가 나를 버린 적이 있었어."

입 밖으로 그렇게 말이 흘러나오고 있었다. 태어나서 처음으로, 여동생에게도 그리고 마치코 씨에게도 차마 털어놓지 못했던 과거의 한 장면을 나는 에리코에게 말하려 하고 있었다.

에리코는 조용히 고개를 돌려 나를 바라보았다. 아무 말 없이 그저 나를 보고 있었다.

"나는 한 차례, 어머니에게 버림을 받았었어."

어차피 말할 거라면 최대한 엄밀한 언어로 해야 한다는 생각에 나는 다시 한 번 그 말을 되풀이했다. 하지만 그래도 아직 말이 부족하다는 생각이 들어서 다시금 수정했다.

"그 여자가 나를 버렸었어."

나 혼자 중얼거릴 때는 한순간에 마음이 꽁꽁 얼어붙고 세상 모든 풍경이 탈색되고 마는 그 말, 하지만 막상 처음으로 남 앞에서 말하고 보니 그만큼의 반동을 내게 부여하지 않는다는 것에 난 내심 크게 놀랐다.

예상했던 것과는 달리 몹시 냉정한 나 자신을 느꼈다.

어머니의 죽음이 내게 이만큼의 침착성을 가져다주었는지도 모른다.

"겨우 두 살 때였어. 내 친부가 어머니를 떠나버린 직후였고. 아마 어머니는 어떻게 해야 좋을지 몰랐을 거야. 이제 겨우 스무 살, 그야말로 어린애 같은 어머니였으니까. 마침 이맘때쯤의 계절이었어. 어머니와 함께 전차를 타고 하카타에 갔었어. 동물원에 놀러 간 거야. 미나미 동물원, 꽤 큰 곳이었지. 내가 그 즈음에 동물을 굉장히 좋아해서 진짜 코끼리와 얼룩말, 기린, 호랑이와 사자가 있는 동물원에 데려간다는 어머니 말에 전날 밤 잠을 설쳤어. 동물원에 도착해서 진짜 동물들을 그야말로 반쯤 넋이 나간 상태로 하염없이 쳐다보고 있었어. 어머니가 나를 버리고 가버렸다는 걸 전혀 깨닫지 못했을 정도야. 지금도 기억나는데, 원숭이들이 사는 산의 나지막한 울타리를 붙잡고 서서 다리 아픈 줄도 모르고 구경하고 있었어. 어머니가 '나오토, 엄마가 아이스크림 사올 테니까 여기 가만히 있어'라고 했어. 아마 나는 대답도 제대로 안 했을 거야. 원숭이를 쳐다보느라 정신이 없어서."

어머니가 돌아오지 않는다는 걸 알고 나는 그 뒤로 6일 동안, 왜 나도 함께 가겠다고 하지 않았을까, 얼마나 후회했는지 몰라. 내가 바보였기 때문에, 내가 멍청했기 때문에, 내가 못된 아이였기 때문에 어머니가 달아나버린 거라고 생각했거든. 어린아이는 부모가 자신을 버렸다는 둥의 생각은 하지 못해. 그야 뭐, 상상도 못하지.

나중에야 동물원 직원이 사무실로 데려가 내 이름을 묻고 몇 번이나 안내 방송을 했어. 왜, 그런 거 있지? '파란 티셔츠를 입은 두 살 정도의 남자 아이가 부모님을 찾고 있습니다. 보호자께서는 동물원 사무실로 와주십시오' 라는 거. 나는 그 안내 방송을 듣고 동물원 직원에게 매달려 사정을 했어. 내 이름은 나오토니까 내 이름도 꼭 방송해달라고. 그렇잖아? 파란 티셔츠를 입은 두 살 정도의 남자 아이라고만 해서는 어머니가 모를 수도 있잖아. 혹시라도 파란 셔츠를 입은 두 살배기 다른 남자 아이를 어머니가 데리고 가면 난 다시는 집에 못 가는 거야.

저녁때까지 보호자가 나타나지 않자 경찰도 나오고, 분위기가 점점 이상해지더니 나를 경찰차에 태워서 동물원 밖으로 데리고 나가더라고. 차 뒷좌석에서 뒤를 내다보니까 동물원 정문이 눈 깜짝할 사이에 멀어지더라. 나는 엉엉 울면서 발버둥이 쳤어. 동물원에서 벗어나면 두 번 다시 어머니가 나를 못 찾아낼 거라고 생각했기 때문이야. 그래도 경찰차는 컴컴하고 낯선 길을 마구 내달리고, 나는 정말 뭐가 뭔지 알 수 없었어. 내 마음대로 엄마 곁을 떠나면 유괴범한테 잡혀간다고 자주 혼이 났었거든. 결국 엄마 말대로 납치를 당했구나, 했어. 내가 말 안 듣는 못된 아이라서 결국 이런 날이 온 거라고.

나중에 생각해보니 아동상담소에 데려갔던 거였어. 친절한 중년 아줌마가 내게 밥을 차려줬어. 주스도 주고 과자도 주고. 그리고는 어떤 방에 데려가서 내 이름이며 사는 곳을 끈질기게 물어봤어. 하지만 아직 두 살짜리 아이가 뭘 알겠어? 내 이름만 알고 있었지. 성씨도 몰랐어. 그 아줌마가 '나오토 군, 성은 뭐지?' 라고 자꾸 묻는데 나는 그걸 모르는 거야. 정확한 이름을 알면 주민등록이나 호적으로 어느 집 아이인지 조사할 수 있어서 그랬겠지. 하지만 나는 늘 나오토였지, 성씨라는 게 뭔지도 모르고 있었어. 꼬박 6일 동안, 나는 결국 마쓰바라라는 내 성씨를 기억해내지 못했어.

동물원에는 어떻게 왔지? 전차 타고 왔어? 버스는? 역은? 시간이 얼마나 걸렸지? 어떤 집에 살았지? 누구하고 왔지? 어머니 이름은? 아버지 이름은?

하지만 첫째 날에는 하나도 대답을 못했어. 이틀째가 되자 나도 조금쯤 침착해졌나 봐. 어떤 색깔의 전차였는지, 어떻게 생긴 역이었는지, 실제로 차를 타고 여기저기 역을 돌며 물어봐서 하카타 역이었다는 것도, 어떤 색깔의 전차였는지도 그 아줌마에게 알려줄 수 있었어. 하지만 그런 게 아무 단서도 못 된다는 건 어린 마음에도 잘 알고 있었어.

다음 날에는 그 아줌마 말고 또 다른 젊은 남자와 차를 타고 하카타 거리를 돌았어. 내가 울음을 터뜨리면 그 두 사람이 이렇게 타이르는 거야. '나오토, 걱정하지 마라. 엄마가 꼭 데리러 오실 거야. 나오토 같은 아이들이 가끔 있는데, 다들 오늘내일 사이에는 엄마가 데리러 오셨어' 라고.

근데 사흘째가 되니까 아무도 그런 말을 안 하더라. 나도 엄마가 나를 데리러 오지 않는다는 걸 알았어. 이건 엄마가 문제인 게 아니라 내가 문제인 거라서 엄마는 나를 찾으러 올 수 없는 거라고 생각했지. 그때쯤에는 이미 그 아줌마도 젊은 남자도 반쯤은 포기한 것 같았어. 무엇이든, 아무리 작은 일이라도 집안에 대해서나 부모에 대해, 이웃이나 친구에 대해 생각나는 게 있으면 말해보라고, 계속 그 말만 했어.

밤이 되면 다시 같은 건물, 같은 방으로 가서 그 아줌마하고 같이 잤는데, 나흘째 밤이 되니까 아줌마가 먼저 잠자리에 들더라. 나는 아줌마가 잠들기를 기다렸다가 살그머니 이불 밖으로 나와 컴컴한 방 한쪽 구석에서 희미한 기억의 실마리를 잡아보려고 의식을 집중했어. 머리가 타버릴 만큼 필사적으로 생각해내려고 했지. 내 이름 위에 붙는 성씨, 내가 살던 동네 이름, 전차를 탔던 역 이름, 그 역에 가려고 버스를 탔던 정류소 이름…….

닷새째 되던 날 아침까지 그중 몇 가지를 기억해냈어. 성씨는 끝내 생각이 안 났지만, 역 이름이 도바타라는 것, 전차는 구마모토행이었고, 버스는 니시테쓰 버스였으며, 정류소 이름은 '아사오' 거나 '아사우' 라는 걸 기억해냈어. 하지만 나는 그 정도로는 아직 너무 부족하다고 생각했어. 뭔가 결정적인 장소의 이름을 기억해내지 않으면 안 된다고 생각했지.

닷새째 날 점심때, 아줌마에게 종이와 연필을 빌려달라고 했어. 내가 날마다 어머니와 함께 나갔던 작은 공원이 생각났기 때문이야. 하지만 이름이 생각난 건 아니었어. 그저 공원 입구 팻말에 적혀 있던 글자를 희미하게 떠올린 거였지. 아무튼 날마다 나간 곳이라고는 집 옆에 있던 공원뿐이었으니까, 그 팻말이라면 일 년 내내 봤었거든.

몇 번이나 실패를 했지만, 결국 나는 그 글자를 써냈어. 두 살배기 어린애가 한자로 글씨를 쓴 거야. 태어나서 처음으로 써본 글자였어. 믿어지지 않지? 인간이란 급박한 상황에 처하면 자기 스스로 일을 해결할 수 있다는 증거인 셈이지. 그건 '히카리(光)'라는 한자였어. 마침내 써냈을 때, 나는 그 글자가 틀림없다고 생각했어. 내가 항상 놀던 곳이 바로 히카리 공원이었던 거야. 물론 그때는 그 한자를 어떻게 읽는지 알지 못했지만 말이야."

나는 말을 마치고 무의식중에 고개를 떨어뜨렸다. 한참 동안 느릿느릿 흐르는 시간을 곱씹듯이 맛보았다. 평생 어느 누구에게도 말하지 말자고 맹세했던 일을 지금 털어놓고 만 것이다. 나 스스로도 그 기억의 어디까지가 사실이고 어디서부터 재구성한 것인지 분간할 수 없었다. 하지만 내 기억이 사실일 거라는 확신은 있었다. 왜냐하면 그 사건 직후부터 나는 거의 모든 기억을 하나도 빠뜨리지 않고 내 머릿속에 남김없이 축적해왔기 때문이다.

머릿속이 타버릴 만큼 의식을 집중했던 그해 7월의 어느 날 밤, 나는 내 속의 무언가가 확실하게 변용하고 진화한 것을 자각했다. 그때부터 나는 불면이나 진탕 마시는 술로 억제하지 않는 한, 어떤 일도 잊어버릴 수 없었다. 또한 어떤 일도 잊어버려서는 안 된다고 믿었다. 이것은 사고나 감각 같은 것과는 전혀 다른 것이었다. 잊어버린다는 것은 나에게는 자칫 생명을 잃을 수 있는 위험한 실수였다. 두 번 다시 나 자신을 둘러싼 상황에 나를 내맡길 수 없었다. 그랬다가는 여기저기서 끔찍한 배반을 당하고 모든 것을 송두리째 잃어버릴 게 틀림없었기 때문이다.

나는 고개를 들어 에리코를 바라보았다. 에리코의 얼굴은 감정이 사라진 채 그대로 굳어버린 것 같았다.

"그래서 이런 식으로 코난 도일의 『잃어버린 세계』도 통째로 외우고 있어. 가만 생각해보면 이 책의 제목도 그렇고, 햇빛이라는 뜻의 히카리 공원의 이름도 그렇고, 정말 우스꽝스러운 풍자라고 할 만하지?

도바타 시에 히카리라는 공원은 한 군데밖에 없었어. 엿새째 되는 날 아침 일찍, 그 사람들은 나를 히카리 공원에 데리고 갔어. 그리고 아이들과 함께 공원에 나온 아줌마들에게 물어물어 결국 우리 집을 찾아냈어. 허름한 공동주택의 문을 열고 나온 어머니는 아동상담소 직원들의 손을 잡고 서 있는 나를 보더니 잠이 싹 달아나버린 사람처럼 눈을 허옇게 뜨더라. 그 다음 일은 뭐, 더 이상 입에 올리고 싶지도 않아."

에리코는 이런 이야기를 들었을 때 보통 사람이라면 누구나 그렇듯이 내게서 눈을 떼지 않고, 그렇다고 할 말을 찾아내려고 초조해하는 기색도 없이 그저 침묵 속에서 내 말을 받아들이고 있었다.

"난 그런 경험 때문에 처음에는 나 자신은 내가 지키는 수밖에 없다고 굳게 믿었어. 이 지독한 세상에서 살아남기 위해서는 나뿐만 아니라 어떤 사람이든 그건 꼭 필요한 일이라고 생각했지. 마치 호노카의 어머니가 자신의 딸에게 말했던 것처럼. 하지만 그 뒤에 그건 완전한 거짓이라는 생각이 들었어. 내가 나를 지킨다고 해봤자, 그렇게 어렵게 지켜내야 할 만큼 나 자신이 소중한 존재라는 생각이 전혀 안 들었거든. 그렇잖아? 나는 나를 낳아준 어머니에게조차 버림받은 인간이야. 이런 인간에게 무슨 대단한 가치 같은 게 있겠어?

그리고 드디어 철이 들면서 나는 이렇게 생각하게 되었어. 왜 나는 그 일을 잊어버리지 못하는가, 라고. 완전히 잊어버릴 수만 있다면 나는 좀더 행복해질 수 있는데, 라고. 그 일을 두고두고 기억하면서 어머니를 수없이 원망하고, 다시는 어머니와 친해지지 못하는 나의 끈덕지고 못난 성격에 더 문제가 있는 거라고.

하지만 얼마 뒤에는 그것도 틀린 생각이라는 걸 알았어. 인간은 자기 인생의 본질적인 일에 대해서는 어떻게도 눈을 돌릴 수 없는 거야. 이를테면 부모에게 버림을 받았다든가 우리가 언젠가는 죽는다든가, 그런 건 아무리 대충 눈을 감고 넘어가려고 해도 절대로 잊어버릴 수 없어. 결국 나 같은 가정환경을 가진 사람은 일단 나 자신의 일에 갇혀버리면 어째서 내가 이 세상에서 살아가고 있는지 알 수가 없게 돼. 나 자신을 소중하게 생각하려고 하면, 그 사고의 가장 첫 단계에서 그만 좌절해서 옴짝달싹할 수 없게 되는 거야. 그래서 여동생이 태어나고 내가 초등학생이 되었을 때, 나는 이렇게 생각했어. 어머니에게서 여동생을 빼앗아오자. 여동생을 빼앗아 이 아기가 어른이 될 때까지 십여 년 동안 이 아기만을 위해 살아가자. 그러면 나는 그런 시시해빠진 나 자신의 일 따위로 고민하는 일 없이 어린 여동생을 위해서만 살아갈 수 있을 테니까.

언젠가 에리코에게 말했었지? 가족 같은 건 믿지 않는다고. 그건 세상의 평범한 가족 같은 건 내 입장에서 보면 조금도 가족 같지 않기 때문이야. 어머니가 정말로 어머니이기 위해서는, 아버지가 정말로 아버지이기 위해서는, 형이 정말로 형이기 위해서는, 여동생이 정말로 여동생이기 위해서는 서로가 서로를 위해 철저하게 희생해야 한다고 나는 생각해. 마치 고헤이 군이 라이타를 위해 죽은 것처럼, 그리고 라이타가 그 죽음을 목격하고서 자신도 이미 죽은 목숨이라고 마음속으로 굳게 믿는 것처럼, 인간과 인간은 본래 서로의 목숨 깊은 속까지 이어져야 한다고 나는 생각해.

사람과 사람 사이의 관계에는 대등이니 평등, 존중이니 희생 같은 건 존재할 수가 없는 거야. 연애도 그렇잖아? 사랑하는 것이 중요한 게 아니야. 상대를 소중하게 생각하는 것이 중요한 게 아니야. 겨우 그 정도로 인간은 자신의 본질적인 문제를 결코 해결할 수 없어.

사랑한다는 건 자신의 모든 것을 없애고 오로지 상대를 위해서만, 오로지 상대 속에서만 사는 거야. 하지만 그런 일은 이 세상 어느 누구라도 불가능해. 아무리 서로 사랑하는 연인이라도, 아무리 서로 사랑하는 부부라도 반드시 헤어질 때가 다가와. 그때 한 사람이 죽으면 다른 또 한 사람이 뒤따라 죽는다, 그런 이야기를 주위에서 들어본 적 있어? 나는 단 한 번도 들어본 적이 없어. 하지만 그건 어떤 사람이든 어쩔 수 없는 일이기도 하고, 당연한 일이기도 해. 인간에겐 자신의 생명을 스스로 어떻게 해버릴 권리 같은 건 요만큼도 없거든. 목숨을 자신의 의사나 능력으로 어떻게 할 수 있다고 생각한다면, 연애처럼 허약하고 덧없는 꽃은 피어나기는커녕 피어나는 족족 시들어버릴 게 틀림없어. 인간 한 사람 한 사람이 목숨을 제 것이라고 생각하며 만들어낸 세계에서는 오로지 폭력과 차별, 지배와 복종에 의해서만 살아남을 수 있어. 바로 지금 이 세계가 그런 것처럼."

정오가 지나 스와에 도착하자, 우리는 에리코가 세운 계획대로 스와 호수를 한 바퀴 도는 유람선을 탔다. 둘이 나란히 갑판에 서서 뱃머리 쪽의 손잡이에 기대어, 배가 만들어내는 의외로 거친 하얀 항적(航跡)을 바라보았다.

그때 에리코가 불쑥 말을 꺼냈다.

"드디어 내가 태어난 곳까지 나오토를 이끌고 왔네."

그 말은 전차 안에서의 내 이야기와는 아무 관련이 없었지만, 그녀다운 배려를 느끼게 해주는 말이었다. 나는 호수를 눈이 부신 듯 내려다보는 에리코의 옆얼굴을 쳐다보았다.

"근데 늘 나만 나오토를 쫓아다녀. 이상하지? 어쩌면 나오토는 싫어할지도 모르는데 말이야."

그렇게 생각한다면 왜 나를 쫓아다니는가, 라고 항상 하던 버릇대로 퍼뜩 생각했지만, 에리코가 내게 전달하려는 불안감은 분명 흔해빠진 감정은 아닐 거라고 얼른 생각을 바로잡았다. 그녀의 불안감의 근원은, 사실은 그녀가 하는 어떤 일에 대해서도 내가 제대로 싫어하지도 좋아하지도 않는다는 데 있을 것이다.

나는 아무 말 없이 그저 호수 건너편 안개 속에 드러누운 산봉우리들만 바라보았다.

"들어가자, 바람이 차가워."

에리코가 재촉하는 바람에 우리는 커다란 창문으로 에워싸인 너른 선실로 돌아왔다.

그리고 나는 점점 우울한 기분에 빠졌다. 그렇게 우울한 상태인 채로 저녁에는 정원이 넓고 거대한 이층집에서 나를 기다리는 그녀의 양친과 대면한 것이다.

21

에리코의 아버지 후카자와 씨는 스와에 본거지를 둔 대기업 정밀기계회사의 부속품 하청 제조업체 경영자였다. 직원이 삼백 명이 넘는, 하청 업체로서는 스와에서도 가장 큰 규모로 손꼽히는 기업의 2대째 사장이었다. 그를 보자마자 말 그대로 호인의 얼굴이라고 생각했다. 식탁에 마주 앉아 그가 맨 처음에 한 말은, 나의 대학 선배라는 것이었다. 그 시절이 그립다는 듯, 그는 한참이나 50년대 도쿄대학 근처의 풍경을 이야기했다. 그리고 몇몇 식당이며 구둣방, 양복점, 술집 이름을 대면서 아느냐고 물었다. 모두 처음 듣는 곳이라,

"저는 그런 곳을 들은 적도 본 적도 없습니다만."
이라고 대답했다. 순간 그녀의 아버지 얼굴이 김이 샌 듯 흐려졌다.

"하긴 그렇겠지. 요즘은 놀 데가 정말 많으니까. 우리가 대학 다니던 시절은 가까스로 '전후(戰後)'라는 것에서 벗어났을 때라 돈도 없고 변

변히 놀 데도 없었어. 놀려고 해도 놀 수가 없는 시대였지. 어쩌다 값싼 술집이라도 있으면 다들 거기로만 우르르 몰려갔어."

나는 그 말에 이렇게 대꾸했다.

"에리코 씨가 좋아하는 미시마 유키오가 그 비슷한 얘기를 했었어요. 미시마는 1925년생이니까 후카자와 씨보다 한 세대 이전 사람입니다만, 그의 경우에는 그만큼 문학에 몰입할 수 있어서 좋았다, 요즘 학생들은, 이건 물론 60년대를 가리키는 건데요, 도무지 열정이 없다고 꾸짖었어요. 결론은, 청춘이라는 건 어느 시대에나 이상적인 게 없다는, 실로 따분한 이야기였죠."

대화가 끊기자 나는 상에 오른 맥주를 내 마음대로 잔에 따라 두세 잔을 연거푸 마셨다. 그리고 식당과 이어진 넓은 응접실에 고급스럽기 짝이 없는 소파며 탁자, 샹들리에와 벽에 장식된 사실적인 그림들을 바라보았다. 식탁에는 에리코의 어머니가 반나절 걸려 손수 요리했다는 음식들이 줄줄이 차려져 있었다.

"그나저나 법학부에서 저널리즘계로 진출한 건 좀 드문 경우로군."

에리코의 아버지가 그렇게 말하는지라 나는 전에 에리코에게도 했던 말을 다시 했다.

"딱히 저널리즘 쪽을 원했던 것도 아니고, 책을 좋아한 것도 아니에요. 실은 어디서 일하건 상관없었지만, 대학 수업 때 당시 문예지에 글을 쓰던 문학부 조교수에게서 이쪽 출판사가 일본에서 가장 월급이 많다는 얘기를 듣고 입사시험을 쳤어요. 그저 그런 이유에서 이쪽 업계로 들어오게 되었습니다."

"호오, 그래!"

에리코의 아버지는 감탄하는 목소리로 물었다.

"실례지만, 그래서 어느 정도나 받고 있지?"

"입사한 지 아직 8년밖에 안 됐습니다. 그래도 연봉으로 천만 엔 정도를 받습니다."

"거, 대단하네."

에리코의 아버지는 그 말 뒤에 이번 불황으로 제조업계는 사면초가 상태이며, 자신의 회사도 그 직격탄을 맞고 있다고 탄식했다. 그리고 한참 동안 우리는 미국과 일본의 경제관계에 대해 이야기했다. 나는 기축통화(基軸通貨)라는 것에 대해 잠깐 상세한 설명을 했다. 『80일간의 세계일주』의 주인공 필리어스 포그에게는 어느 나라에서나 영국 은행권으로 쇼핑이 가능하다는 어드밴티지가 있었다는 것, 그러다가 1931년에 파운드가 금본위제를 이탈함으로써 그것이 불가능하게 된 경위, 미국의 등장과 전쟁, 미스터 도지가 GHQ의 뉴딜러들을 꼼짝 못하게 한 이야기, 도지와 이케다 하야토가 밀담을 통해 결정한 환율은 30엔 달러가 못 되었다는 것, 패권국이 반드시 빠지게 되는 해외 채권의 함정, 베트남 시대에 미국이 내건 '총과 버터' 정책의 모순, 그리고 1971년 닉슨 쇼크와 다케시타 장상 시절의 플라자 합의에 관한 뒷이야기, 미스터 엔(YEN)이라고 불렸던 전 대장성 재무관의 의외로 낮았던 성내에서의 평가, 예산 편성권 등을 빼앗아 갔지만 내각 기능이 충분히 보강되지 않은 현재의 행정 개혁 플랜으로는 실효성이 부족해서 금융청의 역할 따위를 재정 당국은 일절 기대하지 않는다는 것, 현재 일본의 불량채권 문제가 국제은행 거래의 발달로 세계 동시 불황의 계기가 될 수 있다는 시나리오는 이미 진부한 것이고, 미국은 최근 수년 동안 세계 금융시장에서 일본 경제를 제외해도 공황이 발생하지 않을 시스템 구축을 꾀하고, 이미 그 체제를 만들었다는 것, 등등에 대해 나는 이야기했다.

에리코의 아버지는 내 이야기에 귀를 기울였다. 그리고 자기 회사의 최근 실적이며 제품 가격 동향에 대해 자세히 설명해주었다. 에리코도 어머니도 우리 두 사람이 마침내 스스럼없이 대화가 이어지자 곁에서 안도한 표정을 짓고 있었다. 하지만 나는 에리코의 아버지가 하는 말에 별다른 흥미가 느껴지지 않아 실제로는 거의 듣고 있지 않았다.

식사가 끝나고 다시 응접실로 자리를 옮겼다. 아버지는 비장의 술이라면서 연대가 오래된 브랜디를 가져와 내 잔에 따라주었다. 그는 완전히 느긋해진 모습으로 이번에도 내 바로 앞에 앉았다.

"야아, 이거 부끄러운 이야기지만, 실은 간밤에 내가 잠을 제대로 못 잤어. 에리코가 이번 설날에 내려와서 꼭 만나줬으면 하는 사람이 있다면서 갑자기 자네 이야기를 털어놓았을 때는 솔직히 말해서 깜짝 놀랐지. 이렇게 말하면 뭣하지만, 우리 딸은 그리 쉽게 누구를 좋아하고 그럴 아이가 아니거든."

아버지는 술잔을 기울이며,

"하지만 자네 같은 사람이라면, 이거 참, 정말 마음이 놓이네."

라고 덧붙이고는 약간 겸연쩍게 웃었다. 그 옆에서 지금까지 거의 입을 열지 않던 어머니가 고개를 끄덕이며 말했다. 그녀는 에리코와 닮은, 몹시 단아한 얼굴이었다.

"원래 에리코가 먼저 그쪽 댁에 가서 인사를 드리고 그 다음에 자네를 초대했어야 옳았는데, 아무래도 늦게 생긴 외동딸이라 우리까지 이렇게 예의 없이 굴고 말았네. 그저 얼굴이라도 한번 보고 싶어서 순서도 못 지켰어. 정말 미안해요."

내가 예상했던 대로 결혼 이야기가 나오는 바람에 에리코 쪽을 흘끔 살펴보았지만, 그녀는 브랜디 잔을 손에 들고 부모님 쪽만 바라보고 있었다. 나는 잠시 침묵하면서 에리코가 무슨 말이라도 거들어주기를 기다렸다. 하지만 내 마음을 살펴주는 기색도 없이 에리코는 그저 웃고 있었다. 어렵게 결혼 이야기를 꺼낸 어머니에게 어떻게 대응해야 할지 나는 잠시 망설였다. 그렇게 정색을 하실 만한 관계가 아닙니다, 라고 말할까 하는 생각도 들었지만, 이 자리의 분위기에는 도저히 어울리지 않는 말이었다.

에리코의 부모가 오늘 무엇 때문에 나를 기다렸는지 그건 나도 이미 알고 있었고, 그것을 반쯤은 인정하고서 찾아온 거였다. 그렇다면 나는 이 사람들의 생각대로 연기하는 수밖에 없다. 어떤 일이든 상황이 모든 것을 결정한다는 게 세상의 습속이다. 만일 그들이 원한다면 에리코와 결혼한다고 해도 무방하다. 이런 거, 실제로 아무것도 아닌 일이다. 나는 우선 그런 식으로 생각했다. 그렇게 생각하니 마음이 가벼워졌다. 자신에게 정직해지기 위해서는 자기 자신을 물처럼 살랑살랑 풀어버리면 된다. 그저 그것뿐이었다.

"그런 절차는 별로 신경 쓰시지 않아도 괜찮습니다. 저는 부모가 없으니까요."

내가 말했다. 그러자 깜짝 놀란 에리코의 부모가 동시에 내 쪽을 바라보았다.

"몇 살 때에?"

후카자와 씨가 즉시 물었다.

"아버지 쪽은 내가 한 살 때였어요. 어머니와 나를 버리고 도망쳤다는군요. 그 뒤로 아버지와는 한 번도 못 만났습니다. 어머니는 이번 월요일에 돌아가셨고요."

이번에는 에리코의 얼굴이 새파래졌다.

"월요일이라니, 이번 주 월요일이란 말인가?"

잠시 아연한 얼굴로 나를 바라보다가 후카자와 씨가 물었다.

"네, 그렇습니다. 자궁암이 간으로 전이되어 3년 가까이 입원과 퇴원을 반복했지만, 역시 회복되지 않았어요."

에리코의 아버지는 뭐라고 말해야 좋을지 모르겠다는 듯, 더욱더 기괴한 표정을 지었다. 그리고 당황한 얼굴로 에리코를 돌아보더니 "너는 알지 못했냐?"라고 물었다. 에리코는 갑자기 딸꾹질이라도 난 것처럼 고개를 끄덕였다. 어머니는 손으로 입을 가리며 "어머나, 저런!"이라고 기품 있는 탄식을 자아냈다.

"그럼 자기, 큐슈에 갔었다고 하더니, 그래서?"

에리코의 목소리가 떨리고 있었다. 어처구니없어하는 그 얼굴이 아버지를 꼭 닮았다고 나는 생각했다.

나는 곧바로 나름대로 흥미 있었던 장례식 풍경이며, 도와주겠다고 달려온 익살스러운 학교 친구들에 대해 이야기했지만, 세 사람 다 고개 한 번 끄덕이는 일 없이 그저 내 눈치를 살피며 입을 꾹 다물고 있었다.

내 말이 끝나자 에리코의 아버지는 형식적인 조문 인사를 건넨 뒤에,

"그런 일이 있었군. 그런데……."

라고 말하고는,

"자네, 어머님에 대해 마치 남의 일처럼 이야기하는군."

이라고 덧붙였다. 나는 어떻게 대답해야 할지 생각했지만 딱히 대답할 도리가 없어 그냥 소리 내어 웃고는, 괜찮으시다면 브랜디나 한 잔 더 주십시오, 하고 말했다.

"자네는 어머니를 좋아하지 않았는가?"

술을 따라준 뒤에 다시 침묵에 잠겨 있던 후카자와 씨가 "으음" 하고 한 차례 신음 소리를 낸 뒤 그렇게 물었다. 그는 내 눈을 똑바로 바라보았지만, 술에 취해 얼굴이 불그레했다. 내심 그 무례한 질문이 몹시 불쾌했다. 어머니를 싫어하는 사람이 그리 흔하게 있을 리 없다. 그런 사람이 있다면 거기에는 반드시 심각한 이유가 있는 것이다.

"어째서 그런 질문을 하시지요?"

"아니, 그렇잖은가? 그렇지 않고서는 어머니가 돌아가시고 닷새째

되는 날 이런 곳에 와서 약혼자의 부모와 대면한다는 건 생각할 수 없겠지.”

나는 그 즉시 당신은 얼간이라고 소리치고 싶었다. 하지만 강한 시선이 느껴져서 에리코 쪽을 보니 애원하는 눈빛으로 고개를 가로젓고 있었다. 나는 입을 다물고 천장의 샹들리에 불빛만 올려다보았다. 화제를 다른 곳으로 돌려야겠다고 생각하며 의식을 집중했다.

“그저 좀 외로웠을 뿐입니다. 이건 안 되는 일일까요? 이런 감정은 비상식적일까요?”

나는 한숨을 내쉬며 힘없는 어조로 말했다. 짐작했던 대로 에리코의 부모는 뭔가 단단한 것이 급속히 녹아내리는 기색이었다.

“실례인 줄 알면서도 나도 모르게 마음에 걸려 이상한 소리를 했군. 너무 마음 상하지 말게.”

에리코의 아버지는 말을 이었다.

“부모라는 건 인간으로서는 일단 저급한 생물이라네. 참으로 단순한 시각이겠지만 육친을 사랑하지 못하는 사람이 과연 생판 남인 우리 딸을 사랑할 수 있을지, 잠시 어리석은 걱정을 했어.”

“그 심정은 잘 압니다.”

내가 말했다.

“하지만 후카자와 씨, 저는 늘 이런 생각을 합니다. 육친을 강하게 사랑하는 사람이 뜻밖에도 타인에게는 냉담하구나, 하고요.”

“응, 그건 그럴지도 모르겠네요.”

에리코의 어머니가 뜸을 들이듯이 조용히 맞장구를 쳤다.

그리고는 다 같이 에리코의 어린 시절 앨범을 보며 시간을 보내다가, 11시가 조금 지나 나와 에리코는 2층으로 올라왔다.

22

내게 내준 2층의 널찍한 방에는 어느새 침상이 준비되어 있었다.

푹신한 이불에 몸을 뉘고, 나는 휴대전화의 알람을 두 시간 후로 맞춰 놓은 뒤 잠이 들었다. 그 두 시간 동안 나는 짧은 꿈을 꾸었다.

내가 학교 교장실 같은 넓은 방에서 검은 양복을 입고 응접세트 소파에 앉아 있었다.

노크 소리가 들렸다.

"네."

문이 열리고 공장 제복 같은 파란 덧옷을 입은 중년여자의 안내를 받아 한 엄마와 아들이 들어왔다. 중년여자의 얼굴은 명확하지 않았지만 그 여자가 데리고 들어온 건 도모미와 다쿠야였다.

"원장 선생님."

중년여자가 그렇게 불렀기 때문에 내가 보육원 원장이라는 것을 알았다. 그렇다면 이 여자는 보육사 중의 한 사람인 모양이라고 나는 꿈속에서 생각했다.

내일부터 이 보육원에서 다쿠야를 맡게 되어 도모미가 인사를 하러

온 것이라고 그 중년여자는 말했다. 서 있는 세 사람에게 눈앞의 의자를 권하고 나는 즉시 세세한 유치원의 규칙—그 내용이 눈을 떴을 때는 하나도 기억나지 않았지만—을 도모미에게 설명해주었다. 무척 긴 설명이었다.

그러다가 이야기가 어떻게 흘렀는지 모르겠지만, 아무튼 도모미가 남편과 헤어지고 일을 하게 된 사정에 대해 말했다. 중년의 보육사가 '이혼'이라는 말을 듣고 곁에서 한마디 참견하고 나섰다.

"쯧쯧, 너희 엄마가 네게 정말 심한 짓을 했구나."

다쿠야를 향해 웃으며 그렇게 말한 것이다. 그 순간 도모미의 얼굴빛이 변하면서 보육사를 노려보는 걸 나는 놓치지 않았다.

도모미는 말투를 바꾸어 비난하는 듯한 눈빛으로 나를 쳐다보며 말했다.

"원장 선생님, 여기 선생님은 4시 반에 마중을 오라고 하는데요, 어떻게든 6시까지로 연장해줄 수 없을까요?"

"네, 다쿠야는 아침 7시부터 보육원에 나오기로 했지요? 보험 외판원으로 일하신다고 했는데, 되도록 4시 반으로 부탁드립니다."

내가 대답했다.

"그래서는 제가 일을 제대로 할 수 없어요. 오후에 방문하는 고객이 많고, 일을 시작한 지 얼마 안 되어서 설계서 작성 등에도 시간이 많이 걸려요. 어떻게든 다른 아이들처럼 6시까지로 해주세요."

나는 일방적으로 밀어붙이는 도모미의 말투가 적잖이 거슬렸다.

"하지만 규칙 때문에 곤란합니다."

나는 퉁명스럽게 대꾸했다.

"아무래도 안 돼요? 모자 가정은 안 봐주는 거예요?"

"그런 건 아니지만 이른 아침에 출근하는 파트타임 보육사들이 부족한 상황입니다. 게다가 이렇게 말씀드리면 어떨지 모르겠지만, 이혼이란 건 어머님 부부가 자기들 사정에 따라 한 일이니까 자업자득인 면도 있잖습니까? 어떻게 모든 것을 어머님 좋을 대로만 할 수 있겠습니까? 그보다 여기 다쿠야 군을 좀 생각해주서야지요."

내가 별 생각 없이 던진 그 말에 폭발한 도모미가 맹렬한 기세로 몰아붙이기 시작했다.

"나도 정말 살기 힘들다고요. 4시까지 근무해서는 도저히 실적을 올리지 못해요. 이쪽 동네에는 친척도 없어서 오후에 아이를 맡아줄 사람이 없다니까요. 월급 10만 엔에, 국가 보조비까지 합해 겨우 15만 엔으로 한 달 동안 살고 있어요. 그게 얼마나 힘든지 당신 같은 공무원들은 알 리가 없겠죠. 집세만 해도 5, 6만 엔이 들고 식비도 의류비도 만만치가 않아요. 부부가 맞벌이를 하는 집하고 나는 사정이 완전히 다르단 말이에요!"

도모미는 한 달 동안 들어가는 세세한 생활비 내역이며, 전 남편이 양육비를 한 푼도 보내주지 않는 사정을 눈물을 글썽여가며 하소연했다.

나는 멍하니 그녀의 말을 듣고 있었지만, 이런 대도시에서 월 15만 엔 남짓한 수입으로 모자 둘이 살아간다는 게 얼마나 힘겨운 일인지 충분히 알고 있었기 때문에 정말 딱하다는 생각이 들었다. 마지막에는 상당히 매력적인 이 한창 나이의 젊은 엄마 모습에 완전히 압도되어버렸다.

그래서 나는 도모미의 열렬한 설명이 끝나자 지갑에서 만 엔짜리 지폐를 있는 대로 꺼내 반으로 접어서 도모미의 눈앞에 내밀었다.

"그러시면 이번 달은 이걸 보태서 쓰세요. 그 대신 4시 반에는 꼭 마중을 와주십시오. 그러면 다음 달에도 또 돈을 드릴 테니까요."

내 말이 끝나기도 전에 도모미의 얼굴에서 핏기가 사라졌다. 그녀의 얼굴은 일그러지고 입술을 악무는 무서운 표정이 되었다. 이론적으로는 말이 안 되지만 나는 그때, 이런 도모미의 얼굴을 보는 건 처음이야, 라고 생각했다.

분노한 도모미의 표정이 스톱 모션으로 내 시야에 가득 들어오더니, 순간 내가 들고 있던 지폐를 홱 뿌리친 그녀의 오른손이 내 뺨을 세게 후려쳤다. 왜 이런 봉변을 당해야 하는지 알 수 없어 나는 얼얼한 뺨의 통증에 신음 소리를 내야 했다.

그 장면에서 나는 정말 신음 소리를 내며 자리에서 벌떡 일어났다.

휴대전화의 알람이 울리고 있었다.

옷이 다 젖을 정도로 땀을 흘리고, 온몸이 뜨거웠다. 실로 흉몽이라는 생각이 들었다.

나는 불을 켜고, 베갯머리에 두었던 가방에서 파란 스포츠타월을 꺼내 파자마 속으로 집어넣어 땀을 닦아냈다.

호흡을 가다듬었다. 타월을 목에 두르고 끝을 엇갈려 파자마 앞섶에

밀어 넣었다. 이불 위에 책상다리를 하고 앉아 방 안을 둘러보며 고요히 가라앉은 공기를 가슴으로 받아들였다. 몸 안의 열이 서늘한 냉기를 접하며 서서히 가라앉았다. 사진가 시라카와 요시카즈의 산 풍경 달력이 벽에 걸려 있었다. 어딘가 먼 나라의 높은 산맥이 저녁놀에 붉게 물들어 나를 내려다보고 있었다.

그 산 정상에서 휘몰아치는, 무섭도록 차갑고 산소가 희박한 바람을 내가 지금 여기서 느낄 수는 없다. 아무런 실재감도 없이 이국의 산봉우리를 쳐다보듯, 나는 내가 있는 지금 이 자리에도, 그리고 지금 이 시간에도 아무런 실재감을 느끼지 못했다. 모든 것이 애초부터 내 옆에 없었다는 단절감은 항상 그렇듯이 나를 편안한 마음으로 인도해주었다.

사진 아래 7월과 8월의 숫자들이 나열되어 있었다. 7월 쪽을 보았다. 오늘이 며칠이었나, 분명 금요일이니까 12일이구나. 어머니가 언제 죽었던가 하고 숫자를 왼편으로 더듬어가다, 아, 그렇지, 8일이었어, 하고 마음속으로 중얼거렸다. 7월 8일을 몇 번이고 마음속에서 뇌까리다가 문득 깨달은 것이 있었다. 왜 지금까지 그걸 몰랐는지 나 자신이 의심스러울 정도였다.

강한 감정의 물결이 단숨에 가슴속에 차올랐다.

나는 지금 어머니를 위해 울고 싶은 것이다. 그렇게 생각하는 나 자신을 발견했고, 또 그런 나 자신을 위해서도 울고 싶은 것이다. 슬픔이란 얼마나 본능적인 것인가. 나아가 그런 나 자신을 위해서도 울고 싶다는 생각을 했다.

어머니의 주검을 보았을 때, 아니, 어머니가 암이라는 소식을 들었을 때, 아니, 어머니라는 너무도 동물적인 인생을 아들로서 자각한 그 순간부터 나는 계속 슬퍼해야 한다는 강요를 받았다. 나는 지금까지 그 부조리한 압력을 힘껏 견뎌왔던 것이다. 누군가를 위해 슬퍼하는 일은 나 자신을 위해 슬퍼하는 것에 불과하다는, 유치하기 짝이 없는 진실을 나는 얼마나 고심참담하면서 지켜오지 않으면 안 되었던가.

8이라는 달력의 숫자를 응시하며, 특히 사람의 죽음만큼 슬픈 일은 없다고 생각했다. 그것은 본인에게만 그런 게 아니라 다른 모두에게도 견디기 어려울 만큼 슬픈 일이다. 하지만 그렇게 죽음을 슬퍼하는 것은 결국 죄를 낳는 일로 연결될 뿐이다. 타인의 죽음에 강한 슬픔을 느끼는 자는 자신의 죽음이 두려워 벌벌 떠는 자다. 그 두려움이야말로 타인에게 태연히 상처 입히고도 부끄러워하지 않는 인간을 만들어낸다.

분명 어머니에게는 어머니 나름의 생각이 있었을 것이다. 나를 버렸던 그날도 어머니에게는 어머니 나름의 갈등이 있었고, 이유가 있었고, 지독한 절망과 슬픔이 있었던 것이다. 그런 것쯤은 당시 겨우 2세 8개월이던 나도 다 알고 있었다. 나이를 먹으면서 그 일은 내 안에서 점점 명료해졌다. 하지만 그렇다고 내가 왜 어머니의 갈등과 그 이유라는 것, 절망이니 비애를 똑같이 슬퍼하지 않으면 안 된다는 말인가. 그렇게 어머니의 슬픔을 내가 슬퍼하면 할수록 나는 그런 나 자신을 전혀 낯선 타인을 대하듯이 슬퍼하고 동정하고 가엾어하지 않으면 안 되는 상황이 되고 만다. 나 자신을 가엾게 여기고, 나 자신을 위로하는 일만큼 죄 깊은 짓은 이 세상에 없다.

나는 주먹을 움켜쥐고 배에 힘을 넣어 터질 듯한 마음을 진정시켰다. 눈물샘에 고여 당장이라도 쏟아지려는 눈물을 신음 소리를 내며 꾹꾹 억눌렀다. 주문처럼 7월 8일, 7월 8일이라고 수없이 외우며 가슴속의 태풍을 꽁꽁 묶어버렸다.

기껏 몇 분 만에 평온함이 되돌아왔다.

휴대전화로 시간을 확인했다. 7월 13일 오전 1시 25분이라고 표시되어 있었다. 나는 방을 나와, 복도를 끼고 대각선으로 맞은편에 있는 에리코의 방문 앞에 섰다. 노크할까 하다가 그대로 손잡이를 돌렸다.

불 꺼진 방 안에 인기척이 없다는 걸 금세 알았다. 잠자리에 들기 전에 에리코는 이 방을 구경시켜주었다. 그녀의 방은 큼직한 책장이 놓인 평범한 방이었다. 책장에는 수많은 화집이며 미시마 유키오, 오에 겐자부로의 저작들이 빽빽하게 꽂혀 있었다. 나는 그중 몇 권을 꺼내 책장을 넘겨봤지만 모두 다 손을 대지 않은 것처럼 깔끔했다. 이 수많은 문자 위를 잽싸게 더듬어갔을 학생 시절 에리코의 모습이 잠시 눈앞에 보이는 듯했다. 찬찬히 들여다보니 페이지 군데군데 노란 색연필로 ※ 표시가 되어 있었다. 이건 무슨 표시냐고 묻자 에리코는, 그 표시를 해둔 문장은 중학생 때부터 하루도 빠짐없이 써온 일기장에 베껴둔 부분이라고 대답했다. 왜 그런 일을 하는지, 나는 이유를 알 수가 없었다. 언젠가 그 일기를 소재로 뭔가 써보려는 거냐고 물었다. 에리코는 "나는 그런 재능은 없어. 그냥 오래도록 기억해두려고 베껴 써본 것뿐이야"라고 말했었다.

창가 쪽 침대로 다가가 시트를 만져봤지만 차가웠다. 나는 에리코를 찾아 방을 나섰다.

에리코 방 옆과 내가 묵는 방 바로 옆의 큰 방을 우선 들여다보고, 그래도 없어서 아래층으로 내려가보기로 했다. 계단을 내려가면 바로 앞쪽이 현관인데, 노송나무로 만든 고가의 가리개가 놓여 있었다.

그 현관 옆에 내객을 위한 응접실이 있고, 고풍스러운 가죽 소파와 큼직한 유리 테이블, 그리고 저녁때 그녀의 안내를 받아 구경했던 진짜 로랑생의 그림이 있었다. 맞은편 계단 옆은 예전에 가정부들이 쓰던 방이었지만 지금은 창고가 되어 있었다. 응접실 끝에는 큼직한 다다미 방 한 칸이 있고, 그곳에 업라이트 피아노와 무척 오래된 빅터 회사의 컴포넌트 스테레오가 한 대 놓여 있었다. 이제는 현관에 작은 불 하나가 켜져 있을 뿐, 넓은 복도도 방들도 그저 쓸쓸하기만 했다.

나는 안뜰로 통하는 어두운 복도를 지나, 저녁식사를 했던 식당과 거실 쪽으로 걸어갔다. 거실 문틈으로 빛이 새어 나오고 있었다. 아직 누군가가 깨어 있는 것이다. 문 앞으로 다가가자 안에서 말소리가 들렸다.

에리코 아버지의 목소리였다.

"너는 그 남자에 대해 아무것도 모르고 있었잖아?"

저녁때와는 딴판으로 엄한 목소리였다. 마치 종업원을 꾸짖는 경영자의 목소리 같다고 나는 생각했다. 문고리를 잡았던 손을 놓고 귀를 세웠다.

“정말 말도 안 되는 사내를 데려온 거야! 그 남자는 네가 말하는 만큼…….”

“그 사람, 아직 어린애 같은 사람이에요!”

에리코는 필사적인 느낌으로 아버지에게 주장하고 있었다. 에리코의 목소리는 나지막하고 작아서 잘 들리지 않았지만 “버릇없는 사람은 아니야” “항상 긴장해서” “뭔가를 두려워하면서” “이제 막 태어난……처럼 벌거숭이로 벌벌 떨면서”와 같은 말들이 띄엄띄엄 귀에 들어왔다.

“아까부터 말했지만, 지금 네가 하는 결정은 다시 돌이킬 수 없는 일이라는 걸 잘 알아야 돼. 네 말을 듣다 보면 마치 누구를 도와준다는 마음으로 그 남자와 결혼하겠다는 얘기처럼 들려. 아무리 봐도 보통사람과는 다르다는 생각을 못해? 저런 식으로 머리만 좋고 무기력하기 짝이 없는 사내들이 가끔 있어. 너는 아직 세상을 잘 모르니까 그게 신기하게 느껴졌는지도 모르지만, 저런 사람 아주 많아. 그야 물론 저 사람도 나름대로 철학 같은 게 있겠지. 하지만 아버지로서는 네가 저 남자한테서 뭔가 좋지 않은 영향을 받은 거라고밖에는 생각할 수가 없어.”

“그런 거 아니라니까!”

에리코의 목소리가 문득 커지면서 말소리가 똑똑히 들려왔다.

“그런 거 아니에요. 그 사람에게는 뭔가가 있어. 그건 그 사람을 이해하려고 하지 않는 한, 절대로 알 수 없는 그런 거예요. 다른 어떤 사람에게도 없는 뭔가가 있다니까요. 정말 자유로운 마음, 강한 심지 같은 것을 가진 사람이에요.”

"너, 언제부터 그렇게 추상적인 말만 하게 되었니? 전에는 매사에 똑똑한 딸이었는데 말이야."

아버지가 갑자기 달래는 듯한 말투로 나왔다.

"에리코, 어떤 인간이든 찾아보면 한두 가지 좋은 점은 반드시 가지고 있는 법이야. 그리고 사정이 딱한 사람이라면 이 세상에 얼마든지 있어. 아버지는 딱히 그의 인격에 대해 이러쿵저러쿵하는 게 아니야. 그런 것보다는 너의 지금 그 사고방식이나 선택의 방식이 아무래도 불안하다는 거야. 여자에게 가장 중요한 건 자신의 행복만을 생각하는 집중력이야. 현실을 똑바로 바라보고, 손에 넣을 수 있는 행복은 모두 확보하려고 하는 자세 말이야. 일시적인 감정이나 열정에 휩쓸려서 그걸 망각하는 여자는 틀림없이 결혼에 실패해. 아버지는 그런 사람을 수없이 봐왔어. 결혼이란 원래 그런 거야."

에리코가 아무 대꾸도 하지 않았다.

"아무튼 둘이서 한번 찬찬히 이야기를 해봐. 이렇게 상대를 알지 못해서야 도저히 말이 되질 않아. 아버지는 정말 깜짝 놀랐다."

이야기가 마무리되는 듯해서 나는 급히 발길을 돌려 소리가 나지 않도록 조심조심 문 앞을 떠났다.

2층 방으로 돌아와 일단 불을 끄고 이불 속으로 들어갔다. 에리코가 내 방 앞을 지나 자기 방으로 들어가는 기척을 확인한 뒤, 나는 다시 일어나 에리코의 어머니가 준비해준 파자마를 벗고 내 옷을 찾아 입었다. 이불을 개어 벽장에 넣고, 타월이며 갈아입은 속옷이며 양말을 가방에 챙겨 넣고는 불을 끄고 방을 나왔다. 이대로 아무 말 없이 떠날까 하는 생각도 했지만, 일단 인사는 하고 가자는 생각에 이번엔 노크를 하고 에리코의 방문을 열었다. 내가 들어섰을 때, 그녀는 책상 위에 노트를 펼쳐놓고 뭔가를 쓰고 있었다. 내 차림새를 보고 에리코가 깜짝 놀랐다. 나는 에리코의 등 뒤로 다가가 어깨 너머로 책상 위를 내려다보았다. 그녀가 책상 위에 펼쳐진 노트를 급히 손으로 가리려고 했다.

"와우, 대단한데? 아까 아버지하고 했던 이야기를 벌써 일기에 쓰는 거야?"

나를 올려다보는 에리코의 얼굴이 일순 얼어붙었다. 나는 어땠는가 하면, 그 작은 글씨들을 바라보며 지난번 모닥불을 피웠을 때 호노카의 글씨가 낯익은 느낌이 들었던 것은 에리코의 글씨와 비슷했기 때문이라는 것을 깨달았다.

"그냥 조용히 돌아가려고 했는데, 이별 인사라도 하러 오기를 잘했네. 한마디 하자면, 나는 네 아버지 같은 사람은 정말 지겨워. 딸에게 오로지 자신의 행복만 생각하라는 그럴싸한 충고를 하는 그런 사람은 어리석고 불손하다는 말 외에는 더 할 말이 없어. 하지만 에리코는 그보다 더 최악이라고 생각해. 아무 근거도 없이 남을 어린애 같다고 하고, 결국 속이 빤히 보이는 동정심에 빠져서 우쭐해하고 있으니 말이야. 참으로 훌륭해, 정말 대단해. 저절로 고개가 숙여져서 두 번 다시 그 얼굴을 보고 싶지 않을 정도야. 자, 그럼 나는 더 이상 이런 곳에 있을 필요가 없으니 그만 실례할게."

그 말만 던지고 나는 그녀에게 등을 돌려 냅다 뛰었다. 계단을 내려와 뒤를 쫓는 급한 발소리를 피해 현관에서 내 구두를 집자마자 그대로 손에 든 채 현관문을 열고 밖으로 뛰어나왔다.

그러고는 내처 달렸다. 맨발로 2백 미터쯤 곧장 달리다가 집들이 어지럽게 이어진 곳에서 옆 골목으로 빠져 구두를 신고 다시 뛰었다. 에호, 에호, 소리 내어 구령을 붙이자 마치 조깅이라도 하는 듯한 기분이 들었다.

엣사
엣사
엣사호이삿사
원숭이 가마꾼은
호이삿사

나는 달리면서 어느새 콧노래를 흥얼거리고 있었다.

23

스와 역 앞에 차를 세워놓고 고개를 끄덕이며 졸고 있는 택시 기사에게 도쿄까지 태워달라고 했다. 모리시타의 아파트에 도착한 것은 오전 8시쯤이었다.

차 안에서 잠을 잤지만 여전히 부족하게 느껴졌다.

집 안에 들어서자 에리코가 가져왔던 물건들이 눈에 띄었다. 값나갈 만한 건 돌려보내자고 생각한 뒤 우선 냉장고 속부터 정리하기 시작했다. 기운도 낼 겸 냉장고에 있는 반 다스 정도의 캔 맥주를 벌컥벌컥 마시다 보니 그것도 귀찮다는 생각이 들어 정리하려던 걸 관둬버렸다.

부엌 바닥에 책상다리를 하고 앉아 냉장고를 상대로 마지막 캔 하나를 비웠다.

―한마디로, 에리코는 학자였던 거야.

나는 생각했다. 물론 확실하게 세어본 건 아니지만 에리코 같은 여자는 길거리에 굴러다니는 돌멩이처럼 많을 것이다. 얼굴 예쁘고 성적 좋은 여자들은 왜 그런지 죄다 학자가 되곤 한다. 필드워크라도 하듯이, 비경이라도 탐험하듯이, 실험실에서 위험한 화합물을 갖고 놀듯이 그녀들은 천박한 호기심과 오만한 자신감에서 오는 충동에 따라 제가 감당도 못할 남자에게 열정을 쏟다가 마지막에는 반드시 꼬리를 말고 도망친다. 그러면서도 전혀 부끄러워하지 않을 뿐 아니라 반성도 하지 않는다. '체험'이라는 제목의 꽃무늬 노트에 등이 근질거릴 만큼 달달한 보고서를 써넣으면서 다시금 똑같은 실패를 반복하러 나가거나, 혹은 에리코 아버지의 말대로 '손에 넣을 수 있는 행복은 모두 확보하려고 하는 자세'라는 것에 눈을 떠서 그럴싸한 결혼을 하고 멋진 출산을 위해 열과 성을 다하는 것이다.

정말 완전 말도 안 돼.

진짜 미쳤어.

아니, 미친 건 에리코가 아니라 바로 나였다.

에리코가 대체 무슨 나쁜 짓을 했다는 것인가. 하지만 아무 짓도 하지 않았기 때문에 그녀는 실로 악랄한 것이 아닐까.

아무래도 나는 완전히 취해버린 모양이다.

허청거리는 걸음으로 방에 들어가 침대에 누워버렸다. 커튼을 친 어슴푸레한 방에서, 이런 비슷한 시간이 예전에도 있었다는 것을 머릿속에 떠올렸다. 그 즈음 나는 아직 어리고 순수했다. 너무도 고통스러운 시절이었지만, 세상 무엇과도 바꿀 수 없는 시간이라든가 무엇과도 바꿀 수 없는 나 자신이라는 게 분명히 있었다.

에리코는 나를 겁에 질린 어린아이 같다고 자기 아버지에게 말했다. 하지만 정말로 겁에 질린 건 내가 아니라 그녀다. 에리코는 멀리 여행을 다니고 눈물을 흘린다. 누군가를 사랑하려다가 상처 입은 척한다. 그녀는 이 넓디넓은 세상에 자신의 머리칼보다 더 많은 숫자의 무수한 사람들을 보고 완전히 겁에 질려버렸다. 어둠 속에서 더듬더듬 찾아가듯이 자신 이외의 무언가에 매달리려 하고 있다.

에리코와 그의 가족이 무슨 말을 하려는 것인지, 나는 지겨울 만큼 잘 알고 있다. 예전에 어느 작가도 자못 의기양양하게 그런 말을 한 적이 있지만, 그녀와 그녀의 가족이 주장하는 건 단 한 가지다.

—실제로 남과 맨몸으로 부딪치지 않고서 책이나 영화를 보고 다 아는 것처럼 으스댈 만한 일이라고는 이 세상에 하나도 없다.

그저 그것뿐이다. 이런 종류의 질 낮은 세속적인 지혜가 에리코를 부추겨서 이 세상의 수많은 사람들을 지속적으로 위태롭게 한다. 틀림없이 그것이다. 열다섯 살 어린 소녀라도 나에게 뭔가 큰 아픔을 줄 수 있다. 내 머릿속을 일시적으로 혼란에 빠뜨릴 만큼 큰 충격을 안겨줄 수 있는 것이다. 그런 건 나도 잘 알고 있다. 그리고 그런 것에 반색을 하는 사람이 아주 많다는 것도. 한때의 불장난을 글로 줄줄 늘어놓으면서도 지겨운 줄 모르는 소설가처럼.

그들은 자신을 바꾸려 하지 않고, 그저 겁에 질린 채 시시해빠진 호기심을 자극할 뿐이라는 사실을 뻔히 알면서도 늘 체험을 내세우며 그럴싸한 거짓말을 해댄다. 나는 그런 부류 인간의 그 시시한 꼬락서니, 이 중성이라고 하기도 어렵고 그저 자신을 이용해먹는 진부한 트릭이 싫은 것이다. 인간은 이 세상에 태어난 그날부터 더 이상 아무것도 변하지 않건만, 마치 뭔가 배우고 뭔가 잃어버리고 뭔가 재생한다고 믿어버리는 그 어리석음을 용서할 수 없을 뿐이다. 정말로 겁에 질려 있는 건 에리코다. 날이면 날마다 쓸모도 없는 일기를 쓰고, 확신도 없으면서 아버지에게 자신의 남자에 대해 항변을 한다.

인간은 저마다 신발 신는 방법도 다른가 하면, 토스트 한 장 굽는 방법조차 다르다. 그건 우리와 이누이트족과 쿠바인이 서로 다른 것만큼 다르다. 하지만 그런 차이에서 일일이 뭔가를 읽어내려고 하다 보면 잃게 되는 건 자기 자신이다. 이 세상 누구라도 본질적으로는 똑같은 것이다. 그리 큰 차이 따위, 있을 리 없다.

　나는 자신을 위해 존재하는 것이 아니라 다만 타인을 위해 존재한다. 타인이 있을 때 비로소 희미하나마 나 자신이 있는 것에 불과하다. 그럼에도 불구하고 이 세계에서 언제든 인간을 구속하고 철저히 지배하는 것은 공포다. 사랑 따위가 아니다. 사랑은 곧잘 빛으로 비유되지만, 그 빛을 빛답게 하는 것은 깊은 어둠에 다름 아니다.

　세계를 인식하는 데는 두 가지 방법이 있다. 그중 하나는 빛으로 인도하는 한 줄기 길을 믿고 그 빛을 따라 광신적으로 짧은 인생을 살아가는 것이다. 또 하나는 보다 정치한 방법으로서, 그것은 흡사 우주 공간에 내 몸을 내던지는 것처럼 이 세계 전체, 즉 깊이 닫힌 어둠 그 자체를 직시하는 것이다. 하지만 인간은 거대한 어둠 앞에서 너무도 비루하다. 뿐만 아니라 애초에 천성적으로 타고난 두 개의 눈만으로는 결코 어둠을 응시할 수 없는 것이다.

　모든 희망, 사랑, 저마다의 생명에는 절망과 공포와 죽음이 항상 따라다닌다. 그리고 한없이 따라붙는 절망과 공포와 죽음이야말로 인생의 대부분인 것이다. 한 사람 한 사람의 운명의 종착점에 ‘절대적 공포’로서의 죽음이 자리 잡고 있는 한, 사랑이 공포를 극복한다는 건 불가능한 일이다.

　하지만 실상 이 공포의 근원은 결코 ‘죽음’ 그 자체에 있는 것이 아니다. 인간이 가장 두려워하는 것은 ‘죽음’의 운명을 타고나 그 ‘죽음’을 두려운 것으로만 알고 살아가는 인간 그 자체이다. 그렇건만 인간은 죽음을 그저 공포라고만 감지한다. 죽음을 두려워하면 할수록, 언제 어떤 행복의 시간에도 반드시 인간의 마음속 갈피에는 공포가 들러붙어 바들바들 떨게 하는 바람에 인간을 행복의 바다에 진심으로 풀어놓을 수 없다. 그러므로 우리가 다시 한 번 분명하게 확인해두지 않으면 안 되는 것은, 살아간다는 일의 의미 따위가 아니라 죽는다는 것의 참된 의미인 것이다.

톨스토이는 『인생론』에서 이렇게 말했다.

몇 세기가 지나도 인간 생명의 행복이라는 수수께끼는 대부분의 사람들에게는 역시 미해결의 수수께끼로 남아 있다. 하지만 수수께끼는 이미 진즉에 풀려 있었다. 그 수수께끼를 풀어낸 사람은 모두들 "왜 이걸 나 혼자 풀지 못했지?"라고 신기하게 생각한다. 이미 진즉부터 알고 있었는데 그동안 번번이 잊고 살았다는 마음이 드는 것이다. 우리가 살아가는 이 세상에서는 그토록 어렵게 여겨졌던 수수께끼의 답이, 사실은 지극히 간단하고 혼자서도 해결할 수 있는 것들이다.

그대는 다른 사람들이 모두 그대를 위해 살기를 바라는가? 모두가 자신보다 그대를 사랑해주기를 바라는가? 그대의 그런 소원이 이루어질 수 있는 상황은 딱 한 가지가 있다. 다양한 존재가 타인의 행복을 위해 살고 자기 자신보다 다른 존재를 사랑한다는 상황이다. 오로지 그런 경우에만 그대도, 또한 다른 존재들도 모두에게 사랑받을 수 있게 될 것이고, 그대도 그중 한 사람으로서 소원하던 행복을 부여받을 것이다. 그대에게 행복이 가능하게 되는 것은 다양한 존재들이 자신보다 남을 사랑하게 될 때뿐이라고 한다면, 그대도 하나의 살아 있는 존재로서 자기 자신보다 다른 존재를 더 사랑하지 않으면 안 된다.

그런 조건 아래에서만 인간의 행복과 생명은 가능하고, 그런 조건 아래에서만 인간의 생명을 침해해왔던 것이 소멸한다. 존재 간의 투쟁도, 고통의 안타까움도, 죽음의 공포도 소멸하는 것이다.

또 그는 말하고 있다. '다른 존재의 행복 속에서 자신의 생명을 인정하기만 하면 죽음의 공포도 영원히 우리 시야에서 사라져준다' 라고.

나는 점차 희미해져가는 의식 속에서 에리코의 얼굴을 떠올렸다.

이제 두 번 다시 그녀를 만나는 일은 없으리라. 이런 나를 그녀는 분명 용서하지 않으리라.

나카가키 사장의 장례식이 끝나고 함께 지냈던 날 밤, 에리코는 침대에서 나를 꼬옥 끌어안으며 이렇게 말했었다.

"나는 세상의 어떤 것도 아닌 사람이 좋아. 정열적인 사람? 감상적인 사람? 난 그런 사람은 싫어. 그런 사람이라면 잠깐만 찾아보면 얼마든지 있거든. 나는 아무리 찾아봐도 이 사람밖에 없다 싶은 사람이 좋아. 나오토가 바로 그런 사람이야. 자기는 마음에 구멍이 뚫린 사람이야. 아무리 세월이 흘러도 채워지는 일 없는 마음의 병에 걸린 사람. 겉으로는 착하지만 속마음은 변덕스럽고 차가워. 남을 몰아붙이는 차가움은 없지만, 모든 것을 내던지는 데는 선수야. 하지만 말이지, 나오토는 정말 고통스럽게 살고 있어. 그런 나오토를 나는 왜 사랑하는 건지 나도 잘

306

모르겠어. 아마 자기의 그 구멍 뚫린 마음을 도저히 그냥 지나칠 수가 없어서 그런가 봐.

아무리 찾아봐도 없는 사람이라는 건 내가 아니고서는 아무도 바라봐줄 사람이 없는 그런 사람이야. 이 사람밖에 없다는 건 바로 나밖에 없다는 뜻이지. 분명 그런 걸 거야.

나는 나오토를 잊을 수가 없어. 나이를 먹더라도, 다른 사람과 결혼하더라도 문득문득 나오토가 떠오를 거야. 이를테면 어쩌다 나 혼자 길을 걷다가 길 저편에서 벌거벗은 나무를 발견했을 때, 혹은 바닷가에 놀러 갔다가 내 남편이나 내 아이들과 떨어져 잠시 혼자서 바다에 몸을 담그며 '아아, 태양이 눈부시구나' 하고 생각했을 때, 문득 나오토를 떠올릴 것 같아. 그때도 자기는 지금처럼 고통스럽게 살아가고, 그러면서도 겉으로는 착한 사람이겠지?

자기가 자꾸 마음에 걸려. 스웨터에 뭔가 걸린 것처럼. 그저 그것뿐인데 나는 벌써 꼼짝달싹할 수가 없게 되어버렸어."

그때 나는,

"어라, 마치 내가 마음속 벽에 박힌 녹슨 못 같다는 얘기잖아?"
라고 웃으면서 넘어갔지만, 내심으로는 에리코의 그 말에 깊이 머리를 숙였던 것이다.

눈이 뜨인 것은 한밤중이었다.

침대에서 일어나 책장에 놓인 충전기에서 휴대전화를 뽑았다. 착신 내용을 보았지만 에리코에게서 온 전화는 없었다. 새벽 2시였다. 몇 시쯤 잠이 들었는지 생각나지 않았지만, 대략 열두 시간 넘게 잔 것 같았다. 이렇게 오래도록 자본 것도 참으로 오랜만이라는 생각이 들었다. 취기는 개운하게 가셨지만 머리가 무지근했다.

날짜는 14일로 바뀌어 있었다. 일요일. 모처럼 얻은 휴가가 참담한 결과로 끝나버렸다. 다시 내일부터는 회사에 나가 즐거울 것도, 재미있을 것도 없는 일거리들을 해내지 않으면 안 된다.

대체 나는 무엇을 하고 있는 것일까.

즐겁지도 재미있지도 않은 것은 딱히 회사 일뿐만이 아니었다. 나는 이렇게 살아 있는 것 자체에 요만큼도 기쁨을 느끼지 못하는 것이다. 그런데도 어째서 죽지 않고 계속 살아가는 것일까.

그러고 보니 지난 목요일 오후에 배웅을 나온 여동생과 후쿠오카 공항 레스토랑에서 식사했을 때, 여동생이 조심스럽게 나를 나무랐었다.

"어머니가 늘 혼자 울었어. 지난 3년 내내 울기만 했어. 오빠가 아무리 오라고 해도 오지 않아서."

어머니는 대체 뭐가 슬퍼서 울었던 것일까.

6일 만에 돌아온 자기 자식을 바라보며 어머니는 마치 유령이라도 만난 것처럼 아연한 표정을 지었다. 그리고 옆에 서 있던 아동상담소 직원에게 얼굴을 돌리더니 갑자기 고개를 떨어뜨리며 작은 소리로 중얼거렸다.

―미안합니다.

그 순간 나는 목구멍까지 올라왔던 말을 꿀꺽 삼켰다.

그래도 처음에는 어째서 내가 할 말을 어머니가 하는지 이해할 수 없었다. 갑자기 어머니가 내 눈앞에 웅크리고 앉아 직원 손을 잡고 있던 나를 잡아채듯이 품에 끌어안고 "미안해, 미안해"라고 울면서 말했을 때에야 나는 내가 나빴던 게 아니라는 것을 알았다. 숨이 막힐 정도로 억세게 끌어안긴 채 나는 머릿속이 하얗게 비어버렸다.

그 순간, 내가 어머니에게서 버림받았다는 것을 처음으로 깨달았던 것이다.

인간은 정말로 고통스러운 일을 맞닥뜨렸을 때 어떻게 해야 할지 알 수 없게 된다. 울지도, 그렇다고 웃지도 못한다. 할 수 있는 건 단 한 가지, 두려워하는 것뿐이다.

나는 어머니 품에 안긴 채 밀려드는 공포에 온몸을 부들부들 떠는 것 외에는 아무것도 할 수 없었다.

24

7월과 8월은 오로지 일에만 매달렸다.

날아가버린 장편소설의 구멍을 메우기 위해 최근 몇 달 동안 몇 가지 새로운 기획을 고안했지만, 우선 숫자나 맞추자는 생각으로 7월 말에 출판했던 어느 작가의 에세이집이 예상 밖으로 잘 팔려서 나는 그 대응에 정신없이 바빴던 것이다. 갑작스럽게 개최한 전국 각지에서의 사인회에 동행하고, 작가의 텔레비전 방송국 출연에 입회하고, 쇄도하는 취재 스케줄 조정에도 세심하게 신경을 썼다. 판매부수가 급증하자 광고부나 영업부와의 회의도 많아져서 말 그대로 회사 안팎을 종종거리며 뛰어다니는 판국이었다.

그런 다급함 속에서 이사도 했다.

어머니가 세상을 뜨면서 송금 부담이 줄어들기도 했고, 고향에서 회사에 다니던 여동생도 올해 안에 결혼할 예정이었다. 앞으로 경제적으로 크게 여유가 생길 것 같아 마음먹고 좀 더 넓은 집으로 옮기기로 했다. 몇 군데 부동산 중개소에 연락해 회사 팩스로 물건 정보를 보내달라고 했고, 마음에 드는 게 눈에 띄어 즉시 계약했다. 8월 중반을 넘기자마자 곧바로 이사해버렸다. 이번 아파트는 가구라자카 쪽이라 회사와도 가깝고 혼자 살기에 편리한 지역이었다.

오토록이 딸린 신축 맨션이고 평수도 넉넉했다.

물론 현관문에 열쇠도 채우게 되었다.

열쇠를 채울 때마다 에리코가 생각났다.

라이타와 호노카에게는 연락하지 않았다. 요즘 들어 거의 찾아오는 일이 없었기 때문에 그들로서도 별반 불편은 없을 터였다.

라이타는 8월 초에 한 차례, 뜻밖의 자리에서 우연히 만났다. 연초에 회고록을 출판한 전 총리의 79세 생일을 축하하는 파티가 호텔 뉴오타니에서 개최되어 나도 참석했는데, 텔레비전 카메라 배티리를 어깨에 맨 정장 차림의 라이타가 나타났던 것이다. 너무도 뜻밖의 자리에서 만난 것이라 나는 깜짝 놀랐다.

자세히 물어보니, 나카가키 사장이 세상을 떠난 뒤에 데라우치에게 부탁해 텔레비전 방송국 아르바이트를 시작했다고 한다. 날마다 촬영 팀의 일원으로 도쿄 시내를 뛰어다니는 모양이어서 얼굴이 까맣게 그을린 게, 걱정했던 것보다 건강하게 잘 지내는 것 같았다. 호노카는 아직도 취직 준비로 분주하다고, 웃으며 소식을 전해주었다. 에리코에 대한 이야기는 우리 둘 다 하지 않았다. 5분쯤 서서 이야기를 나누고, 다음 취재가 있다면서 라이타는 급하게 회장을 떠났다.

오니시 부인과는 어머니의 부고를 전한 이후로 내내 연락이 없었다. 아마 그녀로서도 그것이 그간의 관계를 끝낼 기회가 된 모양이었다.

도모미와는 7월 말에 헤어졌다. 다쿠야의 입원 사건이 있은 얼마 뒤에 도모미와 박일권은 재결합하는 쪽으로 이야기가 진행되었다. 연일 비가 쏟아지는 날씨로 손님이 끊긴 장마철의 어느 날 밤, 나는 아무도 없는 가게에서 도모미의 그런 속내를 들었다. 나카가키 사장이 자살하기 며칠 전의 일이었다.

"정식으로 헤어지자는 얘기를 하러 갔었는데, 어쩌다 일이 이렇게 되었는지 모르겠어."

도모미는 뭔가 황당하다는 눈치였다. 그녀 말에 따르면, 박일권이 무슨 일이 있어도 이혼은 절대 하지 않겠다고 강경 자세로 나온 모양이었다. 그 끝에 함께 살고 싶다, 원래의 가족으로 돌아가고 싶다며 오히려 정반대의 제안을 하고 나섰다고 한다. 그 사람이라면 그럴 만하다고 나는 생각했다. 하지만 도모미의 긴 이야기를 듣고 있는 사이에 그녀 역시 전혀 그럴 마음이 없는 건 아니라는 것을 알았다.

두 사람의 관계가 틀어진 경위를 처음으로 자세히 듣고서 나는 더욱 더 그런 느낌이 강하게 들었다.

이것 역시 도모미의 일방적인 말이기는 하지만, 그녀가 박일권을 더 이상 가망이 없다고 포기했던 이유는 다쿠야의 일이나 국적 문제 따위가 아니라 금전이 얽힌 여자관계가 드러났기 때문이었다. 그 즈음 다쿠야를 낳고 연극무대를 떠났던 도모미는 센다이의 부모에게 울며 매달리기도 하고, 여기저기서 빚을 얻어 뉴소울을 오픈할 준비를 하고 있었다. 아이가 생겼어도 제대로 아버지다운 모습을 보이지 않는 박일권의 태도로 보아, 앞으로 살아가는 일을 그에게 의지하기는 어렵겠다고 생각했기 때문이었다. 가까스로 자금을 마련하고 가게의 권리도 사들이기로 했던 그 시기에, 극단 친구였던 여자와 박일권 사이에 문제가 생겼다. 그 여자의 내연남에게 공갈 협박을 받는 처지가 되었던 것이다.

"그 사람이 느닷없이 찾아와서는 얼굴이 새파래져서 나한테 무릎을 꿇고 사정사정하더라고. 또 여자 문제일 거라고 짐작은 했지만, 가만 들어보니까 이번에는 그 여자의 남자한테 협박을 받고 위자료로 삼백만 엔을 물겠다고 약속했다는 거야. 아예 각서까지 써줬대. 아무래도 그 내연남이라는 사람의 친구들에게 이틀 동안이나 싸구려 호텔에 감금되어 어지간히 담금질을 당한 모양이야. 원래부터 겁이 많은 사람이라 그냥 하라는 대로 각서를 써줬겠지.

그때 내가 이 가게 마련하려고 이리 뛰고 저리 뛰면서 겨우겨우 돈을 맞춰뒀던 때였어. 정말 진절머리가 나더라. 아는 변호사하고도 상의해 봤는데, 일단 각서를 써준 이상 어쩔 수가 없대. 그 사람, 내 앞에서 눈물을 흘리며 미안하다고 사죄했지만, 정말 울고 싶은 건 바로 나였어.”

“그래서 돈은 어떻게 했어?”

“결국 대줬지, 뭐. 그 대신 두 번 다시 내 앞에 나타나지 말라고 못을 박았어.”

그런 사정을 듣고 나는 그 정도라면 도모미와 박일권은 얼마든지 재결합할 수 있을 거라고 생각했다. 한참 옛날이라면 또 모르지만, 박일권의 국적 문제는 부부 사이에도 다쿠야의 장래에도 아무런 장애가 되지 않을 것이고, 앞으로 몇 년 뒤에는 한국인이나 중국인과 결혼하는 남녀가 그리 드물지 않을 게 틀림없다. 게다가 박일권이라는 남자는 분명 연극적이고 약간 엉뚱하기는 하지만 근본이 나쁜 사람은 아닌 듯했다.

7월 말, 오랜만에 뉴소울에 찾아가 집을 옮기게 되었다고 말했다. 그랬더니 도모미는 깜짝 놀라기는 했지만 별 말 없이 받아들여주었다.

물론 이유를 물어봤기 때문에 어머니가 세상을 떴다는 말도 했다.

“그런 일도 있고 해서 나도 생활을 좀 바꿔보려고.”
라고 말했더니,

“그렇구나…….”
라고 중얼거리며 도모미가 뜻밖의 말을 꺼냈다.

“꽤 오래 되셨지? 자기에게서 어머님 이야기를 들은 게 벌써 3년 전인데. 나도 왠지 항상 마음에 걸렸어.”

나는 어머니의 병에 관해 한 번도 도모미에게 말한 기억이 없었기 때문에 나도 모르게 "어떻게 알았어?"라고 되물었다. 하지만 도모미에 의하면 처음 만나고 두세 달쯤 되었을 무렵, 어머니가 암으로 입원했고 도저히 가망이 없다는 이야기를 내게서 들었다는 것이다.

"딱 한 번 말하고는 그 뒤로 아무 말이 없어서 나도 입을 다물고 있었지."

그 말을 듣고 난 정말 깜짝 놀랐다. 분명 그때는 상당히 술에 취해 있었을 것이다. 하지만 그런 추측을 하자마자 문득 기분 나쁜 의문이 머리를 쳐들었다. 혹시 도모미가 에리코나 오니시 부인에 대해서도 나에게 시시콜콜 다 들은 게 아닌가 하는 의문이었다. 설마 하고 머릿속에서 지워버리기는 했지만, 어쩐지 김이 빠지는 듯한 느낌이었다.

"부모님이 돌아가시면 이래저래 생각이 많아져. 특히 어머니가 돌아가시면."

도모미가 말했다.

"도모미는 부모님 모두 살아 계시잖아?"

"어라, 내가 말 안 했던가? 지금 어머니는 새어머니야. 친엄마는 내가 중학교 2학년 때 돌아가셨어."

처음 듣는 이야기였다. 어쩌면 전에 들은 적이 있었는지도 모르지만 나는 기억하지 못했다. 내가 아, 그랬구나, 라고 하자 도모미는,

"전에 한 차례 말했을 텐데?"

라며 어이없다는 표정을 지어 보였다.

가게를 나올 때, 나는 도모미에게 말했다.

"다쿠야에게 인사 전해줘. 살아가면서 힘든 일이 생기면 나한테 찾아오라고 해. 하긴 한참 큰 다음의 일이겠지만."

그러자 도모미의 얼굴이 처음으로 묘하게 일그러졌다.

"응, 알았어. 꼭 전해줄게. 지금까지 신세 많이 졌어. 정말 고마워."

"나야말로 인사를 해야지. 도모미와 다쿠야를 만난 건 나한테는 행운이었어."

가게를 나서자 도모미가 문 앞까지 배웅을 나왔다. 장마도 걷히고, 연일 무더운 날씨가 이어졌다. 벌써 밤 11시를 넘어섰는데도 미지근한 열기가 거리를 휘감고 있었다.

"완전히 여름이네."

내가 말했다. 도모미는 긴 스커트 밑으로 나온 자신의 발을 바라보며 가만히 고개를 끄덕였다.

"이사는 어떻게 하려고?"

"업자들한테 다 부탁했어. 걱정할 거 없어."

"그래……."

나는 도모미 앞에 서서 그녀의 손을 잡았다. 도모미가 얼굴을 들어 가만히 나를 바라보았다.

"한 번밖에 못 만나서 분명한 말은 못하겠지만, 그 사람, 틀림없이 좋은 사람일 거야."

도모미는 아무 말 없이 미소만 지었다.

"자, 그럼 안녕."

"안녕."

걸음을 옮기고 얼마 안 되어 등 뒤에서 목소리가 들려왔다. 돌아보니 도모미가 웃고 있었다.

"나는 분명하게 말할 수 있는데, 자기도 틀림없이 좋은 사람이야."

나도 웃음을 돌려주었다. 그녀가 손을 흔들었다. 나도 크게 손을 흔들었다.

그렇게 도모미와 나는 헤어졌다.

8월 25일 일요일, 49재를 위해 고쿠라에 돌아왔다. 15일 백중날에는 회사 일 때문에 하루밖에 시간을 내지 못했기 때문에 이번에는 아예 사흘의 휴가를 얻었다.

홍법사에서 49재가 끝난 뒤, 여동생의 약혼자와 저녁식사를 하며 이야기를 나누었다. 장례 때 인사 정도는 했지만 찬찬히 마주하는 건 처음이었다. 여동생과 같은 신용카드 회사에서 일하고 있고, 나이도 동갑인 스물여섯이었다. 안경을 쓰고 약간 통통한, 그야말로 온화해 보이는 조용한 청년이었다. 사가 현의 지방대학을 나와 지역 채용으로 지금의 회사에 입사했지만, 친가가 사가 시내이고 그럭저럭 큰 리스 회사를 하는 집안이라 장남인 그는 앞으로 그 회사를 물려받게 된다고 했다.

홍법사 납골당에 안치된 어머니의 공양도 바로 이웃한 사가 현이라면 그리 큰 부담은 없을 것이다. 안성맞춤의 신랑감을 찾아줬구나, 하고 나는 여동생에게 감사했다.

"저희 어머니가 건강하신 동안에 결혼식을 올리자고 둘이서 이야기 했습니다만, 이렇게 급히 일을 치르게 되어 정말 죄송합니다."

예의바르게 사과하는 그에게,

"나야말로 어머니가 생전에 이래저래 신세를 졌는데 변변히 인사도 못했어. 어떻든 내 업무상 앞으로도 큐슈에 돌아올 일이 없을 것 같으니 까 누이도 그렇고, 홍법사 쪽도 그렇고 모두 자네에게 맡겨야 할 거 같 아. 부디 앞으로도 잘 부탁해."
라고 말하며 나는 깊이 머리를 숙였다.

그가 올 10월로 예정된 결혼식 날짜를 어머니의 1주기가 지난 내년으로 미뤄도 된다는 말을 꺼냈을 때 나는 전혀 그럴 필요 없다고 했다.

"누이가 하루라도 빨리 가정을 꾸리는 게 어머니에게는 무엇보다 큰 공양이 될 거야."

"그럴까요?"

그는 잠시 생각에 잠기더니,

"실은 장인어른께서도 똑같은 말씀을 하셔서, 그러면 그렇게 해보자 고 그녀와 이야기는 했었어요."
라고 뜻밖의 말을 입에 올렸다.

"장인어른이라니, 그러면 자네 그쪽 아버지도 만난 거야?"

누이의 아버지는 새로운 처자와 함께 현재 히로시마에 살고 있었다. 어머니가 세상을 떠났다는 소식은 여동생이 전했지만, 장례식에는 나

타나지 않았을 터였다. 나란히 앉아 있던 여동생이 머뭇거리는 어조로
말했다.

"아버지가 장례식 끝난 뒤에 왔었어. 그때 여기 이 사람하고 만났고,
지난주에는 둘이서 히로시마에도 다녀왔어. 그쪽 가족들도 따뜻하게
맞아주고 정말 좋았어."

옆에서 약혼자가 고개를 끄덕였다. 처음 듣는 소리였다.

"그랬구나……."

나는 더 이상 할 말이 없었다. 눈앞의 두 사람은 새로운 가정을 만들
기 위해 착실하게 노력하고 있었다. 어머니의 죽음을 계기로 여동생은
지금까지 소식을 끊고 살았던 친아버지와도 인연을 되살리고, 배다른
형제들과도 나름대로 교류를 시작할 모양이었다.

─그래서는 어머니가 너무 불쌍하잖아.

나는 순간적으로 그런 섭섭함에 휩싸였다.

나라면 어머니를 버린 남자와 그 남자가 다른 여자를 얻어 낳은 자식
들을 내 동생으로 쉽게 받아들일 수 없을 거라고 생각했다.

9월에 접어든 뒤에도 도쿄는 찌는 듯한 무더위가 계속되었다. 드디어
새로 이사한 집에서의 생활도 익숙해지고, 회사일은 여전히 바쁘게 돌
아갔다. 그래도 변한 것이 몇 가지 있었다. 우선 밖에서 별로 술을 마시
지 않게 되었다. 잃어버린 뒤에야 도모미의 가게가 얼마나 소중한 장소
였는지 깨달았다.

대체로 밤 9시쯤 회사에서 나와 곧장 집으로 돌아왔다. 한밤중까지 문을 여는 근처 슈퍼마켓에서 재료를 사다가 직접 저녁을 해먹었다. 그래봤자 야채 볶음이나 오믈렛, 볶음 국수, 튀김 정도였지만, 그런 것들을 안주 삼아 텔레비전을 보며 캔 맥주를 마시고 얼근히 취한 상태로 목욕을 한 뒤 새벽 1시쯤 잠자리에 들었다.

잠들기까지 짧은 시간 동안 무언가 생각해보려고 했지만, 아무것도 생각나지 않았다. 어머니의 일, 도모미와 다쿠야, 오니시 부인, 라이타와 호노카, 그리고 에리코에 대한 일들. 머릿속에 떠오르는 것은 모두 다 과거의 추억일 뿐, 거기에 덧붙여야 할 새로운 요소가 하나도 없었다. 그래서 더 이상 사고는 전개되지 않았고, 상상의 즐거움은 전혀 없었다. 전에는 과거를 더듬는 것으로 위로를 얻었다고 생각했는데 그게 착각이었다는 것을 깨달았다. 과거는 현재를 맛보기 위한 촉매 같은 것이어서 현재가 없는 인간에게 추억은 아무런 가치도 없는 것이다.

지금의 나에게는 분명히 장소는 있었다. 하지만 사람이 없었다. 그리고 사람이 없다는 것은 시간이 존재하지 않는 것과 같다는 사실을 나는 깨달았다.

인간이야말로 시간인 것이다. 시간이 없는 공간은 인간에게 전혀 무의미한 것이나 마찬가지인지도 모른다. 마치코 씨가 말했듯이 장소도 인간도 시간도, 모든 것은 오직 한 가지 것의 여러 가지 다른 모습에 지나지 않는 것이리라.

에리코는 무엇을 하고 있을까. 라이타와 호노카는 잘 살고 있을까. 호노카는 취직을 했을까. 에리코는 요즘도 호노카의 상담에 응해주고 있으리라. 나와의 일을 두 사람에게 어떤 식으로 설명했을까. 아마 그녀는 나를 나무라는 말은 한마디도 하지 않았을 것이다……

9월 17일 화요일.

드디어 거리에 선선한 가을바람이 불기 시작한 날, 나는 내 데스크에서 다음 날 오전까지 교정하지 않으면 안 되는 오케이 교정지에 몰두하고 있었다. 저자가 몹시 신경질적인 사람이어서 오케이 교정지인데도 대폭적인 가필과 정정의 빨간 글씨를 잔뜩 붙여서 보내왔기 때문에 행수를 조정하고 소제목을 변경하는 등, 까다롭고 주의를 요하는 작업이었다.

점심식사를 마치고 자리에 돌아와 다시 교정지를 읽기 시작한 지 얼마나 지났을까.

내가 소속된 서적 출판부의 7층 플로어가 술렁거리기 시작했다. 그것은 표현할 수 없이 몹시 음침하고 으스스한 술렁거림이어서 나는 펜을 놓고 등 뒤를 돌아보았다.

출판부 섹션에는 몇 사람이 띄엄띄엄 자리에 앉아 있었는데, 그들도 자리에서 일어나 술렁거리는 쪽으로 눈길을 돌렸다. 우리 자리는 동편 창문 쪽이었고, 소란은 정면으로 맞은편이 되는 서편 창문 쪽에서 일어나고 있었다. 그곳에는 내가 예전에 근무했던 종합 월간지 편집부가 있었다.

몇몇 사람이 상황을 살펴보러 갔다가 돌아왔다. 누군가 "무슨 일이야?"라고 물었다. 또 다른 직원이 심상치 않은 얼굴로 서둘러 텔레비전을 켜며 급하게 말했다.

"우다카와 총리가 칼에 찔렸대."

모두들 일제히 텔레비전 앞으로 달려들었다. "정말이야?", "설마!", "맙소사!"라는 외침이 여기저기서 들렸다. 나도 잠깐 멈춰 섰다가 아나운서가 긴박한 목소리로 소식을 전하는 텔레비전 앞으로 걸어갔다. 한 걸음씩 걸으면서 머릿속에 라이타의 모습이 선명하게 떠올랐다. 한 달쯤 전에 뉴오타니 회장에서 우연히 만났던 라이타, 양복 차림에 유난히 쾌활하고 햇볕에 까맣게 그을린 라이타의 모습이었다.

25

우다카와 게이치로 총리(63세)가 국회 내에서 텔레비전 방송국 아르바이트생으로 일하던 좌익 청년 기무라 라이타(20세)의 칼에 찔린 것은 9월 17일 오후 2시 15분이었다.

경로의 날을 끼워 사흘 동안 한국과 중국을 방문하고 귀국한 총리는, 연휴가 끝나면서 시작된 경기 불황 대책을 위한 제2차 추가 예산안 심의의 중의원 예산위원회 전문 심의위원회에 출석했다. 정력적인 답변을 마친 그는 의장에서 나오기를 기다리던 각 방송국 텔레비전 기자들에게 둘러싸였다. 마침 그날은 전 제일 비서의 거액 탈세 문제로 비판을 받고 있던 여당 간부가 의원직 사퇴를 표명한 참이어서, 각 언론사에서는 그에 대한 우다카와 총리의 언급을 직접 듣기 위해 국회로 몰려들었던 것이다.

항례대로 대표 취재자의 마이크 앞에 멈춰 선 우다카와 총리가 막 코멘트를 하려는 찰나, 둘러싸고 있던 카메라 기자단 속에서 갑작스럽게 한 남자가 뛰쳐나와 정면에서 그를 덮쳤다. 물론 총리의 등 뒤에는 몇 명의 건장한 경시청 파견 경호원이 있었지만, 이 상황에서 그들이 직무를 수행한다는 건 도저히 불가능했다. 모든 일이 눈 깜짝할 사이에 일어난 것이다.

우다카와 수상은 돌연 품속으로 뛰어든 청년을 받아 안고, 다물었던 입을 반쯤 벌려 신음 소리를 흘리며 청년과 함께 그 자리에 무너졌다. 즉각 경호원과 전면에 진을 치고 있던 보도진이 두 사람을 뒤덮듯이 몰려들었다.

현역 총리를 습격하는 사건은 그렇게 수많은 텔레비전 카메라 앞에서 일어났다. 칼에 찔린 총리는 곧바로 국회 밖으로 실려 나가 도라노몬 병원으로 급히 이송되었다.

범인 기무라 라이타는 현장에서 경호원에게 붙잡혀 재갈과 수갑이 채워진 채 사쿠라다몬 경시청으로 연행되었다. 술렁거리는 분위기 속에서 사람들이 까맣게 밀집한 원내의 널찍한 복도를 경찰관에게 양쪽에서 붙잡혀 끌려가는 라이타의 모습 역시 고스란히 텔레비전 카메라에 촬영되어 반복적으로 뉴스에서 방영되었다.

각 신문사는 호외를 뿌렸고, 방송국들은 모든 프로그램을 중단하고 이 사건에 대한 뉴스를 계속적으로 보도했다.

사건 직후에 즉시 성명과 나이가 판명된 라이타가 일본 공산당 간부의 아들이라는 사실이 알려진 것은 그날 심야에 접어든 뒤였다. 공산당 측에서는 즉각 긴급 기자회견을 열고 이번 테러와 공산당은 아무런 관련이 없다고 밝혔지만, 정작 범인의 아버지인 기무라 신이치 시의원은 마지막까지 모습을 드러내지 않고 성명 한 줄 발표하지 않았기 때문에 미디어의 반응은 지극히 냉담하기만 했다.

'취조에 순순히 응하고 있는 상태'라고 전해진 라이타의 진술 내용이 보도된 것은 다음 날인 18일자 조간신문이었다.

범행 동기와 계획, 배후 관계 등 상세한 내용은 18일 오전 9시에 경시청이 공식 발표하기로 했으나, 각 신문사는 다양한 채널의 취재를 통해 발표 내용 대부분을 선점하는 데 성공한 것이다.

세상을 다시 한 번 떠들썩하게 뒤흔든 것은 무엇보다 라이타의 '범행 동기'였다. 마이니치 신문 조간에는 그에 관한 상세한 내용이 라이타의 진술 형식으로 보도되었다.

딱히 세상을 변혁하겠다든가, 이 사람(우다카와 총리)이 일본을 망쳤다든가, 그런 건 생각해본 적도 없습니다. 원래부터 나는 정치 따위에는 아무 관심이 없어서 신문이고 뉴스고 제대로 본 적도 없습니다. 단지 뭐랄까, 한 나라의 총리라니, 너무 잘났잖습니까? 그래봤자 우리하고 똑같은 사람이고, 이 한 사람 죽는다고 해도 세상은 전혀 변할 게 없다

고 할까. 그런 점을 사람들에게 한번 가르쳐주고 싶었어요. 하긴 이것
도 지금 막 생각나서 하는 말이지만요. 이 나라는 총리 한 사람쯤 죽
는다고 해서 별로 좋아질 것도 없고, 나빠질 것도 없다는 거예요. 그
렇잖아요? 아무튼 빨리 사형이든 뭐든 때려주십쇼. 내 손으로 죽는다
는 건 내가 원래 영 재주가 없는 거 같으니까요.

같은 18일에는 라이타를 아르바이트생으로 고용했던 텔레비전 방송
국 사장이 이번 사건에 책임을 지고 사임했다. 그 뉴스를 듣고, 라이타
에게 이용당한 데라우치는 지금쯤 어떤 얼굴을 하고 있을까, 하고 생각
했다.

경찰에서 나와 접촉하려는 움직임은 보이지 않았다. 그도 그럴 것이,
라이타가 나나 에리코나 호노카에 대해 취조 과정에서 일절 발설할 리
없었다. 하지만 언젠가는 데라우치의 입을 통해 나와 라이타의 관계가
경찰에 알려질 것이다. 그때 가서 담담히 조사에 응하면 된다고 나는 생
각했다.

그보다 내가 가장 염려한 것은 호노카였다. 그녀와 라이타의 관계가
이어지고 있었다면 경찰이 호노카의 존재에 주목하는 건 당연한 일이
다. 라이타의 집에 들락거렸다면 주변 사람들에게도 얼굴이 알려졌을
것이고, 매스컴에서도 이제 곧 냄새를 맡을 게 틀림없었다. 이대로 있다
가는 총리 저격범의 연인으로 호노카가 매스컴의 소용돌이에 휘말려
곤욕을 치를 게 뻔했다. 라이타가 이토록 큰일을 저지른 지금, 호노카가

그런 상황을 견뎌낼 수 있을 리 없었다.

17일 오후 텔레비전 뉴스를 보자마자 나는 곧바로 에리코에게 전화를 걸었다. 에리코는 촬영 일 때문에 스튜디오에 있어서 뉴스를 보지 못한 모양이었다. 내가 인사도 없이 대뜸 이번 사건에 대해 말해주자 그녀는 한참 동안 아무 말도 하지 못했다.

라이타가 호노카와 7월 말쯤에 헤어졌다는 이야기를 에리코와의 통화에서 듣게 되었다. 라이타를 뉴오타니 호텔에서 만났을 때, 호노카가 취직 문제로 바쁘다고 웃으며 말했던 것은 아무래도 호노카와 헤어지기 전의 이야기인 모양이었다. 라이타는 에고타의 아파트를 자기 마음대로 정리해버리고 갑작스럽게 호노카 곁에서 사라졌다고 한다. 이 이야기는 8월과 9월 내내 시내 캡슐 호텔을 전전했다는 라이타의 진술에 의해 그 다음 날 사실로 밝혀졌다.

“아무튼 호노카에게 얼른 연락해서 오늘밤은 에리코와 함께 지내는 게 좋겠어.”

내 말에 에리코도 그러겠다고 대답했다.

“알았어. 지금 전화해서 내가 데리러 갈게. 벌써 뉴스를 봤는지도 모르지만, 아무튼 지금 그대로 놔둘 수는 없으니까.”

“부탁해. 나도 일 끝나는 대로 에리코 집 쪽으로 갈게. 호노카와 할 이야기도 있고.”

그날 저녁 나는 에리코의 집으로 달려가, 울먹이는 호노카와 그 곁에서 망연자실 서 있는 에리코를 오래간만에 만나게 되었다.

우다카와 총리 습격 사건은 그로부터 한 달이 넘도록 전국을 뒤흔들었다. 세상이 어수선하다는 말의 참된 의미를 일본인은 오래간만에 몸으로 곱씹었다. 사건 발생 닷새째 되는 날에는 중참 양원 회의에서 우다카와 내각의 대장성 장관이던 오노데라 도시유키를 총리로 지명했다. 우다카와 수상은 목숨은 건졌으나, 칼날 15센티미터의 스위스제 군용 나이프로 하복부 깊숙이 장기까지 찔린 상처는 결코 가볍지 않았다. 가까운 시일 내에 총리직 복귀는 절망적이었던 것이다.

전후 처음으로 겪는 정계 불안에 세계 각국의 일본에 대한 신뢰는 현저히 떨어졌다. 주식시장은 강한 바이 재팬으로 대폭락 사태를 빚었고, 엔은 바닥 모를 하락을 거듭했다. 일본 국채 등급은 다시금 한 등급 떨어져 금융시장은 공황 상태에 빠졌다.

기무라 라이타의 이름은 아사누마 이네지로를 칼로 찔러 살해하고 옥중 자살을 한 야마구치 오토야를 능가하는 충격으로 사람들의 뇌리에 각인되었다. 일련의 수사에 의해 라이타의 배후는 발견되지 않았으며, 사상적인 배경도 거의 없다는 것으로 판명되었기 때문이다. 행정부도 사법부도, 그리고 미디어도 그의 테러를 어떻게 받아들여야 할지 알 수 없어 난감해하고 있었다. 그것은 일본인 전체와도 통하는, 모종의 공허하고도 싸늘한 곤혹감이었다.

결국 경찰에서 나에 대해 조사하는 일은 없었고, 호노카에 대한 호출도 없었다. 데라우치도 내 이름을 발설하지 않은 모양이었다. 생각해보니 데라우치에게 그만한 정도의 강직함은 있었다. 그리고 무엇보다 라이타가 우리 이야기를 한마디도 하지 않은 모양이었다. 그는 집을 떠나면서 자신의 소지품을 모조리 처분했다. 교우 관계도 우리 말고는 전혀 없었던 듯하다. 그렇다면 본인이 말하지 않는 한, 경찰이 우리를 알아낸다는 건 불가능했던 셈이다.

라이타는 실로 완벽하게 '이 너저분한 세계와 자신을 가까스로 이어주던 끈 같은 것'과의 관계를 '딱 끊어버렸다'라고 할 수 있을 것이다. 게다가 그의 입장에서는 호노카나 에리코, 그리고 나와의 관계 따위는 그런 끈의 한 조각조차도 아니었는지 모른다.

한 달 반이 지나 11월이 되자 호노카는 서서히 원래의 침착함을 되찾았다. 그 사건 이후 그녀는 내내 에리코와 함께 지내고 있었다. 나도 자주 에리코의 집에 찾아가 셋이서 식사를 준비하거나 텔레비전을 보고, 이따금 술을 마시기도 했다. 라이타 이야기나 그 사건에 대해서는 거의 입에 올리지 않았다.

11월에 접어들고 얼마 뒤에 호노카는 대학을 일 년 더 다니기로 했다고 말했다.

"꼭 심리학을 더 공부하고 싶은 건 아니지만, 아직은 사회에 나가고 싶지 않고 나설 필요성도 느껴지지 않아요. 잠시 동안은 누구와도 친해지고 싶지 않고, 새로운 일에 몰두하고 싶지도 않네요. 학비와 생활비는 아르바이트로 어떻게든 해볼 테니까, 제발 여기서 계속 살게 해주세요."

그렇게 머리를 숙이는 호노카에게 에리코는,

"그래, 일 년쯤 아무것도 하지 않고 느긋하게 지내는 것도 좋을 거야."
라고 태평하게 고개를 끄덕였다.

에리코와 나는 마치 친구 같은 사이가 되었다.

애초에 우리 둘 사이에 아무 일도 없었던 것처럼. 아니, 어쩌면 실은 그리 대단한 일이 있었던 것도 아닌지 모른다. 하지만 나는 그런 나 자신이, 그리고 에리코는 나보다 더, 계속 우리 사이를 가늠하면서 둘의 관계에 최종적인 결말을 지으려 하고 있다는 것을 알고 있었다.

에리코가 그토록 우리 관계에 연연한 것은 그저 자존심 때문이었는지도 모른다. 그녀는 나 같은 인간에게서 비웃음을 사고 자신의 존재를 묵살당한 것을 도저히 참아낼 수 없었을 것이다. 하지만 나는 에리코를 무시하지도 않았고 경시하지도 않았다. 그녀의 스와 집에서 뛰쳐나온 밤을 경계로 새삼 깨달은 것이지만, 나는 마음 깊은 곳에서 진심으로 에리코를 원하고 있었다. 하지만 동시에 그것이 결코 이루어질 수 없는 바람이라는 것도 알고 있었다.

나에게는 누군가와 함께 살아갈 자격이 없었다. 그럴 능력 또한 결정적으로 빠져 있었다.

우리 두 사람 관계의 마지막 장면은 11월 10일에 찾아왔다.

그날은 한낮부터 몹시 따스해서 봄날 같은 햇살이 쏟아졌다.

일요일이고, 내 서른 번째 생일이었다.

늘 하던 대로 저녁 무렵에 에리코의 집에 찾아갔더니 호노카는 같은 과 친구들과 다테시나로 여행을 떠나고 없었다. 간밤에 갑자기 정해진 여행이라는데, 호노카가 친구들과 여행을 다닐 만큼 기운을 차린 것에 대해 에리코는 크게 기뻐했다. 둘만 있게 되는 게 마음에 걸려서 나는 현관 앞에서 잠시 망설였다. 하지만 에리코는 단호한 말투로 "들어와"라고 말하더니 내가 사온 와인을 받아들고 냉큼 안으로 들어갔다.

함께 저녁을 차리고 와인으로 건배했다.

호노카가 없는 자리여서 나는 라이타의 근황에 대해 잠깐 이야기했다. 첫 공판 날짜는 11월 말로 이미 정해졌지만, 검찰 측과 변호인 측이 모두 공판에 앞서 재판소에 청구했던 정신감정 결과가 마침 제출 완료된 참이었다. 감정 결과는 물론 양쪽 다 '책임 능력 있음'으로 나왔다. 하지만 변호인 측 정보에 의하면 라이타는 정신적으로 심한 혼란에 빠진 상태라고 했다. 장기간에 걸친 엄한 취조와, 아버지 기무라 신이치 시의원이 아들의 잘못에 책임을 지고 목을 매 사망한 것이 그에게 뼈아픈 타격을 준 모양이었다.

"거의 착란 상태라고 하더군. 호노카의 귀에는 절대로 들어가지 않게 해야 할 말이지만, 머지않아 보도가 될 것 같아."

내 말을 듣고 에리코의 얼굴이 금방 어두워졌다.

"그렇다고 우리가 언제까지 감출 수 있는 것도 아니고, 결국 호노카 스스로 극복해내는 수밖에 없어. 그래도 지금 이렇게 돌아보면, 라이타 군이 일을 저지르기 전에 호노카에게서 떠나준 것에 대해 나는 감사하는 마음이야. 물론 호노카는 그의 속마음을 다 알고 있었을 거야. 그래도 실제로는 아무 소리 없이 떠나버렸으니까 호노카가 그를 마음속에서 떼어내는 데 그나마 도움이 되었겠지."

"라이타는 호노카를 얼마만큼이나 진지하게 생각했을까? 의외로 그의 속마음을 들여다본다면 도리어 호노카가 상처를 받을 수 있지 않을까?"

"그건, 글쎄……."

에리코는 고개를 갸웃해 보였다.

"호노카, 바로 얼마 전까지도 라이타가 형기를 마치고 나올 때까지 계속 기다리겠다고 했었어."

"정말이야?"

"응. 그녀에게는 라이타 군을 만난 게 일종의 기적이었대. 호노카가 직접 그렇게 말했다니까."

"기적?"

"그래. 이 넓은 세상에 이토록 수많은 사람이 있는데, 그중 단 한 사람인 자신과 단 한 사람인 그가 만날 수 있었던 건 기적이래. 중요한 건 그가 어떤 사람이냐, 라든가 무슨 일을 했느냐, 하는 게 아니라 그렇게 둘이서 만났다는 사실이래. 요즘에는 그런 감정도 좀 누그러든 것 같기는 하지만."

"선뜻 믿을 수 없는 얘기네. 그러면 라이타와 옥중결혼이라도 할 생각이었나?"

나는 잠깐 웃어 보였다.

"그럴지도 모르지."

하지만 에리코는 웃지 않았다. 그리고 이렇게 덧붙였다.

"그보다 호노카에게는 그게 인생에 있어서 하나의 선택일 수도 있고, 그렇게 되지 않을 거라고 아직 확정된 것도 아니라고 나는 생각해."

"설마."

"그럴까? 나는 만일 호노카가 그런 선택을 한다면 그건 그것대로 괜찮다고 생각해. 만일 그렇게 되면 호노카를 열심히 응원해줄 거야. 우다카와 총리에 대해서는 참으로 안타깝게 생각하고, 라이타 군이 저지른 일에 변명의 여지 같은 건 없지만, 그래도 라이타 군이 죄를 다 갚고 나면 언젠가 사회로 돌아올 거잖아? 아무도 기다리는 사람이 없다면 그는 분명 죽고 말 거야."

에리코의 말을 듣고 나는 처음으로, 라이타가 언젠가 형기를 마치고 이쪽 세계로 돌아온다는 것에 대해 구체적으로 생각해보았다. 15년이나 20년 후, 분명 그날은 찾아올 것이다. 그때 라이타는 아직 마흔 살이 좀 못 되는 나이일 것이다.

─나 스스로 죽는 건 내가 영 재주가 없다.

라이타는 취조 중에 그렇게 호언장담했지만, 그가 '영 재주가 없다' 라고 했던 것은 죽는 일이 아니라 사는 일이었다. 출소한 뒤에 마흔 살의 그는 분명 그것을 절실히 깨달을 것이다. 지금 내가 뼈에 사무치도록 실감하는 것보다 더.

"그런데 라이타 군은 왜 그런 짓을 했을까? 그런 짓을 해봤자 어디에도 갈 데가 없을 텐데."

에리코가 중얼거리듯이 말했다.

"그 녀석, 꼭 어딘가에 가고 싶어서 일을 저지른 건 아니야."

"그럴까? 나는 그가 분명 어딘가에 가고 싶었던 거라고 생각해. 여기와는 다른 어딘가에 말이야. 나오토가 그런 것처럼."

대화 중간쯤부터 에리코가 라이타에 빗대어 나에 대해 이야기하고 있다는 걸 알았다. 그 말을 듣고, 그녀가 오늘밤 드디어 결론을 낼 생각인 거라고 확신했다.

나는 되도록 감정을 억누른 말투로 에리코에게 물었다.

"내가 어디로 가고 싶어한다는 거지?"

에리코는 내 눈을 똑바로 바라보며 말했다.

"나오토는 나오토가 있어야 할 장소에 가고 싶은 거야."

"있어야 할 장소라는 게 어딘데?"

"글쎄, 나는 모르겠어. 하지만 그곳은 지금의 나오토로서는 결코 발견할 수 없는 그런 장소라고 생각해."

"에리코가 하는 말 치고는 유난히 애매한데?"

나는 다시 한 번 웃어 보였다. 하지만 에리코는 표정을 바꾸지 않았다.

"전혀 애매하지 않아. 애매한 건 내가 아니라 나오토 쪽이 아닐까?"

"그건 우리 사이를 말하는 거야?"

실은 나는 더 이상 아무 말도 하고 싶지 않았다. 마지막 시간을 말다툼으로 보내고 싶지는 않았던 것이다.

"아니, 나는 나오토 이야기를 하는 거야."

하지만 에리코는 충분히 리허설을 마친 여배우처럼 끝까지 냉정했다. 그야말로 익숙하다는 듯한 그 태도가 내 신경을 자극했다.

"대체 나의 어디가 애매하다는 거지? 그렇게 뭔가 깊은 뜻이 있는 척 말하는 너야말로 너무 애매한 거 같은데?"

그러자 드디어 에리코가 웃음을 보였다. 타인의 마음을 얇게 저미는 듯한 날카로운 미소였다.

"자기가 말했어. 갈 장소가 없는 것만큼 슬픈 일은 없다고. 장소가 있어야 비로소 인간이 있는 거라고. 이렇게도 말했지. 가족 같은 거 요만큼도 믿지 않는다고. 그래서 나는 생각했어. 이 사람은 정말 어중간한 소리를 하는구나, 하고. 우리 집에서 도망쳤을 때도 생각했어. 이 사람은 정말 너무나 지독한 짓을 아무렇지도 않게 하는구나, 하고. 하지만 자기 역시 사실은 자신이 있을 장소를 계속 찾아왔던 거 아니야?"

나도 모르게 한숨을 쉬었다. 하지만 에리코는 예전처럼 주춤하는 기색은 조금도 보이지 않고 똑똑한 어조로 다시금 말을 시작했다.

"나 역시 가족 같은 거 믿지 않아."

나는 에리코의 얼굴을 가만히 바라보았다.

문득, 더 이상 이 사람을 추궁해서는 안 된다는 생각이 들었다.

하지만 에리코의 의연한 표정에서는 한 조각의 망설임도 그늘도 느껴지지 않았다. 어째서일까, 하고 내 머릿속이 조금 헝클어졌다.

"나는 내가 있을 장소를 내내 찾아왔어. 그건 누구라도 다 마찬가지야. 딱히 나오토 혼자서만 괴로운 게 아니야. 하지만 아무리 원한다고 해도, 찾는다고 해도, 자신이 있을 장소 같은 거 찾아질 리가 없어. 아무리 다양한 사람과 사귀어봐도, 내 자리 같은 거 아무도 내주지 않아. 자기가 말했지? 이제는 어디에도 가고 싶지 않다, 이곳에 있는 것만으로도 충분히 지긋지긋하다고. 그렇다면 나는 좀 묻고 싶어. 자기가 있는 곳이라는 게 대체 어디야? 이곳이라는 게 대체 어디지? 분명 나는 나오토와 내가 함께 있을 장소를 갖고 싶었어. 그건 나오토와 함께 그 장소를 찾자는 게 아닐까? 그렇잖아? 정말로 자신이 있을 장소를 원한다면, 바라거나 찾기를 멈추고, 자기처럼 계속 방황만 하는 것도 중단하고, 자기가 지긋지긋해하는 이곳, 바로 이곳에 스스로 자신이 있을 장소를 만들 수밖에 없는 거야.

나는 단 한 번도 나오토와 가족이 되겠다는 생각을 해본 적이 없어. 단지 나오토와 함께 있을 수 있는 장소를 둘이서 만들어가고 싶다는 생각을 한 것뿐이야. 그런데 자기는 언제든, 어떤 일이든, 자기 마음대로 해석하고 자기 마음대로 실망하고 자기 마음대로 포기했어. 그런 나오토가 나는 딱했어. 걱정이 되어서 견딜 수가 없었어. 이대로 가면 이 사람은 분명 불행해진다, 그것도 아무도 경험할 수 없을 만큼 지독한 불행일 것이다, 하고 느꼈어. 그래서 나는 자기를 그냥 지나쳐버릴 수 없다고 생각했던 거야.

애매한 건 내가 아니라 나오토야. 이곳과 다른 어딘가, 라는 건 없는데. 천국도 지옥도, 이 세상이든 저 세상이든, 모두 다 여기인 건데 말이야. 과거도 전부 여기에서 일어난 일인 거고, 미래도 앞으로 여기에서 일어날 일일 뿐이야. 나도 자기도 이곳에 있고, 태어날 때도, 죽은 뒤에도 내내 이곳에 있는 거야. 신도 악마도 분명 이곳에 있는 거고, 태어나기 전의 장소도, 돌아가야 할 장소도, 그런 건 어디에도 없어. 모두 여기에 있을 뿐이야.

나는 나오토에게 항상 말하고 싶었어. 그렇게 골똘히 대체 어디를 보려고 하는 거냐고. 나오토는 지금 서 있는 바로 그 장소에서, 그 발치에서 쭉 이어져 있는 세계밖에 볼 수가 없는 건데, 근데 대체 나오토는 무엇을 보려고 하는 걸까. 나오토가 분명하게 자기 발밑을 응시하고, 그리고 고개를 들어 눈을 크게 뜬다면 이 세계는 무한히 펼쳐져 있고, 이 세계야말로 자기가 보는 게 가능한, 그리고 보아야만 할 유일한 장소라는 걸 알 수 있을 텐데 말이야.

하지만 나오토는 내 마음 같은 건 상상해보려고 하지도 않고, 그저 내 앞에서 자신을 지우려고 하기만 했어. 나는 나오토를 딱히 싫어한 것도 아니고, 수상쩍게 생각한 것도 아니고, 더구나 미워한 적도 없는데. 나는 나오토를 진심으로 사랑했는데. 나오토를 위해서라면 어떤 일이든 하자고 마음속으로 굳게 맹세했는데. 하지만 자기는 그저 나를 무서워할 뿐이었어. 내가 마치 자기에게 무슨 심한 짓이라도 한 것처럼 나를 부정하고 나에게서 도망치기만 했어. 나는 나오토처럼 지독한 사람은 단 한 번도 만난 적이 없다는 생각이 들어."

에리코는 말하는 중간부터 울고 있었다. 최근 2년 가까운 교제 중에서 그녀가 나를 위해 이토록 많은 눈물을 흘려준 것은 처음이었다.

무너질 듯한 그 모습을 바라보며 나는 생각했다.

—나 역시 그녀가 있는 장소에 머물러 있을 수만 있다면 얼마나 행복할까.

극히 보잘 것 없는, 이 세상에 태어나지 않아도 좋았을 이런 나여도, 나를 위해 이렇게 울어주는 사람을 위해 살아갈 수만 있다면 얼마나 평안할까. 오래전에 '여동생을 위해서라면'이라고 생각했던 것처럼, 여름날 강가에서 '다쿠야를 위해서라면'이라고 생각했던 것처럼, 여기 이 에리코를 위해 나의 모든 것을 버릴 수만 있다면 얼마나 멋진 일일까.

하지만 어떻든 그것만은 불가능한 일이었다.

그들은 모두 똑같이 말하고 있다.

단 한 가지, 인간이 행복해지는 길은 자기 자신보다 다른 존재를 사랑하는 일이라고.

하지만 조금 더 안쪽 깊이, 그들은 이렇게도 말한다.

자기 자신보다 다른 존재를 더 사랑할 때는 결코 이성을 사랑하듯이 사랑해서는 안 되는 것이라고. 남자는 여자를 여자로서 사랑하는 것이 아니라, 여자는 남자를 남자로서 사랑하는 것이 아니라, 마치 자기 자신을 사랑하듯이 사랑하지 않으면 안 되는 것이라고. 왜냐하면 남녀의 사랑은 불행한 과실을 필연적으로 몰고 오기 때문이다.

나뿐만 아니라 이 세상에서 살아가는 모든 사람들이 그 불행한 과실 하나하나에 지나지 않기 때문이다.

나는 그래도 다행이었다. 어머니에게서 버림받은 그 7월 8일에 나는 두 번 다시 이런 과오를 거듭해서는 안 된다고 굳게 맹세할 수 있었다.
그리고 신은 이런 나에게도 슬그머니 가르쳐주셨다.

　—너는 언제 어느 때라도 부모가 자식을 사랑하듯이 남을 사랑하라.

　에리코의 말은 하나도 잘못된 게 없었다. 그러나 그저 한마디 할 수 있게 해준다면, 내가 그녀를 두려워한 것은 그녀가 내게 무슨 지독한 짓을 하려고 했기 때문이 아니었다. 나는 오로지 내가 그녀에게 지독한 짓을 할까봐 두려웠던 것이다.

　그러나 나는 이미 그녀에게 충분히 상처를 입혔다.

　마주 앉아 있던 식탁의 요리는 대강 처리가 되었다. 나는 남아 있던 와인을 한 모금 마시고, 의자를 뒤로 물리며 자리에서 일어섰다. 에리코는 눈물이 마르기 시작한 눈으로 나를 올려다보았다.

　"자기는 아무 할 말이 없어?"

　그녀는 조용한 목소리로 그렇게 말했다. 나는 그녀의 시선을 피해 벽에 걸린 큼직한 그녀의 사진을 잠시 말없이 바라보았다.

　지금 또다시 나는 무언가에 의해 슬픔을 당하려 하고 있다, 라고 느꼈다. 나는 에리코에게가 아니라 에리코의 사진에 등을 돌리듯이 식탁 앞을 떠났다.

　"안녕이라는 말도 못 해?"

　등 뒤에서 다시 한 번 온화한 목소리가 들렸다.

　문 손잡이에 손을 얹은 채 잠시 멈춰 서서 나는 이를 악물었다. 그리고 몸을 돌려 그녀를 바라보았다. 에리코는 또다시 눈물로 눈가를 적시고 있었다. 눈이 마주침과 동시에 천천히 일어나 내 쪽으로 다가왔다.

거센 불안이 내 온몸을 부르르 떨게 했다. 칠흑의 어둠 속으로 당장 끌려들어갈 듯한 압도적인 공포가 뇌리를 가득 채웠다.

하지만 나는 이미 꼼짝달싹할 수가 없었다. 결국 이렇게 망가져가는 구나, 라고 느꼈다. 그래도 에리코가 배웅해주기를 그저 가만히 기다리고 있을 수밖에 없었다.

26

12월 2일 월요일 오전 9시 30분, 전 총리 우다카와 게이치로는 두 달 반에 걸친 투병 끝에 세상을 떠났다. 한때 병실에서 활짝 웃는 얼굴 사진이 미디어에 공개될 정도로 호전을 보였던 우다카와였지만, 결국 깊은 상처가 치유되지 못하고 뜻밖의 재난 직후에 대량으로 수혈한 것이 간부전으로 이어져 하룻밤 사이에 상태가 급변해 어이없이 인생의 막을 내리게 되었다.

우다카와가 사망했다는 소식을 알려온 것은 호노카였다. 갑자기 회사로 전화를 걸어온 호노카가 제일 먼저 이렇게 말했다.

"선생님, 라이타가 결국 살인자가 되어버렸어요."

억양이 별로 없는, 감정을 봉해버린 목소리였다.

"호노카, 지금 뭐하고 있어?"

물어보니 아르바이트를 하러 가는 중이라고 했다. 10시를 조금 넘긴 시각이었는데, 길거리에서 나눠주는 호외를 통해 소식을 알게 되었다는 것이다. 호노카는 사무적인 어조로 그 기사를 읽어주었다.

"아르바이트, 어떻게 할래?"

우다카와의 죽음은 예상 밖의 일이었기 때문에 나도 적잖이 동요하고 있었다.

"갈 거예요. 지금은 아무 생각도 안 나고, 생각하고 싶지도 않아요."

전화기 너머에서 잡답의 기척이 전해져 왔다.

"몇 시에 끝나지?"

"오늘은 수업이 있어서 2시에는 끝낼 예정이에요."

"그 다음에는?"

"곧장 학교로 가야 해요."

라고 말한 뒤에,

"5교시부터라서 잠깐 시간이 있기는 한데."

라고 덧붙였다.

"5교시라니, 그건 몇 시부터지?"

"4시 20분부터."

"그럼 3시쯤 학교로 갈게. 함께 차라도 마시자."

"출판사 일은 괜찮아요?"

"응, 괜찮아."

"알았어요. 그러면 나, 정문쯤에서 기다릴게요."

호노카는 마지막까지 흐트러지는 기색 없이 전화를 끊었다. 그 기묘한 평온함이 내 마음속에 한층 더 큰 불안감을 불러일으켰다.

지난주에 라이타의 첫 공판이 열렸다. 나는 사방으로 손을 써서 방청권 두 장을 확보했다.

법정에 나온 라이타는 피고석에서 증언대로 향하는 얼마 안 되는 동안 방청석 중간쯤에 앉아 있던 호노카와 내 모습을 분명히 알아본 듯했다. 표정 하나, 눈빛 하나 변하지 않았지만 우리도 그의 의지적인 시선과 일순 눈을 마주친 것으로 그것을 감지했다. 지금까지의 보도와는 달리 라이타는 별로 야윈 것 같지 않았다. 더구나 정신이 불안정한 기색도 없었다. 죄상에 대한 인정 심문에서도 목소리는 작았지만 또렷하게 응했다. 그는 전 총리에 대한 살의에 대해서는 명확하게 부인했다.

폐정 후, 보도진으로 북적거리는 도쿄 지방재판소 앞을 혹시나 싶어서 따로따로 빠져나온 호노카와 나는 아카사카 쪽 호텔에서 만나 함께 점심을 먹었다.

그때 호노카는,

"이대로 우다카와 수상이 회복된다면 살의도 부인했고, 분명 그리 무거운 판결은 나오지 않겠지요? 라이타, 이제 겨우 스무 살인데."

라고 몇 번이나 말했다.

"라이타, 전혀 이상해지거나 하지 않았어요."

호노카의 밝은 얼굴은 오랜만이었다. 그 표정을 바라보며 나는 라이타와 호노카 사이의 강한 인연의 끈을 실감했다. 그녀에게 시선을 던졌을 때, 눈썹 하나 움직이지 않았던 라이타의 표정에서도 그건 충분히 엿볼 수 있었지만.

그렇기 때문에 더더욱, 뜻밖에 벌어진 이번 우다카와 전 총리의 사망은 호노카에게 큰 충격으로 다가왔을 터였다.

에리코는 호노카가 시간이 지나면서 다시 일어서는 것 같다고 했지만, 나는 그렇게 보지 않았다. 라이타와의 관계가 깊은 것이든 아니든, 호노카 같은 성향의 소유자는 그리 간단히 그런 심한 타격에서 회복되지 못한다. 라이타 식으로 표현하자면, 이 세계와 자신을 연결하는 끈의 굵기가 에리코와 호노카는 애초부터 다르다. 인간은 어차피 스스로를 잣대로 삼아서 상대를 파악하는 법이라 에리코는 그런 호노카를 알기가 어려웠을 것이다.

3시 정각에 게이오대학 앞에서 택시를 내리자 정문 옆에 호노카가 서 있었다. 나보다 먼저 알아보고 뛰어왔다. 최근 일 년 동안 제대로 이야기를 나눈 적은 없었지만, 그래도 이렇게 둘이서 따로 만나자 전혀 타인이라고 할 수 없는 친밀감이 느껴졌다. 처음 알았을 때, 호노카는 아직 열다섯 살의 어린 소녀였다고 나는 새삼 생각했다.

"아, 다행이다."

호노카가 나를 보며 슬그머니 웃었다.

"뭐가?"

"혹시 에리코 씨도 함께 오나, 하고 생각했거든요."

"에리코에게도 전화했었어?"

호노카는 고개를 가로저었다.

"그럼 아직 뉴스를 못 봤는지도 모르겠다. 오늘 하루 종일 스튜디오에 있을 거라고 했거든."

가요, 라면서 호노카가 내 손을 잡았다.

정문을 지나 우리는 잠시 캠퍼스를 산책했다. 연말도 다가오고, 아직 수업 시간이기도 해서 캠퍼스는 한산했다. 은행나무 거목이 여기저기서 노랗게 물든 잎을 가득 매달고 있었다. 길에도 마치 노란 카펫을 깔아놓은 것처럼 엄청난 양의 낙엽이 쌓여 있었다.

"게이오대학의 은행나무, 대단하죠? 해마다 이렇게 노란 은행잎이 쌓이는 통에 청소하는 분들이 정말 힘들대요. 은행잎은 비료로도 쓸 수가 없어서 그냥 내버리는 수밖에 없다는데요?"

호노카가 말했다. 나는 은행잎을 밟으며, 그러고 보니 마치코 씨는 이 은행잎을 볶아 차 대신 자주 마신다고 했었어, 라는 생각을 머릿속에 떠올렸다.

15분쯤 캠퍼스를 걸어 들어가 북측 교사의 반지하에 있는 'Fiesta' 라는 카페테리아에 들어갔다. 나는 커피, 호노카는 페트병에 든 우롱차를 사들고 안쪽 테이블에 자리를 잡았다. 넓은 식당 안은 학생들이 드문드문 앉아 있어서 몹시 조용했다. 왼편 창문으로는 교사의 툭 튀어나온 부분이 보일 뿐이었지만, 벌써 기울기 시작한 겨울 햇살이 우리가 앉은 낡은 목제 테이블에까지 가까스로 와 닿았다. 등 뒤에서 남학생이 메밀국수를 후루룩거리며 먹는 소리가 들려왔다. 앞쪽에서는 검은 에이프런에 머리 수건을 쓴 아줌마가 열심히 테이블을 닦고 있었다. 오른편

하얀 벽에는 자동차 교습 포스터며 CD, DVD 할인 판매 포스터가 붙어 있었다.

미지근한 커피를 한 모금 마시고,

"항상 여기서 밥을 먹는 거야?"

라고 물어보았다. 호노카는 페트병의 차를 플라스틱 찻잔에 따라 마시고 있었다.

"네, 점심은 대개 여기서 먹어요, 싸니까."

"정식 같은 거?"

"그렇죠, 뭐. 하지만 정식은 좀 비싼 데다 고기나 생선이 많아서."

"얼만데?"

"사백 엔이 넘어요. 나는 시금치나물이나 야채 크로켓, 우엉 샐러드 같은 걸 접시로 사서 되도록 사백 엔 이내로 해요. 하긴 여학생들은 대부분 다 그래요."

"정말 아르바이트비로 살자면 사백 엔이 한계겠다."

나는 웃었다.

"그렇다니까요. 선생님 같은 부자하고는 달라요."

호노카도 따라 웃었다.

"내가 학생 시절에는 훨씬 더 지독했어."

"정말요?"

"그럼."

"그러면 나도 한참 더 절약해야겠네."

"됐어, 그런 건 따라하지 않아도 돼."

거기서 호노카는 잠시 침묵했다. 그리고 이내 말을 이었다.

"라이타도 아마 제대로 된 음식은 못 먹을 거고."

"아직 구치소에 있을 테니까 차입이 들어오면 의외로 맛있는 것도 먹을 수 있을 거야."

"하지만 그런 거 넣어줄 사람이 없을 거예요. 아버님도 돌아가셨고."

"그러면 다음에 둘이서 먹을 거 넣어주러 갈까?"

내 말에 호노카는 다시 진지한 눈빛으로 물었다.

"조금 더 지나서 가도 돼요?"

"조금 더라니, 어느 정도?"

"앞으로 일 년쯤."

분명한 어조였다.

일 년이라, 하고 나는 소리 내어 중얼거렸다. 그리고 호노카의 눈을 똑바로 바라보며 물었다.

"알고 있었구나?"

호노카도 말없이 나를 바라보았다.

"라이타가 무슨 일을 하려고 했는지 알고 있었지? 지난주에 함께 지방재판소에 갔을 때 겨우 눈치 챘어. 정말 바보 같은 얘기다만, 그때까지는 전혀 몰랐어."

호노카는 테이블 위에 올려놓았던 손을 무릎에 내리고 자세를 바로 잡더니, "죄송해요"라며 예의바르게 머리를 숙였다.

"도저히 말릴 수가 없었어요. 정말 엄청나게 후회하고 있어요."

"나하고 상의라도 해줬으면 좋았을 텐데."

미안해요, 라고 다시 한 번 호노카가 말했다.

"사실은 8월 15일에 선생님 집에 갔었어요. 근데 집에 없더라고요."

"그랬어?"

"네."

마침 그날은 기타큐슈에 가 있었다.

"어머니 돌아가시고 첫 번째 백중날이라서 고향에 갔었어."

"그랬구나……."

호노카는 찻잔을 들어 천천히 차를 마셨다.

"어째서 8월 15일이었지?"

나도 커피를 마셨다.

"라이타가 분명 일을 저지를 거라고 생각했었어요."

"왜 그렇게 생각했는데?"

"그날, 우다카와 총리가 야스쿠니 신사에 공식적으로 참배를 했었잖아요? 라이타가 올해도 총리가 야스쿠니 신사에 간다면 이제는 저지를 수밖에 없다고 했었거든요."

우다카와는 그 전해에도 종전 기념일에 야스쿠니를 방문해서 한국과 중국 및 동남아시아 각국으로부터 삼엄한 비판을 받았다. 그런데 그는 올해도 어김없이 야스쿠니 신사 참배를 강행했던 것이다.

"라이타는 우다카와 총리가 '옛 특공대원들을 생각하면 밤에도 잠이 오지 않는다. 국민의 한 사람으로서 야스쿠니를 참배하는 건 당연한 의무다'라고 말하는 것을 듣고 도저히 용서할 수 없다고 했어요. 어떤 형태로든 전쟁을 미화하는 행위는 인정할 수 없고, 가령 특공대원이라 해도 다른 나라 사람들을 죽이러 갔었다는 건 뒤집기 어려운 사실이라고 했어요. 그들을 영웅으로 대접하는 건 큰 잘못이라고요. 침략을 받고 피해를 입은 사람들이 단 한 명이라도 반대하는 한, 총리는 야스쿠니 신사에 가서는 안 된다고요. 지금 태연하게 그런 소리를 하는 자들이 그 시대에도 젊은이들을 특공대로 내몰았다고요. 그래서 만일 올해도 총리가 참배를 한다면 그때는 결심하는 수밖에 없다고 했어요."

"그런 거였군."

나는 한숨을 내쉬었다. 그렇다고 총리를 칼로 살해해도 좋다는 건, 공식 참배 따위와는 비교도 되지 않을 만큼 위험한 사상이라고밖에는 할 말이 없었다. 테러리즘은 전쟁 그 자체인 것이다.

"나카가키 사장이 죽은 뒤에 라이타는 스포츠센터에 다니면서 몸을 단련했어요. 아르바이트도 도로공사 같은 힘든 일만 골라서 했죠. 우다카와 총리를 습격할 계획이라는 말을 들은 건 7월 말이었는데, 앞으로 못 만나게 될 거라는 말을 하다가 그 얘기가 나왔어요. 하지만 총리가 야스쿠니에 가지 않는다면 일을 결행하지 않을지도 모른다고 해서, 나는 그날부터 일심으로 기도했어요. 제발 야스쿠니에 가지 말아달라고, 정말 빌고 또 빌었는데.

참배 뉴스를 보고, 이제 다 틀렸다고 생각했어요. 라이타한테서는 일방적으로 이따금 전화가 올 뿐이었고, 텔레비전 방송국에서 아르바이트한다는 것도 나한테는 말해주지 않았어요. 그래서 그날, 내가 완전히 패닉 상태가 되어서 선생님 집에 갔던 거예요. 근데 선생님이 집에 없더라고요. 한밤중까지 집 앞에서 기다렸어요.”

“그렇다면 전화를 하거나 편지를 놓고 갔더라면 좋았잖아?”

“그건 안 되죠. 라이타가 절대 아무에게도 말하지 말라고 했거든요. 나도 약속을 했었고. 그 대신 나도 라이타에게서 약속을 받았으니까 사실은 선생님에게도 자세한 이야기는 할 수 없는 상황이었어요.”

“약속을 받았다니?”

호노카는 고개를 숙인 채 한참 동안 머뭇거렸다. 얼굴을 들자 눈물이 글썽해져서 금방이라도 떨어질 것 같았다.

“어떤 일이 있어도 죽지는 말아달라고요. 만일 자살한다면 나도 반드시 그 뒤를 따라 죽을 거라고 했어요.”

나는 남아 있던 커피를 다 마시고, 울고 있는 호노카에게서 눈을 돌려 그늘이 지기 시작한 창밖으로 시선을 던졌다.

“죄송해요. 나로서는 그런 말밖에는 할 수가 없었어요. 어째서 그랬는지, 지금 생각해보면 나도 잘 모르겠어요. 그때 왜 좀 더 진지하게 그를 뜯어말리지 못했는지. 네가 죄를 범한다면 나는 그 자리에서 죽어버릴 거라고, 왜 그런 말을 못했는지. 아마 나는 라이타에게 미움을 받을까 봐 겁이 났던 것 같아요. 자신이 없었던 거예요. 그렇게 내 입장만 생각하다가 결국 라이타를 위해 아무것도 해줄 수가 없었어요.”

호노카는 한참 동안 조용히 울었다.

그 모습을 바라보며 나는 생각했다.

라이타도 호노카도 죽음과의 연결 속에서 스스로의 행복을 찾으려고 하는 것이리라. 그리고 그것 자체는 분명 옳은 일이다. 무엇보다도, 누구보다도 그것은 옳은 것이다. 무엇을 위해 살아갈 것인지도, 자신이 어떻게 될 것인지도, 실은 아무려나 상관없는 일인지도 모른다. 인간은 그저 죽기 위해서 살아가고, 이윽고 이 몸뚱이는 불에 타 재가 되는 것뿐이므로.

물질적인 충족이나 지위나 명예, 경쟁에서의 승리나 타인으로부터의 칭찬, 그런 것은 단순히 탑을 쌓아 올리는 것에 불과하다. 인간은 인생의 파국인 죽음으로부터 그런 것으로 열심히 도망쳐 멀리멀리 벗어나려고 발버둥이 친다. 행복을 죽음과의 거리로 가늠하는 한, 누구라도 그런 무의미한 행위를 계속하는 것 말고는 달리 살아갈 방법이 없다. 하지만 고난이나 고통을 뛰어넘는 것에서만 행복을 찾아내다 보면 인간은 마지막에는 죽음이라는 암흑의 늪에 질질 끌려들어가 자신을 완전히 파멸시키고 마는 것이다.

죽음에서 얼마나 멀리 벗어날 수 있는가, 죽음을 얼마나 잊어버릴 수 있는가를 시험하는 듯한 그런 행복은 행복도 뭣도 아니다. 그런 행복의 탑은 높이 쌓으면 쌓을수록 언젠가는 거기서 거꾸로 떨어질 운명을 비참한 것으로 덧칠해나갈 뿐이다. 최후의 한순간, 공중에 내던져진 우리가 죽음의 바다에 빠져들 때까지의 길고 긴 공포의 시간에, 태어난 것을 원망하고 저주할 수밖에 없게 되는 것이다.

죽음은 바다 표면과도 같은 것이다.

그 표면을 넘어서자마자 우리는 바다 속으로 들어간다. 그곳은 우리가 두려워하는 죽음도, 서로 사랑하는 기쁨도 없는 완전히 새로운 세계다. 죽음을 통과한 그 다음의, 상상하기 어려운, 하지만 결코 상상하는 것이 불가능하지 않은 세계다.

나는 생각한다. 참된 행복은 죽음과 친숙하지 않으면 안 되는 것이라고. 죽음과 친숙한, 그야말로 바다 표면과 아슬아슬하도록 가까이에 있는 행복이야말로 진실한 행복이라고.

"에리코에게 말했다면서? 라이타를 만난 건 기적이었다고."

호노카의 눈물이 겨우 멎었다.

그녀는 내 말에 약간 당혹스러운 표정을 지었다.

"나는 이 세상에 기적 같은 건 없다고 생각하는데요?"

그렇게 중얼거리더니 말을 이었다.

"에리코 씨는 정말 착한 사람이지만, 선생님이나 라이타나 나하고는 전혀 다른 사람이니까요."

맞는 말이라고 나는 생각했다. 분명 에리코는 우리와는 다른 종류의 인간일 것이다.

"어떻게 할 거지, 앞으로? 논문은 준비하고 있어?"

"네, 그거 말고는 할 일도 없으니까 준비는 하고 있어요. 하지만 제출할지 어떨지 모르겠어요. 어차피 앞으로 일 년은 학교에 남아 있을 생각이니까요."

"응, 그럴 거라고 했지?"

"선생님이야말로 앞으로 어떻게 할 거예요?"

갑작스런 질문이어서 무슨 말인지 얼른 알아들을 수 없었다.

"어떻게 하다니?"

"에리코 씨와의 일 말예요."

"글쎄, 나도 잘 모르겠다."

"에리코 씨는 무엇이든 능숙하게 처리할 줄 아는 사람이에요, 어떤 일이라도. 그런 사람이 정말 있더라고요."

호노카의 뺨에 가까스로 미소가 번졌다.

"정말 그렇다."

나도 웃었다.

"선생님과의 일도 에리코 씨는 분명 잘 해낼 거예요. 그냥 마음대로 하게 놔두면 된다고 나는 생각하는데."

"마음대로 하게 놔두라고?"

"그러니까 에리코 씨가 좋아하는 대로 하게 해주고, 선생님은 그냥 아무 말 말고 가만히 있으면 된다는 얘기. 게다가 선생님은 그렇게 해서 자신을 좀 더 소중히 여길 권리가 있다고 생각해요."

그런 것도 모르느냐는 듯한 표정이었다.

"그런가?"

"그래요."

호노카가 곱씹는 듯한 어조로 말했다.

"나, 이번에 여기저기 취직 준비를 하면서 느낀 게 있어요. 어떤 회사에서나 인사과 사람이 꼭 물어보더라고요. 출산 후에도 일을 계속할 수 있느냐, 하고요. 내 주변 친구들은 그 소리가 너무 지겨워서 '네, 저는 아이는 낳지 않을 거예요' 라고 대답해버린대요. 하지만 나는 '아이는 낳겠습니다. 그리고 아이를 낳으면 회사는 그만둘 생각입니다' 라고 분명하게 말했어요. 그랬더니 면접 담당자들이 한결같이 '그래서야 회사에 대해 너무 무책임하다고 생각하지 않아요? 사회인으로서는 실격이라고 생각하는데' 라고 하더라고요. 그렇다면 뭣 때문에 이 회사에 지원했느냐고 따지는 사람까지 있었어요.

그래서 내가 똑똑히 말해줬어요. '제대로 된 아이를 낳고, 제대로 된 인간을 키우기 위해 사회에 나가 공부를 하려는 겁니다. 아이를 낳을 때까지 나름대로 경제적인 기반도 닦아두고 싶습니다' 라고요. 그랬더니 다들 내 말이 옳다고 해줬어요. 그리고 어떤 회사에서나 최종 면접까지 나를 남겨주더라고요. 마지막에 결국 전부 다 떨어지기는 했지만.

그래서 나는 이런 생각을 했어요. 세상 사람들은 틀림없이 참된 것을 다 알고 있는데도 그게 잘 되지 않으니까 괴로워하는 거구나, 하고요. 취직 준비를 해본 거, 정말 잘했다고 생각해요. 나는 내 나름의 방법을 찾아나가는 수밖에 없다는 걸 알았으니까요. 누군가에게 부탁하거나 남이 하는 걸 흉내 내봤자 분명 아무것도 안 될 거예요. 그러기 위해서 시간을 좀 더 갖고 싶어요.

어떻든 에리코 씨는 그렇게 자기 나름의 방법을 찾으며 살아가려고 하는 사람이라고 생각해요. 우리와는 전혀 다르지만, 나는 그녀를 존경할 수 있어요. 그러니까 에리코 씨, 선생님 일도 분명 잘 해나갈 거라고 생각해요."

나는 말없이 호노카의 말을 음미해보려고 했다. 하지만 깊이 있게 생각을 할 수가 없었다. 요즘 들어 나는 남의 표정이나 몸짓이나 말에 예전처럼 관심을 갖지 않게 되었다. 특히 에리코에 대해서는 더욱 그랬다. 호노카가 말하는 '마음대로 하게 놔둔다' 는 것은 아니지만, 에리코와의 관계에 대해 나는 예전처럼 철저히 생각하지 않게 되었다. 그렇다고 그녀에 대한 관심이 줄어든 것도 아니었다. 11월 10일 이후로 우리는 지금까지도 서로 연락을 주고받고 다양한 이야기를 나누고 매일처럼 만나고 있는 것이다.

아무튼 내 일은 둘째 치고 호노카의 상태를 좀 더 꼼꼼하게 확인해야겠다고 생각하며 입을 열려는 그때, 마침 가벼운 사이렌 소리가 들려왔다. 나도 모르게 깜짝 놀라서 주위를 둘러보았다.

"5교시 수업이 시작된다는 신호예요."

호노카가 빈 페트병과 잔을 들고 냉큼 자리에서 일어났다.

"오늘, 정말 고마웠어요."

호노카가 꾸벅 인사를 했다. 나도 자리에서 일어섰다.

북측 교사를 나와 은행나무 가로수 길을 따라 우리는 정문으로 돌아왔다.

여전히 차가운 바람이 불어왔다. 호노카가 코트 깃을 여미는 것이 꽤 추운 모양이었다.

"선생님, 다시 회사로 갈 거예요?"

"응, 일이 남았어."

"역시 샐러리맨은 힘들겠다."

느긋한 목소리를 내며 큰길까지 따라왔다.

택시는 곧바로 왔다. 문이 열렸을 때 등 뒤에서 호노카가 말했다.

"선생님, 이제 나는 걱정하지 마세요."

나는 차에 올라타며 호노카를 향해 얼굴을 돌렸다.

"그리고 일 년만 지나면 셋이서 라이타 만나러 가요. 맛있는 거 잔뜩 싸들고."

"응, 그러자."

내가 대답하자 그녀는 흐뭇한 얼굴로 웃음을 보였다.

문이 닫히고 행선지를 말하자 택시는 곧바로 출발했다.

웃는 얼굴로 호노카가 손을 흔들었다. 한 차례 안도의 한숨을 내쉬고 나도 손을 흔들었다. 눈 깜짝할 사이에 멀어지는 호노카의 모습을 지켜본 뒤, 나는 자동차 뒷좌석에 몸을 기댔다. 온몸의 힘을 뿌리부터 빼앗긴 듯했다.

일 년이라…….

마음속으로 다시 중얼거려보았다. 지금의 나로서는 상상조차 되지 않는 먼 나중 일만 같았다. 요즘 들어 시간의 흐름이 부쩍 묵직하고 느릿느릿 가는 것처럼 느껴졌다. 그것은 하루하루 충실함을 가져다주기보다는, 가까스로 걸음을 옮기는 양쪽 다리에 튀어오르는 미적지근한 흙탕물처럼 내 심신을 피폐하게 만들고 있었다.

호노카도 라이타에 대한 마음을 한 해 두 해 시간이 흐르면서 그대로 유지할 수 없게 될 것이다. 이 세상을 살아가는 한, 그녀 자신도 크게 변화해갈 것이기 때문이다. 어느 것 하나도 불변인 채 유지되는 것은 이 세상에 없다. 살아가면서 죽으려고 하거나, 죽어가면서 살려고 하거나, 어차피 인간의 삶에 별다른 차이는 없는 것이다. 가령 나를 버리고 타인에 도취하고 타인에 올라타 휩쓸려 가듯이 살아본들, 이 세상에 살아 있는 동안 결국 모두 나와 마찬가지로 발치에 내려 쌓이는 납덩이 같은 피로에 꽁꽁 묶여 어쩔 줄 모르다가 마침내는 다양한 의미를 상실해버릴 것이다.

그래도 에리코는 지금 이때, 이 장소, 바로 이곳에 모든 것이 있다고 마지막까지 굳게 믿을 수 있을까. 이토록 쓸모없는 세상이 유일무이의 세계라고, 그녀는 진심으로 믿고 있는 것일까. 나는 도저히 그렇게 생각할 수가 없다.

이곳과는 다른 어딘가가 반드시 있다.

그렇기 때문에 이곳에서는 아무리 나 자신 이외의 것에 열심히 종사하고 나 자신을 내버린다고 해도 그 참된 가치를 알아보는 일이 없는 것이다. 그런 행위는 이 세계와는 다른 새로운 세계로 날아갔을 때에야 비로소 앞길을 밝혀주는 등불이 되고, 우리를 실어 나르는 날개가 되어주는 것이다. 행복도 불행도 이 세계만의 것일 리 없다. 그것은 다음의 세계로, 나아가 그 다음의 세계로 한없이 이어진다. 우리는 결코 자신만을 위한 기쁨이나 슬픔이나 미움에 발목이 잡혀서는 안 된다. 에리코처럼 살아가는 것에 온통 마음을 빼앗겨서는 다가올 새로운 세계로 향한 길을 찾아낼 수 없게 되고 만다. 눈앞의 작은 반짝임에 시선을 빼앗겨서는 저 멀리서 타오르며 우리를 이끌어주는 빛을 알아볼 수 없는 것이다.

사랑하는 일도 무언가를 믿는 일도 그리워하는 일도, 그 대상이 인간이건 자연이건 또 다른 무엇이건, 그것은 요컨대 이 세계에 계속 머물고 싶다고 발을 동동 구르며 떼를 쓰는 일일 뿐이다.

조금 전에 호노카는, 에리코가 하고 싶은 대로 그냥 놔두면 된다고 내게 말했다. 그녀는 에리코의 그런 떼쓰기에 함께 박자를 맞춰주라고 말한 것이었다.

겨울의 황혼이 일찌감치 찾아와서 어느새 바깥은 어둑어둑해졌다.

―에리코와 이대로 계속 함께하는 것도, 오늘 밤을 경계로 두 번 다시 만나지 않는 것도 내게는 그다지 큰 차이가 없는 일이야.

그 다정하고 착한 얼굴을 머릿속에 떠올리며, 나는 차창 너머로 불이 들어오기 시작하는 거리 풍경을 멍하니 내다보았다.

그래도 끝내 망가지지 않고 남는 부분

시라이시 가즈후미, 엘리트 작가. 1958년생, 와세다대학 정치경제학부를 졸업했다. 이 작가를 말하면서 그의 집안 얘기를 하지 않고 넘어가기는 어렵다. 그의 아버지, 그리고 쌍둥이 남동생까지 부자 2대에 걸친 작가 집안이기 때문이다. 더구나 아버지와 두 아들이 모두 속칭 일류대학의 정치경제학부를 졸업한 뒤에 작가 생활을 시작했다. 그와 아버지는 와세다대학 정치경제학부 동문, 쌍둥이 동생은 게이오대학 정치경제학부 출신이다. 2대에 걸쳐 최고 엘리트 코스를 걸었고, 똑같이 전공과는 전혀 다르게 문필 생활로 귀결한 이력은 자연스럽게 이목을 끈다.

아버지 시라이시 이치로 씨(1931-2004년)는 역사소설의 대가이며, 특히 바다를 무대로 한 해양 시대소설의 일인자로 알려져 있다. 1987년에 나오키 상을 수상한 『해랑전(海狼傳)』은 각 지역 수군 간의 전투와 해상

무역을 장대한 스케일로 그려낸 소설로 유명하다. 쌍둥이 동생 시라이시 후미오는 형보다 먼저 1995년에 『총아(寵兒)』로 데뷔하여 간간이 작품을 발표하고 있다. 시라이시 가즈후미는 대학 졸업 후 문예춘추 출판사에 입사하여 2003년에 사직하기까지 20여 년 동안 편집자와 기자로 근무하였다. 출판계와 문단, 작가에 대해서는 누구보다 잘 알고 있는 작가이다. 재직 중인 1994년에 필명으로 장편소설 『제2의 세계』를 발표한 바 있지만, 정식 등단은 2000년 『한순간의 빛』으로 기록되어 있다. 그에게는 이른바 문학적 재능을 타고난 집안, 엘리트 코스를 걸어온 '뛰어난 두뇌'의 작가라는 꼬리표가 따라다닌다. 작품 속에 상류 엘리트 계층의 유명인사가 등장하는 일이 많고, 방대한 독서량을 바탕으로 인용과 심오한 철학적 담론을 즐겨 풀어놓는다.

나쁜 남자, 경이로운 기억력을 가진. 주인공 마쓰바라 나오토는 엘리트 출판 편집자. 그의 놀라운 기억력 뒤에는 슬픈 과거가 숨겨져 있다. 그는 세 명의 여자와 동시에 관계를 갖는다. 뛰어난 미모의 소유자이며 좋은 집안의 프리 스타일리스트 에리코, 그녀에게 주인공은 매번 나쁜 남자의 전형과도 같은 뒤틀린 태도를 보인다. 어린 아들이 딸린 연상의 술집 마담 도모미와의 관계 또한 어디선가 삐걱거린다. 오니시 부인의 변태적인 성의 갈증을 채워준 뒤에는 보수를 받아 병든 어머니의 병원비로 보낸다. 하지만 나오토는 그들 중 어느 누구와도 깊은 관계를 맺으려 하지 않는다. 태어나지 않는 게 더 좋았을 거라는 깊은 절망감을 늘 품고 있다. 그 한편에서는, 길 잃은 영혼과도 같은 젊은 두 사람, 호노카와 라이타를 자기 집에 자유롭게 드나들게 해준다.

충격적인 섹스 장면. 세 여자와 동시에 관계를 갖는 가운데, 그들과의 섹스 장면은 우리 독자들에게 상당한 충격으로 다가올 것 같다. 특히 오니시 부인과의 변태적인 성행위는 자칫 구토를 유발할 만한 수준이다. 이 충격은, 성의 취향에 대해 개방적인 일본(개방적인 것과 문란한 것은 명백히 다르다)의 토양과, 그렇지 않은 우리나라 사이의 격차 때문인지도 모른다. 일본 독자들의 평을 보면 이 소설의 변태적인 성 묘사는 그다지 '충격적인 것' 으로 지적되지는 않는다. 그들에게 그것은 극단적인 성향을 가진 몇몇 사람의 선택의 문제일 뿐, 윤리의 잣대로 재단되어야 할 사안은 아니다. 다만 미시마 유키오의 말을 인용하여 주인공은 현대의 성에 대한 깊은 허탈함을 표현한다.

> "미시마는 죽음의 위험이 없는 현대에는 인간이 자신의 생을 증명하기 위해 미친 듯이 섹스를 탐구한다고 했지만, 나는 섹스라는 건 탐구라는 말이 적합할 만큼 고상한 것일 수 없다고 생각한다. 그것은 말하자면 술이나 마약과 마찬가지여서, 남자나 여자나 마약주사를 맞거나 술에 취한 것처럼 그저 자신을 상실한 채 섹스를 하는 것뿐이다."

나와 타인, 어떻게 사랑해야 하는가. 나를 둘러싼 가족이나 연인, 또 다른 타인들과 나는 어떻게 화합하고 감응하고 사랑할 수 있는가. 주인공은 어린 시절에 어머니로부터 버림받은 상처를 안고 있다. 호노카의 경우처럼, 자아를 실현하고 독립적인 인간으로서 살아가려는 어머니들을 위해 많은 아이들이 신생아 때에 보육원으로 보내진다. 혈육이라는 가족의 사랑마저 위태로운 선상에 놓여 있는 것이다. 연인이 말하는 사랑 또한 '자신의 머리로 생각하는' 것이 아니라 상투적이고 피상적인 것으로 보일 뿐이다. 주인공이 도모미의 어린 아들 다쿠야에게 기묘할 만큼 집착하는 모습, 에리코의 집에 갔을 때 그녀의 아버지에게 보이는 태도 등을 주목해볼 필요가 있다. '진심으로 서로를 이해하고 싶다면 자신을 버리고 완전하게 상대가 되어야 한다'는 나오토의 사랑론은 현실과도, 또한 실천과도 너무나 거리가 멀다. 나오토 역시 그런 사실을 잘 알고 있어서 그 반동으로 어디선가 크게 망가져가는 태도를 보이게 된다. 이건 말하자면 제대로 된 사랑을 찾아가기 위한 방황의 모습일까.

우리는 왜 자살하지 않는가. 대부분의 인간은 자신의 삶을 성찰할 때면 '왜 사는가'라는 질문을 던지게 된다. 삶의 의미와 올바른 방향을 '왜 사는가'라는 질문에 대한 대답의 형식으로 모색하며 살아간다. 하지만 이 소설의 주인공은 우리에게 전혀 다른 질문을 던진다. 우리는 왜 자살하지 않는가, 우리는 왜 죽지 않고 계속 살아가는가. 죽음을 전제로 삼고, 죽음을 직시하는 것 없이는 올바른 삶의 의미도 지표도 찾을 수 없다고 한다. 스스로를 이미 오래전에 죽은 목숨으로 치부하며 살아가는 라이타와 그가 저지른 사건은 어떤 의미를 갖는 것인가.

"모든 희망, 사랑, 저마다의 생명에는 절망과 공포와 죽음이 항상 따라다닌다. 그리고 한없이 따라붙는 절망과 공포와 죽음이야말로 인생의 대부분인 것이다. 한 사람 한 사람의 운명의 종착점에 '절대적 공포'로서의 죽음이 자리 잡고 있는 한, 사랑이 공포를 극복한다는 건 불가능한 일이다.

하지만 실상 이 공포의 근원은 결코 '죽음' 그 자체에 있는 것이 아니다. 인간이 가장 두려워하는 것은 '죽음'의 운명을 타고나 그 '죽음'을 두려운 것으로만 알고 살아가는 인간 그 자체이다. 그렇건만 인간은 죽음을 그저 공포라고만 감지한다. 죽음을 두려워하면 할수록, 언제 어떤 행복의 시간에도 반드시 인간의 마음속 갈피에는 공포가 들러붙어 바들바들 떨게 하는 바람에 인간을 행복의 바다에 진심으로 풀어놓을 수 없다. 그러므로 우리가 다시 한 번 분명하게 확인해두지 않으면 안 되는 것은, 살아간다는 일의 의미 따위가 아니라 죽는다는 것의 참된 의미인 것이다."

망가질 수 있을 만큼 망가지기. 엘리트 사회인이면서도 절망의 기조 위에서 살아가는 주인공 나오토, 그의 스물아홉 살 생일에서 서른 살 생일까지 일 년 동안의 궤적을 차례차례 따라가면서 작가는 '그래도 끝내 망가지지 않고 남는 부분'을 독자에게 보여주고 싶었는지도 모른다.

관념적인 소설에 대해서는 그 문학적 성과에 결코 후한 점수를 주지 않는 일본문단의 풍조를 잘 알면서도 이 작가는 굳이 그 문단을 향해 철학적인 사유와 담론을 넉넉히 풀어 넣은 문제작을 던졌다. 실험성이 짙은 만큼 독자의 내면에 깊은 파문으로 번지는 작품이 될 것이다.

양윤옥